百花小说

锦衣玉食

林那北◎著

天津出版传媒集团
百花文艺出版社

图书在版编目（CIP）数据

锦衣玉食 / 林那北著. -- 天津：百花文艺出版社，2015.1
ISBN 978-7-5306-6464-3

Ⅰ. ①锦… Ⅱ. ①林… Ⅲ. ①长篇小说-中国-当代
Ⅳ. ①I247.5

中国版本图书馆 CIP 数据核字(2014)第 208496 号

选题策划：唐 嵩 **责任编辑**：唐 嵩
封面绘图：夏无双 **装帧设计**：郭亚红
责任校对：张亚丽

出版人：李勃洋
出版发行：百花文艺出版社
地址：天津市和平区西康路 35 号 **邮编**：300051
电话传真： +86-22-23332651（发行部）
+86-22-23332656（总编室）
+86-22-23332478（邮购部）
主页：http://www.bhpubl.com.cn
印刷：北京市兆成印刷有限责任公司
开本：710 × 1000 毫米 1/16
字数：248 千字
印张：19.5
版次：2015 年1 月第1 版
印次：2015 年1 月第1 次印刷
定价：48.00 元

目录

第一部

沙漠的秘密

一

按原先的打算，在锦衣出生之后，柳静还要再生育一次，无论男女，都取名玉食。一个穿，一个吃，柳静对这个成语有一种非同寻常的热爱。人活一生，说到底不就是为了吃好穿好吗？她觉得太准确了，区区四个字，就把所有的、全部的、一切的美好生活内涵悉数概括了。年轻时她错以为自己有文学才华，暗暗把其中某两字，锦衣或者玉食当成笔名——可惜所谓的作品，最终却一个字都没写出；她也曾幻想自己的子宫能争气地同时排出两个卵，那么就可以把这个成语拆开给双胞胎孩子当名字——但也没能实现。锦衣孤零零地一个人到来时，柳静虚弱地从产床上稍稍欠起身子，晨曦正从窗子进来，光线微弱却又暗含一股霸气的蓬勃，让她双眼迷离，仿佛有痛，一种虚无感就铺天盖地地笼罩下来了。世界硕大苍茫，而她不过是一粒细小的粉尘，飘浮得无依无靠。

这时她听到了一阵短促而虚弱的哭声，循声而去，她看到护士手中红彤彤的如同某种动物的小人，她吁一口气，无力地重新躺下。锦衣，她在心里对女儿轻唤了一声。

很多女人在生产之初，往往被疼痛弄得万念俱灰，连这一个都悔不该弄来，绝无再接再厉往下生的打算。柳静跟别人不一样，柳静在第一眼看到锦衣时,就立即涌起一个念头:要还能再生一个孩子,就一定取名玉食。但这个理想最终没法实现,锦衣坠地时,计划生育已经轰隆隆地开始几年了,它不是一般的政策,是国策,所以跟它过不去就是螳臂当车。

为这事柳静多次后悔。她结婚不迟,二十四岁领了证,却又心存一点浪漫幻想,总觉得一辈子最单纯甜蜜的日子就数新婚期了,这时候得自私点,得将日后几十年的感情囤积下来,囤得越多越能抵抗未来柴米油盐庸俗日子的磨损。她的这个想法得到唐必仁的许可,唐必仁微微点着头说,好吧,听你的。所以锦衣来得很迟,结婚五年后才来。柳静后来一直埋怨唐必仁的这个迁就,她任性也就算了,唐必仁比她大三岁,又在市直机关工作,好歹比她高瞻远瞩一些吧?如果柳静是扼杀玉食的主犯,那么唐必仁至少是从犯。

没有到手的总是最好的,回过头来说,那个锦衣,说真的,确实不够好。

哪个母亲愿意承认自己孩子不好呢,可是锦衣醒目地摆在那里,不承认也回避不了。

撇开亲情,纯粹以一个女人的眼光看另一个女人,锦衣的五官身高都过得去,眼睛很大,鼻子很挺,嘴巴虽然偏大了些,却也大得有模有样,她的问题出在腰间。柳静以前对这个部位不是太在意,反正人人都有的东西,又不是长在醒目的地方,对观感不会造成多大影响。但在锦衣一年年长大的过程中,她的这个看法被一点点摧毁了。锦衣腰很长,非常长,别人两寸她半尺,至少一倍以上。人的上半身长度基本上是相似的,腰一长,屁股位置就下移了,占去的就是腿部的位置。简言之,腰比一般人长的锦衣,腿也比一般人短,短很多。以前在小学中学,锦衣总是给老师出难题,她坐着时人高马大,必须安排在后面座位,而一旦站起排队,却又必须站到前头。

柳静自己的腿匀称修长,唐必仁的也中规中矩,真想不通究竟是谁让锦衣长成这样。

由此及彼,柳静看人就不单看脸了,她更注意看腰。看多了,才发现其实差别真大，非常大。腰长不是锦衣独有，遍地都是，尤其是亚洲男人，十有八九都没把腿长够，粗粗的，秃秃的，屁股下垂。而另有一些人则根本没有腰——胸骨至胯骨的侧面，该凹下的那一处，竟是平平的，直筒筒下来，没有任何过渡。这种人，倒是都有一双长腿，省下的腰部面积，都送给腿了。没腰的男人靠身板子撑着，走起路来尚不别扭，女人就不一样了，女人身子扭动时没有腰部的协调周转，立马僵硬死板，无滋无味。不过无滋味总比滑稽强，锦衣一走路，真的滑稽得要死，屁股夸张地左右甩来甩去，像系在一根线上抛动的球，像哪里某颗螺丝松动了。

柳静跟在锦衣背后走时，走着走着，就会突然停下来，眼睛木掉，呆呆看着。

锦衣回过头喊："又怎么了？"

锦衣重音字落在"又"上面，可见她不是第一次跟柳静这么说。

柳静没说自己在看锦衣的屁股，她从没对锦衣说过其腰有问题，但对唐必仁，柳静说过。柳静一遍遍告诉唐必仁，只有高挑、窄肩、长颈、细腰、长腿，像竹枝一样有挺拔感的女孩才是美的，那是气质，气质比脸蛋更动人。说到最后柳静总要感叹一句："可惜锦衣不是。"

那时二十四岁的锦衣正在谈恋爱，对象叫陈格，北方人，甘肃的，个子却并不高大，一米七估计都很勉强。这座海边小城地理位置不重要，在经济文化方面，却一直格外繁荣，单本一的大学就有三所，其中一所还相当显赫，国内外都有知名度。锦衣和陈格就是这所大学的，他们大学是同学，毕业后又考上同校研究生，一个学文艺学，一个学现当代文学，都已经研三了，过了这个秋天，就该为找工作忙碌了。锦衣第一次把陈格带回家时，柳静客客气气地迎来，又客客气气地送走。锦衣与陈格一起走，家里本来还剩下柳静和唐必仁，但马上唐必仁接到电话，单位里有事，他也走了。走到门口，他回过头问："怎么样？"柳静知道唐必仁指的是陈格，淡淡笑一笑，并不答。唐必仁也不等着她答，就匆匆走了。柳静突然一点力气都没有，人快虚脱的样子。她在沙发上坐下，端起杯里残存的水，一口口慢慢地喝。喝了几分钟，她站起来，叹口气，心想如果是玉食，玉食不会品味这么差，找一个这么不堪的男友！这样，她自己也回过神来了，原来她是不满意陈格的。

唐必仁后来劝她，婚姻的事还是别管，由着女儿去吧，锦衣自己喜欢就行了。锦衣要是不喜欢，你安个国王给她，她也不幸福。

又不是梁山泊祝英台时代，柳静当然知道这事自己管不了。但她是母亲，完全袖手旁观也不正常，如果锦衣来问，她总可以说说自己的看法吧？她就缓缓等着。锦衣平时住校，每周回一次家，也有不回的，说学校还有很多事，要写论文，要看书，要参加校里党团活动，诸如此类。"家里有事吗？"她问，"如果有事，你给我电话，我赶回去也不迟啊。"柳静从来没有电话召锦衣，因为家里确实从来没有什么特别重要的事需要劳驾大小姐。陈格第一次来过两人又一起回校后，柳静倒是很想跟锦衣通个电话，说说自己对陈格的评价，她都已经拿起话筒了，最后又放下。这事心悬着的应该是锦衣吧？想当初把唐必仁带回去见父母，柳静多么忐忑，总怕不被祝福。锦衣呢？锦衣把一个男人带来，又不是带兔子带老鼠，她难道一点都不介意父母怎么看怎么想？但锦衣的电话就是没打回来，下一次再回家，她好像什么事也没发生过，好像根本没有用一个叫陈格的男人惊动过父母。

柳静只好问："怎么一个人回来，陈格呢？"

锦衣摊摊手，歪一下头。

柳静说："父母在那么远，他一个人周末怎么过？"

锦衣说："忙着哩，谁也没法闲。"又回过头看了柳静一眼，说，"还想知道什么？"

柳静一下子抿紧了嘴。锦衣遣词用句很特别，一个凶狠的字都没有，却又分明有着丰沛的进攻性，刀刀见血。这个特点不是刚冒出来的，从小就呈星星之火，越大越燎原。老话说女儿是母亲的贴身小棉袄。锦衣是吗？锦衣不是。当然，往好里想，锦衣似乎也不是故意的，也许她自己都未必发觉。有些东西是藏在天性中与生俱来的，正因此，才更势不可当。

从面相上看，锦衣颧骨凸起，下颌骨支棱，都呈凌厉之势。脸部线条越柔和，性情往往就越温顺，这是柳静自己得出的结论。比如唐必仁，他整个脑袋椭圆得犹如一粒槟榔芋,所以这个男人温吞吞了几十年,工作与家庭都不争不抗。锦衣是他女儿,却长出另外一副模样,这模样说白了,倒是遗传自柳静。但柳静照照镜子,她脸上真的要平和很多。她的脸小,很窄。小脸全世界正流行,那是为了上镜,日常人家又无须以上镜为饭碗,窄小的脸就现出小气与尖刻了,几分小妾相。这么说来,柳静其实对自己的脸也十分不满意,但总体要比锦衣好,以山来作比,她的两颊只是隐约小丘岭,而锦衣因为脸宽几寸,那两块颊骨就跟着往外扩,扩成了大险峰,相当醒目。

锦衣腰部已经那样,再加上凌厉的性情,天下男人想必都消受不起吧,或许也只有小个子的陈格愿意委曲求全?如此一想,柳静心里便松弛了几分。算啦,真的别管了,没有陈格,说不定锦衣根本就嫁不出去,搁一个这样的女儿在家,像搁一枚钉子,横竖也是刺眼难受。

陈格后来周末还来过三次,其中一个晚上甚至住下。

柳静心里其实是不乐意的。从这里去学校,坐车也就三四十分钟,陈格来,吃过一顿晚饭,再稍坐一坐,完全来得及回校,何必住下?并不是家里挤,挺宽的,一百三十平方米,主卧、次卧、客卧齐全,怎么也够住。问题不在这儿,住下意味着一种姿态,而柳静觉得尚未到做出这个姿态的时候。但她没吭声,看锦衣的。锦衣没有犹豫,她理所当然地让陈格留下来。居然陈格也理所当然,他一点客气都没有,一点拘束更没有。柳静把客卧整一整让他睡下,但第二天起来,发现客卧是空的,陈格和锦衣一起躺在次卧的床上。

"怎么这样!"柳静终于恼火了,她没有冲陈格吼,陈格怎么也没有跑到家里强奸锦衣的可能,关键是锦衣,是锦衣自己不自重自爱。柳静把锦衣叫过来,压低声音骂。柳静说:"你怎么这样,太不像话了!"锦衣很意外,眼睁得很大。她说:"你跟老唐不是也天天睡一起吗?"柳静说:"我们不一样,我们是夫妻。"锦衣就笑了,锦衣嘴巴很大,牙齿很白,嘴形很好,她有资本拍牙膏或者口红的广告。"如果你需要,"锦衣说,"我们马上也去打一张结婚证书。不就是一张纸吗,你觉得那破玩意有意思?"

锦衣又说："我们打了结婚证书，弄个镜框，挂在墙上，是不是就可以明目张胆住在一起了？那明天就去打如何？"

柳静粗粗喘着气，胸口一起一伏。她养的哪是一个女儿，不过是一匹马，这马还脱了缰，鼻孔啾啾响，不时向上腾空，用蹄子乱踩人。

唐必仁总是在这时候开始当和事佬，一直是这样，柳静跟锦衣一冲突，唐必仁就挺身而出和稀泥。他扬扬手让锦衣先走，然后扳住柳静的肩，低声宣传他的政策。他有什么政策？不过是顺其自然之类的无为而治思想。"反正她迟早要嫁，要跟男人睡在一起的是不是？由她去吧。"说到这里，唐必仁拍拍柳静的背，神情与动作都有几分俯视了。

柳静突然背一松，像有一条蜈蚣顺着脊椎从尾椎那儿一直爬上后脑勺。刚开始她以为是发冷，马上发现不是冷，是委屈。一意识到自己的委屈，柳静泪就下来了，一串串倾倒而下，无声地下。

那一天唐必仁正在整理行装。国庆长假期间，他要出访，去南非与埃及。

二

柳静出嫁时，唐必仁还只是市委办公室秘书处的普通干部；锦衣出生时，唐必仁提了一点点，副主任科员，副科级。二十多年过去，跟唐必仁一起进办公厅的人，正处级已经遍地，副厅级也冒出一两个，而唐必仁也是处级，还是副的，体育局副局长。说是副，其实跟正的并无差别，他上面的那个局长，由市委宣传部一位副部长兼着，挂个名而已，并不实际参政，偶尔有大场面才出来亮亮相。但体育局这么边缘的单位，能有多少场面可大？所以唐必仁以副代正，单位里一切事务都由他操持。副处级干部在京城不过小拇指尖大的小干部，在省城也只能自己骑自行车上下班，在这个小城却不一样，简直是一方诸侯的好感觉，有车子有房子，挺好了。人不知足就会累自己，柳静很知足，而唐必仁看上去，竟比她更无所谓，悠悠哉哉，不急不躁。市委办的干部整天在领导身边晃悠，起点明显比别人高，柳静相信,唐必仁要是有野心肯折腾,早就腾达得更高了。

挺好的,柳静觉得挺好。

这个地位其实已经不低了,柳静那所中学里,哪个教师的家属都没有相当的级别,也就是说,在她的同事中,语文教师柳静是最当得起"夫贵妻荣"这个词的。另外,也还没有哪个老师的子女读硕士,锦衣某种程度上其实也为柳静争了光。

不断有同事说:"哇,柳老师,真羡慕你啊!"

是不是真羡慕不好说,不过至少她有了被人夸耀的东西。教了三十来年语文,不轰轰烈烈,也没臭名昭著,这两者都不容易落到中学老师头上。然后再过两年她就要平淡退休,步入晚年,单凭自己,柳静这辈子确实没有什么可圈可点之处。锦衣却不一样,锦衣高中时就在当地晚报副刊上发文章,省里市里作文比赛,也总能拿一二等奖回来。别人读硕士三年发两篇论文搞不好都要花钱买版面,锦衣却不要,东一篇西一篇发学术文章,发到核心期刊也不是太难的事。谁都认为是柳静教得好,从小打好了基础,连唐必仁都夸她,但柳静自己最清楚,她教不了锦衣,锦衣也一直没让她教。

小学四年级写命题作文《我的母亲》时,锦衣就赫然写下这样一个开头:我的母亲是个自以为是的人。

柳静是在家长会上看到这篇作文的,她霎时像被谁卡住了脖子,张大了嘴,半天都没法合上,气喘如牛。

读四年级,锦衣十岁,十岁的女孩已经会用这么尖刻的语言来形容身边最亲近的人。而且为了证明自己所说的确凿无疑,她还罗列了发生在家中的许多事件,比如柳静喜欢绿色衣服,"可是我母亲的皮肤那么黑,绿色使她显得更黑更老更丑了,看上去像只奇怪的大青蛙。"又比如柳静有时跟唐必仁开玩笑说他眼睛小,锦衣就写道:"我母亲以为自己眼睛很大很美,可是她的眼睛大得像玻璃珠子一样假,一点都不美,半夜看到吓得真想哭。"

柳静那天把双手深深地插进课桌的抽屉,慢慢地,一点一点地,把这篇作文悄悄撕掉了,撕得粉碎。

小学老师是特地在家长会之前安排了一篇这样的作文，本来是为了博得家长尽欢颜,因为按正常逻辑,几乎所有的孩子都会用一大堆花哨夸张的语言,把自己的母亲赞美得像圣母马利亚,一贯的套路就是那样,谁料到锦衣偏偏不。

从那次家长会之后,柳静就非常清楚锦衣在远处了。究竟多远,不是具体的地理概念可以涵盖的。如果别人知道这点,还会羡慕吗？乞丐孝子还是白眼狼富翁,这个选择,天下人应该很容易就做得出来。她的痛苦在于,她只有这个孩子,要是有玉食,她还另有选择,另有依靠。独生子女大都被放纵地宠着,平心而论,锦衣从小就没有得到过这个待遇。柳静虽是教师,在学校里尚且能耐住几分性子,回到家,弦就没法继续绷住,风吹草动都可能让她霎时爆炸。倒是唐必仁一直和颜悦色,凡事皆滔滔讲理,他自以为满腹经纶,其实也不过自娱自乐,谁也没真正被他打动。效果当然也有,长年累月的怀柔之下,锦衣明显与父亲更贴近,有什么非分需求,往往绕过柳静,直扑父亲那儿,十有八九都马到成功。

唐必仁去南非埃及前,问柳静需要什么,柳静摇头。如果是香港,她会想到金饰与服饰;如果是欧洲,她会想到皮包、鞋子或化妆品。但是南非,那么偏僻遥远的地方,已经在天之涯海之角了,她最多知道那里有个黑乎乎的越来越年迈的曼德拉,其余的都在想象之外,一时之间,她没反应过来。

问到锦衣,锦衣马上说:“钻石！”

唐必仁去了十几天,先南非后埃及,回来,果然有钻石,是裸石,VVS,无瑕级的,两粒,每粒0.5克拉。柳静问,很贵吧？唐必仁说,不便宜。一粒要上万吗？差不多。柳静就倒吸一口气。那么小的一点点东西,价格竟这么吓人！唐必仁说,这只是小的,大的钻石别人抢着买,我不买。唐必仁参加的是市外事办组织的考察团,成员都是市直机关副处以上的官员,买贵的不稀奇,钱是不是自己掏的就不得而知了。但唐必仁肯定是自己出的钱,他有张VISA卡,只是副卡,主卡是柳静,每月25号从柳静工资卡上自动划账还款，也就是说理论上唐必仁是用柳静的钱买下这两粒钻石。柳静想，既是两粒，其中一粒必定是自己的。她原先对这东西并没企图，锦衣玉食她向往，披金戴银却一直不是她的习惯，身体已经有太多的束缚，无端再用个东西勒住，只能平添了几分不自在。事情就是这样，她不想要，不等于她不要。既然已经摆在跟前了，占为己有，毕竟还是一种乐趣。但是，唐必仁却把钻石交给锦衣，锦衣把两粒都拿走了。一粒是锦衣的，另一粒，锦衣说给陈格。

柳静脸一下子就黑了。这事已经没有天理，她想到一个词，鸠占鹊巢。

大约是职业习惯，柳静对词语有特殊爱好，不经意间脑子就会自然浮起，有时虽不见得十分准确，但情绪是到位的。此时她手里正拿着一瓶香精，唐必仁在开罗买的，唐必仁说，埃及天干物燥，所以提取出来的香精特别纯正，世界各地的名牌香水，其原料大都取之于埃及，比如CD、CK、香奈儿。唐必仁给柳静的是Queen cleopatra，放鼻子下闻闻，果真与平时用的CD香水味道接近。柳静刚闻了香精，那两粒钻石就都被锦衣抓在手里了。锦衣要走，边走锦衣边说："谢谢了啊，也代陈格谢谢了。"

柳静脑子轰了一声。舌根有点紧，但她还是问了："为什么要给陈格？"

锦衣说："为什么不给陈格，难道你舍得给别人？"

柳静一把将香精举过头，那一瞬，她真的有往地上砸去的冲动。唐必仁慌张地大跨两步，站到柳静跟前。他说："我走之前问过你了，你自己说不要。是你自己不要的。"

柳静似乎走神了，呆呆地看着他，又转过头看锦衣。

父女两人的表情很类似，他们都用带几分埋怨或责怪的眼神盯着柳静。

锦衣说："是你自己说不要，现在又要，出尔反尔，做人怎么能这样?!"

唐必仁一只手搭到柳静肩上轻轻捏着，这是一种安抚性的动作，还带着几分暗示，暗示她冷静。唐必仁低声说："真的是你自己不要的，你想想，是不是？"

不用想，柳静记得自己摇过头。但那时她摇得虚无模糊，并且摇头并不等于点头同意将这么贵重的东西，送给她不喜欢的人——那个瘦瘦小小的陈格。事情弄反了，若是送钻石定情，也该由陈格送锦衣。再或者锦衣一定要惊世骇俗地与传统为敌，也必得用她自己挣下的钱去购买，花父母的钱向男友献媚，还要不要脸了？

唐必仁说："锦衣一开始就提出了，说给她一个钻石，也给陈格一个。我想想，好不容易去趟南非，就买了吧，反正以后他们结婚也要买的。国内的价钱要高很多哩。"

锦衣点头，父亲的这个解释想必很合她胃口，在表情上她就显出几分理直气壮了。她把攥在手中的两个黑绒布小锦盒托起，打开来看一眼，好像要确定钻石是否还在。钻石在，她很满意，微微一笑，走回自己的卧室，关上门。

客厅里只剩下唐必仁与柳静。

唐必仁一屁股坐到沙发上，手脚放纵摊开，腿无意识地轻轻抖动。累坏了！他长叹一声。从开罗起飞，在迪拜转机，中途耽搁七八个小时，然后飞上海，然后再从上海飞回，三十多个小时都在路上，铁人都要浑身散架的。柳静斜眼看他，若是平常，她会立即去泡一杯正山小种递去。现在要不要去？最终她还是动手了，但所有的动作都迟缓了几秒钟，脸也一直素着。

唐必仁已经不喝铁观音或者乌龙茶了，他改喝正山小种。据说这种来自福建武夷山的全发酵红茶养胃，有一股淡淡的类似桂圆干的气味，清香可口，连英国女王都特别爱喝。英国女王喝它的历史已经不短了，而唐必仁只是近一两年才起了兴致，不光他，市直机关里的干部彼此影响传染着，算个时髦。体育局不是富单位，但再穷也不至于穷到没有人送茶。茶泡在小壶里，再倒进玻璃小杯中，剔透的暖红色，宛若红酒。柳静把杯子往唐必仁跟前递时，手晃了一下，冒着气的茶水溅出杯沿，落在指尖，她叫了一声，手一松，杯子与水都到了地板上。

屋里静了片刻，柳静呆呆地看着地上的碎玻璃和茶水，蒙了会。

门开了，锦衣从卧室出来。

锦衣走过来，站到碎玻璃前低头看着。

“至于吗？”锦衣说。

“你也就一家庭妇女的觉悟嘛。”锦衣又说。

锦衣如果不说，柳静或许还能忍住。换了平时，她的手未必娇嫩至抗不住茶水的那么点烫，这一点柳静心里是清楚的。但现在她确实不想忍，既然锦衣这么说了，她再忍，就忍成二百五了。母亲不能当得这么窝囊，这是那一刻占据柳静脑子的全部想法。她扭头白了锦衣一眼，侧身走过，走进锦衣的卧室。两个黑绒布小锦盒正安静地放在桌上，盖子打开，两粒晶白的钻石赫然外露，闪着锐利的光。刚才锦衣回屋后想必又进一步对它们进行鉴定观赏了。对物质有胃口，是锦衣的一贯做派，这一点，倒是明显遗传自柳静。吃好穿好，锦衣玉食，柳静一直是这么努力美化自己生活的。中学教师收入有限，但不要紧，不是有唐必仁吗？柳静从不过问唐必仁的收入，他反正月月递过一笔钱，或多或少，再少也够她稍稍放胆消费。所以那张VISA卡每月25号虽是从柳静工资卡上扣下钱，归根到底出血的还是唐必仁。妻子花老公的钱天经地义，未成家立业经济独立的女儿花父亲的钱，也说得过去，那么那个陈格，那个小个子男人，他莫名其妙的，凭什么横空来这个家捞一笔？柳静急匆匆走着，伸出手，伸向其中的一个黑绒布锦盒，还没够着，另一只手已经飞快地从背后探出，抢在柳静之前，将两个盒子一把抓去。

是锦衣。

锦衣脸都涨红了，粗粗喘气。“你怎么这样？！”锦衣吼起来，“你还是当妈的哩，怎么能这样！太小儿科了，简直过分！”

锦衣一边说一边收拾东西。几件衣服，几双袜子，几本书，匆匆装进背包，一扭身，走了。

唐必仁张开手拦她：“锦衣，吃了饭再走吧。”

锦衣说：“还吃什么饭呀，你们没把我吃了就阿弥陀佛了。”

唐必仁说：“锦衣，你妈不是那意思。”

锦衣眼吊起来反问：“那是什么意思？”

唐必仁看着柳静，希望柳静回答。但柳静冷着脸，一动不动地站在那里。锦衣就一闪身，闪过唐必仁，把包往背上一甩，出了门。门被她重重地带上了。

楼挺高的，房子在第十八层，下去得坐电梯，出了楼道还得走近百米才能到小区大门口。在锦衣走后，走了一会之后，柳静才突然醒转过来，跑到门前，打开门，外面是空的，电梯早下去了。再跑到阳台，往小区大门方向眺望，下面人来人往，都是别人，没有锦衣。锦衣好像嵌进楼房，飘到空中，一下子就无影无踪了。

一辆后面驮着一个方形箱子的自行车驶过小区空地，车上人是位五十多岁的壮汉。“馒头，山东馒头！”吆喝声很响亮，不是壮汉喊出来的，而是来自挂在车把上的喇叭，是预先录音储存然后反复播放的。每天中午，这个人都要来小区推销他的不知真假的山东馒头。其他小贩是进不了小区大门的，壮汉却可以，原因不清，一说是因为很多业主爱吃馒头，主动要求他上门服务，另一种说法是他私下给保安塞了钱，以此获得特殊通行资格。“馒头，山东馒头！”柳静的眼睛跟着车走，这么高的地方往下看，壮汉和他驮馒头的车，就变得那么细小，像一节虫子缓缓爬动。

唐必仁跟到阳台，看上去他挺担忧的。“你干什么？”他问。

干什么？柳静也不知道自己要干什么。她只是心里堵得慌，很慌，气都喘不上来的感觉。每一次跟锦衣过招，她都有血肉模糊之感，即使偶尔是她取胜，也从来胜得委屈别扭坑坑洼洼。二十四年前，从自己身上丢下来的哪是一块肉啊，丢下的分明是毒菌，然后春去秋来，又是自己把这毒菌千辛万苦一口口喂大，大成随时可能将她吞咽撕碎的怪兽。

她叹一口气，将身子弯下，双臂搁在阳台护栏上，两眼茫无目的地往下闲看，看这座似乎与她有关的城市，看远处隐约存在的大海。

唐必仁手搭到她背上，轻轻摇了摇。“你反应过度了。”唐必仁说，“真的没必要这样。”

唐必仁又说：“今天她知道我回国，特地从学校回家一趟，本来高高兴兴的，可是，你看，饭都没吃上，又走了。你何必那么计较呢？马上她跟陈格一结婚，不都是一家人了吗？”

柳静慢慢把身子重新拉直，转过头看着唐必仁，轻轻从牙缝里挤出两个字："结婚？"

唐必仁说："是啊，陈格不想回老家，毕业后要留这儿，他还要我帮他找工作哩。锦衣说到夏天一毕业他们就结婚。她没跟你说过？"

柳静猛地把脸又转开了。他们站得太近了，有一股气，热烘烘的，直扑柳静的面颊，夹着几星唾沫。唾沫没关系，姑且当成水也行，重要的是一股气味与唾沫同行了，经过发酵的酸腐气味，它们像一群困在牢里多时的怪兽，蓬头垢面，衣衫褴褛，牢门一开，它们就从口腔里非常蓬勃地往外冲，向着柳静喷射过来。

柳静胳膊上的毛孔一下子全竖起来。结婚这么多年，她从来没发现唐必仁的嘴巴居然这么臭，热烘烘的恶心人。

三

柳静教过的学生有一个共同的特点：极少有错别字。允许不会写，会写了就一定不能错。这个要求说说容易，真要做起来，其实很难。汉字四四方方的，看上去彼此相似，读起来又有那么多同音字，好好的横撇竖捺，一不小心过了界，说错也就错了。柳静不听解释，她只要求不出错。一旦错了，先是罚抄十至五十次不等，若是再错，她刻薄起来，就会把该学生叫到黑板前，让他（她）当着全班同学的面，再写一次。写对了，你自己改邪归正；又写错了，在哄堂大笑中，你也能痛改前非。背地里学生骂她有病，就是同事也少不了腹诽。就你能，你就不会错呀？柳静还真没有错过，板书或者教案里，从来工工整整，没有人见过她一个错字与别字。不知是天生有仇还是职业锻造的结果，就是看到街头广告牌上有错别字，她也恨不得立即端着红笔冲过去，画个圈，勾到旁边，注上正确的。不是故意这样，但就是这样了，她也没办法。今年有新规定，高考作文每三个错别字扣一分，这在一定程度肯定了柳静苛求的正确性，按理柳静该高兴，但她没高兴，心里咯噔一下，反而生出几分歉意，好像高招办这样的要求是被她逼出来的。

她弄不清自己。每个人最弄不清的总是自己。

那天从学校回来的路上，她特地拐到一家中草药房，挑了茅根、白毛藤、六角仙，都是清凉下火的。旅途奔波，吃睡都无规律，上火口臭很正常。问题是以前唐必仁也常出差，以前为什么没闻到那股臭？

以前唐必仁还有其他方面的毛病，比如打呼噜、不爱洗澡、晚上常忘了刷牙。打呼噜是身不由己的，所以柳静没说什么，她只是翻来覆去自我调整。习惯就好，习惯成自然。但不等她习惯，唐必仁已经发现自己这个毛病，他很内疚，晚上就小心地将身子侧好，将枕头垫高，这样好像确有效果，鼾声不知不觉间就消失了。至于洗澡和刷牙，唐必仁挣扎了一阵，他说肉是我自己的，牙是我自己的，我自己来管就好了。但柳静不这么看，肉是你的，但你睡在我旁边；牙是你的，但躺下后这两排牙离我如此近。除非分居，各睡各的，一个指头不碰，那就由你。唐必仁现在当然不太碰柳静了，年纪大了嘛，一个月能碰上两三次也就够了。但以前他做不到不碰柳静，只能妥协。说到妥协，家庭生活中总得有人扮演这个角色，否则不天天鸡飞狗跳？这个家中的这个角色总是由唐必仁扮演，他是男人嘛，无话可说。很多机关干部喜欢把传呼机、手机、钥匙之类的东西串在皮带上挂在腰间，唐必仁也曾这样，主要是图方便，免得装在口袋里死沉。但柳静不肯，柳静一见腰间挂物的男人眉头就耸起。太俗了！她的评语一点弯都不打。钥匙也是隐私之物，吊在腰间，就跟裤门没拉上一样滑稽可笑。男人身上的线条应该越简练越好，越干净越好，凭空再在身体中央位置弄出几个累赘物，走动还叮叮当当响，立即就品位大跌，现出粗鲁。别人跌就跌吧，柳静管不了，但她能管唐必仁。唐必仁一把东西往腰上挂，她脸就黑了，就过去夺下。这样一来二去几次，让步的自然又是唐必仁。

这社会一直没养成呵护女性的绅士气质，唐必仁能这样一再迁就，已经非常可贵了。当然如果细想，仍觉得有点不对。精神身体都强壮有力之后的主动呵护与懦弱胆怯时的退让迁就有质的区别。唐必仁是不是前者？很遗憾，不是。精神上他显然还力量感不够，差很远。都已经是后者了，还怎么能再随心所欲？并且这几年他胖了，肉质松弛，腹部放肆地往前顶出去，鼓鼓囊囊的。三天两头就到运动场上挥汗打球的人，居然还无法扼制住肉的增长。肥胖起来的中年男人总有股油腻感，一油腻弄不好甚至有猥琐气。还好，唐必仁没有，至少未有。柳静把草药洗净卷起，装入瓦罐里，先用猛火煎开，再用温火细熬二十分钟，然后倒在碗里凉着。做这些时她很用心，或者不做，但凡做了她总有股掏心掏肺的专注，任何事都这样，也是种惯性吧。

唐必仁已经越来越少在家吃饭。体育局又不是关系国计民生的重要部门，可他仍是忙。这座临海的小城因为风和日丽，便吸引许多有钱人来买房建别墅，既然来了，就得有玩的地方，于是三年前有台商投资建起高档网球场，室内室外一应俱全。然后又修出一个可供国际比赛用的高尔夫球场，连铺地的狗牙根草都是从美国进口的，柔嫩青翠，秀色可餐，绿茵茵的仿佛一幅水粉画。这两个项目都是唐必仁负责张罗的，并不是他费力引资、修建，是人家投怀送抱，撞上门来，送给唐必仁一个工作业绩。建成了，理论上也在他管辖范围，他的日子陡然就丰富了起来，今天陪谁打网球，明天陪谁去高尔夫球场，忙的内容居然主要是这些，所陪之人谁谁谁，或者谁谁谁，都不是等闲之辈，除了本市的，也有省里的。每次陪人吃完饭、打完球，唐必仁都像经历了万里长征，愁眉苦脸，疲倦万分地喊胳膊腿疼。有时也有牢骚，说自己简直是三陪，可以评为全世界最辛苦的副处长了，真不值得。柳静只好安慰他，说工作性质既是这样，就忍着吧。拿了工资不工作，那是缺职业道德，也就是缺德。偶尔回家吃饭，唐必仁就很自觉地下厨，热腾腾地端出一桌饭菜，一脸唯恐不合柳静胃口的殷勤劲头。这是他的好。

今天算是"偶尔"之一，他不用外出三陪，吃饭的时候就说到锦衣。那天拿去钻石后，已经两个星期过去，锦衣都没在家露过面，也没接到她的电话或短信。过分了，非常过分。若要检讨，柳静觉得那天自己充其量只是方式简单了一点。作为母亲，辛苦养育了她二十四年，简单一点又如何？她们之间，那条沟通的渠道其实始终是干涸枯萎的，"推心置腹"、"循循善诱”之类的词从来没有实现过，既然一贯如此，那简单已经是种常态，不是意外，不值得震惊，锦衣凭什么还要端着一副生气的架子，掉头不回？无非是为了那个半路出现的陈格而已。

唐必仁把一块荔枝肉夹到柳静碗里，柳静口味偏好酸甜，荔枝肉是她一直喜欢的。

“陈格也爱吃这道菜哩，以后你就有口味相投的人了。”说到这里，唐必仁笑起来，好像这个话题多么有趣。柳静不觉得有趣，所以她不笑，只是歪着头，乜斜着眼看唐必仁。想了想，她问：“你怎么知道？”是啊，他怎么知道？陈格来过几次，但每次家里煮什么菜柳静都已经想不起来了，反而唐必仁，怎么连人家的口味都了解了？

唐必仁说：“是锦衣说的。”

锦衣有话总是跟父亲说，一直这样，柳静不奇怪。她低头扒着饭，突然听到一阵吧嗒吧嗒的声响，一怔，又一怔。声音是从唐必仁嘴巴里发出的，他夹了一筷子空心菜，放在嘴里咀嚼时，竟嚼出这么响的声音来。

柳静胃里翻滚了一下，一股气往喉咙上涌。她放下筷子，使劲咽几下口水。

唐必仁注意到她的不适，探过身子问：“怎么了？”

柳静摇头，摇得甚至有几分慌乱，然后笑笑。怎么了？她自己也诧异。她想可能是错觉吧，一点响声而已，她怎么说也不该反应剧烈。想着自己的不对，她便再笑笑，继续拿起筷子。唐必仁好不容易回来吃顿饭，作为妻子，她还是得珍惜的。所以，这时她再笑了一下，笑得若无其事的样子。但是，接下去，她关不掉那些声音，吧嗒吧嗒，嘎叽嘎叽，咕噜咕噜，她不看唐必仁，也可以迅速从传到耳朵里的不同的声音，来判断唐必仁究竟是吃菜还是吃肉或者喝汤。

一个人怎么可以把一顿饭吃出这么大的响声呢？但问题是，之前，她怎么竟没发现？一种可能是，这是唐必仁刚养成的爱好？可是这个爱好分明是没教养的标志，锦衣小时候在饭桌上弄出响声时，唐必仁都郑重阻止她。一个人在世上活得越安静，其文明程度越高，这是他的原话。他明显是一个对这种文明有向往的人,一直在克己复礼,突然之间,怎么却变了?

柳静认为得指出来,不指出来,就是她的自私。她说:"你今天怎么吃饭声音这么大?"

唐必仁马上停下筷子,扭头望过来,这个动作表示他很意外。他说:"很大声?不可能呀。"

柳静没再往下说,事实上也不知能说什么,所以她还是笑了一笑。笑可以表示她听错了,也可以表示她不计较这事。她是想不计较的,同一张桌子吃了近三十年的饭,从前并未觉察不妥,突然有不妥感,那只能是她自己的问题。

她得把这个问题吞下去,放大了对谁都不好。

一顿饭入腹后,柳静把那碗凉茶端上来,递给唐必仁。唐必仁迷信西药,对中药一直没有信任感。他端起碗时,问柳静:"不喝行不行?"柳静说:"不行。"唐必仁看看柳静又看看碗里黝黑的药水,一把就往嘴里送。他的脸顿时被遮住大半,一只眼扣在碗里,另一只眼露在碗的边沿,直直地看着柳静。柳静一怔,问:"什么事?"她第六感太好了,很多事没来由地猛地心里一闪,就准确感受到了。

唐必仁把碗放下,嘴唇撸着,吐出草药碎末,头左右转转,好像仍有点犹豫,最后他还是说了。他说:"喂,说不定我……说不定市里会让我当……工商局局长。"

"你?"这是柳静的第一个疑问。

"工商局?"这是柳静的第二个疑问。

唐必仁是农大农经系毕业的,毕业后到市委办秘书处已经转行一次,到体育局再转一次,然后现在,一直到五十六岁之时,还能再转?工商局局长,正处,提半级。而且是工商局那么肥硕的单位,不是谁想去就去得成的。

唐必仁摇头,连连摇,好像提拔这个话题是团火,摇慢了,就被烫着了。

"这事还没个谱,你不要往外说。"

走几步,唐必仁又说:“连锦衣也不要说。”

柳静怔怔地看着他。

唐必仁却不看她,唐必仁挽起袖子进了厨房。他是能干活的,煮菜、洗碗、擦地板,各种家务活做起来都比柳静到位。副处级厨师,唐必仁有时会这样表扬自己。天已经微黑,外面华灯渐起,暮色中总有股慵懒的气息飘浮着,让人倦倦的只想歇下。柳静走到阳台上,阳台六米长,壮丽地悬在半空。这个小区开盘时,开发商反复炒作的就是阳台。“城市的观礼台”,广告词不是太通,却可以直击人们的兴奋点。前两年买房时,柳静就是被这个广告击中的,她喜欢家门紧闭之后,还能有一处与自然交融的空间。十八层楼之上往外看,高楼参差林立,隐约的还可看到远处大海的一角,有风丝丝吹来。风是潮的,夹着淡淡的咸腥味,不好闻,别人闻习惯了也不难闻。柳静却一直不习惯,她十八岁考上大学来到这座城市,然后留下来工作,一晃三十多年过去,鼻子却始终不肯屈服。区区一个人是不可能与大环境大气候对抗的,道理她知道,所以她并不抱怨,日升月落中一天天也就过下来了。

但不抱怨不等于没看法,这个奇怪的世界。

刚才,如果唐必仁说的是退居二线,柳静反而会觉得理所当然合情合理。也不是没其他人在五十五岁过后弄个调研员当着,挂着空衔,留着待遇,而位子则腾出来给后来者,后浪推前浪,挺正常的。但他说的却是提拔去当工商局局长,他还不让往外说,连锦衣也不让告诉。

想想不对,越想越觉得怪异。

唐必仁洗好碗后,已经坐到客厅看电视了。柳静走过去,也在沙发上坐下。

柳静说:“你刚才说你要去工商局?”

唐必仁没有正面回答,他往书房里指了指说:“咦,怎么不去改作业了?你每天晚上不都忙得要死?去吧去吧,早改完作业早睡觉。”

柳静挺渴望早睡觉的,她今年教高二,虽不是毕业班,每天照样累得大气直喘。到这个年纪,心有余,常常力不足了,每天的作业都沉甸甸地压在那里。改作业的方法多种多样，最讨巧的办法是在课堂上让学生互相纠错彼此批改，柳静偶尔也这么做，但不常，太常了，她马上就觉得对不起很多人。

她说："你真的要去工商局？"

唐必仁笑起来，他把电视遥控器抓在手里漫无目的地按来按去。"唉，这事八字还没一撇哩，你怎么在意起来了？以前你可从来不管我仕途上的事嘛。"

柳静想，我不是在意，我只是意外。我仍然不会管你的仕途，处级而已，用上仕途二字似乎嫌大了点。

唐必仁手按着遥控器，他的腿一边踮着前掌，另一边往里弯曲，弯成一个半弧形，像打音乐节拍似的哗哗哗抖动，皮质沙发随着他的抖动嘎嘎颤着。柳静没有再问提拔的事，她的注意力一下子落到唐必仁的腿上。她突然想起，这一阵，唐必仁坐在那里时总爱抖腿，经常抖。她的头被他抖晕了，太阳穴啪啪啪跳。

她说："你腿能不抖吗？"

唐必仁诧异地看着她，腿停了一会，仅一会，又不经意地抖了起来。柳静连忙闭上眼，觉得整幢楼都跟着摇晃。

四

周六的时候，锦衣还是没回来，唐必仁则又陪领导打高尔夫去了，是常务副市长李军。李军这个名字这两年经常进入柳静的耳朵，柳静在电视上见过他，高个，偏胖，腮帮有浓密的须根，因此一片黝黑。须发多的人，似乎脾气都暴躁，也易走极端，这是柳静的经验，唐必仁却说李军不会，李军的特点只有两个：爱玩与讲义气。马上，唐必仁又说，人家年轻干部，老婆孩子在省城，孤身一人在这里工作，贪玩一点也可以理解。柳静留意到唐必仁说起李军名字时，口气不紧，偏于随意，仿佛不过是叫邻居或同事，可见他们是密切的，密切到什么地步？唐必仁没说，唐必仁从不说。

家里就剩柳静，这是常有的现象，柳静无所谓。

门铃响了，是陈格。没有想到陈格单独来家里找柳静，他说要跟柳静单独谈一谈。这事当然出乎柳静的意料，挺突兀的，不过谈就谈吧，柳静也无所谓。

陈格的话题从自己的身世谈起，他说自己家在甘肃农村，在戈壁古长城的边上，地真辽阔啊，大漠孤烟直从小就看腻了。他的父亲粗通几个字，已经年迈，母亲一个字不识，浑身是病。他的上面一个哥哥已经成家，一个姐姐和一个妹妹都已经出嫁。他还说因为从来没见过海，所以考大学时第一个志愿就报到这座城市来。这座城市没有让他失望，相反，他喜欢这里，海风海浪海鸥都非常令人心旷神怡，所以他要留下来，让他的子孙以后都能生活在这里。

柳静心想，留吧，随你怎么留，留上千秋万代都请便。

茶几上泡有一壶菊花茶，陈格把柳静的杯子倒满，又给自己也倒一杯。茶水还很烫，丝丝冒着热气。陈格显然口太渴，他急不可耐地端起杯子，噘起嘴，门牙往外探，很小心地衔住杯子的边沿，轻抿了一口。他的牙黄且大，牙缝也大，这是柳静第一次见面时就注意到的。另外，他的嘴老是呵着，湿湿地沾着口水，上下唇仿佛永远闭不拢，这也是柳静早知道的。不是故意的，但柳静真的不喜欢这种类型的人。她很后悔，她应该从锦衣懂事起，就早早开始把自己对男人的审美趣味灌输过去，锦衣很可能不会听她的，但至少可以起一点潜移默化的作用。现在迟了，锦衣不回来，这个男人自己都敢找上门来。

他来的目的究竟是什么？

陈格不忙着说目的，他兴致勃勃说的是他家乡，那里的荒滩，那里的饮食，那里的风土民情，那里的昏晨风光，那里的红柳与骆驼刺。“柳老师，你没去过那里，你这么浪漫的人，去了，一定会喜欢得要命。”

柳静眯起眼打量他。他一直叫她柳老师，她的职业确是老师，随便叫吧。他说她是浪漫的人，这是凭什么？他还断言她会把他老家爱得要命，又凭什么？甘肃她去过，戈壁她见过，是前年暑期吧，市教委组织一批优秀教师去那里游玩，从兰州坐汽车往敦煌，一千一百多公里，走了三天两夜，武威、张掖、嘉峪关，一路走走停停，看尽沿途的风光。苍茫的戈壁、烟黄的土长城、贴地生长的骆驼刺，以及硬生生伫立的红柳胡杨树、壮丽的落日、一闪而逝的海市蜃楼，她都看到了，当时心颤几下，过后马上丢到脑后，她还是喜欢好吃好穿的现代生活，她没有对原始的风光爱得要命。她没有。

但不觉间她心里还是突然有点暖。这个瘦小的男人，至少他还在意她的感受，这一点他比锦衣强多了。锦衣什么时候在乎过母亲怎么想怎么看？母亲在她眼里是个自以为是的人，母亲穿绿色的衣服难看死了，母亲的眼睛大得没有神，一点都不美。其实绿色并不是柳静皮肤排斥的颜色，她那么白，白容忍并接纳一切色彩，但自从看到十岁锦衣的那篇作文后，她衣柜里还是再也没出现过绿色衣裙了，她不是怕锦衣说，而是突然败了兴致坏了胃口。恰巧不久以后她开始买点股票，越买她越讨厌绿色，她恨死绿色了。

陈格又拿起茶壶，举过来，发现柳静的杯子是满的，柳静一口都没喝，他好像很歉意地吐吐舌头，还歪了一下头，然后把手缩回给自己倒。倒了一杯喝掉，再倒一杯又喝掉。他确实渴了。然后茶壶空了，他站起去厨房加水。他刻意地走着，脚掌踮起，身子往上拔，一步一步几乎像在跳跃，这样大概是为了增加高度吧？柳静第一次这么仔细地从背后看他，她还看到他窄窄的屁股与窄窄的肩膀。个子矮小的人对世界是不是总有更大的野心呢？她突然这么想，她继续往下想，越想越觉得有道理。因为先天不足，他们占有的空间有限，他们不甘心这样，所以激发出更剧烈的拼力，脚蹦跳手挥舞，多捞一点是一点。不是绝对的，但周围，目力所及，壮硕魁梧的人总更容易优哉度日，一副万事知足的慵懒相，比如唐必仁。能搏能闯当然是好品质，但雄心与野心、聪明与精明，区别只那么一点，性质却是云泥之遥。柳静暗叹一口气，说到底她心底是恬淡静谧的，丝毫没有跟世界较劲的欲望与念头，那种猴急的人，那种流着口水章鱼般伸着七手八脚到处打捞的人，她真的避之唯恐不及。不喜欢陈格的真正原因原来就是这个？她突然醒悟，下意识里她已经把他往这类人那儿靠了。也许他是，也许不是，谁知道呢。

从厨房里拿着一壶水出来，重新在沙发上坐下时，陈格从裤袋里掏出一个纸包。他慢慢把纸包打开，慢慢地打，纸是白色的，渐渐露出里头的黑。很眼熟，柳静一怔，原来是那个黑绒布锦盒，唐必仁从南非带回的。盒子打开，钻石在里头，已经不是原先的裸石，做成了戒指，钻石亮闪闪地嵌在上面。

他来示威的吗？柳静脑中闪过此念。

柳静没有伸手去接。

陈格撅着屁股探过身子，把戒指放在柳静面前的茶几上。然后，他用手小心地在黑绒布锦盒上抚了抚，抚完笑起来，好像那盒子是个婴儿，婴儿是柳静的孩子。

柳静还是双臂抱在胸前斜靠在沙发上，头微斜，一动不动地看着陈格。她在等待下文。通常在课堂上向学生发出一个提问后，她都会以这种姿势倚在讲台旁，神情从容，成竹在胸，高深莫测。人的肌肉是有记忆的，久而久之，只要需要，不用她费力，那种动作那种表情那种姿态都可以自己跑出来，迅速搭配成最让别人忐忑不安的一副模样，引而不发。

陈格显然也有点紧张，他其实一进门就处于试图放松却仍是紧张的状态中，眼皮一眨一眨的，眼珠子左右跑，说话一句句急匆匆往下赶。“柳老师，”他叫道，又僵硬地笑起，“柳老师，我把钻石打成钻戒了。你的无名指我只是目测了一下大小，不知道合不合适。你试试，太大太小我再拿到珠宝店里调整。”

目测过她的手指，打好钻戒送到她跟前……理解起来绕了一大圈，最终柳静明白过来，原来陈格是把那颗钻石退还给她了，并且贴上了加工费和铂金戒圈。

是个意外，很意外，非常意外。

柳静欠欠身子，有一个问题她觉得应该先弄清楚，所以她问：“这是锦衣的意思吗？”

陈格低着头，身子前倾，十指对扣，似有为难，半晌才抬头，喃喃道：

"锦衣……她不知道。"

顿一下，陈格又补充一句："柳老师，能不能保密，别告诉锦衣？"

柳静胸口嗡了一下，像被人擂了一拳。真要被人打了，她至少会反抗，会躲避，现在却不能。她还是那么坐着，手臂绕在前胸，脸上还要虚假地弄出云淡风轻的表情。不是不了解锦衣，都知道，猜也猜到了，但由陈格嘴里说出来，分明又像当面被剥了衣服。柳静垂下眼帘，对那钻戒一瞥，一点犹豫都没有，她决定收下。没必要客套，装腔作势地推辞不是柳静的行事风格。

柳静说："行，我收下了。除了钻石，其余的钱该多少是多少，我还给你。"说着她已经站起，动作利索干脆，干脆得超出陈格的想象。

陈格也站起，手臂往前伸，晃几晃。"柳老师，不必还……"

柳静并没有停下来，她往卧室走去。钱包在挎包里，挎包在卧室里。等她拿着钱包走出来，客厅已经空了。再走到玄关前看，原先陈格脱在那里的皮鞋也没有了。就是说他走了。走了也好。走了说明他确实决意要归还钻石，锦衣要送他，唐必仁也同意送他，他自己却受之有愧，他不敢要，拿到珠宝店，根据目测过的柳静手指，打造出一个钻戒，然后绕过锦衣，送还柳静。

他本来可以不这么做，但他做了，为什么？

清楚柳静心里其实并不待见他，所以展开讨好外交？或者仅仅觉得这么贵重的东西，自己无功不受禄？前者乖巧，后者质朴，在乖巧与质朴之外，应该还有其他的什么吧。柳静头开始涨，太阳穴突突突地跳。陈格究竟是怎样的人，她其实是模糊的。一个别人的儿子，在别处生活了二十多年，正在读现当代文学研究生，毕业后没打算回老家而准备在这所海边小城驻扎下来，所以让唐必仁帮忙找个好工作，个子矮小，表情恭谦，能说会道。还有吗？没有了。想来想去，柳静只能想出这么多。

她把钻戒拿起，往左手无名指上套，慢慢地套，套得小心翼翼。整个过程她一直心存侥幸，希望无法套，套不进去，太大了，太小了，太窄了，太松了。但是，她终于还是失望了，应该是绝望，那一圈银色的铂金恰好非常熨帖地将手指根部密密箍住。目测到位，毫厘不差。多么细密周到的心眼！

柳静把钻戒取下，重新装入黑绒布盒子，然后，锁进抽屉。因为一个钻石家里起过风波，现在钻石回来了，不料心里却有了另一种乱。按理人家这么主动奉还，怎么也不该恼火，可柳静心里分明是火辣辣的，压也压不住的别扭。这事就让它沉下去吧，钻石自己又不会说话，柳静反正谁也不想告诉。

但是一个星期后，她还是忍不住了，她告诉了唐必仁。

唐必仁那天晚上躺在床上还在说南非埃及一路上的趣闻，这是他的爱好。几十年来夫妻二人在床上性事不多，越来越少，聊天的习惯却从新婚一直延续了下来。当然，前提是唐必仁不出差不开会，并且晚上没有陪谁打球应酬至下半夜才归，归之前也没有喝得脸红耳赤满嘴臭气。这么干净的夜晚如今已经非常稀少了，唐必仁自己好像也挺受用，躺下时在床上将双腿狠狠拔直了一下，拔得像只老蛏。他先说起南非约翰内斯堡。这地方以前他已经说过了，抢劫、凶杀，进商店购物犹如地下工作者那般小心翼翼左右环顾，确认并无遭劫危险才敢一脚跨入，总之很匪夷所思。重新又说起是因为当天的报纸有个报道，在南非经商的福建福清人又有一个被黑人抢劫杀死，这是一个星期来的第二起。唐必仁感叹一句："在那地方做人太没安全感了，如果锦衣要去那里，即使每天金山银山地挣，我也不会同意的。你说是不是？"

柳静没有回应，她脑子开起小差。锦衣从未有出国的念头，锦衣如果真要出国，她无所谓。锦衣去的地方如果真是南非，她也无所谓。不见得人人去南非都会被抢劫，更不见得抢劫了都会被杀死，各人有各人的命吧。有一点是可以肯定的，锦衣就是把南非金山银山都挣遍了，也不可能买一颗哪怕0.01克拉的钻石给柳静。柳静无声地叹一口气，她有点困了，这场聊天不太让她有兴致。事实上这些年所有的聊天基本上都是唐必仁的兴致，而她不过是个安静的听众，充其量嗯嗯几声。白天在讲台上已经讲过太多话了，舌头讲麻了，酸了，含在嘴里像条僵死的鱼。听一听倒是乐意的，中学教师的生活圈子毕竟窄，校园以外的世界原来已经这么泥沙俱下千奇百怪了。

但是唐必仁好像还没尽兴,接下去他的话题转到香精。埃及的香精中有一种被称为“沙漠的秘密”,又叫埃及伟哥。唐必仁脸仰在黑暗中,居然笑起来,他的两手也举起,在空中划动几下。他说:“你猜当时香精店老板拿出什么?一把笔,一个白色的塑料小圈,圈上挂有两个小球球。埃及人把笔套到小圈上,两个小球垂在两旁。像什么?你说像什么?”唐必仁侧过身子,用力推了推柳静的肩膀,语气急速上扬。

柳静已经猜出是什么了,但她没说。

唐必仁又笑,边笑右手边一下一下地往前,做出抹的动作。“埃及人说是这样这样,就是这样。哈哈哈哈,我们都乐翻了。把香精抹一下,他们说就可以让女人变得像动物,哈哈哈,像动物一样……”

柳静心里闪了一下,打断他:“你买了吗?”

“什么?”

“沙漠的秘密?”

唐必仁手在空中挥一下。“没买,我这么老了,又不是二十来岁。况且你对性一直又……这么淡。”

柳静转过眼珠子,从眼角静静看着唐必仁。刚才,这男人分明挺亢奋的,那个香精浓浓的味沉沉地飘过来。眨眼间,他又黯然下去,是因为一直以来她对性的淡?她本来就淡,一开始就淡,淡了几十年,但不等于无,孩子该生也生了,如果还能生,玉食也会如期而至。心里突然间仿佛破了个小洞,有一股不舒服像小泉一样汩汩往外冒。明明是因为香精的不舒服,不知怎么却跟那个钻石衔接到一块了。这时柳静说:“那颗钻石,你从南非带回的钻石,不是给陈格了吗?陈格又还给我了。”

唐必仁侧过头,眼白亮亮地盯着她看,好像没听清。

五

因为一个钻戒,唐必仁后来对陈格进行了一次总结性的评价,他说:“这个男孩不错,有大将风度。”柳静心里奇怪,陈格不过把别人的东西还给主人,怎么就大将起来了？难道唐必仁这么说是为了故意损她小气？

唐必仁又说:“我看他心气比锦衣高多了,锦衣嫁给他不会委屈的。”

这个问题柳静没有想过。不过用得着想吗，锦衣难道还能被谁委屈了？她那张嘴,那个脾气,不委屈别人就该谢天谢地了。

唐必仁走几步,突然想起来似的,他说:“哎,锦衣好久没回家了,什么时候把她叫回来吧。”唐必仁没说谁去叫,反正柳静不会开口。这个家里缺了锦衣有点不顺,但有了锦衣似乎更不顺。柳静很忙,课已经周而复始上了几十年,但一拨拨学生是新的,课文内容也因此不断更新之中,总之她不敢松弛,松不起,手里攥着一个个具体的人的命运哩。算是劳碌命吧,好听一点说是有良心,当教师真要把良心摘除掉,混一混也是轻而易举的。但她觉得再过两年该退休了,一辈子都问心无愧地拿工资,犯不着用余下的这些时间给自己抹黑。当个教师而已,又不是官员,保个晚节还是容易的。备课、上课、改作业,柳静三部曲的节奏从刚出大学校门起就一直延续下来,不同的只是当初的慌乱被如今的从容所替代。但有了高考那炉火等在前头,再从容也还是整天团团转。锦衣确实已经很长时间没回来了,说真的,如果唐必仁不说,柳静并不太把她想起。

几天后锦衣回来了,她好像已经忘记钻石的事,进门后半句不提。她显然也不知道那个钻石已经回到柳静手中，看来陈格和唐必仁都三缄其口。柳静也不是不会装傻,她没吱声,脸上风平浪静。

晚饭前唐必仁打来电话,说回不了家吃饭,有客人,打网球。电话是柳静接的,柳静嗯了一声,就放下了。今天是周日,越周末节假日,来打球的显赫人物越多,唐必仁不惜牺牲休息,为提高别人生活品质作出贡献,自己及家人的却断然降低了,这是什么精神？这是狗屎不如的混账精神。

家里没男人,锦衣就放松地穿着紧身棉毛衣裤走来走去。她真是瘦,细脚伶仃,胸前低低的、平平的,有聊胜于无。感觉她还没发育起来似的,事实上这是像柳静,柳静就是在哺乳期最丰盛饱满的时候,前胸也不及常人的二分之一。她一直只穿A杯的文胸,还留有空隙,无法完全填满。有一个短信段子,说男人去相亲前问媒人,女方乳房有没有橘子大。媒人说有。

结果摸过之后男人大骂，说妈的，金橘也是橘啊？教研组的同事当时听了都哈哈大笑，柳静也笑，边笑边垂下眼瞥自己的胸部，很不幸，那里也是金橘，名副其实的小金橘。家族女性间这方面的遗传是极其顽强的，若是锦衣成波霸，那一定是当年在产房里被抱错了。

其实柳静偷偷想象过那个情节：在分娩住院期间，有阴差阳错的故事出现，把这个锦衣抱走。没有了锦衣，带回家养大的就是另一个孩子——别人的孩子又怎样？血缘在柳静眼里并不重要，无所谓，几代后就谁是谁、谁管谁了？抱错回家的孩子如果温顺贴心，柳静宁可将错就错，那样她这个母亲当得至少不会这么憋屈，这么举步维艰。

三菜一汤端上桌，米饭也装好，柳静说："吃饭吧。"

锦衣坐在客厅沙发上看电视，头微微侧一下说："你先吃。"

柳静看看窗外，正下着雨，雨不大，但透着彻骨的冷。快入冬了，世界明显脆弱起来，连饭菜也是眨眼间就要凉下来的。柳静说："快吃吧。"

这次锦衣一动不动，也不答。

柳静在桌子旁呆呆站着，看着锦衣。那张脸她太熟悉了，却总是在突然之间极致陌生。一股火从腹底蹿起，她把筷子往桌上重重放下，声音往上提一些。她说："先吃饭！"

锦衣霍地站起，疾步走来，擦过柳静身边，白一眼，并不停下，进了卫生间，关上门。门关了很久。柳静想如果是小便，给她五分钟，如果是大便，给她二十分钟。柳静在桌旁坐下，眼盯着墙上的石英钟。她开始计算时间了。分针秒针一格格地跳动，跳过准准的二十分钟时，柳静拿起了筷子，她想锦衣要拉，她要吃，两便。桌上的菜一点一点地少了，每一筷柳静都下得很狠，很大口。本来准备的是三个人的菜，现在一个人吃，倒也能多享受一些。她没想到自己竟有这么大的胃，居然装得下这许多。

这时卫生间的门开了，锦衣提着湿漉漉的手趿着拖鞋出来，慢慢踱到桌子前，低头看着桌上。都是将近见底的残羹剩菜了，锦衣抓起一个碗，碗里是汤，她手腕转动，晃了几圈，突然用一种幽幽的口吻，一字一顿地说："你会吃撑的。"

又说:“你会拉肚子的。”

柳静抬起头看着锦衣,嘴角往上扯,有一点冷笑或者嘲笑。然后她把筷子搁在已经空出来的饭碗上。她吃饱了,吃得很好,没有撑,也不会拉肚子。她辛辛苦苦弄出一顿晚饭,总不能因为别人的要陪人打球、要上厕所而委屈自己。

锦衣把手一抖,汤碗重重地蹾到玻璃桌上,汤溅起。

锦衣说:“都是口水,不吃了!”

锦衣猛地转身,重新坐到沙发上看电视。她的脸很臭,柳静的更臭。柳静从厨房里拿出垃圾桶,一只手端着,另一只手举起碗碟,高高地将剩菜倒进桶里。客厅里的锦衣如果侧脸看过来,会看到这一幕。

但是柳静发现,锦衣并没侧脸,一点都不侧,仿佛屋里没有其他人。知道今晚锦衣要回来,柳静特地去超市买了鱿鱼、无公害黄瓜和空心菜,都是冲着锦衣胃口去的,她这个母亲当得再不济,下意识里其实也还是在不断让步,在持续迁就的啊。

在厨房洗碗时,柳静突然鼻子一松,泪就滚落下来了。脸颊也松了,腮帮一阵阵地发酸。她把唇咬紧,把水龙头拧开到最大。水声哗哗,覆盖了客厅里的电视声。说到底她是怕自己哭出来,如果哭,她会选择一个无人的角落,锦衣看不见,任何人都看不见。终于她忍住了,把泪都咽下去。收拾好厨房,她要回书房改作业去,经过客厅时,她把头别着,一眼都不往沙发那边斜视。

锦衣却问:“哎,老唐要去工商局当局长,是真的吗?”

柳静停下来,转过身子看着锦衣。她不是对锦衣称老唐惊讶,锦衣对唐必仁从来都以老唐相称,哪天要是突然叫爸,估计连唐必仁都会以为是在喊别人。她看锦衣,其实多少有点挑战的意味,刚才的伤口还在,她像只无头苍蝇,急着找一贴膏药止止痛。

锦衣也看她,眼睛睁得大大的。“怎么了,问问有罪了?还不是局长老婆哩,就这么趾高气扬!”

柳静说:“我正更年期,麻烦你不要问我。”

锦衣鼻子一嗤，大声笑起，臂抬着，食指往前戳，嘴咧得很大，像突然捡到什么宝贝似的兴奋。“是你自己说的呀，更年期！说得太对了，真的太对了。老更！”

柳静耳朵嗡嗡嗡响，好像谁拿着几块铁板哗啦啦地在四周敲响。最后仍然是她败了，她不是锦衣的对手，只能一扭头，闪进书房。她觉得此时自己就像一只被开水烫着的狗，浑身火辣刺疼。是不是真的进入更年期了？这个疑问柳静其实一直在暗问自己。心悸、脸颊潮红、睡眠不宁、月经紊乱、周身阵阵发热、汗一层层渗出，迹象很多，林立那儿，她没有正视过，不敢正视。眨眼间就进入老年了？她所期待的人生，根本就还没真正到来哩。就好像每年暑假之后去学校报到那一天，她心里总是暗想：如果这是放假的第一天该有多好。

书房三面墙都立着书橱，书橱上嵌着玻璃门，柳静看到自己脸映在上面，灯光从侧面打过来，把一张脸的破败照得那么不堪而透彻。有几分钟脑里是空白的，整个世界都是空白。然后她返回书桌前，翻开电话本，一行行找下去，找到李荔枝的号码。

中学同学李荔枝是妇产科大夫，八九年前就给过她建议：来做个激素水平检测，来开点激素药吃吃。为了说动她，李荔枝还趴到她耳根，挺缺德地把市里哪个哪个名人或名人老婆吃药情况偷偷供出来。没关系，遵医嘱，有节制地吃点，皮肤马上不一样！柳静记得当时自己有多不屑，那么反自然的东西，她怎会苟同？现在，突然之间，她却想山崩地裂般扑过去苟同。这是不是说明，现在她真的已经不可救药地老了？这么一想，心就陡地慌了，怦怦直跳。

她拿起话筒，按下那个电话号码。

李荔枝永远都是大火烧着家门口的急促声调，这与她的职业不协调，医生怎么可以这么机关枪似的说话呢？但李荔枝一直就是这么说话的，竟也能成为一个出色的妇产科大夫。“什么事？想起我了？”

柳静说：“没事，随便打个电话问候一下。”

电话安静了片刻，话筒里都是李荔枝一呼一吸的气息声。然后她猛地笑了。“问候？”她边笑边说，“很官方的语言嘛，跟外交辞令似的。”

柳静一怔，从没人这么说过她。电话就在书橱边上，她头往右微侧，用耳朵夹住话筒，茫然地看着玻璃上的那张脸，忽然记起给李荔枝打电话的目的。她说：“荔枝，明天上班吗？”明天，柳静是想去医院，让李荔枝开点药，神奇的激素药。她用一只手抚过左脸，脸颊一边静默，一边上扯，扯出沟沟壑壑。绝望原来是这样的东西，可以说来就来，铺天盖地笼罩下来。她说：“我想检测一下那个激素……”

李荔枝不笑了，她的口气平和下来，接近职业化。“你还没绝经吗？”

柳静说：“没有，但很乱了，来与不来早就没个准。”

李荔枝语调又提高了说：“激素不是查一项，是六项。不过，不查也罢，还查什么查？这把年纪！我们医院护士一忙，三四十岁绝经都不奇怪，你算能撑的了，再迟也没什么好处，你应该知足。明天是星期天，休息，不上班。”

柳静吸一口气，她这当教师的人，居然一时忘了明天是周日，于是连忙短促地笑起，这种笑似乎能掩饰一下尴尬。她说：“那没事没事，我回头再找你吧。”

李荔枝说：“好。”

通话已经到了尾声，说个再见，柳静本来就打算放下话筒了，李荔枝却突然连叫两声：“哎哎！”李荔枝说，“明天你要补课吗？”

柳静说：“没有。”

李荔枝说：“那我们聚聚吧，我请客，广场旁那家必胜客怎样？中午十一点吧，说定了！”

柳静其实不想去，她对任何聚会都兴趣有限。当然不是一贯如此，年轻时凡有同学朋友聚会她都梳妆打扮一番喜洋洋奔去，认识一个新面孔也会愉悦许久。一年一年活下来，身上力气竟越来越少，多一根稻草都不愿去担起了。但毕竟刚才是她主动找李荔枝，她还有求于李荔枝。恍惚了一下，她还是答应了。

第二天她准时赴约。离开家时，锦衣还在睡。不知道在校上课会怎么样，一旦在家，锦衣永远都将早饭与午饭合在一起吃。至于唐必仁，他已经醒了，但瘫在床上起不来。下半夜三点多他才摸回来，一身酒气，长吁短叹。柳静煮了一锅面温在那里，然后进卧室跟唐必仁说了中午的事。唐必仁眼微微眯开，很奇怪地看过来。“李荔枝？她干吗请你？”

柳静突然有点兴奋，并不答，头仰了仰，耸肩一笑，走了。一向都只有唐必仁在外吃饭，唐必仁的岁月在饭局上泡得花团锦簇，现在也轮到她了，轮到她把唐必仁丢在家里而自己出去应酬。她一下子对这一趟出行满意起来，甚至对将见到李荔枝也生出一点期待了。

好久不见了，应该是两年多前吧，是锦衣研究生入学前，柳静请中学同学吃饭，共五个，都携子女前来。不是柳静喜欢得意自夸，是惯例而已。都是外地人，好不容易大学毕业后还能在同一座城市工作，就找个机会轮番请客，子女金榜题名当然是最好的理由，第一个开了头，就逐一执行了下来。那次锦衣难得也肯款款前行，她对升为硕士正欣欣然，以为一桌人都会围着她唱赞歌，不料去后仅听到几句开场白般的应景好话，接下去女人们更多是在交换当年中学同学的最新消息，谁谁谁离婚了，谁谁谁发大财了，谁谁谁刚当上什么长。锦衣脸就黑了，越来越黑，终于憋到结束，走出酒店时，她从牙缝里挤出两个字：“恶俗！”

走几步又说，烦死了！

柳静在饭桌上已经看出锦衣的烦，她如履薄冰地熬到水果上来，熬到大家话兴阑珊，熬到终于和平结束起身。锦衣没有在桌上翻下脸来，算是给她面子了，她多少感到侥幸。心里却想，以后，任何一场饭局，都不可能再携锦衣前来了。当然，那以后，也不再有哪个人的子女往硕士博士上考，大学的那一拨又都过去了，酒会于是就冷却了下来。也就是说，已经两年多了，柳静都没再见到过李荔枝。

六

李荔枝已经来了，柳静一走进必胜客，就见有只手陡地从铺着棕黄色台布的桌子旁竖起，举到半空。“哎，柳静！”

柳静站在原地愣神数秒。那个人是李荔枝？那个人是李荔枝。

李荔枝父母都是拉板车的，家境的缘故，她一直少有装扮，学习上却始终苦扒苦撑发着狠劲。班上富家女子终日花枝招展，上课却三心二意，李荔枝总是鼻子一哼，眼一白，转掉脸。柳静跟她同桌，柳静以为她以朴素为美，心比天高，不料当起医生腰包鼓起后，几个同学中没有谁比李荔枝更在意外表，一套套款式夸张夺目的衣裙不说，每天还把脸抹上厚厚一层粉，眼线眼影腮红唇彩一样不缺。原先她是饿着的，然后，又多少有点吃得太撑。其实上了班戴上口罩，妇产科大夫李荔枝已经有大部分脸部面积必须被遮去，真是可惜了宝贵的化妆品和更宝贵的时间。但李荔枝挺受用的，同学聚会时，换成她最花枝招展，见谁草草穿衣梳妆，她会摆事实讲道理，大谈女人自我保养修饰的重要性。她的话是有说服力的，那一层细腻的薄薄的皮肤下，汪洋着一池随时要磅礴的水，看上去晶莹而亮洁。

柳静的错愕就是因此而来，站在必胜客入口处，她看到的却分明是个皮肤蜡黄黝黑缺乏光泽的已经衰败不堪的老妇人，那张脸，呈现与“光滑”一词相去甚远的凹凹凸凸，仿佛一件旧棉袄，原先铺展均匀的棉絮，穿着穿着，就一团团地结到一起，东一簇西一缕。而人的肉难道长着长着也会凝结成块？只是眨眼间，李荔枝一身曾经四处洋溢的水分就一泻千里不知去向，除了震惊，真想不出其他的词了。直到坐到对面，柳静还一直盯着对方看，原先的那个李荔枝还活色生香地浮在脑中，她得调一下焦，才能跟眼前的重合到一起。

李荔枝探长身子伸过手拍拍她肩。“喂，好久不见了啊！”

柳静笑着点点头表示认同，心里却想其实就两年多不见啊，岁月真是可怕。会不会自己其实也这么衰败不堪了？朋辈往往就是一面镜子，就是最残酷的参照物，你不承认都不行，反正彼此一看就昭然了。一时间柳静不知该说什么，眼光还停在李荔枝脸上，不由得暗叹了一口长气。从脸往下看，李荔枝穿的是件改良式唐装，杏白色的，手工绣着一排粉色花，式样很雅致，最上端的那个盘扣却没有系上，微敞着。这类衣裳，一旦敞着领，不知怎么就马上有股风尘气出来。柳静动了动手，她几乎要伸手帮李荔枝把那个扣子系好。

李荔枝也正打量她，上上下下地打量，是那种急于探索与发现的眼神。柳静知道，她又要就穿着发表评论了。之前，李荔枝对柳静穿着的评价是三个字：没特色。关于“特色”，柳静其实一直保持警惕，年轻时她不敢放胆乱穿主要由于职业的局限，对奇装异服确实也暗自动过心，但现在不会，现在心很淡，反映到外表上就是简练、纯净，却又品质蒸蒸日上。花哨是年轻人的事，而过了四十岁，还在形式上下苦功，不免就透出傻气了。

李荔枝说：“你怎么越来越朴素了？”

柳静低头看看自己，藏蓝色的Levi's牛仔裤，本白的阿玛施圆领绒衣，正版阿迪达斯，周末她都这么穿，舒适自在，没什么不好，档次也不低。她淡淡地笑笑，也看李荔枝。李荔枝的唐装情节已经好多年了，裤子隐在桌子底下，但不用看也知道，一定是那种宽腿的黑色长裤。身高不足一米六的李荔枝，老是把自己弄得秃秃的，墩墩的，越发显矮，何况唐装已经倒大街这么久，她还一直陷于自以为时髦的误区。柳静又笑笑，觉得自己还是能理解李荔枝的。人各有趣味，以自己的去套别人，永远都不现实。那个叫××的女星，早年露着虎牙笑得如初放的荷花，白衬衫牛仔裤居然也能媚到彻骨，那张照片让柳静一下子喜欢上了她。但这些年她着装越来越少，那么多已经松弛掉的赘肉公然外露也在所不惜。用力过度了，可是她自己喜欢，别人又能说上什么？

“你请我吃饭，有事啊？”这样的问话显然生硬了点，不过老同学了，知根知底，也没必要客气。

李荔枝说：“没事，能有什么事？你不是给我打电话吗？好久没通电话了，难得你还能主动打。你想测激素？”

柳静下意识地抚一下脸，昨晚的恐慌，一夜之后已经消去大半，她有点犹豫，一时不知该不该再开口。最后她开口了，她说：“以前你不是让我吃点激素药吗？”

李荔枝好像记不起这事了，歪着头想。她说：“你现在想吃？”

柳静侧过脸，落地大玻璃窗外面就是繁华的大马路，阳光直射而下，看上去楼、人、车都像蒙着一层塑料布。楼外墙挂满了广告牌，色彩花哨，语言暧昧，世界在它们的装饰下分明也有几分失真。重新把脸摆正时，她问："你不是也一直吃吗？"

李荔枝说："现在不吃了，停好一阵了。我乳腺增生太厉害，这里这里这里！她竖着手指往胸口两边戳来戳去，嘴还瘪起，头晃晃，表示很严重的样子。这里头长了太多结结了——噢，小叶增生，刚查过钼钯，还做了光散射，没事，但还是不吃为妙。去年我们科里一个女医生体验时查出乳腺癌，一下子就是晚期了。唉，每天见病人真的已经见麻木了，但活生生的同事摆在眼前却不一样，大家还是被吓着了。漂亮总没有命重要吧？怎么，你也想吃了？"

柳静连连摇头，怕被人冤枉似的急切。"没有没有，我几年前都不吃，现在怎么还会想？"话说完，心紧了紧：皮也厚了，居然可以把谎话说得这么冠冕堂皇！

李荔枝歪着头看她，看了好一阵，猛地笑起。"是啊，现在你不一样了嘛，工商局局长夫人，挺风光的角色，漂亮一下还是必要的。"

局长夫人？真是见了鬼，不过在画符之中，李荔枝怎么就知道了？柳静说："别瞎讲，这事还只是猜测，不一定是谁哩。"

这下子轮到李荔枝意外，眼睛都睁圆了。"报纸上都已经公示了你不知道？"

公示？柳静真不知道，唐必仁没对她提起。

李荔枝嘴向上扯着，笑起来就有点暧昧模糊了。有一瞬间，她的眼里肯定闪过幸灾乐祸，当然很快又藏起了。全市三教九流、要人名媛，各路神仙的交道李荔枝都打得顺溜光滑，做医生的很多都有这本事，消息灵通一点谁也不会惊诧。问题是如果真的已经公示，那差不多已经成为事实了，而唐必仁自从那次吞吞吐吐说过一点，并且还郑重交代不要跟别人说之后，就再也不吐只言片语，柳静以为还不过是件缥缈的事，不想已经逼在眼前了。一个路人皆知的事实，做妻子的却蒙在鼓里。

幸好这时服务生把两盘肉酱面端上来，接着又送来鸡翅和饮料。其实所有的食品柳静都喜欢单纯、洁净，红是红白是白，她讨厌各种食物糊在一起，黏黏的没有主色调。但刚才坐下后，李荔枝问她吃什么，她答随便，你吃什么我就吃什么。结果李荔枝点的是肉酱面，红红的，搅在一起，一看就没食欲。李荔枝却吃得起劲，稀里呼噜，盘子很快就空了。柳静想，如果可能，她很愿意把自己的这一盘也奉献出去。柳静又想，如果可能，她恨不得时光倒退，今天不要来赴这个午餐。换成她是李荔枝，也难免会倒吸一口冷气地吃惊。唐必仁为什么不把公示的事告诉她呢？

接下去李荔枝换了话题，不再提唐必仁，而是按惯例又讲起中学那些同学的各式新事。这座城离她们老家有两百多公里，距离对李荔枝不是问题，大家好像也习惯了，百川归海，各种消息都会汇总到李荔枝这里。主要是李荔枝有兴趣，她像范仲淹一样无论居庙堂之高还是处江湖之远，反正都心系天下万事。柳静支棱个耳朵听听可以，听多了必定就不耐烦了。自己的事都管不过来哩，心里哪有空间再去装别人的？

这顿饭表面上看吃得还是有滋味的，事实上柳静相信，连李荔枝都心事万千了。李荔枝本来以为请的是工商局局长夫人吃饭，可是该夫人却傻子似的一无所知。

柳静感觉不好，但脸上分寸未失。李荔枝是个聪明人，可是她的聪明里总能让人隐约见到刀光剑影的闪动，这说明了什么？说明李荔枝其实并未聪明透顶。柳静拿出手机看时间，已经过一点了。眨眼间，居然也过了一个多小时。

李荔枝马上问："下午有事？"

柳静说："是啊，有点事。"

李荔枝就手一举，招呼服务生过来买单。不贵，一百多块。李荔枝花一百多块钱买了个柳静的难堪，谁更吃亏？

两人就分手了。走到门口时，李荔枝看了柳静一眼，轻声说："哎，多保重啊，有什么事尽管来找我！"

柳静心里暖一下，猛然又有点感动。中学同学应该是最没有利害冲突的,李荔枝那句话里,分明有柔软的关心,有细微的体贴。刚才或许是自己太敏感了?一部的士驶到跟前,柳静俯身急急爬进去,然后摇下车窗,对李荔枝摆摆手。她原是想弄出一点满不在乎的样子的,但鼻子却一酸,差点掉下泪来。司机问去哪里?柳静说:"大洋百货。"逛街是女人最好的疗伤手段,别人不知怎么样,柳静却是很吃这一套。在琳琅满目间穿行,摸一摸看一看,看起兴致了或者再试穿一下,这样一来二去,就是一件不买,一分钱不花,走出商店大门时,心情也十有八九被调节过来了。她现在特别需要调节。在必胜客里,一种被海水包围即将溺亡的恐慌是那么不由分说地向她袭来。锦衣她早已不信任,锦衣对她的疏远完全在她的想象与预计之中,她都无欲则刚了。但唐必仁不是,一直以来她都下意识地把唐必仁归入有求必应之列,像长在脑袋上的头发一样,留长剪短,都随心所欲,就是偶尔毛发乱翘,不费力气稍微修修又很顺当服帖了。

看来不是,不是这样。

柳静回到家时,已经是傍晚五点多。冬季太阳下山早,天就黑得匆忙,像怕冷的老人,急急地要缩进被窝里去。的士开到小区门外,抬头望去,望见她家的客厅已经亮上灯了。灯下的人,为什么都是她陌生的?

按以往,若是家中有人,她通常都按门铃。每个人都不免有些不好解释的怪癖,用钥匙开门,不知为何竟是柳静特别排斥的。但是这会,她想都不想,就掏出了钥匙。往后,是不是再也不可能有谁全心全意对她,而她也不可能任意对谁颐指气使了?

推开门的一瞬间,她愣住了。

客厅里不仅有唐必仁和锦衣,还有陈格。三个人如果各自坐着,各忙各的,倒也不必意外。柳静看到却是正相反,唐必仁坐在中央沙发上,陈格坐紧挨的另一张沙发,而锦衣,她基本上是趴在两个男人中央,腿歪靠在沙发扶手上,头凑一起。门开了,三个人几乎同时吓一跳,抬起头,坐直了身子,面色凝固了片刻,然后还是唐必仁先开口,唐必仁说:"哎呀,回来了!怎么这么迟才回来?"柳静没有应,先去卫生间洗了手,一转身又进了厨房。居然锅冷灶冷,这不是唐必仁的风格,往日只要他在家,早就热腾腾地煮出一桌饭菜了。那么，一定有比煮饭更重要的事牵去他的精力与时间，是什么？柳静打开水龙头，手张开，托住水流。水一股股从她指缝间流走，掌心粉嫩的模样，让她想起某日水盆里清洗过的一块猪肉。

唐必仁已经走过来，站在厨房门旁，他说："今晚不煮饭，我们出去吃，吃泰国菜怎么样？"

柳静说："你们去吧，我吃过了。"

唐必仁说："不会吧，这么早就吃了？"

柳静转过脸看他一眼。那一刻，她突然有了主意。一路上她本来打算一回家就向唐必仁问个究竟的，但现在她不问了。她也要做只城府深深的豹子，她也要讳莫妒深，也要三缄其口，也要狡兔三窟。凭什么这个角色轮不到她来做？于是她笑了笑，关掉水龙头。她说："真的吃了，你们去吧。"

锦衣直接走到门旁开始换鞋。陈格也过来，但他先拐到厨房，笑眯眯地看着柳静，一副很希望她一起去的殷切状。"柳老师，要不与民同乐一下，再去吃点？"

柳静说："不啦，很饱了。去吧去吧，你们去吧。"这一句话，前半段当然是假的，柳静晚饭并没吃，她饿着肚子却强说饱，实在是因为没有兴致在一张桌上跟他们碗筷交错，她希望他们快去，快快离开屋子。

会不会他们仨人其实也不愿意柳静一块去？刚才他们在谈话，谈一个显然并不希望柳静介入的话题，门开，柳静进来，于是话题戛然而止。离开家，没有柳静在场，他们的谈话才能继续下去。

柳静慢慢往阳台那个方向踱去，并不到外头，只是站在门内往下看。小区兰花状的路灯整齐排列，杏黄的光温和地亮着。那仨人出楼梯口了，那三个脸都看不清，但身姿是柳静熟悉的，唐必仁走在中间，锦衣与陈格两边紧贴。唐必仁的头一会左边一会右边，三个人都参与了发言。这才有一家人的感觉，连陈格都那么水乳交融，而柳静，怎么反而游离在外？

那一刻柳静周身冰凉，她觉得自己已经哭了，但没有泪流下来。

七

柳静是在第二天中午接到李荔枝的电话的。如果下午有课,中午柳静都不回去，就在学校附近的小店草草吃点。以前学校管年轻教职工的住宿,建有两层简易楼房,后来小青年经济厚实起来,毕业不久就敢按揭购房,都搬走了,空出来的房子,家较远的教师中午就去那里眯一眯。

柳静刚躺下,手机响了,拿起一看是李荔枝。她对这一通电话兴趣不大,该讲的话昨天都讲了,何必再打？不料,李荔枝一开口就神秘兮兮,她说:“柳静,你那里有人吗？有人的话,你找一个没人的地方。”

柳静不情愿地起来往外走。李荔枝的家长里短别人哪爱听？但屋里还有两个女教师已经睡下,影响她们休息总不好。走到楼道的拐角处,柳静问:“什么事？”

李荔枝并没马上开口,而是长叹一口气。“柳静,昨天看你走的时候,我太难过了。”

柳静马上反感,她向来不喜欢如此惊乍的说话方式。“怎么啦？”她冷冷地问。

李荔枝说:“如果不是看见你那样,我不会讲的。”

“讲什么？”

“其实我也挺矛盾的,不说心里难受,说出来又怕你受不了。”

“没事,说吧。”

话筒安静了一会,然后又是一声叹气。“柳静,我们是同学,胳膊肘当然得往里拐。要有什么不妥当,你不要怪我……”

“不怪,说吧。”

话筒里嗡嗡响着,李荔枝肯定是有意制造这样的悬念。这样柳静反倒不催了,她相信最终李荔枝不可能憋得住,她等着就好。果然最后李荔枝还是开口了:“是这样的,柳静,你听我说,两个星期前,市立医院妇产科请我去会诊——你知道,我常被人家请去会诊的,偏偏那次,我看到你家锦衣了……”

柳静太阳穴猛地蹦跳两下,她的第一个反应是锦衣怀孕了,去医院流产。“她一个人去的？”

李荔枝说:“还有人,一个男的,个子不高,挺瘦的,北方口音,长得不怎么样。”

“噢。”柳静想,那便是陈格了。凭良心说,她对陈格的印象近来略有好转。不能说把钻戒退还来就一定怎么样,但至少说明了他质地并不坏,还是一个知趣懂事的人。锦衣既然已经与陈格睡在 起,那怀孕的概率就必然很大,只是突然间变成事实,柳静还是有点吃不消。但她说:“我知道。”

“你知道？”李荔枝陡地提高声音,“你知道锦衣他们陪另一个女的去流产？”

另一个女的？柳静心里咕咚了一下,却并不出声,她屏住气。

“那个女的是跳健身操的,去年26岁,今年就是27岁了。她名字我也知道,叫连丰灵,连长的连,丰收的丰,灵感的灵。去年三八节我们医院妇委会搞活动,请她来教跳健身操,我认得她,她认不得我。锦衣肯定也认不得我了,所以我跟进人流室。那时我还只是好奇,想证实一下那个人到底是不是连丰灵。确实是。连丰灵跟你们家锦衣认识这没什么,锦衣把她送来人流也没什么。唉,柳静,说了你别生气,关键是连丰灵上手术台之前打了一个电话,她已经压低声音了,可是我还是听到她在哭腔哭调地叫必仁……唐必仁,你们家的！”

手机已经发烫,柳静把它压住耳朵,用力压,突然说:“原来是这样啊。”

“你怎么这么若无其事？”李荔枝开始不满,“不开玩笑,真的是你们家唐必仁！手术之后,锦衣把她扶出医院,我悄悄跟去,一辆宝蓝色的东风标致307车子开到医院门口,开车的人就是唐必仁。那车号我也记下了,F89877。我跟你说,那女的一见到车就哭了。唐必仁没下车,但他从车窗里看出来的眼神,傻瓜都知道是怎么回事——柳静,柳静！”

“嗯。”

“你听清了吗？”

“嗯。”

“明白了吗？”

“明白了。”

“你……其实我已经憋半个月了，前天晚上如果你不打电话来，我可能也就憋住了，都烂在肚子里，对谁都不会说半句。没什么可说的，是不是？这种事没意思。昨天约你吃饭，目的就是想告诉你。见了你又犹豫起来。但你走时那么凄凉，我又替你难过了，想想还是说出来吧，这么多年的老同学了，不说对不住你。唐必仁怎么能这样，不吭不哼的，看上去那么老实，竟也这么风流。我最不能理解的就是，怎么连你女儿也搅进来一起骗你？”

柳静笑了笑，好像李荔枝就站在跟前，看得见她的表情。她说：“谢谢你。”

又说：“真的谢谢你。”

然后她猛地把手机键按掉。

她站在原地，整个人完全靠在楼梯扶手上了，好累，一点力气都没有。说真的她还有点回不过神来。之前的日子一直挺顺的，中学，大学，从教；恋爱，结婚，生女。生出来的女儿虽然别扭古怪，到底没有缺胳膊短腿，好歹凑合。她原先想，锦衣是不可指望的，她也早不打算指望她，充其量年迈后进老人院，花钱雇个护工，那时候反正还有唐必仁做伴，一辈子也就对付下来了。现在，唐必仁要做伴的人根本不是她。唐必仁都已经把人家肚子搞大了，这事锦衣知道，陈格知道，蒙在鼓里的只有她一个人。

胸口堵着很多东西，好像是悲伤，再细看，却是一眼望不到头的屈辱。原先她竟一直以为自己是清醒的，脑子够用，结果一个棒子打下来，人生竟被全盘否定了。以后，她以后一定不能这样，去日无多，不可能再有五十多年供她折腾了，所以，时不我待。

下午上课，课上得好好的，不慌不忙，不折不扣，就是突然让她上公开课，估计也能毫厘不差地对付下来，这就是职业素养。第二节下课不过四点半，她没在学校多待，径自回家。家是空的，锦衣去学校，唐必仁早上就已说好今天有应酬，晚饭肯定不会回来吃。柳静进门后在沙发上坐了很久，坐到外面暮色薄薄地铺过，把天地弄得灰色正渐渐往铅色过渡了才起来。开了灯，所有的灯都打开，再开了电脑，收下一封邮件，然后忙碌起来。不可能一点蛛丝马迹都不留的，除非她成了睁眼瞎，就是放在眼前，也没往那上头拐去想一下。

她先从锦衣卧室着手，摞在桌子上的书翻翻，柜子再拨弄几下，都很潦草，并没存多少在意，无非是觉得程序该这么走，先易后难，循序渐进。唐必仁平时其实并不常进锦衣的闺房，但既然锦衣是同党，包庇藏匿的可能性就不排除。

到主卧室时柳静紧了紧身子，开始认真。床头的书一本本拿起，用指头别住书页，噼噼啪啪翻动，试图令里头丢出纸片字条。然后她打开衣橱。唐必仁的着装以休闲类居多，他笑嘻嘻说穿便装显年轻嘛。看来这话并非只是玩笑，他对年轻的喜欢原来另有一层渴望，没办法，那个为他流产的女子才27岁，他给自己添累了。口袋是空的，夹克、衬衫以及西装，所有的衣袋裤袋都空无一物。

然后是书房。按常理唐必仁最不可能在书房留赃物，书房是属于柳静的，她备课改作业都以此为主战场。柳静越来越没信心，底气渐渐不足，抽几本书翻翻，没翻出名堂，终于开始泄气。她要找什么？其实心里还不得要领。别人说风就是雨的傻女人很多，柳静现在也承认自己不够聪明，但毕竟耳根还没软到一点主见都没有的地步。因为是李荔枝说，她本来可以不信，但是，有迹象表明并非空穴来风。

刚才收下的邮件是她以前的一个学生发来的，学生是户籍警，之前跟柳静说过，任何人，只要是中华人民共和国公民，只要办过身份证，报来姓名和大致的年纪，就可以在警内网查到一切资料，一切。连丰灵，27岁，女。柳静发条短信过去，让学生马上查查。查的结果传过来，果然很详细：父母、身高、婚姻状况、家庭住址、工作单位、电话号码、汽车牌照、乘坐过哪些航班、在哪家宾馆登记住宿过等等，一应俱全，甚至有照片，是两寸正面彩照,正儿八经,不苟言笑,估计是专门为做身份证拍下的。

原来是市少体校的老师。原来那天唐必仁就是开她的车到医院去接她。从照片上看她并非绝色,单眼皮,长条脸,不过皮肤很好,像那句广告:白里透红与众不同。再看身高,上面写着一米七三。这么好的年龄,这么好的身材,死命跟上唐必仁,倒也不容易,相当屈才。有个问题柳静想不明白:为什么唐必仁不提出离婚?若是唐必仁提了,无论何时,无论她二十岁还是四十岁,五十岁还是八十岁,没有二话,她立马可以提行李走人。日子过着过着,她自己也过出倦意来了,但这不是最重要的,重要的在于她永远都需要给自己存一点脸面。什么都没有之后,至少还得有尊严。天地合,乃敢与君绝?太假了,典型的矫揉造作。人生说到底其实非常虚幻,很偶然地此人与彼人相逢相守,既然有这个偶然当然还可能有另外的偶然,看开了,就无所谓了。结婚初始,还挺柔情蜜意时柳静就跟唐必仁说过,你是自由的,你可以找别的女人,但你找之前,一定得告诉我。你找了,我就走了,不哭不闹不怨不恨也不提任何条件。后来好像也说过,说过许多遍,结果唐必仁好像没听进去,柳静自己倒相信了。这么多年,唐必仁一直没告诉过她自己另有所爱,她就以为确实没有,必定没有,其实却有了,应该是有。

她坐到书桌前,有点上气不接下气的沮丧,额上冒汗,两颊灼热。又来了,更年期迹象。她将右手曲起,支住下巴,然后茫然四望。这时候脑中挺宁静的,什么都不想。但眼睛却有发现,她看到书橱顶上有一只蛇皮纹的土黄色纸盒,盒子是唐必仁从埃及带回的,装的都是香精,一瓶一瓶的,当时说要送人,某某某某,都是七亲八戚。这种事总是要趁热做,劲头一过,就凉下去,自己都觉得无趣再送。盒子是唐必仁放上去的,香精玻璃瓶怕破,他当时转来转去找不到安全的地方可放,只有书橱顶上了。柳静目睹过唐必仁放盒子的过程,当时并未多想,现在想了,就过去,拿下盒子,打开来。盒子只有16开书本大,里头共有六个凹槽,也就是说可以装六瓶,却已经空出两个槽,仅存四瓶。瓶里的香精呈淡淡琥珀色,打开橡皮塞,凑到鼻底下闻,味道与CD的真我香水味道竟十分相似,清淡,雅致,混合着紫罗兰、玫瑰、麝香、黑醋栗等各种植物的气味。贴在上面的标签很简陋,印着一排英文:Secret of desert。英语柳静已经忘光了,但手机有翻译功能,第一个词是秘密,后面那个词是沙漠。沙漠的秘密。唐必仁果真买了它,可他之前却说买的全是兰蔻、CK、香奈儿之类味道的香精。柳静再次把香精举起来闻,闻了很久,香味不知怎么竟是时有时无。就是这种气味能使女人在床上发狂成动物?可是唐必仁却从来没有拿出来为她使用过,他用到何处了?

电脑已经屏保了,一片黑幕。她动动鼠标,重新激活页面。屏幕上一张年轻的脸正对着她,嘴微咧,眼凝视,端庄而镇静。她突然很想见见这个女子,是的,她有必要见一见。她看看窗外,没有星,也没有云,只有一轮将满的月。苍穹有点迷蒙,像张纸,一张大纸,清淡的月光与地面折射上的各色灯光交融中,竟透着点微微的粉红,这是一种很温暖的颜色,大地美好而安宁。此时唐必仁仍在灯红酒绿吗?要不要在他跨进家门的那一瞬,就迎上前去告诉他,她,柳静,明天要去见一个女人,叫连丰灵的女人?

唐必仁下半夜一点左右才回到家。客厅外还是习惯性地留有一盏小灯,借着微弱的光,唐必仁蹑手蹑脚地洗漱,然后慢慢进卧室,悄然进被窝。柳静一下子就闻到酒气了。柳静没睡着,躺下之前她有过犹豫,干脆卷个铺盖径自睡书房似乎更合她心意,可是太突兀了,她一转念,又回到床上。这张床究竟还能再睡几次呢?

唐必仁转个身,虽然小心谨慎,毕竟有那么硕大的身体,床架还是微微吱呀了两声。柳静马上也跟着转,好像是突然间被唐必仁吵醒的。唐必仁果然这么认为了,他歉意地说:“噢,醒了?”

柳静没有答,只是再重重地动动。她仰面朝天躺着,突然问:“这一阵这么忙?”

“是啊,忙死了。”说着唐必仁的手伸过来,要去摸柳静的脸。

柳静一下子闪开,动作幅度不大,却很及时,在唐必仁手落下之前就已经将自己脑袋搬开。真能装啊,柳静想。她说:“忙什么呢?”唐必仁说:“还不是老三篇?噢,全省体育工作会议在我们市召开,五天,明天会议报道,我就得住宾馆去了,免得跑来跑去。”

柳静悄然深吸一口气,然后说:“要去工商局了,还管体育局的会议干吗?都公示了还对我保密?”

唐必仁没有马上答,叹了口气,好像已经被倦意覆盖。“静啊,”他叫道,“外面的事你不知道不是更省心?工商局不是那么好去的,那么多人盯着,稍有不慎,就得完蛋。”

柳静说:“完就完了吧,有什么大不了。”

唐必仁轻轻吱一声,大概笑了一下。“老了,没有其他机会了,不重视不行啊。”

这样的话,唐必仁之前说过吗?肯定没有。之前唐必仁一直是副不问前程的无所谓状,原来他还是在意的。因为在意,在提拔的关键期,恰逢小蜜怀孕,不便自己出面陪去医院,就让锦衣与陈格代劳,应该是这样的吧?柳静转个身,脸朝向唐必仁。黑暗中什么都看不清,如果看得清,柳静很想知道这个时候,他的脸上是副什么表情。熟悉的陌生人,就是这个感觉。同一屋檐下生活了这么多年,突然间她却发现这个人一下子被雾裹住,模糊不清了。

唐必仁说:“睡吧,挺累的。”

柳静马上接口说:“是啊,还能不累?工作这么忙,还得带人去医院打胎,换了谁,都要累瘫的。”柳静声音很轻,尾音还有点拖,几乎类似于嗲。

唐必仁像被烫了,猛地坐起,身子俯过来,像一棵树突然种到柳静跟前。

柳静不躲避,仰着脸静静看他。黑暗中目光没法相对,但柳静还是努力把眼眶弄大,嘴也咧着,貌似微笑。李荔枝有一个观点:家里也是有气场的,夫妻二人,如果男的气势盛,生儿子的可能性就大,如果女的占上风,生女儿的概率就大。李荔枝说,不是科学论断啊,只是我个人的经验而已。李荔枝一年要接触那么多对夫妇,要接生那么多婴儿,这个经验应该有几分道理吧?按照这个理论,与唐必仁比,柳静是占上风的,可是现在她一点都没这种感觉。

唐必仁挺了一会，又猛地躺下，过了好一会才说："静，你得相信我。不管别人怎么贪污怎么腐化怎么乱七八糟，我肯定没有，不会的，放心。"

柳静说："噢，那睡吧。不会最好。"

八

早上起来后唐必仁不时用眼角瞥柳静，柳静脸上淡淡的，无风无浪。吃过早点，司机小陈已经在楼下等了，唐必仁说："那我先走了？今天要开会哩。"柳静说："去吧。"唐必仁走两步又停住，看上去仍是不放心。"你没事吧？"他问。柳静说："没事，我有什么事？"唐必仁沉吟片刻，就开门出去。柳静看着他走，甚至送到门边，还对他摆摆手。电梯来了，唐必仁进电梯。电梯开始往下走，柳静才关上门，拿起电话。她要请假。以往她极少请假，病得走不动了也会撑到讲台上，她不愿一个人误了一批学生。可是今天，她得请，现在的事比生病严重。

出小区后她没有立即拦的士，而是往旁走十几米，在一个拐角处停下。生活是如此不可靠，她必须脑子多转几个弯了。之前她从没去过少体校，不过的士司机知道，跟他一说，车子就呼呼往前奔去。司机是位外地人，口音很重，四十多岁，微胖，秃顶。柳静把他打量几眼，下了决心。她说："师傅，如果包车，钱怎么算？"

司机扭头看她一眼，并不应答，很警觉。

柳静把语调进一步放软，柔声说："如果包车一小时多少钱呢？"柳静把尾音拖得很长，这样可以强调善意。

司机说："少于六十块钱不包。这年头两大快：股票跌得快、油价涨得快，叫人怎么活？"

柳静坐在后排，坐在司机后脑勺后，但她还是一直点头，好像司机与她面对面。她说："这样吧，我一小时给你八十元。并不要跑太多路的，很多时候只是停在那里等，油都不必耗。行吗？"

司机还是不放心，又回头看她，静默半天，瓮瓮地问："干什么？"

柳静笑起:“我找人。”

司机问:“什么人?”

柳静说:“一个女的,可能是我的……女儿。”

司机狐疑地回过头来,喃喃道:“可能是……女儿?”很快他笑起来,仿佛洞悉了什么。

柳静也应和地笑一笑。有时候协助别人自以为是一下,是必要的。司机一自以为是,车子就轻快地跑起来了,几乎漾起一股欢快的气息。

没想到少体校其实就在体育局隔壁,大门紧挨着。一想,也不奇怪。

唐必仁的单位柳静以前只去过一次,进出时没注意周围。的士驶入这条路时,她心猛跳了几下,忽然意识到生活中被她忽略的东西真是太多了。

的士在少体校门外停下,柳静说:“别停,往前走。”

司机显然已经进入角色了,很配合,把车开出七八米,那里恰好有棵大榕树,车身的一半就隐在树后。车窗关着,透过玻璃往外看,少体校的大门尽收眼底。F89877,柳静在等这个牌号的宝蓝色标致车从里开出。年轻时她视力很好,对数视力表查过,5.2,到顶了,当飞行员都绰绰有余。视力越好花得越快,这种说法不知有没科学根据,反正现在柳静不戴花镜,报纸上的字一个都别想再看清楚了,但看远仍没问题。

司机开了收音机,放出音乐,音量调得很低,隐隐约约,若隐若现。他也不说话,偶尔从后视镜中瞥一眼柳静,脸上淡淡的,一点好奇都不摆,但柳静知道他其实是好奇的,内心的兴奋像蜜蜂出窝般涌着。很正常,平淡的生活忽然异峰迭起,换了谁都难免心绪起伏。正走神间,突然眼前蓝光一闪,是那辆标致车,F89877,驾驶座上透出一个人头,墨镜,披肩发。柳静深吸一口气,低声说:“跟上它!”她自己都听出来了,这三个字她说得杂乱颤动,发音全部错位。

蓝色标致在小路上顺畅地滑来滑去,拐上海滨大道后,车速更快了。

海滨大道的尽头是一片开盘时广告做得惊天动地的别墅群。这里的一幢楼没有五六百万是拿不下的,唐必仁搭上的竟是富婆?别墅区大门很欧化,罗马柱气派地高耸着。柳静以为蓝色标致就要拐进去了,却没有,快到大门时,它转了弯,上了旁边一条大道,再行了四五十米才停下,停在一家大酒店前,酒店门楣上写着"海阔天空"四个字,字的下方金灿灿地排列着五颗小五星。柳静所上的大学就在附近,当年这一带还无限荒芜,鲜有人迹,芒草浓密。毕业后她没有再来过,不料竟已经沧海桑田了。

蓝色标致停下时,的士也停下了,停在路边一排半人高的绿篱旁。司机没有马上熄火,他两眼前视,一只手轻盈地搁在方向盘上,另一只手握住挂挡的手柄,一副随时准备往前冲的样子。他太专业了,难道此前早有许多人玩过类似的跟踪把戏?柳静很想说一声谢谢,她真的感激,又开不了口,怕一说反而显出心虚了。

这时那辆标致车打开车门,一条长长的腿先从里头伸出,然后是整个人——身子细长挺拔的时髦女子。像有条鞭子打来,柳静垂下眼皮,马上定神再看,从下往上看。真长的腿啊,又直又长,灰白色牛仔裤紧紧裹着,像两根大庙的石柱;屁股很紧实,圆润地往上翘起,腰部在紧身黑毛衣之下小巧地凹着;头发则经过拉直处理,黑水般从顶上流下,流过窄窄的肩,垂到后背上。她往前走,幅度不大,但动静很大,是感觉上大,头、肩、臂、腿各自千姿百态,像一朵朵各自开放的鲜花,却又非常有机地拢到一起,组成一束,铿锵向前。照片中五官那么平凡的女子,因为体态的妖娆妩媚,竟是如此活色生香!

柳静一下子想到玉食,她想生的玉食就是这样子的啊!长腿,斜肩,小腰,翘臀,这样的玉人会看上唐必仁?搞错了吧?她的心思不免又拐了道弯。

手机铃声响起,手机就抓在那女子的手中,她停下,接听,说话,一下踮起脚尖颠两下,显见是高兴了。然后,大门旁就出现了唐必仁的身影。唐必仁也在接手机,他一从大堂内走出,就看到那女子了,于是放下手机。女子也收了手机,小跑几步,黑水般的长发甩来甩去,雀跃得很。两人是在咫尺内通电话的,彼此看来都有些意外。唐必仁马上笑了,似恭谦,又像讨好。他不是空手出来的,一只手提着质地豪华的纸袋,里头鼓鼓囊囊装着东西。把袋子交给女子时,他低声说了什么,一副和颜悦色的模样。两人往酒店外墙拐弯处走,边走唐必仁边说着话,女子歪着头,不时侧脸看他,眉飞色舞。

柳静对司机说:"可以了,我们走。"

她小看唐必仁了,在外面,原来唐必仁完全可以彩旗飘飘,飘得还这么有张有弛千回百转。她把车窗摇下,风马上刮进,把她齐耳短发往后吹,风尖利得像一条条荆棘抽在脸上。她往后一靠,椅子很硬,还有凹凸,椅面劣质的合成革已裂开几个小口。"这车应该开好多年了吧?"她问。司机没有应她,大概猜出这并不是她此时真正要说的话。的士原路返回,快到家时,柳静突然说:"在前面超市门口停下,我到了,我们结个账。"司机还是没回答,但车子果然停在超市前。两个小时零六分,柳静从钱包中掏出三百块递过去,司机也没客气就收下了。柳静下车正要走,突然司机开口了,司机说:"大姐,多保重啊!"

柳静鼻子猛地就有点酸了。一个陌路人,却有着这么丝丝入扣的理解体贴,同一屋檐下的人,却已经南辕北辙了。

用钥匙开家门时,柳静心里咯噔了一下。早上走时,她分明插入钥匙转了几圈将门反锁了,现在却猛地一下就打开。家里有人!

原来是锦衣。

锦衣坐在沙发上,眼呆呆地看着电视,而电视的屏幕却是暗的。柳静这时候没有跟锦衣说话的兴趣,锦衣看来也没有。但柳静从沙发前走过时,锦衣突然说:"钻石被卖掉了!"

柳静停下,回头看去。锦衣脸还是盯着黑乎乎的电视屏幕,不像是在跟她说话。她继续往前走,已经走到书房门外了,觉得还是有异样,又站住,又回头看。她看到一种奇怪的景象:锦衣两眼含泪。

她也会哭?除了刚出生那一阵小哭,柳静记忆里已经没留下任何锦衣哭泣的画面,连童年时都大多抿住嘴,把眼泪啜着,不肯落下。柳静呆立了片刻,慢慢反身过去。锦衣却并不打算迎接她,而是将身子往前一俯,双掌摊在膝上,脸再趴在掌心里。

柳静站在沙发旁低头看去，锦衣身体的上半段像一块岩石平展在眼前,悠长的腰和外展的臀一览无余。这个女儿,一直以来都坚硬且浑身带刺,哪怕想起来,柳静皮肤都有扎针似的疼痛,谁知竟然不过是只核桃,也有脆弱的内心。“怎么了？”柳静问,语气仍保持以往的惯性。她有意克制着某种柔软,她已经丧失了那样的表达,她说不出口。

锦衣抬起头。锦衣站起来。锦衣说:“那颗给陈格的钻石,他居然卖掉了！”

“为什么？”柳静问得很干燥。

锦衣往自己的房间走去,头昂着,眼还是潮的,却已经重又冷下来。边走她边说:“卖了钻石,他把钱寄回去给他父母买电视机了。为了让他父母春节能看上电视,就这样……”

柳静怔怔地看着锦衣的后背,这一刻,她突然有些羡慕,羡慕旧长城边上那对不曾谋面的老人,他们居然有一个这样急于报得三春晖的儿子。但马上,她回过神来了,疾步走向卧室,打开抽屉,把那天存放起来的钻戒找出,递给锦衣。“没有卖,在我这里,他拿去加工了一下送还我了。”

锦衣一把接过钻戒,看几眼,就往屋外冲去。

柳静想喊住她,话还没出口,锦衣已经跑出门。门重重关上了。

屋里一下静谧下来。脑子嗡嗡的,不是悲伤,也不是愤怒或者其他什么,总之都呈絮状飘浮着,没有任何具体的感觉。她坐到沙发上,有一股微温淡淡传来,细看一下,竟就是锦衣刚才坐过的那一处。锦衣的体温?有点荒谬,应该只是她的臆测吧？但柳静还是身子一动不动地压在那儿,使劲压,凝住神,屏住气,竭力把那一丁点越来越缥缈的热度吸收聚拢。能走路之后,锦衣就很少要人抱。你不要抱,柳静也没强行伸手,皮肤间彼此就有了排斥性的敏感。现在她自己都不敢承认,坐在微热的可能是残留锦衣体温的沙发上,却突然有了某种贪婪与依恋。

中午的阳光正在楼外放肆地挥洒,上天入地,无拘无束。只有它们是永生永世的。一代代人瞬间而逝,日月山川却自在绵延。柳静有一种宴将散曲将终之感,她在渐渐变小,小成一粒粉尘。再活十年她六十三岁,再三十年,就八十三岁了。人生是不能细算的,三十年前跟唐必仁正恋爱,一颦一笑还宛若昨日。一切都是弹指间的事。人生不能像擦黑板一样,错了轻轻擦掉还可以再重来——什么都不能重来了,想生的女儿没生出来,生出来的却是如此。子女就罢了吧,可是丈夫呢,跟她竟也走上岔道。

恋爱+结婚+生女,是不是就一定等于爱情?如果不是,那所谓的爱情真正的面目该是什么?唐必仁从来没跟她争过吵过,唐必仁一回到家就肯下厨房呕心沥血煮出她爱吃的东西,这些原来都只是生活的一层薄薄的表象,而她却从未往深处想过。

现在开始想,却千头万绪重叠,搅成一团,思路像一捆晒干的细线面,绕来绕去不得要领,稍一用力,又碎断成粉末。再看楼外时,已是暮色苍茫。像倒磁带,她往回追溯白天里的一切。说是"一切",其实老卡带,扑哆一下,扑哆又一下,总进行不下去。她往上拔拔身子,拿起旁边茶几上的电话。是给锦衣打的。中午锦衣就走了,拿着钻戒走。柳静想,该有下文了吧?

电话通了,但很奇怪,铃声却立即清晰传来。柳静将话筒移开耳朵,听到铃声就在门外,门上钥匙正在转动,门开了,锦衣进来。锦衣直接就进了自己的卧室。柳静怔了片刻,还是跟过去,站在门外,身子倚在门框上。锦衣中午走时,挎包没带,她回来大概就是为了拿包。还有些书散在桌上,她一本本装入包里,然后又要走。

柳静挡在门上,问:"怎么样?"

锦衣反问:"什么怎么样?"

柳静知道锦衣是故意的,中午的事锦衣不可能忘了。她抿住嘴盯着锦衣。锦衣也盯着她看。两个人像比赛般都睁大眼。如果是往日,柳静可能早拿开眼了,但现在她不会,她盯的是带着自己的血肉与气息从肚子里钻出来的一个肉体,这个人,她现在恨不得一巴掌将其掴出家门。

"钻石是假的。"锦衣终于说话。

柳静没听懂,她的眼睁得更大了。

锦衣低下头,手在头发间挠几下。"我让珠宝师验过了,嵌在戒指上的钻石是假的,镐石而已。真的那粒陈格确实卖掉了,然后弄个镐石来唬弄你。只有你才会傻乎乎地上当！”

柳静唇动几下,她很想说话,很想骂人,可是一时却找不到半句话。

锦衣说:“他没跟我商量，就卖掉钻石给他父母买电视，我中午才知道,还感动了,感动得快哭死了。谁知道钻石变镐石,他是骗子。”锦衣说完还是要走,但柳静侧侧身子,又挡住她。柳静脑子里嗡嗡嗡地响,仿佛有部电钻正在里头闹腾。她用手捋捋头发,这个动作似乎提醒了她,她把手往前一伸,问:“钻戒呢？”

“钻戒？什么破玩意,你还稀罕？”

柳静伸出去的手并不收回，还是摊在锦衣跟前。锦衣手往口袋里一掏,掏出钻戒,放到柳静掌中,然后挎包一甩,从柳静身旁挤过。锦衣走过客厅,已经把门打开了,这时柳静叫了一声,柳静说你等等。柳静终于想起李荔枝的话了,李荔枝在医院里看到锦衣,锦衣和她男友陈格一起陪着唐必仁的女友去人流。柳静说:“你认识连丰灵吧？”

锦衣本来已经跨出门了，听到这话一下子站住了，扭过头淡淡地看着,过一阵才问:“怎么了？”

柳静说:“不怎么了,我老了,子宫不顶用了。要是年轻点,我得再生一个女儿,一个名字叫玉食的女儿,总之怀上了我就不会去做人流,就是有你陪着,有陈格陪着,有你爸开车接,我也不会去医院,坚决不去！我要把她生下来,让她唯命是从地好好成长,哪天她的良心被狗吃掉了,我就大刀向她脑袋砍去,鲜血四溅,一命呜呼。”

锦衣愣神片刻,撇撇嘴,猛地把门推上。砰,一声巨响,可见锦衣手劲之大,可见她多么怒气冲冲。凭什么还轮得到她——在这个时候——怒气冲冲？

九

陈格又一次独自上门来找柳静。正好,柳静也想问一问他,钻石变镐石这事不能一直悬在心头。或者陈格另有说法吧？不料陈格一口就承认了，他说："是的，没错，是镐石。钻石卖掉了，但戒指是真铂金打成的，这一点不会假。"

陈格叙述时脸色风轻云淡，像是在讲一则道听途说的新闻，像不过把大学里的烂芝麻事告诉柳静。柳静喉咙那里像有什么堵住了，气被憋住，一时不知该说什么。陈格没让她说，陈格自己往下说，他的语速很快，北方人的语言优势这时候尽显出来。"我家里没电视，我父母得去别人家看，我一冲动，年初就跟他们保证春节前给他们买一台。言必行，行必果。我既然说了，就得做到。可是我高估自己了，我没挣到钱。卖钻石是万不得已的。用镐石来顶替，也是万不得已。我毕业后想找什么单位？工商局！别人帮不了，只能靠唐局长大人。我知道你不喜欢我，一开始就不喜欢，你嘴里不说，眼睛却瞒不了。说白了，我想讨好你，免得你阻止你老公帮我。现在既是这样了，也没什么好隐瞒，我敢作敢当……现在锦衣居然翻脸，要分手！当初是她死活追我的——噢，对不起，我这么说也挺不男人的，但事实真的是这样。我本来哪敢高攀？她说不介意我家穷，什么都不介意。可是，不过是一个镐石，她却介意成这样，怎么解释、赔罪、道歉，甚至……下跪，甚至咬破手指写血书保证都不行。我豁出去了，什么尊严都不要了，还是不能挽回。她说这是一个污点，她不能跟有污点的人过日子。有那么严重吗？太可笑了！"

柳静站起，给陈格倒一杯水。她记得，这是个爱喝水的人。一向她都是做事利索的人，她觉得自己是急性子，但这会在厨房里，她一点都不急，动作缓缓的，像电影里的慢镜头，她要借此整理一下头绪。锦衣提出分手？她真的没想到。锦衣之前看陈格的样子，就像在仰望一个圣人。钻石变镐石，幻影破了，锦衣的感情也跟着碎裂一地。有那么严重吗？有点严重，柳静要说不恼火也不真实，但柳静如今更在意的不在这上头，这件事往深处看，因为有孝心在后面浮动，倒也能消弭掉一些可恶。但在锦衣就不一样，如果没事一样嘻嘻哈哈就过去了，那就不是锦衣了。刚才柳静也注意到了，陈格的左手食指确实包着创可贴。陈格如果一意孤行强悍到底，锦衣说不定反而会被镇住。写血书？下跪？这么做对别人也许有效，对锦衣却适得其反。错了，真的错了，锦衣只会因此一根筋拧到底，即使齑粉也决不回头。看来陈格还是不了解锦衣，没有找准锦衣的穴位。

把纸杯放到陈格跟前时，柳静在心里跟自己打个赌：接下去陈格肯定要求我劝劝锦衣了。

一定让柳静劝，柳静也不会一口回绝。之前万般好，一个镐石就崩溃，确实偏草率了。但柳静的劝有用吗？怕只会火上浇油，这一点柳静比谁都清楚。

陈格端起水一仰头，杯子马上见底了。要不要再去厨房索性把那壶茶水一股脑拿出？柳静犹豫了一下，还是坐着没动。不要殷勤，没必要，还是等着吧，等着陈格把央求的话说出来。

陈格说了，但陈格没有求，柳静万万没料到，接下去陈格的口气竟然那么短促而决绝，而且越来越硬邦邦。

陈格说："神经病，谁光鲜的背后没有败絮？什么是污点？自己有妻有子，还把另外一个女人的肚子搞大了，结果呢？结果还得我和锦衣陪着去人流——当然这事你不知道。"

柳静想，我知道。

陈格说："你老公为什么要操这份心啊？他难道是白操的？还帮着拉皮条找小蜜，小蜜怀孕了还得鞍前马后热乎乎地处理善后事宜，这算不算污点？也算吧？"陈格把一只手往前伸，还抖两下，似乎要柳静回答。

柳静没有答，她一直闭着嘴看陈格。脑子好像不够用了，陈格的话缠在一起打了很多结，得一点一点地梳理、辨析，像做一道复杂的算术题。隐约看到答案时，柳静心里咯噔了一下：连丰灵是属于另一个男人的？

"还说是人家父母双亡，孤苦无依，所以得帮这个忙。这种话只能骗锦衣，锦衣都以为自己学雷锋了。可是能骗得了我吗？我最多一开始想错了，以为是他自己惹下的风流债，后来才知道，根本不是！"说到这里陈格突然顿住，站起，径自去厨房倒水。他已经熟门熟道了。

柳静侧耳听厨房传出的细微声响，她好奇了，非常好奇，她认识的那个唐必仁从来不是个乐于助人的人，而且是那样的一件事，在自己即将提拔的最敏感时期，唐必仁居然出手相助？太荒谬了！整个世界都如此荒谬。

陈格是空着手从厨房出来的，想必在里头已经把水喝够。他不再坐下，走几步，立在茶几旁俯视着柳静。柳静打了个寒噤。这个男人刚刚失恋，家境不错、差不多可以帮他铺出理想就业之路的女朋友刚刚把他断然甩掉，本来他应该悲怆忧伤，可是，这会他眼里闪烁的却是完全相反的东西。

"馒头，山东馒头！"楼下有些变形的吆喝声通过喇叭传来，声音在屋里转一圈，荡来荡去。馒头，山东馒头！原来已经中午了。柳静双臂交叉着抱住身子，她还是不打算开口说什么。几乎是下意识的，她觉得选择沉默应该是最安全妥当的。

"那天从医院把那女的送回家，我已经记住她家地址了。后来我去过她家，当然，我没进去，她也不知道。我在外面，在远处，然后跟着她，跟过几次，终于看到那个男的了，不是你老公，竟然是一个……"陈格舔舔嘴唇，或许他又口渴了，他好像也有再去倒水的打算，动一下，又停住，继续往下说。"现在我不说，但不等于永远不说。不说是有条件的。锦衣已经跟你老公说不许再帮我进工商局，这怎么行？你老公这两天不在办公室，打电话不是不接就是没信号。我给他发短信，该说的都说了，可他仍然不回话。真牛，不回话。但也别以为我们乡下来的人都那么傻。要不要看照片？是，我拍了。真的不能怪我，我是全家唯一的希望，我拼出去父母兄弟的日子才能好一点。谁帮我？没有。只有靠自己。我说明白了吗？噢，好像还没有。我的意思是，锦衣嘛，就算了，我也没真稀罕过。现在麻烦你转告你老公，我能不能进工商局，决定着我会不会把事情抖出来。理解万岁。和平万岁。我也不愿鸡飞狗跳的，我只想有个好工作，然后OK，一切都平安无事。公务员开始报考时，我一定会报工商局，我只报工商局。文考没问题，我肯定能考好，接下去，麻烦他努力一下。就这样！"

说到这里陈格扬扬手，他甚至还对柳静笑了笑，然后转身，快步走出去。那个门，他是轻轻打开，又轻轻关上，文质彬彬得像怕惊扰了柳静。

柳静看着门，门是深竭色的厚钢板。她的第一个念头是必须立即换锁。锦衣有钥匙，应该就等于陈格有，陈格有，现在差不多已经等于地痞无赖有了。她站起，原地转一圈，两眼一团雾飘过，空白了一瞬，终于看到沙发旁的电话。

她拨了唐必仁的手机。没信号，确实没信号。会议室里屏蔽了？

半个多小时后柳静出现在海阔天空酒店。总台小姐让她找会务组的人，恰好一个胸前挂牌子的会务组工作人员从旁走过，告诉她，唐必仁在1312房间。

如果是上午之前，柳静按1312门铃时肯定会犹豫，来开门的万一是连丰灵，她又如何是好？但现在不会。有人暗度陈仓了，唐必仁不过奋不顾身地做了一回栈道而已。他还是可靠的。

唐必仁独自一人住单间，正在午睡，开门见是柳静，很吃惊，迷糊着眼问什么事。柳静说："手机呢，怎么不通？"

唐必仁把扔在桌上的裤子提起，从口袋里掏出手机。"噢，"他说，"早上开会关掉了，忘了打开。有事？"

柳静低下头，眼盯着毛茸茸的嵌着波斯风格花纹的地毯。五星级，这是柳静第一次进入这种级别的宾馆，确实不一样，门、窗、桌、床、柜，一切都异乎寻常地品质优良。人生的许多瞬间都是猝不及防打开的，如果不是突然生出必须找到唐必仁的念头，她不可能有机会来这里，不可能看到五星级内部的精致细节。在这样的地方，唐必仁真的还能睡得安稳踏实？她说："陈格给你短信，看到了吗？"

唐必仁说："看到了。"

柳静说："你……有什么打算吗？"

唐必仁说："没有。"

柳静听到叮叮当当的响声，她抬起头，看到唐必仁已经在穿裤子了，响声来自裤袋里的一串钥匙。他要走了？

唐必仁说："一会要开会，下午会议是我主持，得早点去准备一下。"

柳静用指甲抠着桌沿，非常硬，像铁板，究竟是什么木头做的呢？她边抠边说:“其实每个人都有难处的,问题在于是将这个难捏在手心搓碎,还是把它当烟花散放到空中供众人欣赏。”她咂咂嘴,刚才说什么了?怎么连她自己都没听明白。她其实想说的是,你唐必仁太过分了,你什么事都想把我当傻子一样瞒着吗?

背后有点热,是唐必仁站到她背后,无声地站着。

过了一会,唐必仁说:“静啊,这么多年你一直待在学校里,还单纯得像个小孩,又爱较真,所以有些事我不想说,是怕你担心、不理解。相信我好吗?我会把事情处理好的。”

柳静又闻到那股味了,从后面传来,先是呵在她脖子上,脖子那里痒痒的,似有蚂蚁爬过。弄了那么多凉茶给他喝,还是没起作用,他的嘴居然还是臭的。

唐必仁说:“好吧,我告诉你,跟你说实话。我不会随便乱插手别人事的,特别是这一阵。但那个人不帮不行,肯定不行,他是……李军。你明白了吧?行了,别生气了好吗?我真的要开会了。”

唐必仁手搭到柳静背上,柳静像被电击了,身子猛地往前一挺。她开始往门外走,做出的姿态是:好吧,我不生气,你去开会吧。手抓住门把准备拧开时,她又站住了,回过头问:“做人流,为什么需要陈格呢?”这个问题她一直没放下,一直想着,没想明白。

唐必仁正站在桌前匆匆往公文包里装材料,他真是急着要走,手都乱了,从没见过他这样。“都是锦衣!”唐必仁手没停下,头也不抬,但他声音不高,压得很低,“反复跟锦衣说不要跟任何人讲,结果她还是自作主张把陈格带去医院。那天我心脏差点被气炸了,她却狡辩说陈格是最可靠的人。好了,现在可靠了吗?她说要分手,我不肯,这时候怎么能分?可是她不听,一意孤行,根本不管不顾任何后遗症!”

柳静第一次听到唐必仁指责锦衣,之前都是她指责而唐必仁袒护。她记起自己胸里还残留一个问题,最后一个。她说:“那个连丰灵,她是你的下属,是你刻意奉献上去的吧?”

“这怎么说呢?也得两相情愿才行吧。”唐必仁叹了口气,用手捋捋头发。他的头发已经很稀疏了，额上的发际线至少比年轻时后撤了三五公分，他五十六岁了，也开始老了，以前也许对升官也急过，但尚能忍住，到了这把年纪终于忍不住了，所以豁出去捞最后一张船票……

柳静看到唐必仁向她走来，或者说向门走来。她猛地扭开门，走了出去。那一瞬间，她害怕，怕唐必仁会张开胳膊搂一搂她，是的，以前常这样。但现在不能这样，为什么？柳静不知道，突然之间，那个肉体让她想远远避开。

坐在的士上，柳静拨了李荔枝的手机。铃声一直响，响到柳静都绝望了，打算放弃时，对方才接起。"喂，你好，我们主任在做手术，回头再打来好吗？"一个年轻女孩的声音，很甜美很规矩。柳静吁一口气。找李荔枝干吗？什么事都没有，难道想倾诉什么讨教什么？都没有。幸亏在做手术，幸亏没接起。

但这会柳静真的想跟谁说说话，胸腔里咣里咣当的，好像有很多水在流动。愕然，她想到这个词。再借她三个脑袋，她都不会料到，唐必仁和连丰灵的背后站着的那个人，居然是李军，一个副市长，还是常务的。光鲜背后的败絮，这话陈格还是表达得很准确的。败絮，这个词很好。

打开家门时，电话恰好响了。看显示的来电号码，是唐必仁的手机。柳静没有接起。过一会，手机短信铃响，还是唐必仁，他说明天会议一结束就回来，到时再好好谈谈。

柳静回复了个"好"，但发送键还没按下，又猛地把这个字删掉了。

她不喜欢"好"这个词，那么随意，又缺乏原则，几分敷衍与应付，连边际都含糊不清。

她走进书房，打开电脑，手茫无目的地动来动去，结果屏幕上出现的是连丰灵的照片。脸蛋不惊艳，但整个人多有味道啊，长颈长腿、细腰小肩，一摇一摆都是万千韵味，多精致美艳的女子，正合柳静胃口的女子，希望自己没出生下来的那个叫玉食的孩子正是这模样的女子，她为什么不是直接跟唐必仁生出一段情呢？很匪夷所思，但柳静这会就是这么想的，如果要选择，她真的宁可要这个结果——如果真那样了，她便成为遭冷遇的糟糠,随时面临被甩被弃。可是,唐必仁不是情深似海地渡向那女子,而是费尽心机把她当成猎物献给上司,以换得一个好职位……恶心!是这个词,只有这个词才能概括柳静这时候的全部感觉,太脏了,脏得恶心。

柳静突然想起锦衣。一直都觉得锦衣不可理喻,却原来,自己和锦衣在根子上是一样的,五十步与百步之差而已。

把朝南的一间房子当成书房当初是柳静坚持的,她喜欢每天早早就有阳光进来,将架子上的书晒一晒。等暮色下来后,一屋的书就留有隐约的光泽和芬芳气味。书橱很高,几乎触及天花板。书橱顶上的那个土黄色的蛇皮纹盒子如果柳静仅仅站着举起手,是够不着的。柳静拖过椅子,她又一次爬上去,把盒子拿下,打开,一瓶瓶杏黄色的香精被取出来,整齐摆在桌上。桌上有把一尺长的寿山石镇纸,抓在手里沉甸甸的。柳静看看香精又看看镇纸,然后把镇纸举起,猛地往下一砸,砰的一声,瓶子破了一个,又一个,再一个,再再一个,四个瓶子全部碎裂。

很香,确实很香。柳静在扑鼻的香气中慢慢坐下。

Secret of desert,沙漠的秘密。柳静要做个试验,她想看看自己会不会被这种气味弄得像动物一样狂野。如果不能,她可能就会有个决定,她决定离开唐必仁,离开这个家,永不再跨进一步。好像有点轻率,也不太合情理,可是生活本来就是多么不可理喻的啊。

柳静抽动鼻子,一下一下地深呼深吸。

第二部

黑皮
黑肉

一

李荔枝认识唐必仁在柳静之前。

二十多年前，市委办公厅前后脚分配进两名大学生，一个瘦削，一个健硕，瘦削的是唐必仁，健硕的是贺俭光。而那一年，李荔枝也恰好从医大毕业了，在这座城市无亲无戚无根无基，却莫名其妙被分配进了市妇幼保健院。要说缘分，很多时候就是这么微妙。人的命运其实不过是上帝随意下出的一步棋子啊。

报到的第一天，李荔枝差点就掉头而去。

保健院里女医生居多，加上护士，加上女病人，放眼望去，此起彼伏遍地女性。在她们中，李荔枝仿佛是牛奶中的一粒芝麻——这个比喻是李荔枝自己想出来的，她发现别人打量她时，眼中不约而同总是喷出强劲的诧异，诧异她的皮，诧异她的五官。

李荔枝很黑，就是揭开那层皮，里头的肉还是黑透三尺。从小到大，她有很多外号，全是跟黑字相关的：黑芋、黑球、黑东屿。她的家在距这座城市两三百公里外的一个小镇上，镇子的名字就叫东屿。一个人，当她顶着固定不变的同一色泽的皮肤生活了二十多年，本来自己也渐渐麻木了，周围熟悉的人也早都适应，突然换了一个地方，突然进入全新的一类人群，这里到处白花花的白大褂和一张张花红柳艳的脸把她一反衬，一下子就仿佛有人拿根大棍子,从头顶上狠击下来。

而她在中学时还曾有个锐利的外号,叫越南妹。厚唇,高颧,深目,眸子乌漆,这么说来,她的五官确实有点剑走偏锋的味道。难看吗?从来没人说她难看。可是好看吗？也从未有人正面称赞她为美人。其实所谓诧异,也可以当成惊艳理解,可是初来乍到的李荔枝没有这个自信,她对那种目光的第一个反应是"嘲笑",第二个反应是"蔑视",第三个反应要隔很久,缓缓地想了半天,有时又完全颠倒过来:她们会不会是嫉妒呢？当然最后一个反应是她悄然暗想的,想得犹犹豫豫战战兢兢又愤愤不平。

这时候贺俭光就出现了。

在五楼产房外的走廊上碰到贺俭光，是李荔枝来保健院报到后的第二个星期。那天天气不好,有迷蒙小雨,雨中所有的景物都霎时抑郁晦涩了,灰暗的走廊像一条废弃的旧地道,幽幽地向前延伸。李荔枝从产房出来,看到一个年轻健壮的男人,男人向她走来,脸上有笑,露出一排洁净的牙齿和形态相当生动的嘴唇,动感十足。男人轻声说:"你好,请问陈珍护士长在哪？"

"护士长在手术室。"说完,李荔枝抬头望了男人一眼,她看到这个男人二十四五岁,眉偏粗,眼偏大,眼皮的褶子深且长,仿佛是手术刀割出来的,相当欧化。男人眼睛一大就有一览无余之嫌,丧失欲说还休的神秘感。浮动在李荔枝心底的是杜丘先生也就是日本高仓健的那双眼,细细的,小小的,长长的,冷冷的,貌似拒人千里之外其实情深似海。但一瞬之后,李荔枝突然滑过一个想法,有点恶毒,有点轻率,有点恶作剧,但也不由自主。她脚步本来急匆匆的,却猛地停下来,扭过头来,她笑了一下。

在二十多年前这个细雨迷蒙的天气里,李荔枝怎么也没想到,自己的轻率一笑,后来竟漫无边际地左右了她日后的全部生活。

那天,她其实不过是想做个试验。

眼前的这个年轻男人他眼太大了,不合李荔枝胃口,但如果用通俗的审美标准来评判,他还算相当英俊,而且健康,发达的胸肌一团团从紧绷的衣服底下浮起来,几乎令人浮想到草原上的马。李荔枝心里暗暗做个盘算:如果把这个英俊的年轻的健壮的男人当成一把秤呢?如果把自己的相貌放上去称一称呢?是的,那天她突然很想给自己的黑皮和陡峭的五官称出一个结论来。

所以,笑过之后,她又柔软地问:"请问有事吗?"

男人看着她,稍稍犹豫了一下,说:"能不能麻烦你叫她出来?"

她沉吟了一下,转过身去了手术室,行走的动作已经变得柔软而滋润了。一会护士长出来了,一路小跑,神色忙乱,表情参差。护士长喘着气对走廊上的年轻男人匆匆说了两句,然后马上就边后退着往手术室去,边指着随后跟来的李荔枝说:"让她带你去。荔枝,这是我儿子,贺俭光!他单位领导的老婆来做产检,麻烦你带到三楼门诊找林医生。麻烦了,王医生的这台手术没完,我走不开。真的真的,唉!"

李荔枝怔在那里。没想到是护士长的儿子!

护士长在科室里的地位一直比较特殊,没有医生的权威,却比医生更能呼风唤雨。平心而论,从她第一天到医院起,护士长就没有为难过她,相反,许多时候对她似乎还多多少少迁就一点呵护一些。在这座城市李荔枝没有任何亲戚,仅有的熟人,不过是几个各自在新生活新岗位上为立住脚而慌乱忙碌的中学同学,彼此连靠到一起互相取暖的空闲都不多,因此她是单薄而孤独的,有人送一丝暖风,就被当成整个春天降临了。而她,怎么能拿护士长的儿子开玩笑?

她安分下来,刚才那股几乎往白骨精方向汹涌而去的势头,被断然掐掉了,就像本来是一只上足发条的电动玩具,蹦跳得不切实际极不安分,突然被关掉开关,一下子就木了。她蹑手蹑脚,老实带贺俭光下楼。

那时医院上下楼仅有一台又粗又笨又慢吞吞的陈旧大电梯,主要用于运送危重病人或临产孕妇,动起来有骇人的嘎嘎巨响,行人都更愿意走楼道。李荔枝在前面走,她穿着斜坡跟的布鞋,踩在地面悄无声息,却感觉到从后脑勺到后背到后脚跟,陡然就沉甸甸了起来,好像一下子附上重物,让她整个人往后坠,时时要仰天倒下的感觉。原来一个人的目光也是有分量的，这是她后来意识到的。走在她身后的贺俭光，那双很欧化的大眼在楼道上成了一挺机关枪，火力非常集中，突突突喷出子弹，全部打在李荔枝的身上。

贺俭光带来的人已经等在三楼，姓薛，市委办主任，主任的老婆叫余致素，三十岁左右，气色不好，人萎靡，腹部却还不见隆起。李荔枝把他们带到林医生跟前，做了一番介绍，然后她的任务就已经完成了，她点点头，打了招呼，转身就退出去。走时，她的脚步已经没有刚才那么轻快了，有点莫名的滞涩。到了楼梯口，正要拐上楼，背后突然有人喊了一声："喂，你好，请等等。"

李荔枝猛然间心一跳，回头看去，果然是贺俭光追上来了。

他略略有些无措，双手一摊说："我在里头，有些……不合适。"

李荔枝扑哧大笑出声。这个笑很由衷。女人产检，另一个无关的男人当然不合适在里头。但是他退出来后，追上她，跟她说话，这个举动合不合适呢？或者说有没有其他深意呢？

"我妈刚才叫你荔枝，这是你的名？"

"对。姓李，李荔枝。"

"嗬，这名字有意思……"

李荔枝打断他："一点都没意思，太土了。"她本来是要驳斥的，话说出口后才发现语气它自已起变化，不知不觉间竟然往娇嗔的方向拐去了。这不是她的原意，但她确实是这样做了。

贺俭光好像也感到突然，柔和一笑，转了话题："不好意思，今天麻烦你了。"

李荔枝说："唉，这么客气！"

"我们主任老婆年纪偏大了，怀孕反应很厉害。她怕流产，很紧张，一听说我妈在保健院，就让我带来。有熟人好办事嘛。真的非常感谢，谢谢你。"

李荔枝注意到，贺俭光的发音很靠后，这在南方人中并不多见。南方人说方言时，大都在舌尖处发音，所以声音薄薄的，没有共鸣腔，而贺俭光却有。她说:“你声音蛮好听的。”话一出口,她又抿紧了嘴。尽管是句实话,但她也不该贸然说出去的呀。那个试验已经未遂,不过是一时心血来潮的想法而已,她早就放弃了。投鼠还忌器哩,她一个新人,立足未稳,风中小烛,怎么敢得罪在医院中枝繁叶茂几十年的一个护士长?可是她分明又感到仿佛有根棍子,已经悄然伸进她胸腔,自己找了个支点,猛地往上一撬。她想,终于,有什么事情也许要发生了。

其实没什么大事,无非男婚女嫁。

第二天贺俭光就打来电话,说有票,是一场市女排对抗赛,请她去。贺俭光说:“是这样的,这是我们薛主任的意思,他很感谢你,让我一定把票给你。不要见怪啊。”

李荔枝说:“没有见怪。”

她心里不免暗笑。薛主任的意思?薛主任要感谢?要谢也得谢护士长去,就是贺俭光他妈。李荔枝皱皱鼻子,她没有马上答应,她打算稍作犹豫之后再回答好,而且那个好字还不能说得太轻盈顺畅,它得有飞越万水千山后的艰涩与困苦,总之得稍稍装腔作势一小会,好像有点拿不定主意的娇喘样。没有人教过她,但她懂得必须这样。这是本能。

最后反正李荔枝还是去了。

其实不在乎内容,主要是形式。两人的交往在一场水平难以恭维、喊叫声却嘈杂混乱的排球赛中拉开了帷幕。此事贺俭光没向母亲汇报,李荔枝也没向陈护士长透底,像一阵微风从树梢刮过,恬淡,婉约,柔美却又自然而然。

女排赛之后,两人的约会继续着,而且频率越来越勤,分分秒秒都恨不得黏在一起。终于到要谈婚论嫁了,贺俭光拉着她手回家一摊牌,陈护士长半天眼珠子都无法转动。“什么意思?什么意思?啊,你们是什么意思?”陈护士长一连串地问,语气越来越短促,而脸早已经绿得出汁。

李荔枝老老实实地坐在一旁。

她没想到陈护士长反应这么剧烈。她毕业来报到的那天,陈护士长第一眼见到她时,露出什么表情了呢?医院里的其他人,张医生或李护士那种诧异的样子都还刀刻斧凿般留在李荔枝脑中，陈护士长的却丝毫没有印象了，居然忘了。她低着头，绞动自己的手指头，默默在心里给陈护士长找反对的理由。是啊，医生这个职业不是不好，挺好的，哪个人能保证自己永远无病无灾万寿无疆？人得向命运低头，很多家庭因此都盼着借婚姻搭上医务界人士，卫生局局长或者医院院长当然最好，再不济第一线上的医生或护士也行，总之是以备不时之需。但陈护士长不一样，她在医院已经累了一辈子，从青春年少到人老珠黄，对药对针对伤口血液对满天弥漫的消毒水味道等等，真是已经厌烦透顶，将来一退休，本可以眼不见为净，可是如果家里还要半途再引进一位，怎么能不见？怎么能净？到死都别想跟白大褂脱净干系。

这时候她听到陈护士长说了一句话，如果陈护士长不那么说，或许见人家家长那么反对，她即使为了自尊也会打消前进的念头，考虑急流勇退了。孤身一人在这座城市，在这家医院，她真的害怕得罪陈护士长，得罪不起啊。何况，姑娘正当年，皮肉再黑也仍是如花似玉的年纪，即使东方不亮，西方还是有一大把亮起来的机会，并不是贺家不娶，她就一定枯老枝头，凋零至死。

但是陈护士长那么说，她就改变主意了。

陈护士长说："长成这样的女人你也稀罕成这样，疯了呀！"

就当着李荔枝的面啊，这样的话居然出口了！这样的话说得如此肆无忌惮，说明陈护士长已经恼羞成怒，已经破釜沉舟，已经不惜一切代价，也说明之前的客气与和气其实是假的，从根子上对李荔枝长相她还是非常不屑与鄙视的。李荔枝听到自己心里咚的一声，是什么东西开裂了，很疼。她怕自己哭，咬住唇，仍是一句不吭地坐着。现在她不走了，贺俭光就是被他母亲招降了，她也要死活拖住一阵，拖得彼此都皮开肉绽不得安生，总之不能走得那么便捷。她那么好欺侮吗？过招还远远没有开始哩。

贺俭光说："妈，话不要说得这么难听。"

陈护士长马上吼起来："难听吗？你怎么不嫌她难看？你怎么不怕以后生下的孩子难看？"

贺俭光说:“不难看呀,我觉得她长得很特别,很耐看的啊。”

第一次,李荔枝终于听到有人用“难看”来概括她了,也是第一次,她听到了“耐看”。原来是耐看!李荔枝猛又记起那个未遂的试验,那一瞬间一直忍住的泪终于从眼眶中爬出来,顺着鼻翼,无声地往下滑落。贺俭光慌了,掏出手帕帮她擦。泪擦干了,李荔枝站起来。她知道火候差不多了,没有再待下去的必要。她简洁地扫了屋里每个人一眼,轻声说:“对不起,我先走吧。”

她走得很快,很坚决,不待任何人同意或不同意就已经到了门外。

接下去的三天,李荔枝请了病假,她不在医院的宿舍里待着,而是住到了另外的地方,贺俭光要找,也无法找到。

第四天,她回来上班了。刚一走到医院门口,就看到贺俭光胡子拉碴地站在那里。贺俭光是飞奔过来将她一把抱住的。她听到肩头传来微微的抽泣声,她的泪也下来了。那一刻她跟自己说,就是不走,就要嫁给这个男人,一辈子做他的老婆,顺便也当那个飞扬跋扈的老女人的儿媳——难看的,眼中钉肉中刺一样的儿媳。

二

那天请过病假后,李荔枝是住到柳静那儿的。

师范大学毕业的柳静是她中学同学。医大学制五年,师大学制四年,这样,柳静就比她早一年毕业,在一所中学任语文教师,学校条件不错,年轻教师每两人一间宿舍。那几天,原先跟柳静同住的那个教师恰好请婚假走了,空出来的床铺,可以让李荔枝暂且容身。

李荔枝没说自己为什么要住到这里,柳静也没问。

高中时,两人同一张桌,柳静坐左边,李荔枝坐右边。这么近的距离,却在许多方面相距千里。她们老家东屿镇不大,紧挨一条大江,那时未建桥,与外界往来主要靠船。李荔枝家里没有船,却有两辆车,板车,父母俩各自拉一辆,整天泡在码头上,一见有轮船靠岸,就像上紧了发条似的挤过去,抢下刚卸下的货,运往某处,挣些运费,以此养活自己和家中大小六个子女。柳静不一样,柳静母亲是小学老师,父亲是公社革委会副主任,上面一个哥哥,一家人口就四个,整整齐齐,不瘸不拐。柳静今天碎花布罩衫,明天蓝咔叽长裤,后天黑灯芯绒圆头鞋或螺纹口花尼龙袜,再后天,她的口袋里或许还能掏得出一两粒水晶状的上海糖果。柳静穿新衣新裤来学校时,李荔枝从来不正眼多看,匆匆一瞥,她的目光马上就有烧灼感了,火辣辣地难受,仿佛那一眼一眼地看过去,都是给柳静鼓掌献花的。她不想长柳静的志气,可是眼睛还是管不住,眼角一直一直往左边歪去。她得弄清那个罩衫织的是什么图案,雏菊还是米兰?菱形还是三角形?如果腰身再往里收一点、袖口再往外撇一点,是不是会变得更好看呢?有一次,李荔枝实在忍不住了,趁着欠欠身子的时候,飞快伸过两个指头,在柳静的袖口处捏一下。袖口明显改变了形状,似乎果真就更加有形了。李荔枝收回手,收进裤袋子里,那两根手指头在暗中长久地互相对搓,仔细回味布质留下的丝丝手感。那时候她的理想已经很清晰地出现了:以后要当裁缝,开家小店,挣一点小钱。她甚至悄悄地想象:哪天柳静拿着布到店里,请她裁一件罩衫或一条长裤时,她会怎么怎么来完成。

这一切,柳静都不知道。

柳静行左走右,始终有种目不斜视的感觉。那个年代,文艺体育在学校里都是至高无上的,每个学校都必须有自己的拳头项目,她们的学校最大的拳头就是女篮,女篮里最不可缺少的一个人就是主力后卫柳静。柳静善远投,能背后运球,分配球路清晰准确,在场上灵活得跟泥鳅一样。每天傍晚女篮的训练都是学校的娱乐项目,反正大家都在学工学农批林批孔,没有功课可操心,闲着也是闲,许多师生都被吸引去,围住操场,喊一喊、鼓鼓掌,一天的日子也算有点意思起来。柳静投篮跟别人不太一样,别人单手投,她用双手,双手抱着球从胸前往上抛,突然性很强,又不容易被断。只要她出手,场边就会不约而同齐声叫道"唰!"——喊声刚落,球往往恰好就到了篮筐边,擦板时发出悦耳的一声微响,然后穿网而下,或者在篮筐上转一圈,撩拨人似的,最后仍然还是从网中落下,几乎弹无虚发。那时比赛是常有的事,比赛就是全校师生生活中的一件大事,或省或市或县或乡,各级都有,接二连三。这支队伍拉出去后,大家都在翘首等待消息。当然失望的时候微乎其微,因为有柳静,有柳静出神入化的穿针引线,于是捷报总是如期而至。在场上如鱼得水的柳静,将篮球自如地扔来扔去的柳静,她的名字也在校园里飞来飞去。有一种说法甚至很普遍地在私底下流传:这所学校可以没有校长,但不能没有柳静;或者说:我们宁可不要校长,也不能不要柳静。已经有如此炫目的一技之长了,又是公社革委会分管科教文卫休副主任的女儿,日后,柳静去部队当体育兵或者随便上哪所大学当个工农兵大学生,谁都知道是件易如反掌的事,柳静不去,天理都不容。至于拉板车的后代李荔枝,李荔枝在心里放眼一望前程,马上就沮丧得要死。对于柳静,她说羡慕真是太轻了,可是说嫉妒呢?李荔枝又不肯承认。

要说年纪,李荔枝比柳静小一岁,可是两人哪里仅是这一岁的差距啊!李荔枝很清楚,她不如柳静,差太远了,除了文化课。但整个中学阶段,文化课跟弃儿似的,谁在意了?各种文件反而像是主科,学了又学,读了又读,余下的就是放野马了。

然而李荔枝却不一样。英语课没人听,李荔枝听了;数学书没人读,李荔枝读了。在懵懵懂懂之中,好像有神明暗暗指点,反正李荔枝在一片混乱之中,将学生把书读好这个本分坚持了下来,后来她对此多么庆幸。高中毕业后,她其实真的已经去拜师学裁缝了,学了一年,一块布在手中都差不多可以拿着画粉在上面画来画去,再举着大扬剪断然下刀子了。她发现自己真是吃这碗饭的料,手巧极了,手一贴上布就活色生香地径自游走开,仿佛获得另一个属于它们自己的生命。而柳静,走出中学校门的第二个月,居然她父亲就出事了,还很不雅,是作风问题,跟公社的女会计搞腐化,被女会计的丈夫堵在床上。事情闹大了,衣冠不整的革委会副主任就被撤了职,这种情况下再帮柳静弄个工农兵大学生的名额,自然就难于上青天了。那时李荔枝心里真的有过不易觉察的兴奋,她自己解释兴奋的原因是源于“腐化”这两个字。革委会副主任与女会计,一个领导一个群众,一个男人一个女人，居然就腐了化了——究竟怎么腐怎么化的？真是令人浮想联翩。她想，看来柳静惨了，柳静篮球打得再好，军营与大学之门都别想再为之洞开了，柳静最多只能跟她一样做个普通人，想办法在普通的日子里，找到一碗平凡的饭吃，然后寻到一个庸常的男人草草嫁掉。

如果不是那场高考，一切肯定只能这样。

但高考潮水般说来就来了，说恢复就恢复了。别人捶首顿足在那里抓狂，后悔大好时光都荒废掉了，李荔枝却从从容容地考上了医大。

柳静也考上，却比她差，不过是师大。师大与医大，听起来差别不大，但录取分数线说明问题：后者比前者高了近二十分。接到录取通知书时的扬眉吐气，一直到今天都仍然清晰可见，那算不算是李荔枝一生中的第一个高潮？肯定算。也是李荔枝一生中第一次超过柳静。现在她恋爱了，而比她大一岁的柳静却尚未，这应该算是第二次取胜。

夜里睡下后，躺在黑暗中，李荔枝想起贺俭光。她忍了忍，忍了两天，到第三天晚上，终于对柳静说起贺俭光，先说长相，再说为人。李荔枝语调并不高亢，她相当克制，她说，我真是走狗屎运了，碰上一个这么爱我的男人。他现在在单位里很受器重，市委办公厅起点那么高，不要多久，副科正科副处正处，一步步可能就上去了。

柳静问："正处是多大的官啊？"

李荔枝笑起。柳静比她早毕业，早涉足社会，却仍然是这么幼稚可笑，对官场上的事竟一窍不通。她说，我们副市长不过副厅级的，正处比副厅级低一级。

其实她知道，贺俭光现在不过一个小干事，从干事到正处，还需非常漫长的跋涉，但说一说未来蓝图不是挺让人神清气爽的事吗？"柳静，"她喊一声，"我可能要结婚了哩。"

柳静没有应，气息一呼一吸的很匀称有力。

"哎，说不定我很快就结婚哩！"这一次，李荔枝其实是对自己说的，她知道柳静已经睡着了。她请病假，她住到柳静这里，她不将行踪告诉任何人，不是为了逃避，也不是为了躲闪，她需要找个地方理一理头绪。头绪不难理出,如果说之前她心里还有点杂乱无绪的话,跟柳静说话的过程中,她已经很明确了。她甚至开始后悔,至少应该跟贺俭光说一声自己去哪里了,他找不到她,该着急了吧?

她开始盘算:明天早早就回医院,先换身衣服,然后马上去找贺俭光。没想到一到医院门口,贺俭光就飞扑过来,伏在她肩头,泪流满面。

但接下去两人并没有马上结婚,不是他们不愿,是医院不肯,医院自己定了一个土政策:未婚女医生分配进来一年之内不许结婚。医院当然有自己的道理,毕业第一年还不能单独当班上岗哩,一结婚一生孩子,精力分散了不说,时间也七零八落了,对成长非常不利。

这事李荔枝并不急,真要结,陈护士长那道坎其实也还没越过。

那次登门之后,她没有再到贺俭光家去。在医院里跟陈护士长避不开,也就不避了,该说话该办事,都以工作规范为准则,旁人若不注意,都不一定看得出其中的微妙。但她清楚,她跟她,贺俭光最亲近的这两个女人,已经是永世不可调和的天敌了。有消息说,陈护士长托谁谁给贺俭光介绍了哪个哪个女子,都貌若天仙,又怂恿周围的谁谁谁向贺俭光靠拢,甚至主动出面热乎乎地铺路搭桥。那个谁或者谁,其中也有保健院的女医生甚至护士,相貌也未必个个都胜李荔枝。由此看来,陈护士长嫌的已经不仅仅是她的长相,更不是她的职业,而是她这个人。做同事可以,一旦要打开门成为一家人,滋味原来就不同了。更关键的是,这个同事就在自己眼皮底下,居然将爪子阴森森地伸进家门,可是作为一向以眼观六路耳听八方著称的陈护士长,却半点风声未获。如果是她,她李荔枝自己是婆婆,是否也会肝火四起?

随便,再大的火现在也烧不着她了。

贺俭光一句都没有再提起家中父母,但李荔枝知道,他一直不松劲,他坚持着,差不多是用自己的血肉之躯在李荔枝周围筑起厚厚的保护层。东风吹战鼓擂,现在世界上究竟谁怕谁?怕的人反正不是李荔枝。

这样挨过一年,该恩该爱都一如既往。然后洞房花烛如期点燃。

婚礼没有正式操办,贺俭光只是分别订了两桌酒,一次请朋友,一次请同事。同事以薛主任为主宾,薛主任个子不高,却有模有样,一直都有好行头,衣洁鞋亮,有型有款。此时薛主任的千金已经出生了,有一个娇贵的小名,叫甜汁,非常漂亮而且聪明。薛主任端着酒杯满面红光来敬酒时,一连喝下三杯,说一杯敬贺俭光的热心,一杯敬李荔枝的热情,这都是指那次他带太太余致素去医院做孕检的事,第三杯他敬媒人,就是自己。他说:"哈,没有天哪有地,没有地哪有我,没有我哪有你们认识。来来来,干了!"

在场的人都受到感染,鼓掌或者起哄。贺俭光则是伸过手,将李荔枝一把揽住,又用脸颊在她额上蹭几下。那一刻,李荔枝笑脸如花。书上写的所谓的伟大爱情,大致也不过如此了吧。那时,她确实没有想到后来会变,变得那么不堪。

婚后的第二星期,李荔枝介绍唐必仁与柳静见面。

就是在那天的酒桌上,李荔枝第一次见到唐必仁。薛主任来敬酒时,旁边站着一个瘦削的年轻男人,安安静静地看着李荔枝,看着周围。别人笑起闹起,他微微笑着,动动嘴唇,还是安静。一个热闹地方的安静人,是容易引起别人注意的,因为特别。李荔枝马上想起另一个人,就是柳静。她与柳静同桌那么久,没吵过没争过,和平共处,相安无事,但也从不亲密。大学毕业后,鬼使神差,两人竟又分到同一座城市来,自然而然,就有了一种特别的亲近感。当然,亲近感主要还是李荔枝自己心中汪洋的东西,反观柳静,柳静淡淡的,有也行没也行的模样,李荔枝没意外,也不介意,这就是柳静的风格。柳静在篮球场上身子那么剧烈地奔跑跳跃,别人看上去,仍觉得她是安静的,真是非常奇怪。想来想去,就是那个静,是静在骨子里的,骨子里的水波不兴,这个唐必仁想必也是吧。两个类似的人,进同一间屋子,很合情合理,也顺理成章,像老话所说的:天造地设。

关于做媒一事,贺俭光不是太赞同,他的观点是世上最难以保鲜的其实就是婚姻了,以后若是那两人有个是非长短,同一单位的,抬头不见低头见,毕竟难免生些歉意,心里别扭。可是李荔枝正处于幸福的巅峰期,人一幸福就格外仁慈,善心到处洋溢,所以她坚持己见,她跟柳静说了。柳静想都没想,脱口就说:随便。这么轻易就拿下柳静让李荔枝颇受鼓舞,她再逼着贺俭光跟唐必仁说，唐必仁轻笑一声，回答也很随意：那就见见吧。

两人见面了，来往了，结婚了。这事给李荔枝带来四溢的成就感，她的朋友与贺俭光的朋友成了一对，两对人排在一起，李荔枝心里马上就有优越感横生。她与贺俭光是自由恋爱的，而且东风还那么恶，千难万阻都被逐一踩到脚底下的；而柳静与唐必仁，他们不是水到渠成的，不是瓜熟蒂落的，不过似传统男女，被媒人搭出桥牵出线勉强扯到一起，不过是成个家，过过日子，就像河滩上两块其貌不扬的卵石，黯然，恬淡，似是而非。

李荔枝在脑中不时让一个两颊绯红、嘴角大痣、走路摇三晃四、说话尖声细气的女人栩栩如生，那是戏曲舞台上典型的媒婆形象，那是她，李荔枝。这么一想，她总忍不住咯咯笑起来。她被自己逗得忍俊不禁。

那些年真是李荔枝一生最好的时光。

有贺俭光的日子，时光才是美好的。

李荔枝悔死了，如果当年贺俭光弃职下海时，她能反对，能阻止，能拼上命惨烈哭闹，应该一切照旧，一切都还是风和日丽鸟语花香的。

三

其实李荔枝反对过，阻止过，也花费力气地哭过闹过，那是十三年前，儿子贺丰年都已经读小学五年级了。也就是说，贺俭光是在跟李荔枝结婚十二年之后，突然离去的。

那时薛主任还是市委办的主任，那么多年过去，没升上去，也没腾出位子，像颗螺丝钉似的卡在那里一动不动。一个人要在一个位置上待久了，通常都能待成精怪，上天入地，法力无边。薛主任法力对上没用，对下却是威风八面。贺俭光与唐必仁前后脚大学毕业，资历相近、学历一样、背景皆无，但对两人的态度，薛主任却是天壤之别。唐必仁私底下跟单位里的其他人都不来往，跟这个薛主任当然也不例外，就是在上班时间里，除了必要的对话，多余的闲话，真是一句都不会有。而贺俭光却不一样，因为有当年帮着带薛主任老婆去医院找人做产检以及后来分娩时再竭力帮上一把垫底，两人无形间已经亲密了几分，八九年下来，这种亲密有增无减。贺俭光今天去薛家聊聊天，明天捎什么土特产给薛太太薛公主，多少也算心腹之人了。贺俭光在“心腹”的错觉中陷得非常深，以为必定如此，绝对无误，万无一失。薛主任看上去也很认同这个观点，市委办共有两个副主任，其中一个岁数大了，逼近退休前，薛主任曾对贺俭光说，年轻人，这次该轮到你了吧，有兴趣吗？薛没有提拔谁当副主任的权力，但他有推荐权，领导来征求意见，他可说好话，也可说歹话，倾向性至关重要。有兴趣吗？这话分明是个挑逗，谁会没兴趣呢？即使唐必仁那样的人，看上去仿佛清心寡欲不问仕途，其实那不过是他明智，知道怎么也轮不到他，索性表现得淡漠一点，还不至于伤自尊心。贺俭光不同，这么多年他挽着袖子冲锋陷阵为了什么？他精力能力魄力都如同待价而沽的猪肉一样，赤裸裸摆在案板上，急切地等着被买主看上，分秒都没有优哉过。说白了，副主任的位置他已经惦念很久了，但如果薛主任不说，他也仅仅放在肝肠深处七曲八弯悄然惦惦而已，如同暗中想象着跟哪位美貌女明星一起上床一样秘不可宣。如今被薛主任一说，犹如一声惊雷当空炸响，一切顿时就非常明朗化，前程正徐徐走来，连单位里的舆论都开始向他一边倒过来。可是，最后老副主任退了，新副主任上任了，上任的人却不是贺俭光，而是从郊县调来的一个副县长，薛主任的党校同学。再一打听，竟是薛主任极力引荐来的。

那一天贺俭光坐在办公桌前思量了很久，抽下一整包香烟，然后，他推开薛主任办公室的门。他表情很平和，用词也不激烈，拖腔拖调的，仿佛来请示工作。他问薛主任，既然当时已经打定主意要帮那个党校同学的忙，为什么还要虚送一个人情过来，问有没有兴趣？薛主任端起桌上的茶杯长抿一口，咽水的声音咕噜咕噜响，然后好像很困惑地瞪大眼，反问道：呃，我有这么说过？顿一下，他笑起，一脸满不在乎的神情。小贺啊，他说，你还这么年轻，年轻人名利思想不要太重啊，这样对成长不利噢。

贺俭光当天下班回来，脸色铁青，一进家门就把手提包重重摔到沙发上，然后说不干了，老子要辞职下海。

海是那么好下的吗？李荔枝当时就说不行。无商不奸，你贺俭光连一个薛主任都没搞定，都被坑得一愣一愣的，还怎么搞得定无边商海上的无数苍生？

贺俭光说，“总比现在好吧？现在这地方是人待的吗？不想当将军就不是好士兵，可是如果通往将军的路上，不是明枪明炮、明险峰明深渊，不是可以自主地凭真才实学去奋争去跋涉，那还有什么奔头？一切受制于人，一切黑灯瞎火地玩三岔口，该点头该哈腰该讨好该奉迎，能做的都做了，做了十几年，可是最终还是无法左右自己的命运，这样做人还有什么意思？妈的，狗都不如！”

李荔枝眉头皱起，声音陡然提高：“连唐必仁都能待，你为什么不能待？连唐必仁都能忍，你为什么不能忍？”

贺俭光走过来，张开胳膊，想抱住李荔枝，却被李荔枝一把推掉。李荔枝很生气，气来自两方面。一方面当然气薛主任，当初薛主任的老婆余致素胎位不正，胎心不好，妊娠中毒，脚肿得像果冻；接下去剖宫产，再后来那个干瘪瘦小的小东西今天发烧明天拉稀，三天两头都是毛病……哪一次他们到医院，不是李荔枝笑容可掬地开山辟路、跑前跑后？在巴结薛主任的征途中，李荔枝也自觉自愿成为一名呕心沥血的选手，协同贺俭光一起进行一场混双决战，战了半天，不过白辛苦了，不过被利用了。这个狼心狗肺过河拆桥的薛某某！

另外，李荔枝也气贺俭光。

江山又不是薛主任的，这座城市比薛主任大的官何止一个两个，为什么别的人不去靠拢？别的人，比如市委书记、副书记，市长、副市长，哪一个人哪怕仅吭一个声、撑半个腰，他薛主任还有胆在那里玩瞒天过海的游戏？还能一手遮天为所欲为？他妈的！

李荔枝用力挥一下手臂，大声说：“不行，不能这么窝囊！”

李荔枝又说：“就是唐必仁被人这么欺侮了，也一定会跳一跳脚、咬一咬人哩，你为什么不跳不咬，为什么这么轻易就败下阵来老实服输了？你难道连唐必仁都不如？”

贺俭光坐到沙发上,一声不吭。

那天晚上贺俭光在床上翻来覆去,一直没怎么睡。天亮时他眼皮肿肿地起来,不过看上去倒没有了沮丧,眼光里反而隐约波动着几分莫明的亢奋,该上班上班,该下班下班,似乎挺正常的。李荔枝暗松一口气,以为这事过去了,以为所谓下海不过是赌气说说而已。几天后是周末,周末恰逢李荔枝生日。贺俭光一大早就去市场,买回一头黄花鱼,两只花斑蟹,一斤土鸡蛋,半斤青皮羊肉以及一根白萝卜。然后也是贺俭光下厨,将鱼蟹肉蛋蒸了炖了煮了。李荔枝从小到大都迷海鲜,又对羊肉胃口独具,这一点贺俭光很清楚。贺俭光给陈护士长当儿子的二十多年里,凡事都无须他动手,吃穿洗涮陈护士长全包了去,但娶了李荔枝,两人过起小日子后,贺俭光每天一下班总是冲进厨房洗涮煎煮,大展才华,而将李荔枝死死挡在厨房之外。当医生太累了,一整天班上下来,屁股说不定在椅子上都挨不着几分钟哩!他总是这么说。所以那天李荔枝没觉得有异样,她挺受用的。按惯例,那晚在床上夫妻也很热烈地恩爱了一场,交谈的话题很轻松广阔,从小时候的成长趣事,到大学时的种种闲闻,再从当年在医院初相识,到之后两人交往的起伏波澜,不一而足。这些内容以前不是没说过,说了,说过很多遍,但重新再说,还会有新的着力点与兴奋点。人与人就是这样,彼此的关系单凭说话量就可大致判断出大概了,不投机的半句都嫌太多,而一旦水乳交融,滔滔不绝的不过是鸡毛蒜皮也仍然兴致盎然。

也就是说,一直到那天晚上,李荔枝觉得贺俭光与自己仍然是水乳交融的,没有丝毫异常。但第二天一觉醒来,李荔枝发现屋里空了,环顾半天,没找到贺俭光,找到的只是一封长信,是贺俭光留下的。

信的内容不复杂,一是告诉李荔枝他已经辞职,辞职信今天会直接寄单位;二是表达对李荔枝的感情,为了让她出人头地脸上有光,贺俭光说自己一直剥筋扒皮、当狗学猫地努力,试图尽快出人头地;三是叙述对仕途的厌倦,觉得深一脚浅一脚走了这么多年,哪一脚都没踩出踏踏实实的感觉来,太憋屈了;四是请李荔枝放心,他这一去没有退路了,但不会轻生,不会自暴自弃,只会更发奋苦拼一场,然后衣锦还乡;五是关于日常事务的,李荔枝与婆婆几乎不往来,李荔枝一个人带儿子贺丰年很辛苦,李荔枝在医院里拼职称争岗位很辛苦,诸如此类。贺俭光说,你别把自己累坏了,悠着点,等着我回来,我回来了,给你买车买房,让你锦衣玉食,你就可以优哉享清福了。就是这些,到此为止,至于去哪里,去干什么,去多久,都只字不提。也就是说,他是披着黑衣遁去的,像在玩一场游戏。

李荔枝捧着信,愣了半天,嘴咧大,越咧越大,终于像被人猛地刺了一刀,尖厉地惨烈地恒久地纵声大哭。

他们住的是贺俭光父母的房了。陈护士长很早就为儿子买了一套新房子准备结婚用,但贺俭光结婚的对象是李荔枝,陈护士长就改变主意了,她拉着丈夫一起去把新房子享用起来,旧房子姑且留给儿子儿媳,爱要不要,随便。旧房子在一个颇有历史的小弄巷里,陈护士长的祖上世代簪缨,单清一朝,从国子监祭酒到巡抚到县令都可以罗列成行,也算豪门阔户了,只是经历了一百多年的风吹霜打,连黄花梨木的雕花门窗都已经破旧了,老鼠蟑螂爬来爬去,蜘蛛四处寻机结网。那天李荔枝就是在这样的房子里哭的,哭声传出,邻里街坊都是老相识了,他们刚开始以为是哪家电视里传出的,再细听,哭声很真实,一点都没有经过机器的放大共鸣。循声而去,倾听半天,心里很诧异,原来整天笑眯眯的像泡在蜜罐里的贺家媳妇也能弄出女冤鬼似的凄厉号叫来。

李荔枝的日子在那天断成两截了。之前,她对贺俭光在仕途上的跋涉是有期待的。她不是生在官宦之家。她父母是拉板车的。她从小就缺衣少食过着寒酸的日子,她过够了,一旦贺俭光闻达于诸侯,她在父母面前,在兄弟姐妹面前,在同学朋友面前,脸上就能散发出应有的光芒。她肯定直接或间接对贺俭光表达过这个企图了,用词可能还很遒劲,语气可能也很铿锵。如果贺俭光心中腾达的欲望有三分的话,她又有意无意地把那七分的火给烧起来了,烧得沸腾,结果把贺俭光给焚了,把这个家给毁了。她那天的哭,有一半是为了这个,她真是后悔死了,真是悔叫夫婿觅封侯。她的生活有一个贺俭光原来就足够圆满了,就可以让她每天嘻嘻哈哈笑声不断,贺俭光一走,就是万里江山都给她,也失去任何意义了。

为这事柳静来找过她。

柳静是从唐必仁那里得到消息的，来了，并不说话，只是静静地坐在那里，看着李荔枝。李荔枝打开家门之前，眼里还蓄满了泪，看到柳静，脸颊一松，泪猛地又要往外涌，突然就一顿，像有人重重打来一巴掌，像一道闸门霎时关下，总之泪是止住了，一下子消去。“你有事吗？”她居然反问柳静。柳静说：“世事难料，你自己要保重。”李荔枝这时笑了一下。柳静又说：“太任性了，男人不能这么任性。”李荔枝还是笑一下。

任性，柳静用词真是准确，柳静用词一向这么准确，李荔枝本来一直要为贺俭光的这个荒唐举动下个定义，可是她心乱如麻，怎么都无法准确概括，被柳静一说，说到要害上了。区区一个副处长而已，机关里很大程度上玩的还是排排坐吃果果，这次没有，反正迟早也会有轮得上的时候，何至于前程尽弃掉头而去？一个男人，泰山压顶都不该弯腰，胯下之辱都可以坦然接受，忍一忍，咬咬牙，都可以当成能量的积蓄，熬到云开见日出之时，再卷土重来也不迟。对阵的双方尚未真正进入短兵相接，一方已经径自盔甲丢弃、斗志丧失了，是自己溃不成军的，让仇者快亲者痛，这不是任性是什么？任性的人是不成熟的，而之前，真没发现贺俭光有这毛病，看上去似乎也爽爽朗朗一往无前，但那是因为没细究，如今终于定睛一看，竟看到皮囊深处的四面破絮。一直以来，他活得太顺了，在精明能干的陈护士长翅膀底下活得太风和日丽了，包括他自己在内，人人都以为他的生命到处是春暖花开的迹象，其实不过是空有一个华丽的外壳，内里却虚弱得不堪一击。

但这些，李荔枝宁肯烂在肚子里，化成蛆、咬穿肠，也不想跟人说，尤其不想跟柳静说。柳静是谁？是老乡，是中学同学，是一道竖在她跟前的刺眼横杆。柳静家庭比她好、特长比她多、衣服比她漂亮、性情比她骄傲，总之，柳静一切都成为她的反衬，衬得她心里畏畏缩缩，大气都难有长出的时候。考上医大，她本来以为终于胜过一筹，可是反身看柳静，柳静根本就不以为意，柳静甚至不无同情地问她：医院那么脏，以后你怎么过日子呀？这句话至少透露出柳静认为自己教书育人比救死扶伤更有意思、环境更洁净雅致的想法，又居高临下了。而且，因为读医大，她分明比柳静迟毕业了一年，迟毕业也就迟赚钱。当柳静已经能够用自己的工资出入百货商店自由购买衣裳化妆品之时，她还在为每个月从父母手中拿到的有限的生活费愁眉苦脸。直至有了贺俭光，直至跟贺俭光蜜似的恩爱成那样，李荔枝才真正拔直了腰杆，才终于也能俯视一次柳静。

可是，贺俭光却走了，走得这样突兀而且不可理喻。

李荔枝叹了口气，叹得悄然无声，而脸上，仍挂着清风朗月般的浅笑。这是初秋一个晴朗的日子，窗外一地的阳光晶亮刺目，似比夏日更添几分蛮横霸道，透着一股即将退出统治地位的绝望与恼怒。同一天空下，同一季节里，一向对她呵护款款有致的贺俭光，也沐在同样的阳光中，孤身前行，漂泊无助。他这是犯了什么病啊！"柳静，"李荔枝叫了一声，"男人都是什么古怪的动物啊，他们简直就跟孩子一样的哩！"说到这里，她又笑了笑，还伸过手，在柳静的肩上拍了拍。"你家必仁怎么样啊？他有没说，市委办接到贺俭光的信有什么反应？炸了锅吧？"

柳静说："炸了吗？不知道呀。不过谁不意外呢？很意外。"

李荔枝问："都说什么了？"

柳静摇头。

"什么都没说吗？"

"说总是会说的吧，话总有一些，但我怎么知道呢？"说到这里，柳静歪着头，轻轻叹了口气。

四

李荔枝后来一直琢磨柳静那天的神情。

柳静的相貌没有奇曲之处，唯一的特点是白，苍白、惨白、死白，几乎终年不见血色，宛若一张B5复印纸。摆在这张纸上的五官也很缺喜气，单眼皮，薄嘴唇，尖下巴以及略高的双颧骨，它们局促地组合在一起，像一堆新从机器里拆下来的零配件，无论如何都洋溢不出太多的温婉贤淑之气。

如果她的眉再略略皱起,细小的眼就马上模糊零碎了,根本凝聚不起一种明显的风格。那天,柳静坐在对面,她的眉不是一直皱着的,而是偶尔侧过脸,用眼梢一瞥,又将嘴一抿,顿时就显得意味深长了。

柳静为什么要来呢?

李荔枝真是太了解柳静了。按柳静的性情,这事听了也就听了,最多哦一声,短促惊诧一下,过后如果恰好有见面的机会,才会淡淡提上一两句,提过也就过去了,总之并不上心。而现在一得到消息,柳静却马上上门来了,端正坐下,专注打听,可见还是上心了,这是否有另一层深意呢?贺俭光是唐必仁的同事,一个单位根根萝卜都慨然将坑牢牢占住,一旦其中哪根陡然自行拔腿走掉,队形顿时就变了,新一轮洗牌马上就悄然开始了。柳静是被唐必仁派来打探虚实的吗?

唐必仁与贺俭光同年进办公厅,两人报到的时间仅差一天,一个来自农业大学,一个来自师范大学。按说,学农业的不去农科所或农业局,学师范的不去学校教书育人,都有不务正业之嫌,不过贺俭光好歹是中文系毕业的,进机关看看材料替领导写写发言稿还说得过去,而唐必仁是农经系的,广阔的田野农地才是舞台,与沉闷刻板衣冠楚楚的机关单位就牛头很难对上马嘴了。李荔枝以前鼻孔里会哧地冒出一声笑,她笑的是唐必仁。唐必仁那么寡味木讷,被人挤成肉泥都反弹不出半两力吧,而机关是什么地方?是人精汇聚之处啊,慢鱼都会被快鱼毫不客气地一口吃掉,何况一只呆鱼?贺俭光那时听了,总是微微把头一摇,几分不以为然的样子,但也从不反驳,仿佛不值一说。现在想来,贺俭光可能是另有想法的。作为同事,贺俭光与唐必仁来往不多,交谈有限,类似于井水与河水的关系而已。但两人毕竟日日相处,抬头不见低头见,什么心肠什么肝胆,也是大致了解几分的。要说评价,贺俭光好像也有过一个:唐必仁这个人嘛,还算本分。但谁的内心没有万水千山啊!市直机关从来茂盛如竹林,那里本来就是一片生长官员的沃土,身陷其中,永远寡淡无欲从不指望自己成为破土而出的竹笋,好像也不可能。如果贺俭光在,贺俭光在队列里断然排在唐必仁之前,一个一个往下轮,总之得贺俭光先春暖花开过了,然后才会轮到他唐必仁柳暗花明。现在突然情况有变,变得蹊跷,变得诡异,倒下一个贺俭光,唐必仁无形中就往前挪了一步。别小瞧这一步,人生本来就是由一个个小跬步积成而致千里的,所以,唐必仁肯定窃喜,喜得小腹酸疼快抽筋了都未必哩。

李荔枝那天是笑着送走柳静的。她告诉柳静,贺俭光去广东了。干什么去了?下海呀!这年头,男人想发财都想疯了。不过有钱当然是件好事嘛,谁讨厌钱呢,为了钱连鬼都愿意花力气去推死沉的磨哩,是不是啊?说这些话时,李荔枝脑中正浮现日本电影《追捕》的画面,那个叫杜丘的男人阴郁地往前走,身后传来幽暗的声音:一直往前走,你会融化在蓝天中。她打了个寒战,皮肤在衣裳之下一下子粗糙了,是一层鸡皮疙瘩。她伸手在柳静肩上拍拍,竟笑起来,笑颜明丽。如果之前她还天旋地转还不知所措,还捶胸顿足,还万念俱灰,那么从这一天,柳静来的这一天起,她突然腹底抽了一下,脑门被人狠狠一拍,醍醐灌顶。贺俭光走了,她的世界塌了,但塌是暂时的,必定还会有还原的一天,贺俭光还能永远把她、把这个家抛下不管?她不能倒下,不能让别人看笑话。是的,她必须尽快找到贺俭光,贺俭光回来了,这件事就不过是一个小涟漪,泛几圈,荡几下,一切又抹平了,又完美如初了。

小时候她学过领袖语录,领袖说:凡是敌人反对的我们都要拥护,凡是敌人拥护的我们都要反对。言简意赅,毅然决然。

柳静是敌人吗?唐必仁是敌人吗?她管不了那么远,也没法细细斟酌。即使错了,也只能等日后再改正了。迫在眉睫的是找到贺俭光。

可是贺俭光究竟去了哪里?

跟柳静说贺俭光去了广东,当然是信口胡扯。那几年,各地人疯了似的都跑去广东深圳闯荡,仿佛那里遍地堆金砌银,弯个腰就能钵满盆满,做发财梦的浩荡队伍中多出一个贺俭光反正也合情理。柳静当时听了,噢了一声,脸上没有表情,不像全信,也不像不信。所以,无论如何,这个说法多少还是有些站得住脚,那就让它先盔甲般立起来,罩在脸上,以对付天下人好心或恶意的询问。然后,接下去,接下去李荔枝开始行动了。她必须自救。

当天晚上,李荔枝去了薛主任家。

她是熟门熟路了, 以前跟在贺俭光背后常去, 去时手里从来没有空过,大包小包,服装、食品、化妆品,不一而足。但这次,她决计轻装上阵,连随身的坤包都不背。如果有可能,她真恨不得把先前送入这个家门的所有东西,用一条长绳牵住,像拉网上岸一般,一样一样,一股脑全部拿回来,拿回来就是喂狗价值都更高上几倍啊,傻傻的却喂进这个家门,结果人家反过来回赠了一个阴险玩弄。

按门铃,门开了。开门的是余致素。

余致素是一家妇女杂志时尚版的编辑,以引导人们吃喝玩乐为己任,自然按正常的逻辑就得先身体力行, 终日艳艳的唇靓靓的衣裳, 花枝招展,摇曳生姿——当然,这得将她怀孕分娩那一段忽略不计。远处的人只看到她在风调雨顺的季节里的花团锦簇,李荔枝不一样,李荔枝是妇幼保健院妇产科大夫,余致素鼓胀的肚皮、密布的妊娠斑、浮肿的双脚、叉开的大腿……唉,行了,那么多的丑陋不堪都尽览过了,瞥过一眼,那一层华服、那一脸艳妆马上都灰飞烟灭了,不用装蒜。

"是你?哎呀!进来坐进来坐!"余致素马上就把门拉大,取过拖鞋,递给李荔枝。

李荔枝注意到,余致素看到她时,迅速往下扫了一眼,扫她手上。她手上是空的,余致素会不会因此有几丝失望呢?余致素没有明显表现出来,但那一眼那一扫,多少流露了某种情绪。公平地说,李荔枝没讨厌过余致素。同为女人,她甚至每次见面,都会按捺着羡慕,一遍遍往对方眼角那里暗暗瞥了又瞥。余致素比她大近十岁,按说自然规律是谁也无法抵挡的,连她,不过三十多岁,脸上都已经有一道道沟沟坎坎了,而余致素却没有,连最脆弱易损的眼角都光滑如缎。这真是个妖精似的女人,有着非常柔媚的五官,一双半月眼永远处于含笑状态,对人对鬼都万千风情频送,一腔火辣辣的黏糊之情仿佛能融化钻石,这样的人做杂志编辑真是屈才了,应该是上市公司公关经理的上佳人选,遇山开道遇水修桥,男女通吃,无坚不摧。

在按响门铃之前，李荔枝胸口那里是横着一把利剑的，寒光闪闪。不能怪她，天下任何人置换成她，都不会高尚到心静如水丝毫无恨。可是门一开，李荔枝马上笑起来。她进了门，坐到沙发上，左右看看，柔和地问："甜汁呢？"

余致素往门紧闭的书房努努嘴，说："在里头做作业哩。噢，我叫她。"

李荔枝连忙说："不必了不必了，别耽误她学习。"

余致素不听，已经推开书房门。"甜汁，你荔枝阿姨来了，快出来问她好！"

书房里窸窸窣窣了半天，才有个头伸出来，说了声阿姨好，马上又缩回去了。

余致素似乎不高兴了，伸手要去拖。李荔枝连忙过去，挡开余致素，重新关好书房的门。李荔枝说："唉，孩子读书要紧，干吗吵她呢！"余致素愤愤地说："甜汁从出生到长大，荔枝你操过多少心啊，是不是？甜汁太不像话了，怎么这么不懂礼貌！"

这时书房的门又开了，甜汁站在那里，抿住嘴，冷冷看着余致素，看了一会，什么都没说，往后一退，猛地一甩门，门又重重关上了。

屋里气氛有些僵。李荔枝看出来了，余致素其实未必真想让女儿出来见客，也就是装腔作势一番而已。得承认，天下就有那么一些人，他们即使内里已经毒汁横流，汩汩外溢，外壳上也仍抹着一层晶晶亮的蜜，这是种特殊的本事，得有天赋。余致素的天赋相当可观了，常人难及一二，但余致素其实也拿女儿毫无办法，以前就没办法，一直没有，在力量对比中，她和薛主任都完全处于下风。高龄夫妻中年得子，都忍不住犯共同的毛病，就是惧子或惧女，一惧，就宠，一宠，就乾坤颠倒，主次混乱，最终谁是家长已经根本弄不清了。薛主任呢？李荔枝转了话题，她本来也没打算见甜汁，虽然那是她协力迎接到世上的小人，但那不是她的宝，她本来也就是随口问一问，走个过场而已，甜汁难道还能解决贺俭光的问题？

余致素往墙上瞥一眼，那里挂着一架石英钟，指针指向八点二十分。

余致素说:“今天单位不是有饭局吗,欢迎那个新来的副主任。”

李荔枝胸口咚了一声,但她仍若无其事笑着。正是因为这个新副主任,贺俭光走了。居然还宴请,美酒佳肴铺满桌,葡萄美酒夜光杯之中,难道不会荡漾着些许幸灾乐祸?

余致素说:“听说贺俭光辞职了?怎么回事呀,好好的辞什么职?”

李荔枝笑笑,没有答。她突然开始后悔。看来自己还是太嫩了,又意气用事。她错在哪里呢?错在空手而来。凡事总是有惯性的,以前和贺俭光每次来,都颇有进贡,突然没有了,不要说余致素,连李荔枝自己其实也多少有些不适应。她这算什么?空着手登门,也可称为裸登。其实这户家门已经不缺别人送礼,他们已经够锦衣玉食了,问题的关键不在于送不送东西或送什么东西,而在于登门者手中有没东西分明传递出迥异的态度。余致素脸上仍是笑,笑的缝隙里却有丝丝缕缕的轻慢渗透出来。是的,还远未到来声讨、来责问、来纵情谩骂的时候。

李荔枝站起来,她说:“不好意思,怪我自己。薛主任那么忙,来之前我该先打个电话的。要不我还是先走吧,过一两天跟他先约一下,再来。”

余致素扭头再看了一眼墙上的钟,叹口气说:“也好。他这个人啊,一到酒桌上就没个谱,天晓得会闹到什么时候。”余致素的语气很重,恼怒愤恨的样子,其实未必,这一点并没瞒住李荔枝。李荔枝相信这个时尚的女人,不仅仅只有一个光鲜的外表,她的眼神斑驳且幽深,她的脑子想必有更复杂的一层。

果然,把李荔枝送到门口时,她终于问了:“贺俭光辞职去哪里了?”

李荔枝笑了笑,用肯定而随意的口气说:“广东。”顿一下,李荔枝又说,“我本来想找薛主任说的就是贺俭光的事。贺俭光那个职并不是当真要辞的,你转告薛主任,麻烦他把贺俭光的那份辞职信撕了,再跟领导说一下,过些天贺俭光就会回来了,到时他还回去上班,你觉得行不行?”

余致素笑起来,笑而不答。

五

李荔枝当时确实就是那样想的，不是开玩笑，她很有信心，觉得只要找一找，就能把贺俭光从茫茫人海中找到，眼一瞪，手一拽，他就老老实实回头了，回头是岸。

晚上值夜班时，她把贺俭光落在家里的一个小本子带去，里头记着一堆电话号码。值班室有电话，内线转外线，很麻烦，但长夜漫漫，只要没突发病人，她都可以慢慢打。她是这么跟电话那一头的人们说的："不好意思，我太任性了，在家里无理取闹，都是我不好，把贺俭光气走了，你有他消息吗？有的话麻烦告诉我，我去找他，向他道歉。"

对方的回答差不多都是一致的："没有见到呀，他怎么啦，没事吧？"

李荔枝马上笑起，朗声说："没事没事，我只是担心他，随便问问，也许现在已经回到家了哩。谢谢啦！"

第二天她去了趟公公婆婆家。

当年结婚，陈护士长不肯，不肯所起的作用并不大，贺俭光反正强行要结。那一阵，陈护士长据说差不多泪流成河，一辈子眼泪汇集起来都没这么多，她甚至连死的心都有了，撞墙、吃安眠药等等方式都打算隆重演习一遍，最终一想到先前目睹过的那些自杀者半死不活被抬到医院救治时的狼狈状，心就咯噔咯噔地打战，对自己没法下手了。贺俭光说，你别死，要死我死，没有李荔枝我活着也等于死了。说完贺俭光霍地站起就匆匆往家门外走，他其实是心里憋得发慌，不过想出门透透气，陈护士长却误解了，一幕惨烈的殉情场面在她脑中赫然展现，她失声尖叫一声，扑过去一把抱住贺俭光的腰，哭声凄厉而嘹亮。至此，此事终于出现了根本性逆转，后来，李荔枝生下了贺丰年。陈护士长眼一闭，和丈夫老贺一起搬去新房住，留下老房子，爱咋咋的不管了。可是说不管不过是一时气话，即使表面上不闻不问，心里头陈护士长无论如何还是憋屈得生不如死，一口气分明阴沉沉地郁结在那里，抬头低头，都转掉了眼珠子，哪怕李荔枝投在地上的影子,她都不想瞥上一眼,瞥了胃就要翻掉。

结婚的第二个月李荔枝就怀上儿子贺丰年了,贺俭光原先不想太早被子女拖累,建议流掉,李荔枝犹豫半晌,还是拒绝了。不管她多么针尖锋芒、盔甲森森,陈护士长终究还是贺俭光的母亲,若还有一线转机,为什么一定要放弃呢?僧面再不好,看一看佛面,说不定就缓过气了,孙子总是贺家的宝嘛。

没想到,陈护士长竟是谁也不再当宝了,连贺俭光,因为违了母命,也被拂到一边,说是心凉了,心死了,都别来烦。

李荔枝这才知道,自己真的不是对手,错估了形势。天下的婆婆再险恶,跟陈护士长放在一起一比,都成了其貌不扬的小巫。那颗心究竟是什么材料制成的呀?居然狠成这样,比秋风扫落叶的残酷劲头还狠。算了,那就不去新房子这边烦人家,惹不起躲得起。但现在,她没法躲,贺俭光是陈护士长的儿子,儿行千里,母至少知道行踪吧?

之前她只知道陈护士长所住小区的大致方位,找去了,跟门口保安说了陈护士长的名字,没说是婆媳关系,只说是亲戚。保安都是外地来的,也没人见过李荔枝。李荔枝在钱包里翻找半天,找出身份证与工作证,对方看了半天,说:"她不在家呀,老公不是中风住院了吗?"

李荔枝一怔:"中风?啥时?"

"就前两天半夜呀。"

"在哪家医院?"

"应该在市立医院吧。"

这座城不大,全市所有的医院李荔枝都不陌生,平时几家医院常交叉会诊出诊,何况又有好多人本来就是校友,一来二往都成了老面孔。她回过神来,刚才自己真是蒙了,其实哪需要这么费神向保安打听?几个电话也就轻松问出来了嘛。她去了市立医院神经科,到病区值班间一查,老贺在36床,主治医生名叫陈凡生。想了想,没想起这个人是否见过,便问护士。护士用嘴往里一努,医生办公室桌子旁坐着一个中年男人,戴金边眼镜,微胖,两颊肉略略往下挂。若不是他确实穿着白大褂,李荔枝都不相信他是这个行业的。这行业太辛苦了，吃睡不安稳，压力又是人命关天之巨，哪还有余力与闲情用来长脂肪？

李荔枝走过去，她说你好。陈凡生正在写病历，头都不抬。李荔枝又拿出工作证，递过去，又说了一遍你好。陈凡生继续写病历，写好了，才抬起头，先扫李荔枝一眼，又扫工作证一眼，脸上没什么动静，淡淡问："有事？"

李荔枝就问了36床的情况。陈凡生并不想认真答，边整理着病历边说："还好，你自己看看去吧。"

李荔枝在原地愣了几秒，感觉真的很不好。自己平时也是这么对付病人家属的吗？她不敢肯定，也许是，并且已成了习惯，都麻木了，并不察觉，更从不去考虑人家的感受。要不怎么说旁观者清哩，一换个位置，其中的诟病马上昭然。所以这一刻，她没有动气，而是抱着理解，说了声谢谢，转身去找36床。

她的公公贺同是山东人，报社副总，新中国成立前曾是北大学生，1949年随解放军南下后，就扎下根了。按李荔枝的直觉，贺同对她并不反感，无奈家里东风压倒了西风，贺同一向唯老婆马首是瞻，只好亦步亦趋，一个鼻孔出气。而李荔枝对贺同，总体而言也不讨厌，至少与陈护士长相比，她觉得老贺人稍善心略软。其实老贺那一口浓郁的北方腔很合她听觉，现在却已经听不到了。

病房是单人间的，老贺躺在床上，插着氧气，上了血氧和心跳监测器，点滴吊在上面。他偏瘫了，右半边手脚都动弹不得，嘴往一边歪去，也说不出话来，但神智是清晰的，见李荔枝进来，吃力地嗯嗯两声。李荔枝俯身看看老贺手背上的留置针，有些回血。她从床头拿过胶布，撕下一段，将针头固定好。陈护士长不在，床旁边坐着一个小个子男人。小个子男人说："叔叔血管太沉了，根本找不到血管，护士都没法扎针了，都是阿姨自己扎才行。"

李荔枝问："你是护工吧？"

小个子男人说："是。"

李荔枝说："他……家里人呢？"

护工正要开口,眼突然滑向门外。李荔枝意识到什么,也回过头,果然看到陈护士长。

陈护士长急匆匆地进来,脚步轻而稳,她已经退休八九年,却还是保持着原先那股干练劲,像一棵老树,虽枝少丫稀,每一片叶子却仍是绿意执着,上面一层绒毛密密竖着,竖得像剑戟。她看到李荔枝了,但眼珠子没有转过来,没有落下来,这样,李荔枝就怔在那里,无法打上招呼。房间不大,陈护士长先趴到床边跟老贺说话,哄孩子一样的柔软声调,一抬头又对护工喊:“小黄,拍背,帮他拍拍背。”

屋里噼噼啪啪的声音很夸张地响起,小黄下手看似很重,其实手掌是凹起来的,掌心是空的,并不伤人。陈护士长在床的这一边帮着将老贺侧过身子,眼也只看老贺,不看别人。李荔枝很有耐心地站着,脑中不断重复一句很通俗的话:狗咬了你,但你不能去咬狗,你不能去咬,不能咬。因为怕肺部感染,中风病人拍背是护理中很重要的一个环节,但再重要也不至于一直拍下去吧。所以她等着,等到终于小黄停下手,老贺又被小心翼翼地扶平躺好,她才开口。开口之前,她又把那句话暗念一遍:即使狗咬了你,你也不能去咬她。

她说:“俭光辞职了。”

她又说:“俭光说他下海去,却没有说究竟去了哪里。”

她再说:“请问你知道他去哪里了吗?”

接下去屋里非常安静,什么声音都没有。一分钟过去,两分钟过去。李荔枝想,我给你十分钟,十分钟后如果你再不开口,那我只好走了。走之前能不说一两句难听的话吗?不能。是你不仁,我不义就很正常了,简直顺理成章。

但陈护士长没熬过十分钟,撑到第五分钟,她猛地一扭身,往门外走去,经过李荔枝身边时,短促干巴地说:“你来!”

李荔枝已经想不起来究竟有多长时间没有跟陈护士长士这么近地站在一起了,两人就在走廊上站着,脸相对,陈护士长却仍是不看过来,眼珠子斜到旁边去,看那堵被抹得精白的墙,好像她是电视新闻联播的播音员，提示器就挂在墙上，她目不转睛地照着上面的提示中规中矩地读新闻稿。

李荔枝听到陈护士长粗粗的呼气声，胸口那儿也一起一落的动静很大。就是说，这个老女人虽面无表情，心里其实却是生气的。气什么呢？她的儿子莫名其妙地跟单位赌气，然后潦草地一走了之，丢下无助的妻子和成长中的孩子。老女人，你生的是一个任性的、轻率的、不负责的儿子，一个被宠坏的儿子，一个没被教育好的儿子，一个没长大成熟的儿子，一定要生气，还轮不上你哩！这些话李荔枝没有说出口，都憋在舌头底下。她不是来吵架的，甚至她还有求于对方，让对方把贺俭光的消息告诉她，所以她知道分寸。

而且，她看出来了，陈护士长也在忍耐。按她多年的了解，陈护士长没有对人客气的好品质，一旦不痛快，总是劈头盖脸直扑过来，半个弯都不打。这时候她看到陈护士长舔舔嘴唇，准备说话，终于要说话了。

“你们什么意思？搞什么鬼？俭光好好的，为什么辞职？别说你不知道，你连他这么大的事都不知道，还配当妻子吗？我以前怎么说的？我说你们不合适，你们确实不合适，牛头不对马嘴，懂吗？非得要死要活地结婚，发神经啊，结果呢？悲剧！”

李荔枝定定看着陈护士长，虽然她从未开口叫过一声妈，但这个女人理论上确实是她的婆婆，亲爱的婆婆大人。人的性情真是难改，刚才陈护士长虽是忍耐了，但忍的是另一口气：不想在危如风前烛的老贺跟前发作。李荔枝突然回过神来：老贺中风会不会跟贺俭光辞职有直接关系呢？

果然，陈护士长说：“你们自己可悲也就算了，还要害父母，良心都被狗吃掉了！说都不说一声，招呼都不要打一下，直接就寄来一封信，什么都不说，都不解释，像通知书，通知我们说他辞职了。什么狗东西！不知道他老爹血压高啊？不知道当爹的会急火攻心啊？好好的一个儿子，以前多老实孝顺听话啊，以前工作学习从来也都是顺风顺水的，几年间却变成这样，不是撞了鬼是什么？”

李荔枝认真听着，听陈护士长一长串机关枪似的密集往外发射子弹。

有一瞬,她心里甚至闪过一丝快意,觉得能让这个老女人恼怒成这样,实在有成就感啊。转念一想,想到贺俭光归根到底跟自己关系更大,又不免重新沮丧起来。她吁一口气,悄然无声地吁,然后笑笑,决定走掉。陈护士长刚才那些话里已经表述得很明显了,作为贺俭光的母亲,她也不知道儿子的下落,同样只是留下一封信,不说去向。一向自以为无往而不胜的陈护士长,也许真的只有在自己的儿子这里,才会尝到无能为力的滋味吧。一物降一物,强悍这东西也不是处处管用的。

李荔枝没有做表情,她觉得这时候任何表情都是多余的。但她很有分寸地摆了摆手,摆出了要告别的姿势。确实没必要再待下去了,如果用外交辞令来说,她就是个不受欢迎的人,就是陈护士长所说的让本来老实孝顺听话懂事的贺俭光不幸撞上的那个鬼,女鬼。

她掉头离开。

她已经又罪加了一等,她没看管好丈夫,她让贺俭光运气出了问题,所以贺俭光走掉了,然后再使贺俭光的父亲一气之下病倒了。

她很后悔今天来找陈护士长,完全没有必要,简直自取其辱。有些人天生是相克的,自然界里被称为天敌,化敌为友的可能性,哪怕想想,都是幼稚的。

她决定去一趟广州。她跟柳静说麻烦帮个忙,让贺丰年留宿几天。贺丰年白天上学,放学了,爷爷奶奶以前都没指望,如今更不行了,只有柳静这里。开这个口她倒没太多顾虑,她是柳静中学同学,是柳静婚姻的牵线人,线一牵,柳静与唐必仁当年就结婚了,过四五年柳静要分娩,女儿锦衣又是李荔枝亲手接的生。细算起来,这个家应该可以说是李荔枝一手缔造出来的,就是没功劳,她也有苦劳。

柳静问她去哪里。

她说去广州出差。

广州李荔枝之前没来过,但问题并不在是否来过,而在于动身不过脑子一热,一进入这个城市,满眼挤挤挨挨的都是人,贺俭光会在哪里?真傻,太傻了!很多人来广州,下意识里就觉得也包括贺俭光,反复跟别人这么说,说多了,竟然自己也迷迷糊糊地上当了。

但既然来了,也不妨找找。她随身带着几张贺俭光先前的照片,贺俭光在照片里笑得志得意满、眉宇飞扬,但那不是贺俭光的全部。这个男人她太了解了,似乎蓬勃昂扬,深处却是脆弱敏感,自尊心太强,还认死理,一根筋到底。路边就有几家公司,她去问了,问有没有贺俭光这个人,结果都是摇头。

站在广州街头,李荔枝有大哭一场的欲望,却一滴泪都流不出。那天拿着贺俭光留下的信号啕大哭过之后,至少在人前,她有着比以往更明媚的笑脸,厚厚的唇总是被她咧得异彩纷呈。她本来觉得这个男人不可能离她太远,隐约间就在某处等着她去叫唤。她去了,去找了,一找才醒悟过来,原来天下太大了,太苍茫了,贺俭光转眼间已经被吞得无影无踪。

他是否四肢安好?是否盘缠无多?是否没病没灾?任何答案都没有。

她去了一趟报社,要求登个寻人启事。启事登出来了,豆腐大小的那么一块,有照片,有“妻儿急切等你回家”这类话,但有没用呢?没有。

李荔枝只好重新买了回去的车票。从大巴上下来时,一城的灯火遮天蔽地,她直接去了柳静家接儿子。

门打开,柳静唐必仁以及他们的女儿都在家,灯光下有男有女有上有下,家的温暖在每一个光影间闪动。站在门外,李荔枝心缩了一下,疼了一下。这个家与她有关,她介绍成功的婚姻貌似平庸平淡,却是完好无损地缓缓持续在那里,可是她那一场多么惊天动地的恩爱婚姻,如今却破碎残缺,飘浮在两处。

六

贺俭光是在走后一年回家的,那天恰是李荔枝生日。

早晨醒来,李荔枝眼皮就一直跳。她是学医的,不相信征兆一说,就是信,她其实也没那份时间与精力了。儿子贺丰年已经上六年级了,每天早上六点半就得起床,而李荔枝必须起得更早。她六点就已经蓬头垢面地陷在厨房里了,煎一个鸡蛋,煮一杯牛奶,削一个水果,再将前一个晚上买回的面包放进烤箱热一下,然后才把贺丰年连拉带拽艰难拖起。贺丰年靠在床头闭着眼睛穿衣裳,李荔枝又已经进了卫生间,帮他挤好牙膏,放好洗脸水。从这间到那间,她的双腿高频率迈动,几乎就是跑了,运动量必定已超过那些闲人在操场上的优哉晨练。以前这些事轮不到她做,贺俭光只要不出差,就全部承包了下来,她多半只是躺在床上,卧室的门还被带上了,外面的响声隐隐约约,若有若无,反正无须她介入。但现在她却得一肩膀全部扛起来,做得还要比贺俭光更细心更妥帖。贺丰年不是一般的孩子,他不知道是什么鬼投胎的,有一双无神的眼,一张忧郁的脸,瘦得风吹就倒的垃圾样。

原先他并不瘦,由贺俭光提供食物时,有面包是面包,有鸡蛋是鸡蛋。不是他那时胃口好,不好,一出生就没食欲,但贺俭光就是有办法将其驯服。什么办法李荔枝没有探究过,她躺在床上,闭眼假寐。两个她爱与爱她的男人,在她一尺之外忙碌紧张,她却可以舒舒服服缩在被窝里隔岸观火,这样的一种宠,是让人很受用的。但她的受用,却在一年前戛然而止了。那个被贺俭光所驯服的儿子,到了李荔枝手上,却像是一下子被谁割去了某个器官,比如胃或者舌头,天下万物,竟挑不出几样合上他的口味,一坐上餐桌脸就皱成干菜,提着筷子蔫蔫地拨来拨去。李荔枝被拨烦了,真的想吼,却抿了抿嘴,小声说:不要拨了,没有毒。贺丰年歪一歪头,又歪一歪身子,他不会顶撞的,沉默是他的主要表情,但在沉默中执拗,不为所动。

为什么人在脖子那一处没有生出一个开关呢?这是李荔枝那时反复冒出来的一个设想,那里如果有开关,她可以伸手一扭,打开一个口,将饭菜一把倒进,这样便捷利索,省力省气。她每天早上那般匆匆忙碌,忙了半天,往往并没有三分之一进入贺丰年的腹中,她只能一边哄,一边求。在吃饭这件事上,她完全丧失医生的职业本性,也置所有科学常识于不顾,既是贺丰年的用人,又是他低三下四的行乞者。然后贺丰年背起书包恹恹走了,李荔枝一口气不及喘出,马上开始为自己忙碌,草草洗草草吃,一转身已经奔往去医院的路上了。

自己的生日她是记得的，所以她特地穿起一件中式红罩衫，袖口绣着淡黄色的雏菊。因为皮肤黑，不用别人提醒她也知道，自己其实与许多明艳的颜色无法相融，她又不是柳静，可以凭天生一张白净的脸对天下所有色彩兼容并蓄。但是贺俭光观点跟别人不一样，贺俭光说过，越相去甚远的东西，放在一起，有时候越能产生奇特效果，即互补，又相映成趣。贺俭光一直给她买红衣服，包括这件中式罩衫。贺俭光走后，整整一年，她没有穿过，也不曾为自己买过一件衣服和一样化妆品。今天再穿，下意识地穿，不料竟像是预先准备下的。那个"冥冥之中"的说法，果然在李荔枝身上应验了一次。

那天她在医院做了三台手术，一个是高危，一个是横位难产，一个是头盆不称。初进医院她就分到产科，后来转岗，转了一圈还是回到产科，很多东西确实就是命定的，你无路可逃。手术很成功，她的手术从来都很成功。那双手以前只定位为裁剪衣服，实在太委屈了，它们真是巧，多细的活都从来不会被难倒。作为裁缝师傅，她肯定会很优秀，而作为妇产科大夫，原来她也可以这么出色，简直无可挑剔。皮肉在她手中是有优劣之分的，宛若当年，只要用指尖一触碰，她就能一下子辨认出布料的质地，刀过针走，马上柳暗花明。

傍晚下班，她拐到超市带了些菜，是为贺丰年带的。虽是吃东西犹如上刑，在李荔枝眼皮底下，贺丰年的早晚两顿，还是无论如何都要有营养地如期进行。中午在学校托管已经吃得匆匆，晚上怎么可能再马虎？李荔枝自己却没有胃口，杂乱的情绪似一堆乱草把整个腹部都堵满了，这个日子，连空气吸起来都带着腥味，让她胸闷气堵。她的生日，本该是她的节日，贺俭光真是狠，选择这一天之后就离去，于是这个日子也就成了她天上人间的转折点。

做好饭菜，按说她必定要端坐桌旁监视贺丰年进食，现在却怏怏避开了。味觉其实也是有记忆的，她怕它们被唤醒，翻上来的都是一年前贺俭光亲手做的那顿生日宴的七荤八素。

“你这是什么意思？”

李荔枝一惊，回过头一看才知道是贺丰年在问。贺丰年坐在桌旁，两手却垂着，并不拿起筷子。“你这是什么意思？”贺丰年又问了一句。李荔枝连忙笑起，摆摆手说：“你吃你吃，我胃疼，一会再吃。”

贺丰年就站起，到书包中掏了半天，掏出一个白色小纸盒，方形的，远看像个小蛋糕。

贺丰年把纸盒递过来，没有说话，脸一下子红了。贺丰年肤色与李荔枝一样，黑，非常黑，所谓脸红其实只是一个相对的概念，与其是看到色彩的静态改变，不如说是看到那层皮之下血的轻微涌动，因为是母亲，所以李荔枝看得到。

“是什么？”李荔枝挺狐疑，接过来，打开了，叮的一声，一个东西落下了，快捷往前滚动，滚了很久，很远，才停下。李荔枝心里动了一下，过去捡起，果然是枚戒指，很轻，那分量一掂就知道是地摊上的假东西，一块钱一个的那种。可是，即使是假的，贺丰年怎么想到去买？

“生日快乐！”贺丰年小声说。

李荔枝怔怔看着儿子，突然眼前就有些虚了，晃来晃去的对焦不住。

她是喜欢首饰的，项链、手镯、戒指，她一直都披挂得很充分。生活是需要一些象征的，身体之外有财富做点缀，让人马上就踏实了几分。以前每年生日，贺俭光都要给她买，或者这或者那，脖子上、手上都丰盈了，再没有多余的空间，她仍兴高采烈收下，然后藏好。藏在那里不见光，同样让人踏实有安全感。

那么，这个贺丰年，他是要顶替父亲来抚慰与讨好她？她走过去，把儿子抱住，抱得很紧。贺丰年微微挣扎着，他显然不习惯这样，感到别扭。一直只把他当小孩看，原来已经是个小男人了。

李荔枝把戒指套上左手无名指，没有质感，很轻飘，所镀的金色也很假，泛不出任何光泽。但她得戴，这是儿子的心意。真难为他了。“吃吧！”她说，“妈妈生日很快乐，你多吃点，妈妈更快乐。”

贺丰年顺从地坐下，但并没有继续让李荔枝快乐，他仍然没有胃口，磨磨蹭蹭了大半小时，一碗饭仍剩一半。只好算了，只好由他去。李荔枝叹口气，她让贺丰年快做作业，然后睡觉。

这个夜晚至此都还是平静的。屋外就是狭小绵长的老巷子，巷子里人声、车声持续不断，那都是别人的生活。李荔枝进了自己卧室。她没有开灯，木木枯坐着，在黑暗中双目圆睁。她四十岁了，之前的三十多年无论日子怎样拮据不可靠，都没有这一年这一次让她这般揪心恐惧。就好像是坐在一只小木盆里，木盆漂在海中，到处汪洋一片，四周连隐约的光都没有。这不是她要的生活。她的生活本来很好，是贺俭光带来的好，却也是贺俭光将好带走，留下来的是难以名状的疼痛，疼得近似屈辱，无处启齿言说的屈辱，便更添了几分锐痛。

隐在某处的贺俭光，是否还记得今天这个日子，她的生日？

眼睛很涩，李荔枝眨几下，突然想起柳静。这世上，一定不会忘记她生日的还有一个人，就是柳静。柳静比她大一岁，生日却比她早一天。也就是说，她与柳静来到这个尘世实际相差了366天。以前同桌，每逢填表格，填到出生日期时，她与柳静可以互相替对方填，太容易了，说一次就记住了。大学几年里，每年生日那天她都会收到柳静寄来的明信片，而她给柳静的，柳静也在早一天就收到了。工作后这项活动停止了，但她知道柳静不会忘掉，除非故意忘。

这时候，外面的门响了，是钥匙转动的轻微声音。

接着，客厅的灯亮了。

西装革履的贺俭光站在灯光下，新理的头发上还有油光隐约闪动，鬓角青白。“荔枝！”他轻声叫了一句。“荔枝！”他又叫了一句。

李荔枝从卧室出来，她走得很慢，很缓，风一样舒畅地飘动。走了几步，她就停下来，靠在卧室门上，慵懒地斜着身子，双臂交叉胸前。客厅里新亮起的灯光照在她脸上，她的脸无风无浪，夏荷一样淡泊遥远。

一年前贺俭光离开家时，是将家中钥匙带在身上的，所以，每一天，李荔枝都没有将门反锁，她期许的就是突然间他重新归来，将门打开。他果真打开了，果真回来了！他瘦了，黑了，倦容颇多，但神情未变。

李荔枝还是靠在门上，她没有说话，没有表情，她比自己想象的安静，安静极了。当贺俭光一步一步向她靠近，近到她跟前，然后站住，盯着她看，看了很久，突然说："我爸……死了。"

又说："前天死的。今天下午火化了。"

李荔枝脑子嗡嗡嗡响了一阵，觉得里头许多根线横七竖八缠到一起，互相使劲，扯得她太阳穴突突突猛跳——老贺死了，与老贺在同一城的儿媳和孙子却没有被通知，而销声匿迹三百六十多天的贺俭光却可以被千万里追寻回来。这说明什么？说明贺家的人分明知道他的下落，即使当初离去时不知，过后，还是联络上了，而李荔枝却没有，贺俭光不跟她联络。

另外，贺俭光上面两个姐姐一个哥哥，仨人一个在美国一个在澳洲一个在香港，那些地方不搞计划生育，他们批量生产，蔚为壮观，所以，子孙陈护士长是不缺的，但毕竟贺丰年就在眼皮底下，就是撇开李荔枝，贺丰年总还是贺家的骨肉。美国、澳洲、香港的都参差赶回了吧，近在眼前的却偏偏不吭一声。

从老贺病倒，李荔枝确实只去过医院一次，之后连个电话都没再打。要说她多么心硬似铁也未必，许多瞬间，老贺也曾在她心底闪过。闪了一下而已，马上又丢脑后了。中风病人在床上一躺二躺，离休干部有全额公费医疗作保障，好药歹药尽管往里推，并且有陈护士长那么专业的家属尽心护理，就是躺上十年八年也没什么奇怪的。反正贺俭光还不知去向，反正贺俭光迟早要回来，贺俭光回来了再一起去探望也不迟。没想到，眨眼间老贺竟去了。

老贺如果不去，贺俭光会回来吗？

贺俭光走过来，叫了一声："荔枝！"

李荔枝后退一步，盯着他看。这个问题她要弄清楚，必须马上弄清楚，她问："你爸如果不死，你会回来吗？啊，会回吗？"

贺俭光支吾半天，眼皮垂下又抬起，问："真话还是假话？"

“真话。”

“会回的，荔枝，你在这里，丰年在这，我能不回？但说真话，本来不会现在回。”

“为什么？”

“因为……”贺俭光用舌尖舔舔唇，似乎在为难，一时找不出准确的词。

李荔枝又往后退一步，她已经伸出手，她想把卧室的门猛地关上。但是，这个动作只做了一半，又蓦地停住了。她看到泪，从贺俭光眼中滚下的泪。然后贺俭光一点一点往下矮，像一截木桩一点点往土里矮下去，矮到半截，往下一顿，跪下了。

贺俭光竟然跪下了！

李荔枝往前几步，又往后几步，一时失去主意似的。过了片刻，终于像棵被砍伐掉的树，呼啦啦地向前一扑，扑到贺俭光身上。哭声顿起，男声与女声混杂在一起。这个夜晚于是变得格外漫长而跌宕了。后来李荔枝一直想，如果那天贺俭光不是泪下，不是跪下去，她会有什么举动？一年，三百六十五天，三百六十五个夜晚的孤单无助，她感到自己一天天在冷却，冷成了一块铁，又一点点磨薄了磨利了，渐渐往锋锐的刀片变化。贺俭光总不能永远消失吧？他总得回来，总得出现，他一出现，她这把刀就要冲出去，捅过去，鲜血四溅。

现在贺俭光果真回来了，果真出现了，可是他出现得那么突然，又那么虚弱委顿，一下子，李荔枝所有的恨意都稀释在空气里了。

她没有听到贺俭光的丝毫解释，贺俭光不解释，那天夜里李荔枝似乎也觉得语言是多余的，她肢体感觉仍然敏锐，贺俭光仍是爱她的，她知道。在她将失而复得的男人抱紧时，她想，回来就好，回来就什么都不怨不恨不责怪了。那天夜色很好，不见月，苍穹间却是清亮剔透的，泛着幽蓝的光，光从敞开的窗子很无拘地落进来，使贺俭光脸上像罩着一层玻璃。有几分不真实，但伸手可触，又是可信可靠的。

第二天，李荔枝仍是早早就起来了。送贺丰年出门时，她说了一句：

“晚上回来,不用掏钥匙,敲门就行了。”

她又说:“贺俭光,对,就是你爸,他今天会回来。”

她没说真话,没说贺俭光昨晚已到家。卧室的门关着,贺俭光还在里头昏睡,这时候她不想将他唤醒。但她得将消息先透点出去,透早了,贺丰年一天的课都别想听进去,不透,傍晚回家,推开门,乍一见贺俭光,这狗东西不知会不会反应过度。

从一出生,贺丰年就跟贺俭光更亲。还在产房时,李荔枝抱着他他哭个不停,贺俭光一接过,马上安静了。周围的人就说,荔枝啊,你白辛苦了,人家不买你的账哩。天下家庭中,仅从长相上看,儿子像母亲、女儿像父亲,这几乎是不二的定律,但贺丰年除了皮肤外,其余的无论五官还是脸形,都是贺俭光的翻版。

那天李荔枝打了两个电话,一是往保健院打,请假,说病了。然后,她给柳静打。

手指头在电话键上一下一下按下时,李荔枝腹中的话跟要决堤的水一样激越翻滚。但电话通了之后,那些话猛地又消失了,很奇怪,一下子就觉得说什么都不免无趣,真的不说也罢。“喂,柳静。”

柳静说:“噢,是你呀。”

李荔枝暗吁出一口气,说了一句闲话:“前天生日,你搞庆祝了吗?”

“没有。”柳静说,“这么老了,不哀悼就好了,还庆祝?”

李荔枝说:“昨天我也没有。”顿一下,好像突然记起,又说,“对了,告诉必仁,昨天俭光回来了。”

柳静好像也没惊讶,只是静默片刻,然后短促地噢了一声,说:“回来了就好。”

这一通电话到这里也就结束了。贺俭光不是升官发财后的衣锦还乡,仅仅是莫名其妙消失一年后又突然重现,哪里有广而告之的必要呢?李荔枝却觉得很有必要,跟柳静的这一通电话如果不打,就好像一把扇子还折合着,上面的锦绣花纹还没有徐徐展开示人。别人也就罢了,柳静却是务必要示的,示过之后,李荔枝生活新的一页才算得上真正开始。

七

几年之后，李荔枝每每想起自己的举动，都不免一阵后悔。很可笑，她还是不成熟，所谓的新生活，原来并不是她想怎样就能怎样的啊。

贺俭光回来后不可能再复职了，是他自己辞掉的，人家巴不得，顺水推舟，木已成舟。当然贺俭光也一点没有这个企图。按贺俭光的说法，在外松弛一年，整个人已经毛孔大张了，习惯了自由自在的日子，连呼吸的方式都不一样了，哪还有再回去吃二遍苦受二茬罪的可能？他要办公司。这个省八山一水一分田，山一多，木材也就多，而且品质上好，用途广泛，贺俭光将它们买下，一半加工，一半倒卖，倒卖到深圳东莞等地，从中营利。究竟最终能否有利，李荔枝其实心里是虚的，太玄了，不太靠谱。但她没有往下深想，贺俭光回来了，失而复得的惊喜那些日子已经覆盖了其余的一切。

贺俭光说："公司这件事，你别操心好不好？"

李荔枝连忙说："好！"

贺俭光又说："公司怎么运作，怎么经营都归我，我有办法对付，你不要过问不要插手，我也不会跟你汇报。我们说定了，就是这样，好不好？"

李荔枝迟疑了一下，还是说好。

贺俭光继续往下说："办公司不像坐办公室，我肯定要经常往外跑，经常不着家，这个家仍然主要靠你照顾，你不要有怨言好不好？"

李荔枝哧地一笑，大声说好。最后一个好她说得最由衷，经常不着家，总还有在家的时候，而且知道他的去向，知道他的行踪，知道他四肢安好，没病没灾。就好比风筝，原先在云端间缥缈，踪迹全无，突然牵住线了，牢牢扯在手里，这已经比音信全无不知强多少倍了。

公司开业那天，贺俭光在市委大院对面的酒店大摆二十桌酒宴，小小一座城，能叫上的朋友，几乎无一漏网。酒开了一瓶又一瓶，菜上了一道又一道，高呼小叫，一醉方休。那天晚上贺俭光根本就没有用正常嗓音讲过一句话，他始终嗓门奇大，满脸通红。一席下来，大家都不免想到老电影《闪闪的红星》里的那句经典台词：我胡汉三又回来了！

这顿饭，那个薛主任也去了，他还在市委办，还是主任。是贺俭光坚持要请此人的，贺俭光请了，薛主任就来了，连同妻子余致素和女儿甜汁。他们到场时，还是凡事没有发生一样，嘻嘻哈哈，握手拍肩，就差亲密拥抱或行贴面礼了。

"俭光啊，"薛主任说，"你太过分了，你一下海成了先富起来的一小撮人，不是把我们的军心都动摇了吗？"

贺俭光马上说："哈，不过小舢板一只啦，等哪天成艘大船时再请薛主任一起荡起双桨吧。"

李荔枝退到一边，把脸转开。她不是贺俭光，她没办法挤出笑，但她用眼角悄悄瞥了跟在余致素背后的甜汁一眼。得说那真是一个小美人，白净，挺拔，五官精巧，眉眼妩媚，天使般夺目，还未成年，就已经风情四溢了。李荔枝心里抽了一下。这是经她之手的援助才得以顺利来到世间的一条生命，曾经那么弱小，那么血肉模糊，眨眼间却已经长得如此鲜活可爱，枝丫丰盛，叶片油绿，叫她爱恨悔痛纵横交织。

那天晚上李荔枝就坐在柳静旁边，她是柳静的同乡、同桌以及婚姻介绍人，她们一起从过去的岁月中走来，谁都不请，李荔枝也一定要请柳静的。柳静的边上是唐必仁，而李荔枝边上则是贺俭光。贺俭光在自己前面满满倒了三杯酒，然后隔着李荔枝举向柳静和唐必仁。贺俭光说："我敬你们三杯酒，我喝光，你们随意。话都在酒里了，我知道这一年，你们帮荔枝太多了，谢谢！"

李荔枝眼在那一瞬间猛地红了，接着潮湿。很惊险，仿佛一大串的眼泪就要倾盆而下时，她也及时端起酒，一饮而尽。她咽下了酒，也咽下了泪水，居然还咯咯咯笑了起来。扭过头，她看到贺俭光正把满满的酒杯端起，一仰头，酒杯空了。她用手肘捅捅他，小声说："别喝那么多。"贺俭光不听，摆着手大声答："喝，一定得喝！三杯酒是小意思，喝了三杯再来三杯！将进酒，杯莫停，请君为我倾耳听……哈哈，倾耳听！"

贺俭光酒量一般，李荔枝是知道的，但看那架势她已经不好再阻拦了。这一场酒席本来就是场戏，贺俭光一定要有这么大的排场，多少有要给自己挽回点面子的意思，当然也包括给她李荔枝一个面子。他不辞而别，他放弃工作，他将李荔枝以及儿子贺丰年凄凉地晾在那里整整一年，现在他回来了，开办公司了，准备挣大钱了，可以给李荔枝锦衣玉食的生活了，他要广而告之的就是这些。这些内容似乎庞杂，仔细剔除横逸斜出的枝蔓，摊在那里的便是贺俭光的雄心与一腔爱意。李荔枝很知足了。

但是李荔枝慢慢发现，知足并不是一个可以将每天二十四小时都充填饱满的东西，某个瞬间，完全不经意的，心里会突然锐利一闪，闪过的是剑一样的寒光。

“你爸死时，你妈哭了吗？”有天她问贺俭光。

“还好，病了那么久，妈也有心理准备了。”

“还能说话吗？”

“能，她怎么能不说话？整个葬礼都是她自己张罗的，别人她不放心。”

李荔枝点点头，这其实不难想象。目之所及，真的没有见过比陈护士长思维更果断、更麻利的人了，在病房，在太平间，在火葬场里的追悼会上，总之，宾客济济一堂之中，那个干练利索地招呼这个打发那个的女人，一定是陈护士长，只能是陈护士长。她其实颇有将帅气度，有指挥若定之本领，视野开阔，思维敏捷，脑子清楚，仅当到护士长非常屈才。

“你爸死时，为什么没有叫上贺丰年，应该叫的，为什么不叫？”李荔枝还是要问。

贺俭光说：“妈那时……可能太难过，所以顾不过来，忘了。”

李荔枝淡淡地看着贺俭光，嘴不易察觉地撇了一下，说：“不是说她还好，已经有心理准备了吗？”

“再有准备也会难过呀！”贺俭光的声音一下子提高了，“他们是夫妻，一起生活了几十年，感情那么好，爸爸对她一直那么百依百顺，她还能不难过？”

“多难过呀？再难过也还记得通知你，通知你哥哥妹妹姐姐！丰年不是你们贺家人？丰年不值得喊一声过去见你爸最后一面？丰年是我跟哪个野汉子偷生的？”

贺俭光笑起来，摸摸她脑袋，又在她脸颊上拍了拍，一副息事宁人的样子。“又乱想了？”贺俭光说，“你看你一乱想，脸上就起皱纹了，就不好看了。”

说话时他们正坐在床上，靠在床头，旁边就有一个全身镜，侧过头看一眼镜子，就看到一张黑脸，黑得纯粹而彻底，却已经没有当年的油亮与光滑了，确实皱了。是岁月把它弄皱的，岁月会改变很多东西，却没有改变她与陈护士长的关系。老贺是永远从这个世界消失了，不是去出个差旅个游，这么大的事，居然可以不吭一声，一个招呼都不肯打，事情真被陈护士长做绝了，做得已经没有天理，做到不共戴天的水准上了。仅仅因为贺丰年是出自李荔枝的子宫？

贺俭光说：“算啦，事情都过去这么久了，还老提起干吗？小事一桩，忘了吧。”

李荔枝重重地抿起嘴。她老提起吗？她自己并不觉得。可是她就是忘不了，一直梗在那里，冷不丁就拐过去想一下，又想一下。她也是愿意忘记的，忘了就不恼了，不怒了，恼怒对身体不利，她是医生，这一点很清楚。可是那分明是一片沼泽，越想忘，偏偏却越一步一步往下陷，根本欲罢不能。

况且，这事一点都不小。一个死人，并非多值得稀罕，但这里面太意味深长了，若仅仅陈护士长一人拒绝贺丰年也就罢了，其他人呢？那些从美国、澳洲等地熏过洋气、喝过洋墨水的家伙，一个个长途跋涉回来，环顾四周就不会发现贺氏子孙中独独还少了一个贺丰年？就在同一座城市，一个电话，几分钟之内就到达了。别人没发现，为什么贺俭光也没发现？

李荔枝终于找到事件的核心了。贺俭光居然也不吭声，贺俭光回来了，出现在他父亲葬礼上了，可是他没有坚持把儿子一同叫去。他提过建议吗？这一点很重要，如果他提了，却被他母亲一口拒绝了，毕竟还算一回事，可是贺俭光却说：“那时我哪还记得起？我爸本来好好的，是因为我，他……眨眼间他却成一具僵硬的尸体了，他就这样没了！我，我这心里是什么滋味啊，荔枝，你说我那时脑子里还想得起谁呀？”

李荔枝鼻孔里粗粗喷出两股气，她自己一开始并没意识到，等终于意识到了，觉得并不解气，又重重再哼了一声。悲伤之中忘了其他，似乎可以说得过去，但老贺又不是当天就火化的，他是离休老干部，友朋满天下，在这座城市也曾举足轻重过，所以死得虽没有重于泰山，也绝不能够轻于鸿毛。陈护士长是何等人物，她哪里肯草草打发这个葬礼，总得有几天的筹备、酝酿、精心策划。几天的时间啊，几天里有数个夜数个昼，有数十小时数千分钟，贺俭光可以忘了一时，又怎么能一直搁置脑后？

她叹了一口气，她怎么也成柳静了？柳静话语不多，看上去寡淡清静，一副凡事无所谓的样子，心里其实却比谁都较真，这一点李荔枝真是太清楚了。她原先对此是不屑的，世事繁多，人生要轻装前进，大开大合才能有大气象，这些道理她喜欢，一直也觉得自己是这么执行的。如果仅将人粗粗归为内向与外向两大类，柳静是前者，而她，她始终是将自己归为后者的。但后者竟然也会突然被某件事所羁绊，卡在那里，像一张损坏的旧唱片，就是播放不下去。人人原来都可能是柳静。

她给柳静打电话，彼此都忙，已经不太见面了，但电话偶尔是打的。就算是取经吧，她确实很想知道柳静在较起真来后，最终是怎么化解自己的。

“柳静。”

“哎。”

“在忙什么呢？”

“没什么。”

“唐必仁最近怎么样啊？”

“还行。”

“锦衣学习好吧？”

“就那样。”

“最近打算回东屿吗？”

“没有。”

“不回老家看看？”

“不了。”

“什么时候我们一起回去转转吧，我妈一直催我回去哩。”

“再说吧。”

她们间大致都是这么短促对话的，几个回合下来，通话往往也就结束了。当中学老师的柳静，每天在课堂上不知要讲多少话，但说话的能力与欲望，竟还是没有被刺激起来。李荔枝不会见怪，柳静就是这样的人，她了解，所以也习惯了。

在这座城市，李荔枝还有很多其他朋友，单位里的或者社会上的。医生这个职业，实在有很多外人难以明察的微妙与长处，真要有与谁个交朋友的欲望，不说手到擒来，不说人家趋之若鹜，至少也不太费吹灰之力。道理很简单，都是吃五谷杂粮的，谁会永远无病无灾？一病一灾就成了弱者，弱者六神无主地来就医，医就蓦地成为救死扶伤的强者，友好一点，尽心一点，体贴一点，再医术高明一点，这一切有机组合起来，就足够打动对方，忙不迭就贴上来渴望被引为密友。李荔枝喜欢自己的职业，自始至终她一直由衷愿意对病人友好、尽心、体贴，至于医术，不用她自吹，在全院，以及在这座城市，她的好名声早就播出去了，所以，她有朋友，各界都有，很多，很铁，动不动就被唤去吃喝玩乐灯红酒绿。但是，正是在那种场合混迹多了，却混出了一肚子狐疑。那些人虽然挽袖挥拳一副上刀山下火海的豪迈状，私底下却哪一个会真正贴心贴肺，将你全力呵护？这一个饭局集中火力说没有到场的某人，下一个饭局七嘴八舌又把缺席的另一个谁端出来暴晒。在那种萍水相逢的场合，借着几分酒气，人人都急不可耐地要冉冉升腾为话语中心，成为众人瞩目的对象，其他的话分量不足，便很自然地就去搬隐私，掌握的隐私越多，越能被大家所烘托，风头也能越盛。李荔枝自己其实也常犯这个毛病，自己犯她并没太多感觉，一旁观别人，那滋味就不好了。柳静不会跟谁贴心，但柳静嘴严，话少，不会伤人，这一直是柳静的好。

但是最终，她也没有把底兜给柳静，她只是从陈护士长说起，媳妇与婆婆不和,完全可以不以隐私来论,天下哪家不一样？况且李荔枝与陈护士长不和早不是新闻,这么多年,柳静耳朵已经听出茧子了。但柳静仍是安静地听着,听过一遍,叹口气,说:“她不是已经到美国去了吗？”

陈护士长在老贺死后,就美国、香港、澳洲轮番走,这家住住,那家待待,相当国际化,偶尔回到这座城市,也从没跟李荔枝打过任何一次照面。她身影是消失了,但鬼魂仍在。家里电话响起时,李荔枝一般会先探头看来电显示,有时草草伸手拿起,喂了一声,对方若是悄无声息,隔会,放下了,这肯定就是陈护士长打来的。陈护士长要找的人是贺俭光,就是国际长途,她也不惜回头再拨一次,就是不跟李荔枝通话。

是不是过分了？天下人都来评理,理也在李荔枝这一边。但贺俭光一直替他母亲圆场,按贺俭光的说法,陈护士长要强惯了,吃软不吃硬,偏偏李荔枝也硬,针尖锋芒,火上浇油,恶性循环,步步升级。荔枝你就不能低个头,嘴巴甜一点,态度好一点？李荔枝不能。太可笑了,她错了吗？错在哪里？婚也结了,儿子也生了,一个家好歹也维持这么多年了,这都明明白白摆在那里,就是再大的罪再深的仇本来也该消解融化了,她还要再怎么低头？人家拿狗屎臭脸对过来,她的嘴巴又如何能够甜得起来？一个巴掌无论如何都没法拍得响啊。

柳静问:“她身体好吗？”

李荔枝说:“好得离谱！据说血脂不高、血压正常、心脏强壮,精瘦精瘦的,连赘肉都非常有限。人家会保养,一生掌握的医学常识,最后都精心花在伺候自己上了,能不好？”

“柳静,”李荔枝说,“以后锦衣出嫁时,你可不能眼睛只盯着女婿,女婿他妈也得挑,他妈也是至关重要的,甚至更重要。夫妻合不来还可以离婚,婆媳怎么离？啊,怎么离？连起诉离婚的理由都很难成立啊。年轻时太幼稚了,以为没关系,以为抗得过,以为迟早可以弥合,弥合不了也井水不犯河水。可是,就是你两眼发直地想弥,人家还不肯赏赐哩,尾巴摇断了也摇不软她的心。真是太可怕了,柳静,那老不死就是一根利刺一直插在我婚姻里啊,插得那么深,那么狠,等到哪一天她终于死了,我这辈子也耗得差不多了。他妈的，她上辈子是祖坟被我挖了还是全家被我杀了，到底多大的仇啊！碰上这样的婆婆其实比中五百万大奖还难哩，可偏偏我就是这么个狗运气。丰年是男孩子，他没事，锦衣就不一样，你要提醒锦衣以我为鉴，婚姻之事马虎不得，意气用事更会吃尽苦头，哭都流不出像样的眼泪。”

说着说着，李荔枝的口气就难听了，声调高扬。她总是语速偏快，厚厚的两唇像两个粗大的括号，或开或合，忽上忽下。这一点，与温吞吞的柳静又是相反的。柳静没有马上答，好像在电话那头思索，隔一会才说：“在你们两个人的问题上，贺俭光是有责任的。”

柳静又说：“贺俭光也不容易，你不要对他太不满。”

好像被口水呛了，咳了一阵，柳静接着说：“没人逼你，这个婚姻是你自己要的，后悔也迟了。”

李荔枝怔怔地握着电话，好一阵没再开口，感觉头顶上那一块皮像被人捂上一层冰，凉飕飕之中又隐约有点麻。贺俭光有责任？之前她只是想到自己与陈护士长的狭路相逢，从没将贺俭光也摆进两军对阵中。有没责任？被柳静一说，回头一想，确实有。也许他也很辛苦地两头灭火，有苦劳了，但没有功劳，一丝半点都没有。这说明什么？至少说明他能力有限，妻子母亲都没有安抚好，致使两个女人都陷于水火中。李荔枝不是别人的妻子，陈护士长不是别人的母亲，归结起来，只能归到贺俭光头上。李荔枝后悔了吗？这话太毒了，一下子猛戳过来。贺俭光神经发作，一纸辞职信就远走他乡，李荔枝那时都没悔过。这差不多就是自己放胆勾引来的男人，一开始是游戏，只是拿他测评一下自己的长相，弄假成真后，她是爱他的，掏肝掏肺都乐意的爱。现在呢？现在她以为自己仍然那样，可是柳静却先指出“不满”，然后又指出“后悔”。柳静话不多，但柳静用词一向很准确。李荔枝捏着话筒的手掌已经渗出了一层汗，她支吾着，明白这通电话不能再打下去了，她说：“柳静，我们不说了吧。”

柳静并没有非说不可。“好。”柳静答。话音一落，就已经先搁下话筒了。

八

贺俭光果然经常出差往外跑。

他之前就不是那种闲得住的人，浑身每一块肌肉都装了马达上了发条似的，手脚勤快，做事迅速，用雷厉风行来形容都一点不算夸张。这个优点，与在市委办那几年的锻炼肯定不无关系。关键是个人素质具备，同样的土捍成同样的坯放进同样的窑，烧出来的却可能是品质完全不同的瓷。这不是个多难懂的道理，费尽心力被训被练一辈子却照样歪七扭八难以成形的人，难道还少见吗？近的有唐必仁，唐必仁与贺俭光一起分到市委办，然后贺俭光辞职离去，唐必仁岿然不动，继续待在那里头，可是唐必仁就是再待三辈子，难道就能起色？不是看不起唐必仁，李荔枝觉得自己没有，犯不上，没必要，也不可能，可是贺俭光的影子后面就是死死黏着一个唐必仁，这也是没有办法的事。两粒苹果摆在一起，自然会下意识地将它们比来比去，后来一粒不见了，只留下一粒在原地，便没有了参照，那期间李荔枝也很自然就断了这个想法，比都比不起来了。如今那只消失的苹果突然又回来了，又很醒目地摆在那里，一眼瞄去，还是马上就看出高下。换成唐必仁，就是委屈到残到废都不会想到辞职……很荒谬，这样想的时候，似乎又变成了贺俭光的辞职是李荔枝赞许的，她怎么可能赞许，稍稍一想都仍是皮开肉绽地痛。

李荔枝觉得自己变复杂了，是岁月渐增年纪渐长而致，还是其他？她没有答案，也不去强行索要答案。她找出另外一个设想安抚自己：换成唐必仁，就是打死了也没有胆量办起一家木材公司。这是肯定的。

贺俭光的公司不是办在这座城里，而是十几公里外郊县的一个叫白溪的小村，那里是深山林区的边缘，一条大江从旁绕过，水路发达，公路也通畅。公司开张时李荔枝去看过，不过将一座已经废弃的小学教学楼整修一下成了办公室，不过匆匆招了三五个人员，总之寒酸之气自不待说。但有一个广阔的操场，破旧的教学楼后还有块杂草丛生的大空地。贺俭光转一圈，手一划，这里都是我的，他说：“我买下了！有多少木头堆多少木头，全堆得下！”

买？李荔枝一惊。她的眼睛不大，但瞪起来时，因为眼眶撑开，原本藏在眼皮之下的那部分眼白就全露出来，在四周黑色皮肤的映衬下，面积就一下子大得惊人。任何东西果真都需要反差的，非洲的人民群众不是牙齿质量特别好，一个个嘴一咧都有那么夺目锐利的白，其实全是色差营造的效果。李荔枝也一样，这会除了眼白大露，她嘴也呵起，将两排牙齿晶莹裸露，像两盏小日光灯，赫然挂在唇间。她对世间万物的价格知道甚少，她的世界那么小，整天医院、家里团团转，了如指掌的只是农贸市场里的鱼肉青菜价、儿子每学期应缴的学费，再就是医院的床位费、手术费以及那些常用药品的标价，轮到这么大一个学校，就完全在她经验范围之外了，她只能推想：即使在这么偏远的地方，即使是人家废弃不要的，没有几十上百万元都是免谈的。贺俭光有这么多钱？

贺俭光挥一下手，样子很满不在乎。“是，买了。”他说，“这里不是办学校的地方，太偏了，周围这么多密林，蛇爬进学生课桌抽屉过夜的事都没少发生过。你别看这个村小，华侨可不少，华侨集资回来建新学校时，就建到村口那边去了。我又不怕地偏，蛇也没什么可怕，所以我买下了，这里，整个学校都是我的，全归我了。”

“花了多少钱？”这个问题仍悬在那里，李荔枝觉得不问不行。

贺俭光扭过头看她一眼，不答。

李荔枝又问：“你怎么有这么多钱？”

贺俭光说：“荔枝，我们说好的，你别管。”

李荔枝捋捋头发，把脸转开了。操场原本是敞开的，四面与树木连接。植被真好啊，绿得发黑，一株株松或杉或樟都没有如城市里的行道树那般被人工雕琢修剪过，主干粗犷，枝叶奔放，风过，树的每一根神经马上就应和起舞，摇曳的也是山野特有的节奏，无拘无束，不卑不亢。这地方是很容易将已经淡去的乡村记忆全部唤起的，那个远在两三百公里外的东屿镇，要说李荔枝喜欢，那倒未必，但毕竟生活了二十年。二十年可以奠定人生的许多审美取向，就是再讨厌东屿镇先前的贫穷与现在的混乱，那里田园间曾经铺天盖地的绿，还是一直没有从李荔枝的脑中退去。刚才她还曾闪过一个念头：下次把柳静也一起带来。柳静也是东屿人，但柳静父母都是国家干部，没有放了学就得下田耘草种菜的经历，这是两人的不同之处，不过柳静或许会比她更喜欢这里。安静，自在，不嘈杂，到处不见腾腾欲望，这一切肯定都非常符合柳静的胃口。

但是，站在眼前的贺俭光没有欲望吗？

有几个工人正在砌墙，要团团将整个学校围起来。贺俭光要围的将是他的木头，他怎么买木头，又怎么卖得掉？是木头啊，不是苹果香蕉菠萝梨，李荔枝的想象力同样无法抵达。太奇怪了，怎么会把主意打到木头上呢。

在李荔枝生日那晚，贺俭光突然回来，空着手，没有任何行李。刚开始李荔枝没往深处琢磨，后来静下来一想，就明白了，他只是奔过丧后的顺便之举。也就是说，如果老贺不死，贺俭光不会在此时回到这座城市，又或者老贺火化之后如果不是恰逢李荔枝生日，他也未必会在那晚跨进这个家门。不走了吧?！李荔枝说。贺俭光没有答。别走了吧！李荔枝又说。贺俭光还是不答。

当然后来贺俭光真的不走了。不走不是被李荔枝说服，而是因为贺丰年。

贺丰年那天傍晚放学回来，打开门看到屋里多出一个贺俭光，贺俭光与他打个照面，他竟像不认识，头左右转动，眼慌张地扫来扫去，仿佛进错了家门。贺俭光将他肩膀揽住，说："丰年，爸爸回来了，叫爸爸。"

贺丰年直直盯着贺俭光，嘴唇动了动，没有叫出声。后来贺丰年也一直不叫，那一声爸爸他就是不叫。

李荔枝后来猜测，她不让贺俭光再走，话排山倒海地往外说，说得口干舌燥肝肠寸断，贺俭光都未必真听进去，而贺丰年的缄默，却最终打动了贺俭光。是儿子留住了他，不是自己。

但贺俭光始终没有将这一年的来龙去脉仔细交代，他走了一年，一年都是真空的，然后回来，果真腰包里已经装着那么多钱了？ 这个疑问其实就是外人也有几分好奇的，之前李荔枝不问不是她不好奇，而是在等待，等待贺俭光主动开口，如实禀告。在钱这个问题上，被动聆听与主动询问，给人的感觉肯定是不一样的，差别非常大。离去一年，要算细账，过失方也不是李荔枝，但她害怕，太怕了，再有任何闪失都承受不起了。也就是说，如果不是站在废弃的小学校内，不是贺俭光激情洋溢地放出豪言说都买下了，她还是不会问到钱。既然已经问了，贺俭光却还是不说，这倒是李荔枝没有料到的。

说一说又何妨呢，至于这么森严壁垒？

有一种外人的感觉，外人的感觉很糟糕，像一股沟里的水，污黑，浑浊，翻滚而过。她鼻子有点酸，马上警醒过来，知道这样不好。这把年纪了，小题大做是大忌，小题大做是柳静玩的把戏，她又不是柳静。"不会是抢银行吧，啊？"说到这里她故意咯咯咯笑起，"下回再去抢，拉上我啊，我至少可以望风。"

贺俭光手揽过来，揽住她肩膀。"唉，"他说，"不是抢的，你放心。总之你不用操心。这一年，你心已经操够多了，你看，脸都变成这样了！"说这句话时，贺俭光伸出指头在她额上来回划几下，"这些破事就算了，你别管，有我哩，是不是？"

李荔枝没有应。女人少操心便可少皱纹，道理她是懂得的，但这说服不了她。不过她不再问了，问也不会有结果。很奇怪，她在贺俭光面前有自尊心了，以前没有，以前任何事任何话，不用过脑子，随便说随便做都没障碍，心里不会打弯，完全敞开，就好像穿衣，在外小心裹紧，生怕走光，在贺俭光面前，却怎么脱怎么裸都很自在，他又不是外人。现在难道是了？

贺俭光伸过头，往李荔枝脸上蹭了蹭，然后手掌捏起，拇指与食指中指撮成一团，对搓几下。这个动作天下人都看得明白，贺俭光却还是怕李荔枝不明白，或者他特地还要再强调一下，他说："你就等着数钱吧。"

李荔枝又笑一下，手在贺俭光胳膊上拍一下。这个动作与其说是在跟贺俭光调情，不如说是给自己一个警示，刚才她内心冒出危险的问号，难道贺俭光还能是外人？她真是傻啊。这样的念头哪怕一闪而过，都是不可饶恕的。哪有外人打算将日后挣来的钱拱手交给她，让她纵情数呢？

对于钱，贺俭光很了解她，她是稀罕与疼爱的，恨不得日进斗金。她的父母至今还在东屿小镇，码头上的板车是拉不动了，两人就在镇上租个店面，卖些日用食杂，油盐酱醋之类的，小小的铺面被最大化地利用起来，到处横七竖八挤着杂碎，并且霉气扑鼻，五味混乱，鼠蟑遍地。李荔枝不常回去，前两年春节时母亲腰椎出了毛病，躺在床上一动不能动，李荔枝才回了一趟东屿，在病床前伺候了几天。她本来有把母亲接来的打算，但母亲死活不肯走，主要是舍不下店里头的生意。哪里能挣几个钱呀，却看得比命还重，自己僵硬躺着动弹不了，就逼李荔枝去店里，帮着做点买卖。李荔枝那时心酸得实在恨自己不是李嘉诚王永庆，她若是腰缠万贯了，母亲哪至于苦熬一辈子了，还要为区区几个破铜板可怜成这样？她兄弟姐妹也有，两个哥哥娶了，两个姐姐一个妹妹嫁了，都没脱农门，田种不下去时，最多去广东深圳打点工，碰到孩子上学结婚这类事，就写信打电话，用词直截了当，让李荔枝寄点钱帮个衬。也就是说，李荔枝是家里唯一出头的人，能给李家带去荣华富贵的只有她，她是唯一。而李荔枝的荣华富贵呢，以前李荔枝一直理直气壮地指望贺俭光。她嫁给他，是他老婆，本来谁都认为他有前程有未来，步步高升指日可待，谁知他却突然偏离通道，掉头而去，再回来，买下学校，弄出这么个公司，号称可以财源广进。

贺俭光财源广进于李荔枝而言，自然也是件美事，她流口水都绝恐不及。可是心里竟还是有些虚。不是不愿信，是不敢信，但这话她没有说出来。

这一年贺俭光究竟去哪里干了什么？贺俭光只简单地说去打工呗。在哪里打？深圳。打什么工？在香港人开的家具厂里做管理。再往下问，他就笑了，笑而不答。

这个男人曾经在李荔枝面前多么透明，喜怒哀乐都纤毫毕现，离去一年，一年的间隔，然后就像罩着一层膜，近在眼前，隐约又远在他处。反过来，贺俭光看她是不是也一样，所以问他钱，他不说，问他干什么去了，他也不多讲。他对她也隔阂了,也防备了,曾经毫无保留的信赖也丧失了?

那天从白溪村回去后,李荔枝去逛了大洋百货,她很少来此,但知道是这座城里最奢华之处。额头那儿很重,是贺俭光指划过的地方,一股铅好像那时就顺着他指头灌进去了。她对着镜子看,惊得又倒吸了几口冷气。真是皱了,显然老了,而贺俭光也不是第一次指出她脸上的皱纹,贺俭光很在意?

一进入大洋的门,远远就看到薛主任的老婆余致素。这么巧,余致素也在买化妆品。李荔枝不想打招呼,打算绕过,先上楼转转。余致素却看到她了,手一扬,叫了一声:"荔枝,哎,荔枝!"

李荔枝在原地站了片刻,终于还是过去,问:"买什么呢?"

余致素把握在手中的瓶子转两圈说:"卸妆乳用完了,资生堂的这一款你觉得怎么样?"

李荔枝怔一下,摇头。

余致素说:"那你平时化妆用哪个牌子的?"

李荔枝笑了笑,眼珠子迅速转了一圈,看到旁边的柜子上方,有很大的几个英文字母。她嘴一努说:"我用它。"

余致素瞥过一眼,轻笑一下,肯定是稍有犹豫,然后才说:"荔枝,这个牌子不行,太低端了,我们这个年纪不能马虎了,得用好点的。用迪奥吧,就是CD,或者sisley吧,老薛十年前出国就开始帮我带这两个法国牌子的东西了,不过现在北京上海也都有专柜,买起来很方便了。我也就卸妆乳用资生堂的,日本的牌子,也不错。"说到这里,余致素的话似乎已经结束,她把手中的瓶子递给柜台小姐,打算买单,突然又转过身,手往旁边那个柜台一指,语气铿锵地说:"别用这个!"

李荔枝脸猛地发烫起来。除了贺俭光离去这一年她对外表的一切草率马虎之外,大学毕业后她一直是化妆的,化得还得意不浅,胭脂口红眉笔都很齐全。不料在这一天,在大洋,在余致素面前,却全线崩溃了。东西她是有了,原来却是那么上不了台面。不要说资生堂、CD、sisley没有使用过,就是情急之下抓瞎顶上的那个什么牌子,她其实也都闻所未闻,而在余致素眼里却是“低端”得那么不堪。至于卸妆乳，她是第一次知道还有这东西存在。顾名思义，它是用来清洗脸部妆容的，不是有洗面奶吗，两者的区别究竟在哪？

她不想待下去，待下去难说不会有其他的尴尬。她说：“我先走了，到楼上看看。”

余致素马上问：“买衣服？”

李荔枝说：“是啊，想买几套衣服。”

余致素说：“去例外看看，今天刚到了一批新款很不错。”说到这里她踢踢自己脚边的一个大纸袋，“我也刚买两条裙子一件上衣。噢，还有，黛安芬有活动，八折！不好碰上噢，黛安芬最抠了，我一下子买了七件。”

李荔枝说：“是吗？那我也去看看，我也喜欢他们家的东西。”

站在电梯往上走时，她对自己很有点看不起了。太虚伪了，其实有什么必要这样？但是如果从头再来一遍，她仍然不会有另外的选择。例外？黛安芬？这名字比资生堂、CD、sisley还令她耳生，她居然就敢言喜欢了，就煞有介事地说出去了。

黛安芬在二楼，原来是胸罩！一个胸罩三五百块钱，真是疯了。这东西超过二十块李荔枝都嫌贵了，穿在里面，又不示人，凭什么要卖这个价？她掉头就走。

例外在四楼，她是一路问上去的。远远就看到高大的假模特竖在专柜外，宽衣长衫，棉麻为主。很贵，没想到那么贵，随便一件衬衣，都要上千元。裙子哩，拉过商标一看，一千多元只是一般化的，两千三千也一点都不稀奇。布也不是特别好，料也不是特别多，凭什么卖这么贵呢？那时候，这个区间价格的国产衣服还没有，那时候一个月工资才多少？撑死了过两千，能买几件衣服？而余致素，一口气就是两条裙子一件上衣，还有七件黛安芬，人家全不当一回事地扔地上，还用脚去踢。

导购小姐一直跟在旁边，问她喜欢吗？要不要试穿一下？很合你气质的，试一下吧。

李荔枝一件都没试。她问了一圈，很详细问了这个与那个，却不试，也不买,只是把衣服连衣架一起取下,对着镜子在身上比画一下。镜子中的她越发窄小了,而且矮。导购小姐说:“我们衣服在国际上都拿过奖,很欧化,外国人都喜欢。”

李荔枝转身就把衣服挂回原来的地方。

导购小姐说:“你试试嘛,宽松一点很浪漫,穿起来也很有型的啊。”

李荔枝嘴角扯了扯,那意思是你以为我好骗吗? 这类造型的衣服,只有身材修长如余致素穿起来才能出彩, 李荔枝知道自己, 她一米六都勉强,肯定撑不起来。总之这不是她的衣服。

然后她又去周围几家香港或欧洲品牌柜转一圈, 竟然都是类似的情况,她不能穿,穿不出味道,这些衣服好像约好似的,一套到她身上,都面目狰狞地溃不成军。她向那里的导购小姐提起例外,导购小姐嘴一撇,都哧出了声音。“那是广州产的! ”她们说。“什么呀,上个月才开的专柜! ”她们又说,不屑布满了全脸,好像她们自己全穿得起店里挂的这些衣服。这些衣服更贵,比例外贵多了,刚才她以为余致素买的是天下最贵的衣服了,其实不是。

原来余致素穿的也并非顶级服装。

但她的心情还是坏透了。人家天生丽质,她天生劣质,这么黑,黑得本来就暗无天日,如今皱纹又排山倒海而出了。贺俭光给过她信心,让她对自己外貌感觉尚好,贺俭光只见过她第一面,就动心了,就娶了她。她征服了贺俭光,却不能征服整个世界,连稍稍优质一点的服装都排斥她,她不配享用。

另一层的伤感比这个更剧,她突然觉得自己真是太失败了,活得这么委屈,委屈了几十年,色都将衰尽褪光了,衣橱里挂的居然还仅仅是些几十元上百元的衣服。至于胸罩,就更不用提了,余致素连裹个乳房,都比她穿在外面的衣服贵许多倍。她原先还多么心安理得,觉得挂在家中衣橱里的衣服不知已经比自己当年亲手裁缝的强多少了,不料眼一闪,另一方天地却是那样富丽缤纷。

从楼上下来,她直接去了一楼资生堂专柜。小姐迎上来问她需要什么化妆品？她做思考状，作老练状，作慎重选择状，这只瓶子拿起来看看，那个盒子拿起来看看。小姐很快看懂她了，知道她还涩涩地站在门外，便卖力地开始推荐，这一套是保湿的，那一套是抗皱的，这是晚霜，这是日霜，这是防晒霜，这是爽肤水，这是粉底液……

结账时，钱不够，柜台小姐说："要不货给你备着，你先付点定金，明天拿足钱再来？"

李荔枝摇头，她说："不行，我今天就得买。"是的，今天就要，她也不知这股急切究竟是因何而起，就是急，一分钟都不想再耽误。她记起柳静家就在附近，到门口拨了公用电话。"柳静，家里有现钱吗？借点，明天就还你，我买资生堂差点。"

柳静问："多少？"

"一千吧。"

柳静说："有。"

那天李荔枝回到家时，两只手上提着两个大袋子。贺俭光很意外，不过也很高兴，他说："哈，收获这么大啊！"

李荔枝一笑，心想既然你贺俭光将财源广进，那为什么以后我不能像余致素那样，穿好用好，锦衣玉食呢？

九

所谓木材公司，其实倒卖只是一部分，剩下的是木材的加工制作，也就是根据订货要求，将购得的原木加工成条木、板或其他什么，招两三个工作人员管理，搭起厂棚，再陆续招一批工人三班倒，这是李荔枝后来才知道的。

公司办起来第一年，贺俭光买了辆桑塔纳2000，二手的，七八成新，他自己开来开去，常常几天不见人影，就是回来，也多半是深夜，一身酒气，上下迷糊，脚步踉跄。做生意要应酬，这个道理不难懂，所以李荔枝一般不过问，她也不问生意如何怎样，即使问了，贺俭光仍然只会潦草地答：好，不错。都是这句话,不会更多。到了外面,有人打听贺俭光公司的情况,李荔枝也把那句话搬来,说好,不错。

但李荔枝隐隐觉得似乎并不是太好,她是从贺俭光脸上看出来的。

相对几十年的一生,一年三百六十五日似乎微不足道,但贺俭光离去一年,仅仅一年,再回来,李荔枝却分明有一种一截两段的感觉。是的,他变出另一种面目了,奇怪的面目,她说不清。以前在家,再忙,身子是松弛的,眉眼是闲淡的。现在身上却仿佛安着防盗器,时时提防着什么,就是笑起,眼珠子也仍在那里骨碌碌转动,闪来闪去,两个腮帮上的肉紧绷绷地绷起。有时候跟他起说贺丰年学习上的事,贺丰年学习一直很好,再恹恹地没有生气,每个学期成绩也仍然不会丢出年段前三名,并不是勤奋出来的,真的是天赋。这种事,做父亲的本来肯定是受用的,贺俭光也身子前倾着,好像很在意听,嘴咧着,嘻嘻笑着,眼神却是散的。

李荔枝想,他是在制造喜悦,制造欢乐。

但喜悦与欢乐不是机械产品,一旦需要强行进行人工制造,那便是一种假了,便有什么东西需要掩盖,需要伪装。

看得出来,贺俭光其实很焦虑,焦虑说明他并不遂心。另外,一年过去,又过去一年,再一年,公司开了已经整整三年,他却从来没往家里拿过一分钱,家里生活开支是李荔枝,贺丰年上学是李荔枝,所谓的财源滚滚根本就只是一个虚假的幻影。

李荔枝不断跟自己说,没有关系,就当他还在外面,还没回来,他没回来家里的费用和丰年的学费还不一样是自己出?不能因为他不挣钱就埋怨什么,一句都不能说,说了自己算什么呢?市侩?虚荣?小人?

但是道理明白,心里偏偏还是常常扭不过去,没来由地咯噔一下又一下。古人说:知难行易,她感觉很多事其实恰好相反,做起来太难了。她一个女人,在医院苦撑苦熬,熬到副主任医师,下一步就该跟科室里的谁和谁争主任医师的那个职称了。这么辛苦,每月工资加各类补贴,也就四五千,得供养父母一点、接济兄弟姐妹一点,还得养儿子,还得缴电费、水费、煤气费、有线电视费,甚至贺俭光的衣服鞋袜,也得由她逐一付钱购买,剩下的还有多少留给自己？以前没有剩她可以忍，并不觉得怎么样，但现在她不想亏待自己了。她黑，皮肤天生劣质，再不善待，转眼就干枯了，干枯成一枚陈年咸橄榄。

第一次去白溪村回来后，她第一次去了大洋百货，在那里第一次买下资生堂，她就是在那一天突然开窍的，简直醍醐灌顶。她这样的人，本来就该比别人花更多的钱在护肤上，在穿着打扮上。而这种事，一旦开了个头，就好像被人安到发射台，上是上得去，下却下不来，并且瘾头很快就出来了，磅礴得很，没法挡，她索性也顺应了它，根本不去挡。以前常去的那些店、常买的那些东西，她已经连看都不会再看一眼。倒是余致素编的那份妇女杂志，她开始看了，看余致素每个月在那里五光十色地推荐什么品牌的衣服、什么牌子的化妆品，又推荐哪家有品味有特色的店在这座城市的哪个方位哪个地点，然后一空下来，她就打车过去看一看挑一挑。她觉得自己在一步步往前走，往时尚的前沿走去，衣服的款式越来越新奇，与之相配合的则是脸上的粉越抹越厚，抽屉里的化妆品越来越丰富而高档。

可是钱呢？她没有钱。贺俭光没有给她钱。

白溪村那地方，李荔枝一共只去了一次，去过那次，好像就跟她再也无关。她后来一直想这个问题，很奇怪，为什么会这样？其实如果贺俭光邀她去，她不会拒绝；当然如果她主动提出要去，贺俭光想必也不会反对。也就是说，很多事其实是两个人共同导致的。她给自己找到借口，木材啊，又不是服装鞋帽化妆品，到底她是不懂的，既是不懂，看与不看都是一样的。或者，正因为感觉到那个公司的生意并不怎样，有点糟糕，她才下意识地避开，不愿去看？现在明白鸵鸟真是一种非常聪明的动物，它不能承载的、不想承载的东西，眼睛闭上，头钻进去，就权当没发生，倒也落个清静。

但她其实清静不下来，贺俭光身上总有股木屑味，味道很重，似乎还带着粉末，他前脚进门，只一刹那，她鼻子就痒了，马上就跟出一长串的喷嚏。她有鼻炎，从小就有，以前症状并不重，早上起床后喷嚏打一打，鼻涕吸一吸，一整天倒还平静。现在动不动就打喷嚏，贺俭光一进门就打，都形成条件反射了。

而且,贺俭光常常不洗澡了。他是陈护士长的儿子,是在几近洁癖的环境中长大的,训练有素,要求严厉,进门后必洗手,用肥皂洗至手腕以上一尺处,睡觉前也必洗澡,再冷的天都没断过。现在一出差,走时什么衣裳内裤,回来还是那一身,领口黑乎乎的一层,短裤是馊的,袜子是臭的。挨近床,脏裤子都不脱,身子一歪,就躺上去了。

李荔枝跟柳静说,俭光变邋遢了,脏死了。她一边说一边笑,好像这事挺好玩似的。她想柳静一定听唐必仁说过,以前在市委办,贺俭光多么整洁有序,办公桌上永远不会有一张多余的纸,甚至不会落一粒灰,所以女同事曾赠予他一个外号叫"贺扫帚"。而贺扫帚以前回到家,那一身在外面穿的衣裤,肯定要马上换下,换成居家的便装,上床再换睡衣,连床沿那里的一块大浴巾,也是他铺上的,还再三叮嘱贺丰年,床上别乱坐,屁股必须落在浴巾上!

那天是一个中学同学请客。李荔枝与柳静都生育稍迟,他们同学中最早结婚的那一个,女儿已经率先考上大学,接到录取通知书时很高兴,就办了酒宴,把在同一城市工作的几个中学同学一家人都请出来。所以李荔枝说贺俭光邋遢不是背地里说的,而是当着贺俭光的面,说给柳静听的。在场的人也都听到了,不过没人在意这个话题,大家七嘴八舌都各自忙着说话,桌上闹哄哄的。柳静不闹,所以柳静把李荔枝的话听进去了。

贺俭光也听到了,他脸没有转过来,但耳朵支棱着,认真等着她们下面的话。

柳静说:"人的心境会投射到举止上的,他过得不好吧?"

李荔枝后来想,柳静是妖精巫婆吗,为什么总能把话说得那么精准?

那天酒宴回来,贺俭光脸色很难看,进了门他就开腔,他说:"你什么意思?跟柳静说那话是什么意思?"

李荔枝说:"怎么啦?你现在还不邋遢?看看你,每次出差我都帮你整好衣服,结果又一动不动再带回来,以前打死你都不会这样!"

贺俭光说:"你要是嫌脏,我也可以不回来。"

场面一下子就静下来。李荔枝看贺俭光一眼,贺俭光却不看她。

这个晚上接下去的时间里，两人都不再说话，熄灯，躺下，睡去。第二天一大早贺俭光就发动了汽车。他走时李荔枝还在床上，憋了一晚上的泪这时候终于下来了，流得很安静，缓缓的，悄悄的，像是怕打扰谁似的，却流得很漫长，无休无止地一直流。某一瞬她心里一横，觉得走呀，再走呀，既然走一次怎么不走两次，既然走了又干吗要回来？但马上又慌乱恐惧起来。不是这样，她并不愿意这样，她不想这个家散掉。

她欠欠身子，抓起床头柜上的电话，拨了贺俭光的手机。铃声响了很久，接起时，贺俭光那一声"喂"一传来，李荔枝泪又下来了。她多么熟悉这声音！贺俭光喉结很大，说话时总是很显眼地上下滑动。喉咙壮硕的人，在李荔枝的印象中声音都格外低沉浑厚，音质也好。"你上班了？"她问得很柔软，心也柔了很多。

"没有。"

"那你这么早去哪了？"

"没事，我一会就回去了。"

贺俭光说这话时，旁边有人咳了一声，是个女人。女人又咳一声，小声咕哝了一句什么。李荔枝说："那好吧。"就放下了电话。她听出来了，贺俭光在一个人家里，她是陈护士长，贺俭光的母亲，她的婆婆大人。

陈护士长在美国、中国香港、澳洲的几个儿女家转了一圈，去年又回来了，说不习惯，受不了外面那些花花绿绿的东西，出个门车那么多楼那么高灯那么亮，看着就头晕。她回到这座城，这座城里有一个儿子一个儿媳一个孙子，但她却只认下前者，偶尔心情顺畅了，才会随口问问贺丰年学习怎么样啊。当然她不问李荔枝，李荔枝也不去她家，连面照样是没有见上。但李荔枝知道贺俭光常去他母亲那里，吃顿饭，聊个天，散个步。这是一个儿子对母亲的心意，李荔枝不好说什么，也不会说，说了就显得她刻薄了。贺俭光回家，一般都不会提在那边的情况，似乎也不愿李荔枝知道，最多漏一两句，比如我妈家请了个保姆，或者是我妈说我最近胖了，等等。这时候，李荔枝都缄默，反正也没什么可说的。某一瞬间李荔枝会有种奇怪的感觉，仿佛陈护士长是贺俭光的大房太太，他偷偷摸摸去那边，小心翼翼，不吭不哼，以免两边都吃醋受伤。

其实李荔枝还是有伤，隐隐约约、欲说还休的那种，她自己也弄不清楚。与以前相比，贺俭光明显对他母亲温和了，迁就了，妥协了，这些他都不是说出来的，也没做给李荔枝看，但李荔枝就是感觉到了。

现在一大早就去了那儿，是将昨晚上的气说给母亲听？

李荔枝想自己可能多疑了，但这种可能性一点都没有吗？

贺俭光说一会就回来，其实并没有，他去白溪村了，路上才打来电话，说公司临时有事，他得赶去处理。他的电话刚放下，另一个电话马上也进来了，是陈护士长。她一直不跟李荔枝通话，是因为觉得没必要，现在必要了，所以就打来。

"你要往绝路上逼俭光吗？"第一句就很陡峭，很不恭，不留一丝回旋余地。"他借了一大堆钱投到这个公司里去，利滚利，息加息，讨债的人都快把他一口吞下了，可是木材本身却挣不到多少钱。我一开始就劝他了，办什么狗屁公司，他是这块料吗？他懂商场上尔虞我诈那一套吗？他就是太单纯，一步一步上了别人的当，上过这么多当还不警醒。他有多难啊，命都拼掉大半条了！他不就是死要这个面子吗，要做给以前单位的那些人看，做给你看。你呢，你什么时候跟他同心同德过？他憋着，那么多苦都在肚子里死死憋着，没有人分担，没有人排解。他倒八辈子霉了碰上你这样的女人！你还要怎么样？当众挖苦他，让他难堪，你到底有没有良心啊你？"

啪嗒！电话断了，陈护士长把话筒撂下了。

李荔枝一句话都还来不及说。

她在原地站了很久，脑子里嗡嗡嗡地响成一片。没有猜错，贺俭光果真到他母亲那里说起昨晚的事了。昨晚她其实就是那样一句话，随口说的，就是现在再看，也不过就事论事，并非处心积虑，丝毫没有夸张，没有诽谤，怎么贺俭光会介意成这样？介意至要背着一腔委屈到他母亲那里山重水复地诉说一番。他难道不知道两个女人的关系？分明已经非常清楚，却还是要说，可见确实是憋不住了，憋得实在太难受了——何至于此？何至于此？李荔枝思维在这上面卡住了，反复问，却问不出答案。

然后，她想到第二个问题：关于借钱。

买下小学校、办起公司，原来不过是画个饼而已啊，连画饼的工具都还是向别人借的，于是这边饼画不出来，那边人家却逼债上门了。可是这一切本来都可以跟她说的啊，说出来，她怎么会不同心同德一起去分担去排解？因为医院忙，因为那一年的裂痕，她可能有意无意地忽略了很多东西，可她毕竟是他的妻子啊！贺俭光却并不把分担的机会给予她，转过身却一股脑给了他的母亲。陈护士长才被他看成是真正的亲人，而李荔枝却不是？

还有一个问题她也不得不想：关于单纯。

说贺俭光单纯不是孤立的，几十年的时间前前后后连在一起，还是连到最初在妇幼保健院五楼产房外的走廊上。那天，天下着小雨，走廊阴暗得像个地道，她正被自己黝黑的皮肤弄得在自信与自卑间不得要领地上下浮动，突然见到咧嘴笑着走来的贺俭光，有一排洁净整齐的牙齿露在外面，轻声向她问话。于是她便油生一念，想在这个年轻的、英俊的、健壮的男人那里做一个试验，想试一试的不过是关于外貌的一个结论。就是那恶作剧似的一念，把她拖进现在这种生活；就是那一念，她被陈护士长与狡诈、奸猾、耍手腕等等贬义词不容置疑地画上等号，而她偏偏又支棱着，坚硬着，不肯动手将那个等号有效地消除掉。当然，就是用心去做，她也未必就有能耐消除掉什么，但不做更糟，这么多年过去，那个结仍在，仍觉得贺俭光是因为单纯才上的当，才被她骗进婚姻之门。

那一天，这三个问题一直翻来覆去地搅动，像一片动荡的海，浪涛汹涌，呼啸咆哮，李荔枝被抛置上面，甩过来甩过去。但最后，她发现自己落到的那一片沙滩，却是最初的那天，那个走廊，那个灰暗的雨天，那个牙齿洁净、笑得明亮温暖的年轻男人。她的心顿时就蜷起，还是心疼，心疼贺俭光。

她拨了电话，给贺俭光拨，她说："俭光，晚上回来我们好好谈谈好吗？"

那边很嘈杂，机器的轰鸣震耳欲聋。

贺俭光大声喊:“什么事?好,晚上再说。”但晚上他又来了电话,说不行,晚上回不了,事情有点麻烦。明天吧,明天晚上。

第二天晚上贺俭光回来了,胡子拉碴,面容疲倦。他说一夜没睡。他说一个工人手指头被机器轧断了两根。李荔枝扑过来,抱住他。这个动作于她已经有些陌生了,所以做起来便显出几分僵硬别扭。她说:“俭光,为什么你不说呢?你不说我怎么知道啊!”

“说什么?”贺俭光站着不动,受了惊吓似的,身子硬硬的,但他马上回过神来,“哦,我妈跟你说什么了吧?”说完这句话他的手终于揽过来,在李荔枝背上潦草地拍了拍。

李荔枝说:“你没钱为什么要办公司?你挣不到钱为什么要硬撑着?你公司都这样了为什么一句都不跟我说?啊,为什么不说?说了会死吗?”

贺俭光双手按到她肩上,往外轻轻推了推。

李荔枝其实已经感觉到那一推中的排斥意味,嘴却还是刹不住车。“你不该瞒着我,你跟我说了,我才能帮得上你,才知道怎么帮。我要是能帮上点什么,你就不用这么累,不会欠人这么多钱……”

她的话被贺俭光打断了。贺俭光说:“你别搅和进来。我妈今天已经帮我找了个助手,是我的一个远房堂外甥女,算八竿子打得到的亲戚。过几天她就来上班。”

十

贺俭光在木材公司办到第六年,也就是有了一个女助手后的第二年,身上突然间不再有木屑味了,那些木材一下子从他的生活中全部退走,他还在做生意,但卖的已经不是木材,而是别墅了。

别墅地点就是白溪村的那所小学校园。简陋的厂棚拆了,两座废旧的教学楼和一座低矮的办公楼炸了,加上那一大片宽阔的操场与杂草丛生的空地,面积不算太大,四五十亩还是有,贺俭光在上面修建起十幢共九十九套联排别墅,每套三层高,面积两百至四百不等。一边是青翠摇曳的浓密山林,一边是一条大江蜿蜒绕过,歪打正着,恰好是城里人如今正竞相追逐的时尚居住之地。本来离城远是个缺点,但简直如有神助,一条跨省高速公路年初修通了,临着白溪村外沿而过。从城里出发,不过二十分钟左右的车程,一个匝道拐下,就到了。

这些事,李荔枝仍然都不是第一个知道的。

她有点麻木了,似乎也已经不存多少渴望知道的念想。

那次陈护士长在电话里说贺俭光借钱办公司、正被人逼债上门,话一句句从耳朵进去,都毛刺刺的,划拉一下又一下。每次与陈护士长短兵相接,总不免有痛感应声而起,这已经成为习惯了。但这一次的痛法与先前不一样,先前是正面射来箭,箭一根根飞扑而来,李荔枝穿着盔甲握着盾牌迎上,心理早有准备,便也不至于大伤,而这次,飞来的箭拐了个弯,而箭头上站立的竟是贺俭光。贺俭光那么多幽微隐蔽的秘密,都用一块大幕布在李荔枝前面密密实实地遮挡了起来,不知道,一点都不知道,每一次总是由这一个或者那一个,总之是别人的嘴里曲折听来,单这一点,就已经结结实实地把她砸得血肉模糊了。痛是一层,还有一层更锥心,它似愧疚,又貌似屈辱。她确实爱钱,但也不是非钱不可;她确实个性坚硬,但也不是没有柔软的时候。分担,说到底她是愿意的,也有这个能力。而分担的前提是什么?是对方的敞开、信任、不遮不掩。贺俭光一直遮着掩着,拒绝着她的靠近,她怎么办?她又不是那种心胸海天一样宽阔的女人,她不宽,很窄,所以是介意的。

没想到贺俭光是借钱的。

没想到贺俭光正被人逼债。

母爱这东西,在天下大多数女人体内都是伸缩性极强的,有时候踪迹全无,像一片龟裂的旱地,突然间又洪水般汹涌泛滥,而且界线模糊,没有规矩,漫过子女,还会漫过身边的丈夫甚至父亲。陈护士长在那边气呼呼说那些话时,如果是可视电话,会看到这一边,李荔枝眼睛已经湿了。那一刻,在自己心里汪洋的疼痛与怜惜,李荔枝相信真的与母爱已经非常类似了。

她很刻意地让自己的语言与肢体都从树干变成了柳枝，柔软地悬在空中，现出讨好的意味，对着贺俭光婀娜摆动。

但贺俭光并不稀罕。

李荔枝小声问："真借钱了？借了多少？"

贺俭光说："跟你说过别问！"

"到了什么地步？工人的工资还发得出吗？"

"还问！"

"俭光，实在不行，公司别办了，卖掉地，够还债了吧？这几年地价涨这么多。"

贺俭光像没听到，眼微闭着，半晌不答。

李荔枝又说："不办公司没关系，先在家待着，再想想其他还有什么可做的，总有路可走的。为什么非要做木材生意呢？反正除了坐办公室整材料写发言稿，其他的任何事对你来说都是半路出家，既然出这个可以，出那个也不是不可以。别硬撑了好不好？"

贺俭光没有听完，他已经站起来，转身又出了门，门被他重重地带上了。

换了以前，李荔枝热脸根本没法被这样无端贴了冷屁股，说到底她是个自尊得几乎有点过敏的人，她不会迁就，不会忍让，不会委曲求全，一直都不会。她知道这样不好，也有改的念头，但改不了。本性的东西，已经与每根筋骨、每块血肉细密地融合在一起了，即使有咬着牙忍住的时候，下一次一定又变本加厉地爆发回来。主席都说了：人不犯我，我不犯人；人若犯我，我必犯人。但是现在，贺俭光已经到了这样的境地，几乎只能用狼狈二字才能形容了，她怎么办？只能忍住吗？她一辈子也只有几十年可活，凭什么她总是必须为别人忍？

李荔枝叹了口气。没有人能够体会，她这个妻子已经当到多么尴尬别扭的份上，她已经零落成泥被碾成土了。

之前，尴尬的儿媳角色她已经当了那么多年，加上一个贺丰年，也就是说连母亲她也当得多么不畅快。贺丰年很聪明，非常聪明，学习上不用任何人操半丝心,除了这个优点之外,他还剩什么?太古怪了,脸上的皮永远绷得像面鼓,什么话都憋在腹中,要是不主动问他,他回家来就是三十年不说一句话、不理一个人也是可以的。马上要高考了,做母亲的总有很多疑虑悬在那里,问他,他摇头。再问打算报考哪所大学?半晌之后他才垂着眼皮答:"我自己定。"

好吧,两便吧,都各活各的吧!李荔枝就是想不明白,上辈子究竟欠了他们贺家什么,这辈子要她这样抽筋剥皮地偿还?

有天贺俭光回家来时,脸上咧出许多牙,晶莹地闪着光——这样的情景已是李荔枝多年不见了。"哎,我发了一笔财,大财!"这是他的原话,他说"大财",却没有具体数字。李荔枝当时正在厨房做晚饭,在意了一下,停住手,很专注盯着他,却发现贺俭光已经嘴抿住,眉中央正皱出一根根森林般的纹路。一个人进门时还是手舞足蹈、急不可耐地把那么喜庆的话往外倒,转眼间却是一副忧心忡忡的模样,这叫李荔枝怎么想?她想贺俭光在后悔,后悔自己刚才说漏了嘴或者是说错了话。那一瞬,她也抿了下嘴。

一会贺俭光走过来,走得很慢,有种举棋不定的犹豫。但最后,他的两条胳膊从背后环过来,把李荔枝团团揽在中央,很用力,勒得很紧。

李荔枝觉得有一颗雷在背后炸开,她垂下眼睑,怔怔地看着箍在她腹上的那双手,不相信、不敢相信它是贺俭光的。还没等她回过神,那手已经蓦地松开了,好像什么事也没发生过一样。接着贺俭光转身出了厨房,如往常那样坐到电视前,打开哪台是哪台,只看一会,就已经在沙发上睡过去了,睡相奇丑,摊着四肢,脑袋耷拉,嘴呵着,口水欲滴。

后来李荔枝一直觉得那天是场梦,她是在梦中重温了当年的恩爱亲昵。那天之前的许多年,他们间常有类似的动作,彼此都放松自然,后来却没了,那天之后,也不再有。离去的一年贺俭光把什么都带走了,带得非常彻底,突然间昙花般又现了一次,究竟是什么意思?这个问题李荔枝其实一直想问,多次唇都动了,最终还是没有问出来。

因为她联想起一个人,贺俭光的助手,他的远房堂外甥女崔三津。

她只见过崔三津两次。一次是她开车来家里接贺俭光,大约要一起去应酬，香气隔着车窗已经先飘进来了。她叫李荔枝舅妈，笑吟吟的，长相很甜美，皮肤白皙，白得快赶上柳静了，而且个子高挑，细长细长的，再垫着高跟鞋，马上就让李荔枝觉得是一根修长的竹子插到眼前，而自己，不过是一株已经枯萎掉的干涩老草。是的，年轻无敌，看上去这个堂外甥女三十岁肯定不到，一切都恰好可以成为李荔枝的反衬。

第二次再见，不是见到一个人，还有一个是陈护士长，是在大洋百货的三楼。

那时李荔枝已经是这里的常客了，三天两头来逛一逛，买则买，不买看几眼心境也顺了几分。从过道上走过时，她听到一个女人的声音："我这么老了哪还能穿？"另一个说："可以的，完全可以。"于是说自己老的那个人嗓音又提高了，说的是拒绝话，每一句却分明是欣喜的接纳。李荔枝没有一下子反应过来，她只是在听到那个熟悉声音的第一时间，脚步下意识地停下来，然后循声侧过头，看到旁边那家台湾哥弟专柜里，一个精瘦的老妇人正举着一件藕色连衣裙在比画，那是陈护士长。崔三津正与她贴身站着，手搭在她肩上，脸蹭着她头，并撒娇似的把她往更衣间推去。因为在笑，陈护士长脸上很舒展，几乎祥和荡漾。这样的一副表情，李荔枝曾经也见识过，那是二十多年前，她毕业刚分配进保健院的时候。不同的只是她从来没有像崔三津那样温柔可人地贴住陈护士长，手搭上去，脸蹭过去。如果时光倒流，一切从头开始，或许她也可以学着这么跟陈护士长相处，但是路在开始时就已经错了，错成那样，然后一步一步，越错越远，至于今。

陈护士长很快从更衣间出来。李荔枝也看到了，衣服很合体，款式很到位，颜色也非常恰当。衣服想必是崔三津挑选的，仅仅从自身的穿衣着装上看，崔三津对服装的品位都不在余致素之下。重新站到镜子前时，陈护士长果然马上笑得嘴合不拢。其实她老了，几年不见，那个本来一直紧绷绷挺在那里的背已经有点驼了，脸上的肉也往下耷拉，但这身衣服以及衣服所带来的喜悦，又使她光彩霎时重现。得承认，即使是老，她也老得与众不同，好比一棵植物，是腐烂掉还是风干的，呈现出来的面貌竟是天差地别。

李荔枝转头走掉,直接走出商场。一些影视剧的情节在她脑中颠三倒四地徐徐重现,她因此有了一个想法:这个崔三津是否可能成为她的替代品?一个远房堂外甥女,又不是直系血亲,旁系应该也在三代以外了,设定为婚姻对象,理论上应该就没有问题了。何况,究竟是真外甥女还是假外甥女?随便拉来一个人,安上一个亲戚的名分以避人耳目,这又有何难?至少,在二十多年的婚姻中,李荔枝从来没听说过贺俭光有一个叫崔三津的外甥女,毕业于传媒大学,学的是影视编导。

崔三津是陈护士长为贺俭光找来的,崔三津年轻、甜美、温顺可人,合陈护士长心意,这一切组合在一起,可以形成一个很清晰的图像,之前或许李荔枝隐约意识到,却没有细究,但见过商场里的那一幕,这种想法终于牢固地盘踞下来了。她猛然就为自己试图柔软地重新接近贺俭光,要为他分担与排解而感到透彻的羞愧。

这一切,忙着发财的贺俭光或许都没有察觉到,他没时间,没精力,也没了那份心劲。他总是风一样来去,冲去哪里,又奔去哪里,闪动的身影跟DVD快进时的图像有几分接近,或者如默片里的人物,节奏快得几乎失真。但李荔枝不一样,李荔枝一直在原地。贺俭光辞职了,贺俭光走了,贺俭光回来了,贺俭光办公司了,她于是跟着落一下起一下,像一幕剧与另一幕剧的转换,像一个浪尖到另一个浪尖的颠簸。

生活确实不是静止的,在公司由买卖木材变成卖别墅不久,贺俭光开始给她钱了,不是给现金,而是银行卡。她去查了一下,卡的户名是她,她的身份证一向是丢在抽屉里的,贺俭光不知什么时候拿去了,为她开了户,第一笔就是五万,然后十天半个月或者两三个月还会打进钱,源源不断。每次钱进来,贺俭光当面从来不说,问他也左右环顾,仿佛钱不是他的。究竟是不是他的?这个问题李荔枝已经不去想,她看出来了,贺俭光发达了,小车已经从二手桑塔纳换成了奥迪A6,西装革履,有型有款。他的衣服不再是李荔枝买回的,那么是由崔三津代劳了?

李荔枝包里有了很多一线品牌的VIP卡,三天两头手机短信总会响起，都是种种商品的促销消息。很多柜台小姐都认得她，一见她就抢着迎上来，推荐这个或者那个。然后等她走时，手里永远不会空着，大包小包像是捡来的那么不当一回事。

有一次，她站到资生堂专柜前，把装着新买衣服的袋子搁到脚边，抬起脚，踢了一下，又踢了几下。恍然间，她也弄不清自己这么做的目的，是要体会一下余致素那年站在这里时的心情，还是仅仅想模仿一下余致素的洒脱姿态？总之她陷在物质里了，新衣服排山倒海地买。女人对衣服的贪婪从来都只是心理需要而非身体的需要，尤其当医生的人，上了班后一身白大褂密实地罩下来，再好的衣服也没有了用武之地，只剩下从医院门口到病房科室这么短的距离内可以在同事间招摇，上班一次，下班一次。这两次，李荔枝每天都充分利用了，她简直像一棵灿烂的树，被五彩灯细密缠绕，一脱下白大褂，就按亮开关，满树霎时艳丽闪烁，让别人目不暇接。

有一个秘密她从来没说，连柳静都不知道：贺俭光潦倒时，离婚的念头曾在她脑中闪过。她想，什么时候贺俭光能发财呢？一发财就离婚！也就是说她要离去的不是借钱办公司又被债主追讨上门的那种境况，而是这场气数应该已尽的婚姻。那时绝望每天都黑压压地扣在心头，那个不换衣服不洗澡身上总有股异味的贺俭光，那个几天不回家，一回也是若即若离的贺俭光，还多么看不见未来，谁知转眼间却峰回路转了，俨然也有了一副上流人物的面目。而这时曾经的离婚打算，却仍然冬眠在那里，一时之间李荔枝又没有了将它唤醒的冲动。

读中学时，她跟同桌柳静聊天，说过各自对未来生活的向往。锦衣玉食，她们那时居然共同选择了这个词。其实两人的理解有差异，标准也不太一样，但这个词还是将她们一起罩住了。疯子才故意要生活在穷困潦倒之中哩，她们不是，她们与天下所有女人一样，向往的是一份无忧的、富足的、安宁的生活，这不是罪。但是，当这样的日子果真已经徐徐摆在眼前了，她却发现不对，滋味不对，差太远了，很多东西不能画等号，她以及柳静，以前都太天真单纯了。

那天她在商场里又碰到余致素了。她又买了一件例外的衬衫,这几年例外档次往上提,价位也水涨船高,衣服裤子还是那种宽衣大袖的风格,不见得她能穿,可她就是喜欢买,买是为了拥有,拥有让人觉得踏实。余致素瞥一眼纸袋上的英文,一下子笑起来,还做出一个要把她手中的袋子揪过来抛掉的姿势。看不出有恶意,余致素的笑与动作都很亲热无间,都把她当自己亲姐妹一样随意。她正惶然,余致素说:"真是的,你怎么现在还在这里买衣服?这座小城能有什么像样的衣服?一个一线品牌都没有。为什么不去香港?你又不缺钱!"

然后余致素脚往前一伸,晃动几下。"哪,"她说,"我这鞋子怎么样?D&G的。多少钱?七千四百块!"

李荔枝低头看去。一双杏色的皮凉鞋,样子是好,但如果猜,她撑死了最多猜到五百元,谁知竟是十多倍以上。她没有从余致素的举止中看出炫耀的成分,余致素脸上很诚挚,几乎有贴心贴肺的热乎,那就是真的在替她惋惜与不甘了。得说她挺震惊的,被鞋子的价钱所震惊。但过后,她思路开始越过鞋子,绕到那个薛主任身上了。

薛主任几年前就已经不是薛主任,而成了薛副市长,分管土地、规划与城建。余致素不过是一家妇女杂志的时尚版编辑,一直到现在她仍然只是编辑,是她自己无意升迁,她不愿意把时间与精力用在为杂志社谋发展上。那份杂志发行量确实不错,每个月二三十万份应该会有,但发行量再好,也不可能有那么丰盛的利润落到一个普通编辑的腰包里,以足够将连鞋子一双都要高达七八千块钱的消费胃口支撑起来。那么,那些钱只能是薛主任、薛副市长提供的了。

什么证据都没有,李荔枝只是暗想,想一想也就罢了。

这个夏天她注意力完全放在贺丰年身上。贺丰年考上大学了,成绩很好,上海交大的录取通知书已经寄来,但他突然说自己已经考了雅思,成绩还行,6.5,他要去英国留学。这样的猝不及防,可以当成他成熟有主意理解,也可以当成他目中无人、对长辈没有起码的尊重理解。李荔枝半天回不过神,贺俭光却马上同意了,而且在贺丰年刚一抵达英国,一笔三百万元的钱马上就打过去了。生活费,贺俭光说,够他几年花了,别让孩子在人生地不熟的地方拮据可怜。

贺丰年一走,这个家更是一下子空了下来。

十一

贺丰年读高三时,李荔枝拒绝了所有应酬,每天下了班就火速往回赶。家里请了钟点工,每天来做卫生与煮晚饭,所以其实已根本没有她可操劳之处了,但在家里看得到儿子房间里透出的灯光,她心里就马上踏实下来。现在贺丰年走了,新朋旧友一吃饭,又把她想起,一个电话打去,她很爽快,马上说可以,然后开车奔去。

她有一辆两厢1.8L的高尔夫,自动挡,贺俭光买的。贺俭光那天把车开回,把车钥匙递来时,说了一句话:"抱歉,车一般,但好车太招摇了,你将就吧。"李荔枝没挑剔,也没推辞,笑纳后,马上去驾校报个名。她跟柳静不一样,她小学中学大学都从未在任何一个运动队中混过,最多课余动动羽毛球拍,也是烂到不可救药的地步,捡球是频率最高的动作。据说运动型的人学驾驶容易,她不是,没想到她也很容易,第一天去,前进后退学几次,坐在副驾驶座上的教练就感叹道:"你的车感怎么这么好!"

驾校教练通常是以骂人为主要表达方式的,她第一天竟被表扬。

她自己心里清楚,所谓好车感是因为她早已开始琢磨此道。以前坐别人车,她一般都选择副驾驶那个位子,眼角往左边瞥,看人家怎么操作。领袖都说了,世界上怕就怕认真二字。这里的认真,可以当投入理解。柳静有运动基础,但柳静对车漠然,即使去学,一时之间也未必就能左右逢源。而李荔枝不一样,李荔枝喜欢车,这不是秘密,二十多年前贺俭光就很清楚,那时她说过一句很铿锵的话:"哪一天要是能开一辆奔驰回东屿,就是半路被撞死都值啦!"现在终于有车了,车不是奔驰,但也已经踏入有车一族。那种驾驭的感觉让人很受用,往东往西都在手中轻松掌控。

家里平时只剩她一人,贺俭光终日不见人影,贺丰年一走就不再回来，一年两年三年，已经整整三年的所有假期，他都留在遥远的英国，并且已经放出话，大学毕业后还要再在那边读研再读博，一副远走高飞永不回头的架势。那她还有什么必要再那样死守在家？她喜欢酒桌上的热闹，东家新闻，西家旧事，八卦本来就是生活中极好的调味剂，左耳接纳，右耳排泄，像风一样阵阵灌过，把留存脑中的许多烦躁郁闷一并带走。何况，请她的人常常是她的病人或曾经的病人，她救死扶伤，喜送贵子，简直恩重如山了，在这样的场合，往往被歌颂被感激被仰视被追捧，快有明星状了，感觉非常好。

那天是一个铅锌矿主请客。矿主的儿媳分娩时肩难产，足足八斤八两重的小东西头露出后，肩却仍卡在产道口内。恰好是李荔枝当班，她已经是主任，是整个科室的老大。加大会阴切口、挤压子宫、旋转胎儿肩部，这些都难不倒她，她处理得有条不紊，母子平安，化险为夷。矿主来医院看望小孙子时，拉着李荔枝的手一直说感谢，就差掉眼泪下跪了。他在外面东听西听，说肩难产很危险，婴儿轻则可能手臂神经损伤或锁骨骨折，重则可能因缺氧窒息而死，脸吓得苍白，便裹了一个大红包往李荔枝手里塞。李荔枝拒绝了，但后来婴儿办满月酒时她去了，去领受功臣的礼遇。盛誉大酒店，全市唯一的五星级宾馆，到处金灿灿的，灯火辉煌。酒席散时，李荔枝被矿主一家大小簇拥着往外送，进入电梯，电梯里已经有人，几个灌过许多酒的男人正意犹未尽地大声说着什么。

李荔枝猛一抬头，两张熟悉的面孔撞入眼球：贺俭光与薛副市长。

那天晚上回家后，李荔枝就坐在沙发上等贺俭光。她对看到的情景不太相信，但又找不到不相信的理由。贺俭光曾经多么恨那个姓薛的。不能说完全因为姓薛的贺俭光那年才辞职离去，但至少难逃干系，有根有源，如今却已经是狐朋狗友了？不是说非得怎样咬牙切齿，却怎么可能亲密无间？而李荔枝在电梯里分明看到，在酒气弥漫之下，贺俭光与他曾经的薛主任，是一副多么情投意合的友爱模样啊。

李荔枝要问的就是这个，她怎么想也没想明白。

但那天晚上贺俭光并没回来。贺俭光夜不归宿已经是常事，李荔枝本来早就没有了追问的兴趣,但那晚她拨打了手机,电话接通时她问贺俭光什么时候回家。那边很吵,有歌声传来,是那种优质麦克风与低劣嗓音共同制造出来的噪音。他们在K歌。

李荔枝说:“我只想知道,现在你与那个人真的又成了好友了?”

她没说那个人是谁,她相信贺俭光是听得明白的。贺俭光却装傻,呃呃呃,拖腔拖调地支吾。李荔枝说:“你胸怀真宽广。既是这么宽这么广,当年何至于辞职而去?”

贺俭光在那边咳一声,可能走出房间了,歌声明显小了,传来的话就清晰了起来。他说:“荔枝,我说两层意思:一、我的事你不用管,这句话已经重复过很多遍了;二、我知道自己在做什么,也知道怎么做。”

然后,电话断了。

那天晚上李荔枝通宵未眠,早晨起来洗漱时,对着镜子中蓬头垢面的自己,突然惨淡一笑。她看到几十年前的那个李荔枝了。几十年前在东屿小镇,坐在那所中学简陋教室里,她不时被同桌柳静的新衣裳弄得心神不宁,那时她暗暗生起的理想不过是当一个小裁缝,哪里敢想到会有在城里当医生、当科室主任的一天?所以,即使现在活得再不济,闭起眼睛,阿Q一下,也还是能马虎往下过的。既是不让管,她又何苦操这个破心?

是的,她又何苦?

两个多月后贺俭光突然要李荔枝去一趟白溪村。其实就是去看看他盖的联排别墅。

已经差不多完工了,乌黑的瓦,精白的墙,与江浙一带那些青砖小瓦马头墙的普通民居颇有几分神似。“怎么样?”贺俭光站在那里手一划一指,很自得。

李荔枝没有马上答,她没想到房子是建成这样的。将联排的房子称为别墅其实是勉强的,它不过是单元房与单体独幢别墅的一个过渡,满足乍富却又未富透那些人的胃口。城里这一类房子很多,李荔枝从满街花花绿绿的巨幅广告牌上也看见过大概,都是很西化的风格,广告语中常把法国或英国的什么地名带上,反正怎么时髦怎么来。贺俭光建的房子却不是那种类型的,接近中式,几乎带着幽幽古韵。

“不错吧,啊?”贺俭光又问一句。

李荔枝不免奇怪。不是不让管吗?她的看法对贺俭光早已无关紧要,难道突然又在意了?

贺俭光说:“很不错吧!在这山水之间,这样的房子在视觉上是不是很让人愉悦?黑与白,这是两种最经典的色彩,也最有味道!”

李荔枝突然记起当年,在两人刚刚开始交往时,贺俭光就用类似的语言说过她。她很黑,连眸子与头发都比常人漆黑几分,罩上白大褂,白与黑,两种强烈的对比色在一个娇小玲珑的女孩身上相映生辉。贺俭光当时感叹道:“太特别了,过目不忘!”

因为建起别墅,周围的环境就做了修饰。临江的那片空地修起了木栈道,迂回环绕直抵水面,而背面的山间林地,则辟成了天然森林公园,有一条鹅卵山道蜒蜿上行,半道上还修了一座六角亭,取名“红荔亭”。

贺俭光把李荔枝带到亭子上,但两人最终并没有在亭子内坐下,而是坐到亭子旁零乱的岩石堆上。往下俯瞰,别墅与江水一览无余,江风徐来,几许潮气夹着几许树木的香味,很清爽,却也很暧昧,暧昧其实是由贺俭光带来的。李荔枝一路上都很狐疑,贺俭光今天的举动有点反常,相当反常,他有什么用意?

贺俭光没有说明用意,他坐在岩石上,双手按住膝盖,脸和李荔枝一起朝向山下的别墅,自顾自说起一个手机段子:丈夫要出差,妻子把避孕套往旅行箱里塞,却被丈夫阻止了。丈夫说,亲爱的,你留着用吧,家里也不富裕啊。

贺俭光径自大笑,嘴张得很大,笑声尖厉悠长,整座山林都跟着回荡。其实是个老段子了,两三年前就有人发到李荔枝手机上,所以李荔枝没笑,她屏住气,辨析着贺俭光笑声里幽深暧昧的意味。贺俭光说:“运气好的话,这里、那里——”他手往山下的几处地方指了指,“以后都会成为我的领地。我要让这里成为郊外最好的别墅群,让有钱人争着抢着到这里来住,这里是天然氧吧啊,绿色居住地!”

顿一下，他又说："当然，我说过前提是运气好。运气不好，一切都免谈，一切都没有了。"

李荔枝瞥过一眼，她感觉到什么事情可能要发生，事情很大。

这时贺俭光手机响了，他接起，并没说话，只是听着，呃呃两声。然后他就站起，急着要往下走。李荔枝也站起，贺俭光说："你再往下坐，重一点坐。"

李荔枝坐下了。

贺俭光说："摇一摇，对，用力摇。"

李荔枝摇了，没摇出什么来。

贺俭光说："再用点力，要这样！"他也坐过来，与李荔枝挤在同一块岩石上，一前一后地使劲，屁股下的石头开始晃动起来，很轻微，但确实在动。然后贺俭光站起，拍拍手。"看上去这些石头多结实，"他说，"其实未必啦。"他俯下身，手往石头边下指，"看到没，这里，这里有个缝，这么小的缝，只要拿根棍子，不要粗，你手腕那么细的就行，从这里伸进去，往上一撬，这块石头马上就可以撬开了。走吧，回城去！"

"俭光！"李荔枝叫起来。

贺俭光已经跨过亭子，大步往山下走。回过头他喊："我还有事，快点，我送你回城去。"

李荔枝小跑着，追上他，拦在他跟前。"你今天究竟要干吗？你得说出来！"

贺俭光眼光越过她，看向别处。山上非常清静，找不到其他人影，旁边的树丛中有窸窣的响声，是鸟在其中蹦跳穿行，不时鸣叫几声。贺俭光笑一下，吁一口气，他说："荔枝，我们离婚吧。"

李荔枝脑子嗡了一下，一股血从脚底猛地蹿上脑门。她转开脸，很茫然，眼前什么都是虚的。慢慢能聚起焦时，她看到别墅前的空地上，贺俭光的奥迪车正停在那里，而崔三津就风姿绰约地站在车子旁，仰头望向这边。

"是因为她？"她问。

贺俭光没有正面答，他说："一辈子说长也长，但说短也就是眨眼间的事。我们不能再做夫妻了，分开吧，分了你就可以过自己的日子了。前几年你不是就想离吗？"

李荔枝轻轻咬住唇。秘密原来是藏不住的，当年她是想过离婚，但离婚的念头她连柳静都没说过，贺俭光却已经觉察到了。其实怎么会一无所知呢？这几年他们虽还睡同一张床，床上却是安静的。贺俭光离去一年，再回来，他的手他的身体已经陌生了，手猛然间抚上来时，李荔枝会一激灵，会下意识地往旁一闪。每每这时候，贺俭光就立刻停了动作，偃旗息鼓。他也是敏感的，他自尊起来也常常偏执，否则当年为什么要从市委办离去呢？如果不走，好歹往下混，混出个处长、副处长又有何难？不是连唐必仁都已经当上体育局副局长了吗，何况贺俭光。她往山下走，往崔三津和奥迪车那里走。后面脚步声一直响着，贺俭光一路跟来。跟到奥迪车旁，笑眯眯的崔三津把握在手中一个透明塑料文件袋递给贺俭光。崔三津对李荔枝点头，说："舅妈好！"

李荔枝扯着嘴一笑。舅妈？很无厘头啊。她想。

她上了车，坐到后座。今天是贺俭光把她载到白溪，然后她回去，也只能坐贺俭光的车。那一瞬她担心崔三津也进入车内。这么小的空间里，现在已经装不下这样的三个人了。幸好崔三津只是站在车外，仍是笑容可掬地摆手，对贺俭光也对李荔枝。

车子发动，贺俭光自己开。开了一段，他又停下，头没有转过来，脸对着前方，一伸手将文件袋递到后面。李荔枝接过，瞥一眼，是离婚协议书，还有几张两寸免冠正面照夹在里头，有贺俭光的，也有李荔枝的。刚才，就是崔三津把它们递给贺俭光的。崔三津一边起草离婚协议书，一边喊她舅妈。真周到，连照片都准备好了。

贺俭光说："你还没回答我，离婚可以吗？"

李荔枝说："可以。"

"什么时候？"

李荔枝说："现在，马上。"

那天从白溪村下来，车子直接停到民政局外面。协议离婚，条件贺俭光或者说是崔三津都已经帮着列好了，李荔枝草草瞄两眼，不离谱，甚至对她非常优惠，比如之前家中所有存款都归李荔枝，再一次性支付给她赡养费两百万元，支付儿子抚养费一百万元。有一套房子也归她，房子是贺俭光买的，在市政府旁，一百八十平方米，尚未装修，户名是李荔枝，但李荔枝直到此时才知道它的存在。另外，现在居住的这幢老房子，只要李荔枝愿意，可以一直住下去。等等。

贺俭光问："还有什么要求，你可以提出来，你提了，我都答应。"

李荔枝说："没有。"

贺俭光说："其他人无所谓，只是丰年……是不是暂时不要让丰年知道？"

李荔枝说："随便。"

签下自己名字的那一刻，李荔枝鼻子有点酸，但一定要说是悲痛，似乎也不像。有虚幻感，眼前的一切梦一样不真实。从民政局出来，贺俭光要送李荔枝回家，李荔枝拒绝了。她自己拦了一部的士走。不是夫妻了，现在连名义上都不是，没必要再劳驾他，这一点志气她有。

已经是黄昏，天微暗，暮色中飘浮着许多惆怅的气息。老房子在傍晚的暮气中总显出几分阴森感，李荔枝打一寒战，一阵恐惧涌起。但她没有开灯，掩上门坐到沙发上，眼在柱子、门楣、椽子间逡巡。她在这里生活了三十多年，这里却不是她的家，虽然还可以往下住，但房主姓贺，而她却已经不是贺家的媳妇了。

电话响了，是陈护士长打来的。

陈护士长说了很多话，归纳起来只有两个意思：一、谢谢李荔枝终于放了贺俭光；二、那个老房子是贺家祖上留下的，李荔枝只要没再婚都可以继续暂住，如果再婚，就得立刻搬出去。

李荔枝一句都没应，听够了，她就把话筒扣下。这是这么多年来陈护士长对她用词最客气的一次，她们之间曾有过那么多的过节，现在好了，重新成为路人，两清了。这个房子其实她也没往下住的意思，她得找新住所,新住所不是贺俭光买的那套市政府旁的单元房,那是留给贺丰年的,她得有自己的房子,小一点没关系,简陋一点也可以。她拿起电话,给柳静拨去。

柳静正在家里。柳静没有应酬,这时候总是坐在书房里改作业或者备课。刚喂了一声,柳静就说:"是荔枝啊,我也正想给你电话。"

李荔枝很高兴似的笑了一声,她说起胎盘。

柳静曾经吃过许多胎盘,这是柳静自己说的。柳静的父亲当公社革委会副主任时,医院那边一有头胎产妇,胎盘往往就送到了她家。柳静说以前她看到母亲用针将那坨红彤彤的东西表面挑破，挑出很多血。然后炒了,或者炖花生加黄酒吃,母亲告诉她是猪肺,后来才知道其实不是,是胎盘。"你吃过吗?"柳静问。李荔枝摇头,她不敢,现在的人不比以前,没那么干净了,谁知道胎盘里是否潜藏着什么血液病。另外,胎盘的雌性激素那么高,一吃难保不发胖哩。那么那些胎盘哪儿去了?这是柳静的疑问。李荔枝一直没答。以前医院把胎盘收集了制造胎盘组织浆,用来治疗不孕症或者胃炎、胃下垂之类的病,这种事做了也就做了,其实也挺有功德的,很多不孕患者注射后,果真怀上了。但不能说,这是医院的规定。现在能说了是因为新的规定已经又下来:胎盘归产妇所有,必须奉还,交给家属。李荔枝说:"你看,就是要吃,也是他们自己拿回家吃了,不关我们的事。"

柳静噢了一声,这会她对这个问题明显没有兴趣,她问:"你离婚了?"

"你怎么知道?"李荔枝确实吃惊。

柳静说:"唐必仁说的。"

"唐必仁怎么知道?"

"贺俭光说的。"

李荔枝半晌没有声响。贺俭光为什么要广而告之?陈护士长知道这不足奇,他们是一家人,陈护士长盼望这场离婚已经多么久远,完全可以当捷报来听。而其他人呢,是不是除了唐必仁,贺俭光还将这个消息急不可耐地到处发布?

柳静说:"迟离不如早离。现在,你轻松了吧?"

柳静又说:“唐必仁让我安慰安慰你,我觉得不必。但如果你有什么事需要帮忙,可以找我。”

李荔枝于是说起房子,她说:“帮我问问,哪里有现成的房子卖,要已经装修好的,一百平方米以内。学生家长也可以问问,有了通知我,我马上搬去,谢谢啊。”

脑子里李荔枝想的却是柳静说的话。柳静说现在你轻松了吧。李荔枝吁一口气,她得承认,柳静说对了。这把年纪失去丈夫,那个丈夫又腰包如此丰厚,按常理她应该悲伤,她自己也以为该有,陷在那种情绪里反复盘旋,盘旋一阵后定神一看,原来竟是轻松的,一种解脱后的轻松。

十二

原先以为这边婚一离, 那边贺俭光与崔三津马上就会洞房花烛花好月圆,但是没有,两年过去,他们还只是老板与助手、表舅与远房堂外甥女的关系。这不是贺俭光自己说的,那天走出民政局后,贺俭光只回来拿过一次东西,之后李荔枝再没见过他,也没通过电话。一刀下去,曾经的生活就这样断掉了,不是藕,没有相连的丝。

李荔枝还住在老地方,房子看了几处,没看满意,她很快就疲了。贺家的房子,贺家不催,允许她住,姑且也就住着吧,住到新的结婚对象出现再说。二十多年了,她已经习惯房子里的所有气息,每一根梁每一根柱都与她身体里的骨骼相对应,血肉相连。

很多人给李荔枝当媒人,其盛况,甚至超过当年她刚从大学毕业时。她那时只是黑,却是饱满而丰沛的,皮肤上泛出悦眼的油光,现在仍然黑,却已经涩涩地枯透,水分尽失,光泽全无。人活成这样,大概就是只死老虎了,谁见了都不免善心油然浮动,所以一下子周围处处是红娘了,一个个都乐于把她引向新生活。

偶尔她也会赴赴约,却纯粹只是为了解个闷,类似于参加娱乐活动。

那天她见的人叫陈凡生,丧偶。介绍人拿来照片时,照片上是个秃顶的胖男人,李荔枝看两眼,就要回绝。当医生的还有胖人?不可思议。而她讨厌肥胖男人那一身油腻的肉。但再一看,觉得眼熟。市立医院神经科医生?她的思维绕了几圈,终于与贺家连接上了。多年前贺俭光的父亲贺同在市立医院神经科住过院,主管医生就是这个人,这个陈凡生。李荔枝突然有了好奇,她说:"好,我见。"

见面的地点在市立医院附近的咖啡厅。

面对面时,一坐定,李荔枝就说:"我们以前见过。"

陈凡生很意外,歪着头打量李荔枝,眼睛夸张地撑起,露出很多眼白。这个小动作过于年轻化了,或者他本来就刻意要扮年轻,只是这个年纪一试图去装扮什么,马上就显出几分滑稽可笑来。

李荔枝不想让他这种表情延续下去,她说:"好多年前,有一个叫贺同的中风病人在你那里住过院,报社曾经的副总编,南下干部,离休的。记得吗?"

陈凡生眉微皱费力地想。

李荔枝说:"他老婆姓陈,妇幼保健院的护士长。"

陈凡生拖腔拖调噢了一声,他想起来了。"对,那个陈护士长,很好的人啊。我们那里病人吊瓶挂久了,血管太瘪,小护士没法扎针,每次一叫,陈护士长就过去帮忙。她技术真是没说的,一针下去就行,那可是硬功夫啊。一直到现在,我们那里护士碰到扎不上针的病人时,还会想起她。你认识她?"

李荔枝点点头。她想,没有错,这个人所说的都是事实,陈护士长确实也有美好的一面,每个人其实都是多面的。是她运气背,她与贺俭光的关系不能获得认可,所以人家便将性格中最阴暗尖刻的那一面赐予她了。她说:"那是我婆婆——前婆婆!"

陈凡生嘴巴噘成一个"O"形,显然很意外。"那你认识唐必仁?"他问。

李荔枝靠到椅背上,双手抱胸前,淡淡看着他。她想,既然他连唐必仁都认识,那就一定也认得贺俭光了。世界原来真的很小。

陈凡生说:"唐必仁那年来医院探望你公公——噢,前公公,我见他面熟,问了,才知道是同乡,县一中校友。他低我一届,不认得我,但我却认得他。他以前是学校宣传队的,舞跳得非常好,红得跟什么似的,全校谁不知道他?这么多年不见,一打照面我还是认出他来了。后来我跟他就有联系了,不多,只是偶尔有点来往。"

接下去的话题就一直围绕着唐必仁了。按陈凡生的说法,唐必仁这几年这么顺,全仰仗与那个常务副市长关系密切,都这把年纪了,居然还能提拔。

李荔枝一怔,马上问:"提拔?提哪里?"

"工商局啊,工商局局长,肥缺啊,报纸上都公示了你不知道?"

李荔枝真不知道,她报纸一向只看到娱乐与社会纪实报道两个版面为止,年纪大了,胃口不好,只有八卦还能对得上口味。柳静怎么也不说呢?不过细一想也不奇怪,谁的丈夫有这样的好事都可能吧唧吧唧地四处说,唯独柳静不会。柳静对这东西兴趣不大,她的寡淡也不是一日两日了。李荔枝问:"唐必仁是那个薛副市长提拔的?"

"不是。"陈凡生摇头,"不是薛副市长,薛不是常务副市长。唐必仁如果是薛那条线的,现在哪还能提拔?早一起完蛋了吧。"

"完蛋?"李荔枝很愕然。

"你没听说?"陈凡生来了兴致,"那个姓薛的很贪,前两年就听说被检察院传唤过,后来不知怎么活动一下又没事了。但逃得过初一逃不过十五,前些天不是又进去了吗?这次再活动也没用了,马上要退休了,正好拿来当典型。我听一个在检察院的朋友说,钱的数目很大。"

"多大?"

"具体的不知道,反正够呛。据说突破口是白溪村那边的一个楼盘,薛吃下七位数以上,还白拿了一套别墅。那个楼盘本来是工业用地,改为商业的,招、拍、挂的程序虽然也走了,但那都是形式,连形式都弄得很隐蔽,内部早定好了。那个老板自挂自摘,土地出让金也就是象征性缴一点。猫腻大着哩!那个地产商现在也吃不了兜着走,一条绳子上的蚂蚱,行贿也是罪嘛。"

李荔枝侧着身子，将耳朵尽可能靠过去，每一个字都不漏掉，仔细咀嚼，反复辨析。脑子里嗡嗡嗡响了一阵后，她渐渐弄明白两个问题：一、老贺住院期间贺俭光还在外地，所以陈凡生不知道贺俭光就是陈护士长的儿子，就是李荔枝的前夫；二、出事了，包括余致素的老公薛副市长以及贺俭光。

手机响起来，李荔枝的手机。她先前定的闹钟。下午她还有事，要去市立医院妇产科出诊，就是陈凡生所在的那家医院，之前怕误了，先调好定时闹钟。她站起来，动作有点凛然。这个见面她本来就没有赋予意义，只因为联想起当年老贺的住院，而下午恰好又要到这家医院出诊，所以才来赴这个约会。但现在，意义其实还是有了，意义与薛副市长有关，与贺俭光有关。说不清什么滋味，非喜非忧，混杂一块，脑里嗡嗡嘤嘤地响着。当然，她的喜不是冲着贺俭光。贺俭光出事了，她没想到贺俭光会出事。心一下子就乱了。

她说："我要先走了，下午有事。"

陈凡生也如释重负地站了起来。看得出来，只第一眼，他就对李荔枝失望了，失望的应该是外貌。这两年她确实老多了，真的就往咸橄榄的模样迅速滑去，黑得近乎焦色，不温润不水灵，连贺俭光都嫌弃，更何况其他男人？只能说这个陈凡生很有涵养，再寡然，也还是耐住性子勉强聊天，但也仅此而已。这样好，这样很均等，彼此都没看上，两便。

李荔枝根本不可能再看上谁了，她知道自己内心干涸龟裂的程度。就那么干着裂着吧，她也丝毫不再有盼一场甘霖之心了。不存在甘霖，这世界是坚硬的，只能更坚硬地去面对。

她没有说自己要出诊的正是他那家医院。出了咖啡厅，她让他先走。她的手机里还存有贺俭光的号码，离婚后，他们没有联络，但号码也没有删掉，像一根树桩留在原地，每次路过，见到了，心里会咯噔一下，没见到，也不会记得。现在她把号码调出来，拨过去，对方的回答是柔软的电脑音："对不起，您拨的用户已关机。"

她拨的第二个电话是唐必仁的，也不通，正在通话中。看看手表，时间差不多了,她转过身,快步往市立医院走去。她没有想到,其实这时候唐必仁也在这家医院里。

她在人流室门外最先看到的唐家人是锦衣,柳静的女儿,二十多年前她亲手接生的一个生命。无数的婴儿经过她的手来到人间,但这个锦衣不一样,她先撮合了柳静和唐必仁的婚姻,然后才有锦衣,所以每次见到锦衣,不免总有特别的亲切感。她扬扬手,正要跟锦衣打招呼,突然又止住了。锦衣不是一个人,她旁边站着一个年轻男人,个子矮小,偏瘦,北方口音。锦衣已经恋爱,李荔枝听柳静说过,锦衣的男朋友是她研究生同学李荔枝也听说过,那么就是这个人了?这个矮小的其貌不扬的男人?如此看来锦衣的审美能力真的不敢恭维。而且来这里了,来这里意味着什么不言自明。但很快李荔枝发现猜错了,她看到另一个女人正从人流室出来,锦衣与旁边那个男人都迎上去,扶住左右。这是谁?李荔枝马上觉得眼熟,再一想,想起这个女人的名字:连丰灵。去年三八节保健院妇委会搞活动,从外面请了一个老师来教健美操,这个老师现在正被柳静的女儿锦衣扶着往楼下走去。

李荔枝跟下去,跟在他们背后。

然后就看到唐必仁了。他开着一辆蓝色标致车从医院停车场出来,车牌不难记:F89877。没开车之前,李荔枝对车的品牌和牌照都不敏感,看一百遍也未必记住。自己有车后,便懂得看门道了,瞥一眼就八九不离十了。这不是唐家的车,体育局副局长唐必仁上下班有单位小车接送,而唐家的另外两个人,柳静和锦衣,脑子里还根本没有转过车子的事。

唐必仁没有下车,只是压下车窗玻璃打了个手势,眼珠子左右转动,闪出警觉的光。

这时候连丰灵柔弱地、嗲嗲地喊一声:"必仁!"

车子一溜烟驰去时,李荔枝拿出了手机。她在通讯录里调出柳静的号码。柳静知道发生了什么吗?女儿、女儿的男朋友、另一个年轻女人、唐必仁,这四人构成的复杂关系,究竟什么可以跟什么画上等号?太蹊跷了。

但这个电话最终李荔枝没有拨出去。真相也会伤人,而柳静,她真是太了解了,几乎有精神洁癖,连错别字都容不了,又怎么可能容得下丈夫与女儿这样的错?

如果不是半个月后柳静打来电话,李荔枝确实打算一直将这个秘密吞下去。许多时候将秘密含在深处,随身携带,就如同携带一枚钻戒般让人有充实感。但那天晚上柳静打来电话,说想测六项激素水平,想吃激素药。只有更年期女人才对激素有如此的敏感与恳切,柳静比她还大一岁,柳静也老了,所以柳静要查激素,这是否说明柳静其实已经知道了所有真相,于是恐慌起年纪与相貌?李荔枝突然涌起好奇,她是他们这场婚姻的介绍人,她有权知道内幕。

柳静要放下电话时,李荔枝猛地问:"哎哎!明天你要补课吗?"

柳静说:"没有。"

李荔枝说:"那我们聚聚吧,我请客,广场旁那家必胜客怎样?中午十一点吧,说定了!"

第二天中午李荔枝早早就在必胜客里坐定。透过玻璃窗,远远地看到穿一身运动装的柳静下了的士,向这边走来。身材还是那么好,高挑挺拔,长胳膊长腿,那些在篮球场上经受过锤炼的肌肉,到现在仍是结实熨帖的,尚未完全松弛掉,所以小腹没有鼓起,屁股没有下垂,走起路来仍然弹劲十足,运动的节奏至今犹存。非常奇怪,柳静的身上动与静就是这么矛盾地纠合在一起,像两股流向相反的河水。仔细看,李荔枝并没从柳静脸上看出异常情绪,再一问,居然连唐必仁公示工商局局长一事都一无所知。没想到是这样。李荔枝暗叹了一口气,她心情比来时更复杂了。刚才她以为柳静会倾诉一番,落几滴泪,抱几声怨,这是中年女人的常态,而她姑且算是闺蜜,将以同病相怜的姿态安抚几声,开导几句。

没料到柳静居然还蒙在鼓里。

说与不说?李荔枝整个过程都在犹豫,一直到柳静离去。

李荔枝本来要开车送柳静,柳静不让,自己拦了的士。上车后,柳静摇下车窗,摆了摆手。手没有表情,手后面的脸却已经晦涩阴郁,眼里几乎有泪。那一刻,李荔枝张了张嘴,她想喊住柳静。这个女人,她其实是爱的啊。

她们一起从初放的青春期走来,走到现在,人老色衰,各自黯淡,一直互为镜子——或者仅是李荔枝自己一直视对方为一面镜子,她有细微的嫉妒、不甘、羡慕,但没有恨,从来没有。算起来,与自己的亲姐妹相比,她与柳静之间甚至有更多的相处与相通,她怎么能眼睁睁看着柳静遭背叛,却仍若无其事地三缄其口?

第二天中午李荔枝拨了柳静电话,她说了自己所目睹的一切。说过,仰起头长长吁出一口气。也许会惹麻烦,但换一点心安,也值。而且反正麻烦已经很多,再添一个也无所谓,虱多不怕痒。

贺俭光确实进去了,据说是协助调查。周围一下子长出许多暧昧的脸,都欲言又止的样子。李荔枝知道他们的意思,他们想打听贺俭光的事,又闪闪烁烁不好意思开口。其实开口也问不出什么,李荔枝不知道,从一开始,贺俭光就没让她介入丝毫,她一直站在所有事件的外围,前面是贺俭光砌起来的厚厚的墙,墙内所有的风云际会她一无所知。

没想到崔三津会来找她。

崔三津带一个年纪相仿的男子一起到家里来,进门不笑,甚至不待李荔枝招呼,就径自坐下。她说了很多话,素着脸,压低声音,神情状态都与往日截然不同。李荔枝有点回不过神来,这个女子的突然造访与突然开腔都给她一种猝不及防的感觉,而且还有一个陌生男人,他是谁?李荔枝整个人下意识地缩紧着,提防、戒备、敌意,但渐渐又松弛下来。看来她错了,错得非常离谱。崔三津从来没有进入过贺俭光的情感世界,也许陈护士长确有其意,最终还是无法左右两人,他们的心各有所属。崔三津早有对象,就是同她一起来的这个男子,高大,帅气,洁净。而贺俭光,崔三津说:"这辈子,除了你,他肯定不会再爱其他女人了。"

"他其实就是对自己太苛刻了,"崔三津继续说,"从一开始他就挺着胸脯要让你过上锦衣玉食的体面生活,结果却一直不顺。生活哪能那么顺?别人可能妥协一下就过去了,他却不行。从小他是在那么强势的母亲管教下成长的,结了婚妻子又是强势的,两个性情类似的女人却以水火不容的姿态密密麻麻遮蔽掉他的天空,他无法大口呼气,只能用貌似强大的外壳，将自己的脆弱严严实实包起来，结果却越弄越别扭。我真替你们可惜，你在这场婚姻中把太多的精力用在对付他母亲上了，却忽略了他。他疼痛时，根本不敢敞开伤口，因为怕被你看不起。爱是需要能力的，他在这方面是缺乏的，而你，恕我直言，你也没有。”

那个男人坐在崔三津旁边，一直没有开口，这时伸过手在崔三津肩上拍了拍。这个动作意味着什么？是提醒还是劝止，抑或只是为了表示自己拥有爱的能力？李荔枝动动唇，她想自己不能一直这么傻子似的干坐着，她得说点什么。

但说话的人却仍然是崔三津。

“为什么那时他那么急着离婚？你肯定没去想过。那时风声不好，他怕你被连累，所以匆匆就离了。后来薛副市长确实进去了，没想到很快又出来了。出来后一直也是摇摇欲坠的，最后还是进去了。我说明白了吗？我的意思是他太在意你了，性格却不好，活得很累。穷困潦倒时，得强撑面子独自舔伤；腾达暴富时又胆战心惊，怕伤害到你。你们是一对悲剧性的结合，你一直没有真正走进过他的内心，而他遮遮掩掩的反而使误会越来越深。”

李荔枝伸出舌尖在唇上舔舔，看着崔三津，缓缓地问：“是他让你来说这些的？”

崔三津说：“不是。你们的事他从来不说。但我是学影视编导出身的，我看得懂。”

李荔枝嘴一咧，她是想笑，不料突然鼻腔里却有虫爬过，一股酸楚倾盆而下。她叩紧牙，车开脸，她不愿在崔三津面前有泪落下。

崔三津拉着那个男子从沙发上站起，俯瞰着李荔枝。“抱歉，我要走了，这一阵心情一直很糟。舅舅以前交代过，如果他出事，他让我记住提醒你……”说到这里崔三津顿一下，回头看看门。门是关着的。“他要我转告，让你不要忘了，离婚那天，在白溪村，他对你说过的话。”

李荔枝问：“说过什么？”

崔三津说：“这我就不知道了。他是这么交代的，并且让我一定要当面提醒,不许在电话里说。他这人就是这样,嘴巴很严,心思却非常缜密。你们是曾经的夫妻,说了什么,我不知道。”

李荔枝脑子快速转动几圈,猛地站起。她说:“他在里头怎么样了?”

崔三津摇头:“我也不太清楚。能做的努力这一阵我都做了,做得焦头烂额,尽量把损失降到最低吧。其实这件事人家盯住的是那个姓薛的,舅舅吐些钱,该缴的缴,该罚的罚,也不至于有多大的罪。刑法也是有弹性的,关键是自己的态度。但是从里头传出的话说,他根本不配合,就是死扛到底,说没有钱。那些别墅都卖掉了,怎么会没钱?但我也不知道他钱在哪里,查了一下公司账户,已经被他清光。舅妈——噢,这么叫请别介意——我走了,你多保重。”

李荔枝没有站起来送行,她仍坐着,一直坐着,坐了很久。

几个小时后,她决定开车去趟白溪村,去之前先到麦德龙买了一把铁锹,柄有手腕那么粗。天色已经很晦暗了,夜间开高速的经历她从来没有过,每一次有装满货物的大卡车轰隆隆经过,她整个人都猛地一惊,心跳顿时失衡。

联排别墅已经有人入住,但仍是清静。也许得在周末这里才会有些人气吧。

停好车,李荔枝往山上走去,她手里有铁锹,有应急灯。密林被白炽灯光照出几分鬼魅,脚前方那一小块的晶亮将四周反衬得更加幽暗。到了红荔亭,跨到亭旁的岩石前,她放下灯,双手握锹,俯下身子找到了那个小小的根本难以觉察的缝隙,将锹插入。岩石不动。再插再使劲,还是不动。她有点喘,眼四下打量。没有怕,却也是紧张的,心像顽童手中的一只气球,被充足气,又猛地被漏空。

贺俭光离婚那天就是在这里说过岩石有缝,只要拿根棍子,不要粗,只要手腕那么粗的就行,从这里伸进去,往上一撬,这块石头马上就可以撬开了。可是,她撬不开。她粗粗吸口气又吐口气,双手抓紧铁锹,重新往上用力。

岩石动了。

岩石往旁滚开。

岩石下面还有一层细碎的小岩石，不是天然长成的，是人工的巧妙铺就。把它们轻轻搬开，一个铁柜子露了出来。很沉，非常沉，但李荔枝还是把它提了起来。她没有马上打开盖子，而是关了应急灯。灯扔掉，铁锹也扔了。然后她抱着钱柜子摸黑往下走，走得很慢，很吃力，几次踉跄，但没有跌倒。

车子很快开上公路，往城里开去。

第二天，铁柜里的东西已经全部被李荔枝装进一只陈旧的破旅行袋里。她去了趟银行，出来时袋子已经瘪了，里头什么都没剩下。她上了车，车开到陈护士长家楼下。她没有下车，而是打了个电话上去。她叫了声："妈！"很突兀，叫过她自己也愣住了，眼前冒起金星。不等对方回答，她就接着往下说："你下来，到我车上。我车上……有东西要交给你。"

"什么东西？"

"东西！"

李荔枝猛地将手机合上。什么东西？如果崔三津昨天不来，她的思维也不可能往上面转。什么东西？贺俭光留下的东西。铁柜里居然挤挤挨挨摆着钱，钱一沓沓塞进吹起来的避孕套里，外面再包上一层特制的装有防潮剂的锡纸袋。并非都是钱，还有金条、金块和几粒指甲大的钻石。上面还有一张压过膜的字条：荔枝，拿这些钱好好生活！

楼道上已经传来脚步声，走得很慢，很吃力。李荔枝往上看，是陈护士长。在每一层的转弯处，陈护士长都探出头往下看，一脸的疑虑与警觉。这个人一下子老了，满头白发散乱飘着，眼袋浮肿，眼圈发青。李荔枝瞥一眼后视镜，不免吁了口气。镜中的这个人也乏善可陈了啊，太黑了，这一层皮，像一堵焦黑的墙，将她的身体团团围在里头，还包括她的生活，她的情感，她的一切。每个人都是有命的，谁也拧不过命。她深呼吸一下，突然有点拿不准自己在与陈护士长面对面时，能否心绪不乱，能否平静地把想要表达的意思准确表达。是的，她只是要把刚才在银行办的那本存折和保险柜钥匙交过去，让陈护士长先保管着。需要多少钱才能让贺俭光重获自由或者少获刑呢?她不知道。现在的问题是,就是交钱去赎,也只能由陈护士长出面,人家是母亲,而她,她是什么? 已经什么都不是了。

她只是想救贺俭光,一定要救。

可以肯定,陈护士长同样也这么渴望。

在对峙了这么多年之后,在这件事上,终于,她们可以达成一致了。

第三部

燕式平衡

一

本子上已经有五个“正”字，这是薛定兵提出离婚的次数，他提一次，余致素就在本子上画一道。她做得非常耐心，一次都没漏掉，每一画都横平竖直，不温不火。单从字面上看，笔画一勾一勾地飘动，甚至看得出几分欢喜的气质。合上本子，余致素总是微笑地看着薛定兵，还轻轻颔首，仿佛要表示同意，但最终她嘴一扯，却字正腔圆地说：不可能。

余致素从来没有为这事发过火，之前哪怕两人还争执得水火不容，薛定兵脸一黑，说出离婚二字，余致素马上嘴角就往上翘起了，唇边两粒黄豆大的小酒窝盎然呈现，眼也弯成两道半月，头微微歪着，妩媚地款款打量过去。刚开始，连薛定兵都理解错了，以为她在讨好，在妥协，在让步，事实上却不是。这道柔软的表情只是一块幕布，真正的余致素站在背后，竟比任何时候都更坚硬，更不容置疑。

薛定兵说：“离吧，这样没意思。”

余致素竖起食指在胸前缓缓摇了摇，轻声问：“真的没意思吗？”

薛定兵说：“你要什么都可以，我可以净身出户，所有积蓄都归你……”

余致素打断他，还是笑，笑着说：“那才没意思哩，何必呢？”

这时候她像是正对着一台照相机的镜头,身心愉悦,准备以最佳笑意表达出最佳表情,脸上甚至是温暖的,带着千回百转的丝丝甜蜜。

这样的交手,持续的时间总是特别短,无须几个回合,薛定兵就匆匆败走了。能感觉到薛定兵的别扭,他是拳头打在棉花上,使不上劲。而余致素也绝不恋战,见好就收,刀入库剑进鞘,适可而止的分寸她掌握得炉火纯青。接下去,她给自己悠悠泡一壶正山小种,将身子往下俯,让壶中呵出的热气湿漉漉地喷在脸上。脸上细密地起一层水蒸气了,她扯过一张化妆棉片轻拭轻擦,擦过,端到眼前细细打量,检查上面是否沾上黑头或死皮。棉片是干净的,她才放了心,然后倒出茶,玫瑰红的茶水闪着一层漆光,桂圆般的香味扑鼻而来,她抿一口,打开本子,在上面郑重其事地画上一道。画完,她垂着头叹口气,在腹中轻叹,气都未必泄出体外。待再抬起头,脸上还是风和日丽的,仿佛刚刚沐过一道阳光。

她五十多岁了,这个年纪通常意义上都必须以残花败柳来形容,但"残"和"败"这两个动词用在余致素身上又十分不确切,就是退几步说,她也未残透未败尽,身板子仍然挺拔昂扬,腰身也适度地收在那里,小腹平整得让很多年轻女孩都自叹不如。必须承认,有些女人是时光无能为力的,她们的巅峰不只在青春期,甚至年轻时姿色平平,不见夺目,渐渐地在不知觉间竟暗自发酵起来,在本该枯萎凋谢的季节,却像株施足了肥的植物,竟向着繁华绚丽步步逼近,举手投足都渗出万千滋味。当然余致素也没把自己当少女,毕竟有岁数横亘那里,正在一寸一寸枯去的内里她比谁都看得更清楚。这时候薛定兵说离婚,她不离。

但是,就是时光往前推二三十年,她会离吗?她也不。

那个本子封面本来是牛皮纸,土黄色底色印着一行红字,上面写着"学习纪念"四个红色楷体字,是十三年前省妇联办的一个培训班上发的。十三年前余致素还素面简衣,连头发都未着意烫过。她头发天生微卷,两额旁毫无规矩地自己翻几个翘,打几个旋,既随意又自然,而她则以更随意的方式,在脑后盘个结,用橡皮筋轻轻扎起,一派天然气象,比所有用化学药水加工过的都更柔顺雅致。其实那时她并不知道其中的好,动身去省城前也曾打算到店里烫个发型，却又嫌麻烦，一拖拖到要动身，才对自己生了懊恼，但也仅一闪，就丢脑后了。省城而已，一个培训班而已，她没觉得应该以怎样的花容月貌去应对，或者就是觉得必要，也还不得要领。

省城离她所在的这座城市一百九十多公里，那时高速路还未通车，坐车得三四个小时。单位里平时外出的机会，从主编、副主编、编辑部主任一拨拨往下轮，一般是轮不到她头上的，就是轮到了，她也提不起兴趣。外面的世界很精彩，但精彩其实是一个人自己内心的反射与投影，一旦内心枯竭，哪还能呼应与点燃？那次报上去的名单是编辑部主任。很巧，临开班前，主任突然发现自己怀孕了，呕吐惊天动地，整个人面条般一下子软得走不动路，只好换个人，这个人就是余致素。余致素本来也可以拒绝，她的拒绝从来没人敢吱半声。但那次，她一下子想起自己当年怀女儿甜汁时的狼狈状，这种苦她感同身受，剧烈的妊娠反应当时也差点没把她逼死。她说我去吧。一共去了九天，九天后回来一推开门就发现家里变了，也不是具体哪处多了或者少了，只是女人的一种直觉，她嗅出薛定兵身上正徐徐散发出急于破釜沉舟的决然气息。果然不久，薛定兵就开口了，他终于还是开口了，第一次正式提出离婚。我看还是离了吧，你说呢？听起来似乎是个徬徨恍惚的设问句，其实已经在腹中长久孕育，只等时机，时机到了，终于破土而出。意外吗？公平地说一点都不，但还是像有一把锤子当头砸下。余致素那天照照镜子，镜中那个女人两颊有几星雀斑，眼圈有几分黯淡，不施粉黛，缺少锦衣，除此以外有什么不好？身材修长匀称，容颜也仍相当铿锵，以及脖子，脖子那么光洁挺拔地支撑在那里，上面连一道细纹都没有。

就是在那天，她翻开从培训班上带回来的笔记本，在上面画下了第一道横线。她翻得很慢，很优雅，仿佛是坐在舞台上，有千万双眼睛正从台下紧盯着，所以她很决然地跷着兰花指，宛若明星，宛若名伶，几分自信与自恋，非常入戏。

家中最不稀罕的本来就是各类笔记本了，那时作为市委办公厅主任，薛定兵从单位里带一些本子回家，谁要是说这种行为是贪污，那就是神经有毛病。培训班终归要有纪念品，妇联办的班，发卫生巾也比笔记本实用，余致素拿到本子时，心里有点不快，差点就要顺手扔进垃圾桶，又怕影响不好，得罪人家，只好背回来。不料，竟然派上这样的用场。

那天在本子上画下第一道横线后，余致素找来一个黑色塑料皮，将牛皮纸封面妥当套好。那个瞬间，她突然想起毛主席的一篇著名文章：《论持久战》。不是先知，只是直觉。很多女人的第六感都灵敏得没有逻辑可言，电光石火，突如其来，就是那么不可思议。她那么想了，结果后来现实就是那么发生了，相当奇妙。

现在算起来，十三年里薛定兵共提出二十五次离婚，平均每年一点九二次，频率可不算太低，可是有用吗？没有。如同唱片上有了划痕，唱针走到那里就卡住了，无论转盘如何转动，都无法将下一句歌词顺畅唱出来。薛定兵连老农都不如哩，余致素想，老农辛苦耕耘，下多少苦力都还有个盼头，只要不出意外，春华之后必定会跟来一个秋实，而薛定兵却只是徒劳努力，然后日子还是纹丝不动地停在原点。既然薛定兵已经提了二十五次，肯定还会有第二十六次、二十七次。不是开玩笑，他是认真的，他真的想离，很想离。问题是这件事根本由不得他。

其实余致素觉得事已至此，同样也由不得自己了。

二

事情需要往回绕一绕，一绕，周丹就出现了。

一眼看上去，周丹的脸很怪，有一种神经质的紧张，时刻在提防着什么。余致素第一次看到的周丹不是真人，是相片，相片夹在一本有些年头的老书里，书名叫《第二次握手》，作者是张扬。这本书余致素不陌生，她在中学时就读到了，那时读的是手抄本，人人都疯了般猛抄，她也抄了。冠兰，我亲爱的弟弟……女主人公丁洁琼的信曾让余致素一遍遍动容，泪沾湿好几条手帕。小说后来正式出版了，余致素却不知道，她那天以女朋友的身份到薛定兵宿舍，刚进门，薛定兵就被一个电话叫到办公室去了。在领导身边做事，最大的特点就是没有稳定的作息时间，昼夜颠倒、三餐混乱是常事，一切都必须围着领导转，这是职业特点，没什么可说的。但因为余致素来了，薛定兵还是有点抱歉，他耸耸肩说："老板叫，不得不去。你先待会，我尽快回。"

余致素待在屋里，闲着没事，便到桌上那排简易书架上找书打发时间。结果看到《第二次握手》，结果书中掉出一张照片。照片是黑白的，没有色彩，但那个春天的明亮景色还是被准确地表达出来了，以及照片中人物的欢喜之情——除了周丹，还有另外一个人，是个男的。他们站在湖边，周丹一只手搭在男的肩上，笑得灿烂，而那个男的，斜靠在栏杆上，紧着身子，笑得拘谨，却也快乐。

后来薛定兵说："她是我前妻。"

不用说其实余致素也猜到了。清瘦，羞涩，照片上薛定兵那时还多么稚嫩。

余致素和薛定兵认识的时候，薛定兵的前妻周丹已经带着女儿生活在澳大利亚墨尔本了，这个情况余致素清楚，介绍人没有隐瞒，薛定兵也不遮掩：我结过婚，有一个女儿，你要是介意我们就不要来往了。余致素听了笑笑，她其实是介意的，但她还是愿意装出不介意的样子跟他继续交往。二十多年前，这座城市三十三岁就是副处长的并没有第二人，而且，薛定兵是两个月前新到任的市委书记专门从江西带过来的，其特殊性马上凸显，人人对他高看几眼。介绍人当时就说，你就等着享福吧，等着过锦衣玉食的好日子吧。这句话很合余致素的心意。她跟薛定兵见面了，交往了，恋爱了，相当顺利。只是关于那个前妻和那个女儿，像隐在草丛中的两根刺，会时不时地突然冒出来，让人浑身蓦然一疼。

"你前妻漂亮吗？"

"一般。"

"你女儿漂亮吗？"

"长得像她妈。"

关于前面的那场婚姻，他们的对话就到此为止了。什么叫一般？一般的概念是什么？这样的问号一直盘旋在余致素脑子里，她不可能不好奇，真的很想刨根问底。介绍人是她单位一位退休的老大姐，对薛定兵其实也所知有限，在这座城市所有人对薛定兵都所知有限。离过婚，老婆要出国所以把他给甩了，就这些，听起来合情合理。老大姐觉得足够了，行动要迅速，这样前程有金光闪烁的男人，稍有犹豫，马上就会被别人一拥而上哄抢了去。余致素确实很快就与薛定兵见上面，并且很快成为男女恋人，出双入对的似乎很现实，心里却一直是虚幻的，没有真实感，伸出手，她够不着这个男人。她想问的，问很多问题，比如薛定兵和前妻是怎么认识的，恋爱几年结婚又几年，以及他们下决心分道扬镳的真正原因。但她最终还是忍下了，知道问也白问，薛定兵不想说，也不会说。直到书中照片跌出，关于"前妻"，才第一次真实呈现。果然一般，很扁平的一张脸，腮帮外扩，呈方形。细细再瞧，也有不一般处，就是眼睛，眼睛分明与常人有异，间距偏宽了，眼梢又略微上扬，这使她看人时，总有股似是而非的味道，即使纵情笑着，也仍透着几分冷——余致素当时吁一口气，她终于从这张脸上找到那种神经质紧张感的出处了。接着她再吁一口气，心里松弛了很多，她记起书上说弱智者往往眼睛间距偏宽。而且从与薛定兵站在一起还差大半个头来判断，这个叫周丹的女人个子最多一米六，而且脖子偏粗，一粗就显得短，一颗脑袋似乎没太多过渡，就直接坐在肩膀上了。这当然有点奇怪，余致素能够在众多相亲者中胜出，首先是因为外形，可见薛定兵对女人长相是有要求的，而周丹却从脸蛋到身材都没有出彩之处，薛定兵为什么要走进第一场婚姻？这个问题，在那天薛定兵从办公室回宿舍后，余致素就问了。余致素还重新翻开《第二次握手》，抽出夹在里头的那张照片。薛定兵瞥过去一眼，脸色霎时黯淡下来，明显不悦。都过去了！说这话时他手摆几下，很随意地摆，手掌仿佛只是挂在臂间的一只爪，在摆动间，无序地跟着晃动几下。余致素心里突然咯噔了一下。这个动作多么眼熟。这个动作很多人都在做，但那种味道，那股气息，却是独特的，很难模仿的——确实多么相似！这个联想只是一闪而过，还没有停顿下来，就被她忽略掉了。世间很多千头万绪其实早有预兆，不时隐秘地向人们做出种种暗示，可是那年她二十八岁，还太嫩。

二十八岁之前，她从未谈过恋爱，连跟哪个男人略微暧昧点的眼神来往都没有。

中学、中专时，身边的同学纷纷陷入情场，一波波地翻江倒海，她却一直冷眼旁观，心若止水。中专她上的是工艺美术学校，学装帧装计，班上大多是女生，看上去就像株果实累累的树，别的专业别的年级不断有魔手伸过来，好摘难摘，树上的果实反正是一日日见少。但从来没有手伸到她跟前，连那些容貌逊她无数的女生好歹都有深浅不一的风花雪月史，她却一直像泰山顶上那棵松，一直孤独伫立。不是因为长相。入学之前她很普通，据说小时候更普通，粗眉陋眼的并不中看，但进入美专后，仿佛一夜之间，突然像舞台上换了一块布景，虽然鼻还是那鼻，眼还是那眼，却霎时是另外一种绮丽风光了，不是艳丽型的，很平实，却平实得持久耐看，意味深长，简洁、流畅、立体、有纵深感，这其实比妖媚更难长，也更难保持。那么就是说，小时候她的坯子其实原本就是优质的，可那时天下人都没有看出来，只有那个人，那个人在她十一岁的时候，就已经穿透迷雾入木三分地看清了她，于是才有那场浩劫的轰然降临？

她不能往下想，但又总是想。这个问号太大了，像拖在地上的影子，一路跟随着，须臾不肯离去。

她记得第一次跟薛定兵见面时，他眼一抬，就问："哗，你好高。多高？"

她说："一米七二。"

薛定兵似乎不相信，上下打量着。"我以为你至少一米七五以上哩。"

余致素无声地笑了笑。她腿很长，长得浑圆挺拔，屁股则结实上翘，所以容易让人视觉出现偏差。放在北方，这样的身高一点都不出奇，可能马上就被淹没。在这里却不一样，这里像一片高山矮林地，男人女人大都没有长开，很谦逊地短下一截，偶尔一两个海拔凸起，就格外显眼。

"你以前跳过舞吧？"薛定兵又问。

"像跳过舞的？"她故意反问。

"哈！"薛定兵说，"看上去样子像。"

余致素从他眉眼中看出来的则是他对这种类型女人的喜好。她轻轻咬了咬唇，小声说："很多人都这么说。"

其实她没有跳过舞，跳舞是学校文艺宣传队的事，她虽向往，却从未被选进过。如果没有发生那件事，终有一天她会被选入的，她柔韧性那么好，反弓下腰，双掌可以从后面抓住脚腕，整个人像一张纸似的向后折叠起来；或者一条腿一抬就呈一字形举过头顶，腿肚子贴住脑袋，用手兜住，金鸡独立，人就成了一把竖起的剑。女队员自由体操的成套动作伴着无歌词音乐，空翻跟斗串始终得与舞蹈动作有机契合。每一次她在场上时，那个人眼总是亮亮的，那个人让别的队员围拢来，说看看看看，看看这样的肢体语言，多美啊，你们都得好好学一学！就是上难度，无论在器械还是在棕垫上，她也都没有问题，别人练那么久都还是磕磕碰碰，她却一点都不为难，那个人一示范一指导，她稍稍练一练，就可以很流畅地做出来了，舒展而且轻盈，仿佛她上辈子就已经熟练掌握了，只要稍一温习，一切都徐徐记起了。

"你天生就是练体操的料！"这话是那个人说的，那个人说这话时正站在体操馆高低杠旁，双手抱在胸前，手插在胳肢窝下，500瓦的大灯泡正好挂在他头顶，灯光打下来，他脸上的颜色有很大变化，偏黄，黄中又泛着点红，看上去有点迷离，几乎像是塑料的。

练体操与跳舞蹈其实有很多相似之处，肢体都必须被反复锤打，并反复在优美起伏的音乐中得以深深浸染。她曾练过三年多体操，闭上眼还能闻到棕垫的青涩气味，还能触摸到平衡木光滑坚硬的质感，还能听到高低杠被身体带动的嘎嘎作响声，以及看到跳马时抹满镁粉的双手在横马皮革面上瞬间拍打起的白色粉尘。在它们之间，她曾可以多么自如地翻滚扑腾，但她没告诉薛定兵。"很多人也都这么说"，这话表达得很委婉，不置可否。她相信薛定兵看得出她身体姿态上的特点，三年多的童子功，每天清晨与傍晚从不间断地压腿、下腰、腾空跳跃、举手投足，一切都已经在不知不觉间徐徐潜入她的体内，并且顽固地躲藏在每个角落。那个人那时说过："你一上场，甚至一个眼神一个表情，都在成就你或者毁灭你。印象分，知道吗？印象分！”

那人又说:“容颜会老,气质永生！”

那人还说:“肌肉也是有记忆的,今天决定未来！”

四十年前,除了那个人之外,余致素不可能从第二个人嘴里听到关于印象分、气质、肢体语言和肌肉记忆这样的表述,也不会有人懂得如何教她、教整个体操队的小女孩怎样从一颦一笑以及举手投足间,将女性身上最美好的特质一丝一缕刻意铸造,造入骨髓深处。她脖子那么纤长,腰背那么柔软,双脚还充满韵律感地微微外八字,永远处于挺胸收腹、下颌微仰、目光远眺的状态,这一切都呈现着被舞蹈美化过的种种特质,但她确实没有跳过舞。

在看到周丹照片之前,余致素一直以为是因为自己的身高与身材,薛定兵才会将她看进眼里。薛定兵打量女人的眼神，分明是内行而且挑剔的,据此来猜测他的前妻,薛定兵虽有“一般”的评判,在余致素看来也该一般得几分花容几许月貌,不料竟是那样普通。

在见过周丹照片之后的第二个月,余致素嫁给了薛定兵。

三

周丹是出现在那场婚礼上唯一的薛家亲人代表。薛定兵向客人介绍说:“这是我姐姐。”

薛定兵没有母亲,母亲在他十七岁那年去世了;薛定兵有父亲,父亲在江西一个偏远的小乡镇。薛定兵本来一直说父亲会来,肯定会来,肯定会提前几天来,但是突然又来不了,据说是生病。什么病?不知道。薛定兵还有一个妹妹,妹妹在日本,跟他早就没有来往,跟父亲也没来往,十多年踪迹全无。薛家对余致素来说,那时还谜一样高深莫测,余致素简单地认为,她只嫁薛定兵一人,就如同她自己一样,她也没打算将家人逐一贡献出来,让薛定兵见面认识。她自己的婚姻,跟别人无关。

周丹本来更无关,周丹却款款出席婚礼了。

薛定兵跟随履新的市委书记从江西到达这座城市时，就是孤身一人的。档案里有记载他的婚姻状况，知道他离异了，所育一女判给了对方，但没有人见过他前妻和女儿。那个把他当宝贝一样使用的市委书记，应该是知道底细的，只是书记没有说出来，也没人敢问。

关于结婚，薛定兵本来是高兴的，非常高兴，由此推断他对余致素原先也是喜欢的，相当喜欢。那时市委机关事务局分一套砖混结构的小单元房给薛定兵，只有五十多平方米，已经是老房子了，鼠蚁遍地，蟑螂四处。薛定兵从办公厅单身宿舍楼搬到小单元房，清洗、粉刷、购买家具与电器都是自己动手，干得非常欢快，眉宇间都是对即将展开的新生活的欣喜与渴望。但他的这份欣喜在婚礼举办前一个星期，却突然戛然而止了。

婚礼开始前一个星期，有个电话打给薛定兵，电话响起来时，余致素也在场，就在即将成为他们洞房的小单元里。当时两人正在床上，这是第一次。之前余致素守身如玉，一直小心维护着自己。薛定兵有过婚姻，还有女儿，已经算老手了，她却不是，她还是处女，这样失衡的两个男女相处，有许多微妙的分寸需要余致素自己把握。她把握得不错，步步为营，滴水不漏。直至这一天，这一天他们刚刚打了结婚证，婚礼的请柬前一天也已经广泛发出，很明显，瓜已经熟，蒂可以落。怀揣着鲜红的结婚证书一进门，薛定兵就揽住余致素，余致素没有再反抗，而是很有分寸地仰起头迎合了。这个姿态保持了片刻，两个人像一对磁性很好的吸盘，紧紧粘在一起，然后就很自然到了床上。这一刻薛定兵肯定等了很久，余致素说不等就是撒谎，所以整个过程非常流畅，半丝艰涩别扭都不曾有。偃旗息鼓时，薛定兵吁一口气，伸出手指头在余致素额上点两下，叫了声："薛太！"余致素头在他胳肢窝蹭了蹭，说："薛太可以，薛太太也可以，但薛老太太不可以。"薛定兵大笑，嘴咧得很大，眼却眯得不见踪影。笑声未落，电话铃声响了。

那一通电话很漫长，主要是对方在说，薛定兵心神不宁，半晌才嗯嗯应一声，偶尔开口，说的也不是普通话，而是江西土话。薛定兵说过他父亲生活在江西，可是话筒里隐约传来的分明是个女人的声音。女人的情绪似乎很激动,语速极快,不时还尖厉一下。

余致素静静躺着,慢慢有一种坐到过山车上的感觉,仿佛有股看不见的速度正将她往旁边甩出去。话筒里传来第一声喂时,薛定兵就像被电烫着,猛地把头往旁侧开了。傻子也看得出,他吓了一跳,他不愿让余致素听到电话里的声音,而原先兜在余致素肩上的手则松开了,一点一点地松。余致素起床穿上衣服,避到一旁。她没必要贴那么近让人家不自在,这个修养她有。

薛定兵放下话筒时,余致素似乎很随意地问:"是谁呀?"

薛定兵说:"一个熟人。"

"什么事?"

"没事。"

余致素很清楚,肯定有事,没事薛定兵的肢体语言不会那么紧张。但她没有往下问,她不问,她走了。

那天晚上她其实已经做好在那里留宿的准备,薛定兵本来也有这意思,两人心照不宣地准备共度人生的第一个夜晚。然而,一个电话来了。谁的电话?电话的内容?余致素都不知道。能够清晰起来的只有一件事:气氛坏了,情绪败了。然后余致素走了。余致素一边走一边被两腿间隐约的疼痛所刺激。她有点心慌,路都走得不太稳。有一个疑问此时比身体的疼痛更锐利:刚才是不是太草率了?

薛定兵没有送她,接下去几天,也悄然无声。余致素那时修炼还不够,想忍着,却终于没忍住,打去电话,他接起,心不在焉地应答着。话筒有很多杂音,是风刮过的响声。余致素警觉地问:"你外出了?"薛定兵说:"是的。"余致素问:"去哪儿了?"薛定兵说:"长坑村。"

长坑村在江西,就是薛定兵的老家。余致素舔舔嘴唇,犹豫了一下,还是说:"老薛,如果有什么事,你得跟我说。"

薛定兵说:"没事,能有什么事?"

余致素感觉很不好。他们认识的时间不算长,半年前介绍人才牵的线,但认识一个人半年似乎也够了。余致素本来以为自己已经熟悉薛定兵了，这个人有城府，城府很深，很多话都咽在腹中，轻易不往外吐，算起来应该也是他的职业特点吧。余致素原本也没指望另一个人向她滔滔倾倒所有秘密，她耳朵浅，太多的事她装不下。作为男女朋友，该问候该安抚该开玩笑，薛定兵都做得很好，以后成夫妻他肯定也不会做得太差，这样就够了。但是，忽然觉得不够，很糟糕，这半年里他不是每天都给她电话，但凡有外出，他从来都会告知一声，几时走几时回，一定详言细说，这一次却没有。

一个星期后就要举行婚礼，婚礼还办不办？

婚礼如期举行。婚礼前两天，薛定兵去机场接人。薛定兵去接人也没跟余致素说，余致素先是接到酒楼的电话，原先他们已经向酒楼预订下酒席，下了定金，酒楼要备菜了，所以向她确认一下。她说过一会回复。过了一会她并没回复，酒楼再来电话问，她还是说过一会回复。这一会又一会期间，她一直犹豫不决，最后还是拨通了薛定兵的电话。

她问："你在哪？"

他说："机场。"

"干吗？"

"接人。"

市委办公厅接待任务重，三天两头有上级领导来或者往，薛定兵去机场接送不奇怪，余致素当时没多想，她问了酒席的事，她说："还要不要办呢？"薛定兵说："能不办吗？"顿一下又说："办吧。"两句话中间停顿的那个片刻，话筒里悄无声息，但余致素分明还是听到了叹息声，很轻微，但很真切。她本来脱口想说"要不算了"，但话被她及时压在舌尖底下，没有吐出去。

从交往的第一天起，她都更主动。那年她已经二十八岁，正一步步向枯萎凋零的年龄靠近，周围的人之前反复问怎么还不结婚？怎么还没有男朋友？她一直以"不急，还早着啦"来应对，终究心还是一天天虚起来。偶尔回父母家，进门那一瞬，父亲眼睛总是绕过她，瞥向她身后，她身后是空的，父亲的眼神就一下子黯淡下来，连理一理她都需要强打起精神。

别人的眼光她可以不在乎，但父亲的她不能不在意。不是因为爱父亲，而是因为父亲背后还有一个母亲。她是家里最小的一个孩子，时间往前推四十年，这个家中最小的女儿，差点被全家人一起下手掐死。是的，那年她差点死了。侥幸活下来，活到二十八岁时，却还未出嫁，父亲那一瞥不是在祝福，而是在埋怨，在鄙视。

她无言以对。余家的孩子从小就被教导一个理论：万般皆下品，唯有做官高。早年家里穷，买不起电视，父亲每天晚上七点整，总是身子紧紧趴到窗户上，他本来就瘦，趴在那里显得更瘦，像一条干咸带鱼晾到窗台上。父亲要干什么呢？他要知道从隔壁邻居家里传来的新闻联播内容，却又不能让邻居发现，所以头还不能伸得太出去，只能将肚子用力压在窗子的木框上，支着耳朵，仅仅听到声音，根本不可能看到图像。就是寒冬腊月，他也那么趴着，刺骨的风从敞开的窗子灌进来，一家人冻得缩成一团，鼻涕吱吱地吸，却没人敢吭一声。吭是没用的，父亲的这个举动早已得到母亲的鼎力支持，她支持的是他的事业。母亲义正词严地盯着喊冷的子女，慨然问：你爸不听听中央的声音，不了解一下领导的动向，他能进步吗？父亲渴望进步，父亲需要进步，这在一家人看来已经是天经地义的事了。可是父亲最终并没有如愿腾达，一直到退休也只是一介副科员，为了能够争取一个正科的待遇，投诉信雪片般飞向各级各层领导，弄得鸡飞狗跳面红脖子粗，最后仍然未遂。

父亲曾因此归咎于余致素。都是你害的！这句话父亲重复的次数胜过天上的星辰，而且通常不是平静地说，而是咆哮，是怒吼，吼过之后，一个大巴掌还可能跟着就落到余致素脸上。四十年前，在她十一岁的时候，父亲确实还处于盛年，作为县农业局的老干事，他终日眼巴巴地讨好这个官员接近那个上级，突然因为她，她出了那件事，整个县城为之哗然。按之前订下的计划，父亲认为自己一年内当上副局长是可能的，三五年后升局长，再三五年争取副县长或县委副书记，一步一个脚印，一脚印踩在一个台阶上。但是从干事到副局长，他却有着漫长的空白期，然后终于当上副局长后，又无休止地不再挪动。后来局长退休，由他主持工作，主持了一年半，却仍然没有正式给予任命，终于到了六十岁，人事局一纸公文就命他退休。

“都是你害的！妈的都是你害的！”

那天父亲从单位回来，几乎拖着哭腔吼，然后把自己关在卧室里，晚饭也不吃。

那时余致素二十六岁，已经工作，恰好回家，撞上父亲退休这一幕。那晚她也吃不下饭，接着还一夜未眠。父亲的际遇与她十一岁那年发生的事真的有关联吗？真的是她把父亲害了？没有人回答她。她把身子蜷成一团，双手团在腹部，双膝抵住胸前，像一只触碰到危险的昆虫。这个姿势以前她经常做，从十一岁起就经常做。她蜷了一夜，第二天一大早就提着行李离开县城回到市里，没有跟家里任何人打过招呼。

那个家除了父母，还有两个哥哥两个嫂子以及一个已经出嫁的姐姐。哥哥一个开酒楼，一个从县汽配厂下岗后开起汽车修配店，而姐姐高中都没毕业，幸亏有点姿色，嫁给一个以贩运水产起家的小老板。他们仨人腰包都不瘪，属于先富起来的人群，但钱还远没有多到足以让父亲脸上有光的地步。很简单，要害之处在于哥哥姐姐仨人都讨厌书本。有钱人要贴近官场已经不是多难的事，但是余家的老大老二老三起点那么低，根本不可能弄出气象，只能泯然众人，哪里能跟官沾上半点边。

这一切，其实是余致素要嫁给薛定兵的背景，或者说是铺垫，她需要这场婚姻。好不容易有人介绍了这样一个仕途前程在望的人，好不容易挨到婚姻的大门外，她得再顶一顶，不能自己主动毁掉。关键是那天，在电话响起之前，她已经躺上薛定兵的床，在那张床上，她成为女人，一切就这样成了定局。对她而言，男人曾经是多么肮脏的一种东西，她远远地逃了十几年，终于还是上了床。她不会再上第二张床，所以只能咬着牙往下顶。

当然，如果那天她知道薛定兵去机场接的是谁，可能就顶不住了。

薛定兵接的人是周丹。

四

有一点薛定兵没有撒谎，周丹的确比他大，大两岁，称姐姐不能算错。得承认，与那张黑白照片相比，站在眼前的周丹要丰韵很多，连那双间距过宽的眼睛，因为化妆的缘故，也没那么别扭了。她让人想起一个词：风度。女人就是这样，年轻的时候靠五官，上了年纪后单兵出击根本不行了，只能拼整体气质，得将从岁月中捕获到的所有资本都调动起来，集团作战，才能现出山高水深。

那次周丹不是专程为参加婚礼而从墨尔本飞回的，应该正相反，她想阻止婚礼，这是余致素后来知道的。

作为早已退出薛定兵生活的女人，在薛定兵重新结婚前两天，周丹突然飞临这座城市。她到来的第二天，薛定兵来找余致素，没有上楼，只在楼下打了个电话，让余致素下来。余致素正穿着睡衣、蓬乱着头靠在床头百无聊赖地翻书，她懒得动，她说你上来。薛定兵说你下来。余致素深呼深吸了一口气，最终还是做出妥协。按说她这会也没有多少情绪见薛定兵，婚礼之前的这几天，本应该是两人最激情与密切的时候，一起为操持婚礼有说不完的话办不完的事，可是，薛定兵这些天都干吗去了？她是有气的，但她下意识里还保持着理智，她得忍着，不能节外生枝。她下楼了，她住的也是单位逼仄的单身宿舍楼，土木结构，两层楼高，陈旧、幽暗，霉气四溢，到处挤挤挨挨磕磕碰碰。睡衣没有换，头发没有梳，趿的是拖鞋，带着一股破罐破摔的颓败劲，就这么疲疲沓沓地往下走，走到楼道口，一抬头，看到薛定兵，猛然吓了一跳。他瘦了，一下子缩了一大圈，而且眼睛发红，眼神很浊。余致素站在原地，脑子嗡嗡嗡地空白了很久，半晌才接着往前走，走到薛定兵跟前，问："你怎么啦？"薛定兵咧了咧嘴，笑一笑，又短促地看了她一眼，抽出烟点上。

"你会抽烟？"余致素再次吃惊，之前她从来没见他碰过烟。

薛定兵说："偶尔。"

接下去两人都不说话，站了很久。远处好像挂了一块银幕，正有精彩的戏上演，薛定兵一直盯住那边，脸都不肯对过来。烟从他口中徐徐往外吐，越积越多的烟气，宛若一张渐渐扩大的塑料薄膜，将两人隔在两端。余致素在心里暗暗开始读秒，六十秒一分钟，她数过一分钟，又数一分钟，她想如果再数一分钟薛定兵还不说什么，她就反身回宿舍了，干站着有什么意思？但还没等薛定兵开口，她自己先开口了。她说："老薛，发生什么事了？"

薛定兵打量着她，神情很奇怪。

余致素问："怎么啦？"

薛定兵说："你家在青山县城？"

余致素说："是啊，你不是早知道了？"

薛定兵唇动了动，将手中的烟蒂丢掉。"你小时候练过体操？"

余致素说："是啊，你怎么知道？"

薛定兵没有答，低着头，左脚尖踮起，往地上的泥巴上用力搓几圈。隔一会，他抬起头，定定看着余致素，脸上没有表情。他说："有人在那边看你。"

余致素心一跳，警觉地问："谁？"

"周丹。"

余致素晃动一下，后背猛地一烫，一股血从尾椎猛地冲上后脑勺。她下意识地用双手交叉着团住身子，转动头，四下看了看，没看到有人。

"没什么，要看让她看吧。"薛定兵挥了一下手，下巴往上一翘，"明天婚礼照常举行，下午四点，我来接你。"这几句话，他说得很短促，语气加重了。

然后，他又说："明天她也会去。"

余致素看着薛定兵，她一下子明白过来了，那天晚上的那个神秘电话就是周丹打来的，周丹打了电话，然后并不罢休，又从遥远的墨尔本赶来，她究竟想干什么？无论她想干什么，你薛定兵究竟又想怎么配合呢？这些问题余致素打算问一问，问个明白，她有资格知道真相。但是还没等她开口,薛定兵就已经转过身,大步走掉了,只留下一个背影。

薛定兵走路并不矫健,脚后跟仿佛过于沉重,腿凝滞着,每一步都微微往后坠。他是平足吧?余致素第一次意识到这点。她不喜欢平足的人。在体操房里那几年,她和同伴得一次次长时间跪在棕垫上,绷直上身,将整个身子的重量压住自己的脚后跟。脚弓,那个人对深凹的脚弓多么迷恋而且锲而不舍,每天都要仔细查看每个人的脚板。他会一手插兜,一手习惯性地捏着一只软底体操鞋走来走去,走到谁跟前,用体操鞋往下一指。抬起来看看!他喝道。如果看到的是扁平肥厚的脚底,他总是眉一拧,扬起体操鞋,重重敲下去。他说过,脚弓的美才是女人最隐秘也最传神的美,脚弓越高,走路才越轻盈灵巧,才能走出音乐的韵味来。

这话错了吗?一点都没错。这么多年,余致素差不多总能将平足男女从芸芸众生中一眼就识别出来。她有时实在按捺不住好奇,想辨析一下自己眼光的对错,还会要求人家把脚板翻过来看一看,只要一下,就像当年那个人对她以及她的同伴们做的一样。很不幸,她总是对的。

但是对薛定兵,她却直到此时才发现。这不太合理,有点难以置信。唯一找得到的理由是,她可能真的恋爱了,爱情让她眼睛失去了敏感度。另外,这半年的交往中,每次约会都是那么匆忙又那么逼仄,在他狭窄的宿舍或者黑灯瞎火的电影院里,她只注意他身体的上半段,只注意脸部表情,其余的忽略了。

第一次,她站在那里,目送他远去。

没有人知道那时她多么想冲上去,竭力尖叫一声,抄起随便什么硬物,一把将他打倒在地,再狠踹几脚。

后来,一直到许多日子之后,余致素想起这天,胸口上还是有股火一下子冲上来。她这是见了什么鬼啊,在结婚的前一天,她的未婚夫竟然带着前妻来看她,不是光明磊落地看,而是把她叫下楼,让她在明处,前妻在暗处,而她偏偏毫无防备,那么邋遢现身。这能饶恕吗?她不能!“要看就让她看吧”,这话什么意思?这话说明是周丹要看,薛定兵于是就让她看。明明是自己结婚,与前妻屁关系,竟把前妻带来了,这种事只有软蛋才做得出来。可是薛定兵哪里是这种男人？他一向强硬，这半年，在两人交往的过程中，虽然他从未对余致素发过火，却也从未有过迁就让步的时候，从肢体，从语气，从行动上，处处都透着股凛然之气，无时不铿锵作响。可是周丹要看余致素，他就带来了。这说明什么？说明他强硬，而周丹更强硬。

余致素就是在那一刻下了决心，无论如何，明天的婚她结定了。明天周丹也会去，也会出席婚礼，明天是个荒谬的日子！她必须拼出全部心力精致梳妆，必须笑容可掬、谈笑风生、光彩照人。周丹比薛定兵大两岁，而她比薛定兵小五岁，单单岁数她就占优无数，更何况她个子比周丹高一个头，她练过体操，她被那个人严格而专业训练过的肢体，仍然由内而外冉冉散发着特殊韵味。明天她一定要把今天蓬头垢面的失地一把夺回。

第二天周丹果然来了。

余致素按薛定兵向宾客们所介绍的称呼，喊周丹姐姐，她把字咬得很重，表情却是若无其事的，仿佛浑然不知，装傻她会。她还特地向周丹敬酒，敬薛家唯一出席婚礼的亲人代表。周丹跟她碰杯了，但杯抵达唇边时，动作就停止了，酒半口都没有往下喝。

这是她们严格意义上的第一次见面，很显然余致素在这个回合赢了。整个晚上周丹肃然端坐；就是有笑容，也仅是薄薄的一层，挂在皮上，供别人观看。而余致素，她前二十八年的生命，仿佛全是为这一晚积蓄力量、智慧、美貌与喜悦的，穿梭于桌与桌、人与人之间，她谈笑风生，妙语连珠，流光溢彩得连自己都相当陌生。这一晚成为她人生的分水岭，她看到另一个自己。十一岁以前她也许原本就是活泼的？她不知道，忘了。她只记得十一岁之后自己的沉默，恐惧山一样覆盖下来，密密实实笼罩住她，任何热闹场合都令她身上一阵阵起鸡皮疙瘩，她成了蚯蚓，独自在幽暗的地下静静穿行，终日恍恍惚惚，不言不语，魂不守舍。但是这一晚，她涅槃了，脱胎换骨了，焕然一新了。

她相信新郎薛定兵肯定对此惊诧得暗暗倒吸了好几口冷气。

还有另外几个人，她的父亲、母亲、哥哥姐姐嫂子姐夫们，他们都从三十多公里外的青山县城赶来，一个个眼睛都跟着她打转，止不住的吃惊山洪般从他们眼中竞相喷射出来。他们该吃惊的,他们这个晚上只是处于吃惊的开端,余致素,余家最小的女儿,从那天起真的就成了一股旋风,刮得他们越来越眼花缭乱。

那晚,在某个短暂的间隙,余致素坐在她的新娘座上将杯盏交错鱼肉纵横的酒席款款扫过一眼,然后她悄然问自己:如果不是已经从单位开出证明打了结婚证,如果不是已经把婚礼请柬广泛发放出去,这场婚薛定兵还愿意结吗?那么,是不是也可以理解为,这场婚其实是结给别人看的?

五

余致素有时想,她五十一岁的生命就像一条带鱼,如果非要动手切出几段的话,十一岁那里下一刀,二十八岁嫁给薛定兵又一刀,十三年前薛定兵第一次说出离婚时再一刀。十三年前,她已经三十八岁,从二十八岁到三十八岁,她在婚姻中已经待了十年,连女儿甜汁都已经九岁。甜汁就是余致素第一次躺到薛定兵床上那次播下的种,婚后还不等她定下神,强烈的妊娠反应就已经将她一股脑席卷去了。吐,接二连三地吐,任何味道都可能成为她呕吐的催化剂,鼻子一闻,肠胃就翻了,连胆汁都往外倒,响声骇人。

刚开始,薛定兵对甜汁的到来并不欢迎,谁坑了他似的,余致素的整个孕期他脸都是寡淡的,时不时眉头就皱起来。家对门的小单元里,那时合住着两个大学毕业新分配到办公厅的年轻人,一个是唐必仁,一个是贺俭光。贺俭光有天早上来叩门,说一直听到余致素的呕吐声,“不好意思,想问一下,是……有喜了吧?”

余致素记得,当时薛定兵脸上是笑着的,但笑后面的不悦已经磅礴汹涌,看上去他几乎有被冒犯的恼怒。哪有年轻男孩这么直白地过问别人家女人怀孕的事?这个别人还是他的领导,连余致素都未免几分诧异。贺俭光很敏感,马上说:“噢,我妈是妇幼保健院的护士长,我的意思是,要是想上那儿检查,我可以带你们找最好的医生。”

其实薛定兵要想出面找保健院的好医生根本不是太难的事，他懒得找，他不觉得有这个必要。但余致素觉得有必要。余致素那天果真跟贺俭光去了保健院。那天小腹有下坠感，隐隐作痛，虚汗一层层冒，她顿时心提到嗓子眼上，怀疑是流产先兆。贺俭光叩门之前，她把这些症状跟薛定兵说过，薛定兵心不在焉地挠挠头。你怎么老这么疑神疑鬼！他显然不以为然。余致素心里一拧，胃马上跟着就一绞，她立即冲向卫生间，呕出一口呛鼻的酸水。很奇怪，之前她丝毫没有做母亲的欲望，婴幼儿粉粉嫩嫩的模样从来没有打动过她，但是从确认怀孕那一刻起，仿佛一道闸被蓦地打开了，洪流奔涌，涌动的竟是滔天的母爱。这个孩子对她太重要了，她得生下来，生下来手中就多出一张牌了，或许是唯一的牌。

甜汁，这小名是她取的。有点俗，但很喜气。缺什么补什么。

甜汁出生时，周丹又回了一次国。她竟然比薛定兵更高兴，抱起甜汁一直夸漂亮，甚至把薛定兵拖过来，说："你看你看，不知比娅妞好看多少倍啊！"

娅妞是他们的女儿，那时正在墨尔本读书。

一直到那时，薛家的一个重要人物都没有出场，就是薛定兵的父亲。

婚礼时他父亲本来说要来，突然病了没来，然后，就再无音信。明明有父亲，父亲却一直未露面，平时薛定兵也极少提起，他不提，余致素也不问。她不觉得奇怪，很正常，她自己的父母，也基本不会出现在她嘴边。她不像其他人家的女儿，乐意当贴心小棉袄。她没法贴，甚至只要想一想，都觉得矫情。甜汁出生了，她的父母以及哥哥姐姐一个接一个打来电话，说要从青山县城赶来探望，甚至说已经向农家买了十几只土公鸡，急着要送来，热情浓似火。她没有半丝犹豫，马上以坚硬的语气拒绝了："别来！不用来！"

婚礼时她曾将他们请来，那是故意的。全部，一个不落下，都来。然后，够了，没有更多必要再虚假地亲热下去。他们曾经多么讨厌她，因为那件事，他们几乎联手将十一岁的她置于死地。她没有恨，只有恐惧，恐惧像一团烈焰，把所有温情逐一吞掉了。所谓一家人，那是他们几个人之间的概念,她没有。她已经习惯那样一种清淡的游离,像风筝一样孤独飘着,飘了十几年,突然因为她嫁给薛定兵,他们又一拥而上,试图重新将她焐热,热至彼此无间地相融到一起——这怎么可能?

天下这么古怪的家庭不是太多,但也一定少不了。薛定兵家里会不会也类似呢?

薛家让一个前妻作为代表,公然出现在前夫婚礼上,这样的行径多么不可思议!然后,甜汁一出生,这个前妻又轰隆隆热烈登场。

薛定兵应该没有告诉过周丹,说自己已经把她的身份向余致素挑明。周丹抱着甜汁说:"叫姑妈,叫姑妈。"她的表情不做作,挺自然的。真的由衷喜欢前夫的另一个孩子吗,跟另一个女人生下的孩子?如果周丹确实仍是薛家密不可分的一分子,那么这个薛家,不是比余家更匪夷所思?

既然人家大摇大摆地来了,余致素就必须好好应对。

她从来没给周丹脸色看,不需要的,她已不是过去那个余致素。谈笑风生的分寸余致素拿捏得很好,单独相处时,她甚至还会嘻嘻笑着将薛定兵一些可笑好玩的癖好告诉周丹,仿佛对方确实是丈夫的姐姐,她的大姑,而她则是一个幸福满足的妻子。场面几乎有温馨感。

甜汁出生那次,不是周丹最后一次出现,之后每年,周丹都会从墨尔本飞来一两次,不会待久,一般两三天。冬天喊太冷了,夏天说太热了,再或者就是嫌湿气太重,骨头难受。这座城市既然有诸多弊端,好好在她那美好的墨尔本待着便是了,何必一趟趟飞来?但她就是要来,说来就来,想走就走,像流感一样没有什么规律。也不住薛定兵家,而是在外住,住哪里她没告诉余致素,不外乎哪家酒店吧,档次必定还不会低,没有四星级都免谈。

从来没听到周丹在墨尔本是靠什么谋生的,偶尔提到自己在墨尔本的日子,三言两语也就带过了,归纳起来几乎都围绕着那个著名的皇冠娱乐中心:玩玩角子机,看看电影,泡泡咖啡厅,然后就是逛商店做美容,日子精致而悠闲,丰衣足食。余致素弄出很羡慕的表情,感叹道:"真是资本主义的生活啊。"周丹听了,笑笑,回头瞄了薛定兵一眼。

余致素感觉到了，薛定兵很怵周丹，不是语言上怎么谦卑或者举止上如何迁就，甚至相反，周丹时时做奉迎状，客客气气，唯唯诺诺，但她的霸气和盛气，还是在一片恭谦中汹涌渗出，而薛定兵则温顺地驯服在这样的霸气下。每次周丹来，薛定兵必定去机场接，走时再到机场送。除了上级，除了公务，薛定兵还肯对谁这么尽心尽力？

余致素说："你像她孙子。"

余致素又说："你像是她养大的。"

这两句话都难听，可是脸上的表情却不坏，她眯缝着眼，笑嘻嘻的样子，看上去像在开玩笑。薛定兵肯定知道她没有开玩笑的心情，或者想开，也不会再选择他作为对象。以前余致素不是尖牙利齿之人，现在是了，对薛定兵是，一开口就句句都被她削成尖尖的利刺，闪着亮光，飞扑而去。薛定兵没有回应，在家中他是缄默的，话越来越少。甜汁出生的第二年，他已经由副主任顺理成章地升为主任，主任很忙，被戏称为大秘，要伺候那么多领导，上上下下辛苦周旋，左右灵光，就是有十八双手都不一定嫌多。市委办公厅给每个主任副主任都备一间小卧室，就在办公室的楼上，紧挨着领导会议室，一种招之即来的架势，其他人平时真派上用场的并不多，只有薛定兵结结实实地用起来。市委书记私底下被称为老大，老大晚上一在办公室，整个办公厅都灯火辉煌，没有命令，却是人人都约定俗成一起陪加班。加完班，别人回去了，薛定兵继续留下，留到半夜，就上楼睡下，第二天接着上班。可以认为是敬业或者勤政，别人这么说时，薛定兵谦虚了一下，没有否认。

只有余致素最清楚，他只是找到一个合适的借口，避开家。他不愿回家。

那时候，薛定兵面前有着多么广阔的仕途远景，上下都有目共睹了他的能力，文好，字好，口才好，并且脑子冷静，思维清晰，举止果断，任何一件事交到他手上，心就可以完全一松。无论多棘手，他都可以干净利索地解决好，解决得流畅漂亮，所以老大对他才会格外倚重，走到哪带到哪。周丹跟余致素说过："阿兵真能干，很早以前我就说过了，他会有出息的，他脑子多好用啊！”她叫薛定兵阿兵。而薛定兵叫她丹丹，对余致素，从认识那一天起薛定兵就是连名带姓一股脑叫，余致素也一样，叫薛定兵，不叫阿兵。阿兵仿佛是周丹专用的，周丹叫起来顺滑甜柔，那么自然而然。

平心而论，余致素没有吃醋，或者曾经吃过后来释然了。人必须对生活低头，这没什么可说的。摊上什么命，都得全力面对。对这场婚姻她那时还是有指望的，指望不是因为爱，爱或许一开始就似是而非游移闪烁。她需要的无非是婚姻这个形式而已。婚结了，生下甜汁了，有了女儿，生活本来可以出现转折，像天下绝大多数男女一样，平静寡淡往下过，就是摇摇晃晃，也可以一生一世。

没想到，怎么低头都不管用。十三年前，当余致素去省城参加那场培训班后，一回来，薛定兵还是提出了离婚，并且从此不肯罢休，一而再反复提，没完没了。

六

刚开始说离婚时，薛定兵是强势的，话一句一句都很硬，简直不容置疑。但他从来不当着甜汁的面说，他悄悄说，脸色阴郁，目光锐利，语气坚硬。这时候只要甜汁突然出现，他的脸就马上一换，顿时变得明亮而且慈祥。甜汁还在肚子里时，薛定兵毫无兴趣，等到小妖精出生，薛定兵突然间掉转了一百八十度。那个五官精致的小美人总是转动龙眼核般黑乎乎的大眼，惊奇地打量他，那种眼神，就是天使。再大一点，每天回家，开门时薛定兵都要做好可能被扑倒仰翻在地的思想准备，只要甜汁在家，她会从任何方向朝他奔来，速度极快地吊上他脖子，那份欣喜与依恋，带着能烤化钢板的热度，谁都不能无动于衷。余致素很高兴他心肝宝贝地宠起甜汁，这样很好。

薛定兵说：“离婚是我们自己的事，你不要让甜汁知道。”

余致素说：“我一定要让她知道。”

薛定兵说：“你这样很可笑，好合好散，对彼此都有好处，别害了甜汁。”

余致素说:“那不行,我一定要害甜汁。”

有一次说到极端,薛定兵摆出一拼到底的凶狠架势,武力几乎都要用上。余致素眼见着挡不住了,脑中突然灵光一闪,想出一句至关重要的话,她说:“一定要离也可以,这样吧,我先在饭里下毒,让甜汁死。她死了,天下就太平了。”

余致素看到,刹那间,薛定兵像一根点燃起来的稻草,一截一截地短了,气焰灭了。

那时候甜汁还在读小学,有着水嫩的皮肤和稚嫩的声音,但风情却已经提前开始发芽,无论行走还是坐姿,都已经有四溢的媚态,媚态附在她骨子和血肉中,并且见风就长,摇曳生姿。天生尤物,世间真的有这样的人啊。余致素看着她,常常会恍惚。如果十一岁那年没有碰到那件事和那个人,是不是自己本质上也是柔媚入骨的?否则甜汁这一切遗传自何处?

离婚的话题后来淡过一阵,像蛇进入了冬季,蜷起了身子,似乎不见踪迹,事实上却并没有根除。歇一阵,薛定兵又会开始新一轮的进攻,只是换了一种方式,他说得委婉,以商量的口吻,诲人不倦的样子,似乎很温和,句与句之间却仍然是决绝的、不容置疑的、急不可耐的。“还是离了吧,这样大家都很辛苦,是不是?”

“不是!”余致素答得毫不含糊,她已经不是以前的余致素,她知道自己立于怎样的境地,甜汁这张牌挺顺手的,可以一直往下打。

他们已经早就不住在市委分的那套小单元里了,家一共搬了两次,第一次在十五年前,办公厅集资建房,分给薛定兵一套一百平方米的房子。又过了几年,再买一套房,就是现在住的锦绣小区。

锦绣小区的房子是六年前买下的,掏钱的人是薛定兵,户主名字写的却是余致素。购房的过程余致素一无所知,蛛丝马迹都没有发觉,然后有一天,薛定兵叫上她,让她去一个地方,这个地方叫锦绣小区,一个不大的楼盘,只有八幢十八至二十五层不等的楼房,但地点很好,位于温泉公园边上,五十米开外就是全市最繁华的商业圈,明眼人一看就知道升值空间很大。

那时地产商刚交了钥匙，就已经有几个性急的业主开始雇人搬运水泥与沙砖了，青石板铺出的小区通道因此被弄脏，污黑东一簇西一簇，鞋底与石面的沙子触刮，吱吱地响，牙都跟着发酸。余致素走得很从容，很优雅，很有节奏感，像是赴一场盛会。她还没弄清薛定兵的真正用意，薛定兵只是让她来一下，让她去看看，具体看什么？他不说。她也没问，只是心里一跳，知道非同一般。会不会将看到一个嗷嗷待哺的粉嫩婴儿？直到走进这个烟火气尚未弥漫开来的簇新小区，她才一下子明白过来，原来不是幼小的新生命，但区别也不是太大，是新房子。

那天进电梯必须用“挤”来形容。电梯本来不小，但因为怕不锈钢墙面被上上下下搬运的装修材料刮擦，所以物业在三面墙体上钉了一层厚木板加以保护，于是空间便马上小了一大圈。余致素跨进电梯时，里头已经塞满了十几箱玻化砖，几个搬砖的工人穿着厚厚的工装，后背上的布全都湿湿地贴住皮肉，发出浓烈的馊味，有热气扑来。

房子不高，在第六层，只是毛坯房，除了卫生间和厨房有隔断，其余空间都是通透的，因此显得格外大，说起话嗡嗡响，竟是回声。目测一下，面积应该不下一百三十平方米。余致素抬眼往外望了望，很意外，竟然看到一棵硕大的老榕树，年头肯定不少了，墨绿的叶片仍然抖擞端立，叶片甚至伸到阳台的边沿，风过，沙沙作响。拆房建房的过程中，这一片地肯定干戈大动，它居然还能被保护下来，算是奇迹，它命真大。就是在那一刻，余致素心里动了一下，因为树的缘故，她顿时喜欢上了这套房子，但她脸上是寡淡的，波澜不兴，懒洋洋，事不关己的样子。跟在薛定兵的背后跨进屋，她一直不说话，除了到阳台上看看那棵榕树，她也并不怎么走动，连眼珠子都没怎么转。她在等待，等待薛定兵先开口。这时候谁先开口往往就意味着谁先输掉半局，这一点余致素有把握。是薛定兵叫她来的，薛定兵先在棋盘上摆下棋子，执黑先行，在围棋上占优，生活中却未必。薛定兵这样做已经无法沉默，他一定要开口。

薛定兵关上门后，靠在门框上，很疲倦又跃跃欲试的样子。余致素用眼角余光搜索到他的动静，这副表情是她熟悉的，但凡自以为胜券在握时，薛定兵总是以这种面孔出现。胜券在握？呵呵，还早着哩。嗓子有点痒，但她连咳都往下忍，她忍得住。跨进门后，她心里又一跳，薛定兵购房的目的已经大致猜出来了——房子是买给她的，让她从市委集资房里搬出来，搬到这里，这里算冷宫也好，算另室也好，总之是用来安顿她的。她不是善主，她太难缠了，终于将一向珍爱自己腰包的薛定兵逼到慷慨的境界，一出手，一套房子问世了，还不太差，薛定兵很清楚，太差安抚不了她的胃口。

薛定兵从随身带的皮包里掏出购房合同，递过去，食指在余致素的名字下戳了戳。“现在你总该满意了吧？这房子给你，我们离婚。”

余致素抿起嘴笑了，她没说满意，也没说不满意，只是垂着眼皮看合同，却不接。“先装修吧。”她说得像自言自语，又像一个句号。说过这句话，她真的就往外走。拉开门时，发现钥匙还插在上面，叮叮叮晃动，叩到铁门上，发出脆脆的声响。她把钥匙拔下，反身递给站在门框边的薛定兵，她说：“老是这样，你太大意了。”她故意这么说，心里其实很清楚，大意不是薛定兵的特点，大意的人不可能在官场上这么顺风顺水。

下电梯时，她又与刚才那几个搬运工人碰面。工人手上都抓着一双黄污破旧的棉纱手套，想必是搬玻化砖时戴的。余致素顺嘴问：“哪家开始装修了？”一个工人竖起手往上指指，说：“十六楼。”余致素点点头，她想，她家装修时，不知是否需要铺玻化砖，搬玻化砖的工人应该也会戴棉纱手套吧？这种事她要管吗？她不管。十五年前市委办公厅集资建的那幢楼，每套八十至一百三十平米不等，按职务薛定兵拿到一百零二平方米的一套。因为是单位自建，也不是电梯房，公摊很少，所以房子的面积是实打实的，看上去似乎也并不比现在锦绣小区的这一套小。那是他们结婚这么多年分到的最像样的房子，而且性质也大不同，是福利房，有产权，归个人所有。她那时多么欢畅地开始跑装修，每天见缝插针从杂志社溜出，骑着摩托车就冲去，泥沙、木屑、油漆味，多脏多臭都拦不住她。找施工队、买材料、买家电，转过身，又往哪个建材市场奔去了。那三四个月，从铁钉的尺寸、电线的品牌、PU管的价格到木条、三合板、石材、灯具、洗浴用品的质量,她都了如指掌。经历了一次次讨价还价以及吃亏上当、再吃亏再上当,她几乎快成为半个建筑材料专家了,都来了激情,差点向主编建议开设一个家装栏目,由她来当责编。那个过程,辛酸备尝,也兴奋连绵。眼睁睁看着自己的窝一天一个样地向前迈进,那份成就感,犹如吃下兴奋剂。

那当然是以前。以前的余致素不是现在的余致素,以前的薛定兵也不是现在的薛定兵。以前余致素还能全力以赴为装修耗神费力,是因为她心里还存几分幻想。固然薛定兵是冷的,但既然已经冷了几年,也就冷成常态,冷成习惯,修起巢,筑好窝,说不定哪一天也就峰回路转了。结果呢?结果不转,竟是越来越险峻恶劣,既是这样,余致素不会再那么傻,不会再为了省点钱,钻进钻出,风里雨里辛苦操劳,把自己弄得蓬头垢面皮肤粗糙。她决计袖手站在一旁,轻松观望,好赖都不开口。薛定兵有能耐买房,自然也就有办法装修。装修不是多难的事,请个装修公司,再雇个监理,OK,有钱什么都好办。

那天,她就是在走出锦绣小区时,做出一个决定:装修结束搬来之前,她不再踏足这里半步。她要忙的是另外一件事,这件事很重要,简直像一场生死攸关的战役哩,要是没打好,她只有完败的份,所以她必须全力以赴,须臾不能掉以轻心。

七

有一个人余致素经常想起,就是柳静。

结婚时办公厅分的那套砖混结构的小单元房, 对门后来住进两个新分配到厅里的大学生唐必仁和贺俭光。贺俭光母亲是保健院护士长,贺俭光知道余致素怀孕便主动提出可以帮忙。余致素跟他去了保健院,结果就是在那次,贺俭光认识了刚从医大毕业不久的妇产科大夫李荔枝。贺俭光娶了李荔枝,李荔枝又把自己的中学同学柳静介绍给唐必仁,两人也结婚了。似乎有点复杂,理一理却是清晰的:从余致素到李荔枝,从李荔枝再到柳静,像一个连环套,一环一环地把他们当年的生活连在了一起。

最初贺俭光和李荔枝这一对跟余致素走得很近，其实是他们主动走近。甜汁在肚里时麻烦很多,胎位不正、胎心不好、妊娠中毒;接下去剖宫产，再后来那个干瘪瘦小的小东西今天发烧明天拉稀，三天两头都是毛病。李荔枝到对门找贺俭光时,一定会顺道敲开余致素的门,都没有空手,红菇、桂圆干、土鸡、海鲜之类,同时还会周到地将听诊器、血压器等一并带上,相当于上门巡诊了。一旦余致素去医院,也一直是李荔枝笑容可掬地开山辟路、跑前跑后。

贺俭光老家就在这座城里,父母把一幢老房子留给了他,结了婚他搬回去住,那套小单元就归了唐必仁。唐必仁与柳静交往的时间不长,很快也结了。这一对夫妻跟贺俭光他们不同,很安静,从不主动登门。有时候上下楼碰上了,点个头问声好,也就淡淡过去了。

但是有一次,从农贸市场买菜回来的路上,余致素恰好碰到柳静,两人就一起往回走。那天余致素手中提的菜有点多,柳静却仅抓着一包盐。柳静说:“我帮着拿一些吧。”不等余致素反应,已经将袋子抓过去两个了。余致素说:“谢谢谢谢。”柳静笑一笑,并不怎么理会,径自往前走。余致素从后面看柳静,终归有点感动。柳静腿很长,每一步都透着股向上的运动感,灵敏而富有节奏,弹性十足。余致素紧走几步,与柳静平行。那一瞬她其实很想看看柳静的脚板,那上面一定凹得很深,凹出优美的弧线吧？当然,她忍住了。

她只是问:“哎,你当过运动员吧？”

柳静说:“是,中学时打过篮球。”

然后柳静转过脸瞥一眼,反问道:“你也是吧？”

余致素笑起,摇头。她个高,一米七二,比柳静还高近半个头,如果反过来让她猜,她肯定也会猜是打篮球的,而不是练体操的。练体操的人必须四肢紧凑身材娇小,这是常识。在俄罗斯的冰美人霍尔金娜出现以前,女运动员超过一米六,还能在这个项目上翻腾成国际顶尖人物的,大约仅有罗马尼亚的科马内奇吧。科马内奇多高？一米六一,而她的所有奇迹都是在这个身高出现前创造的，再往上长，不行了，年纪也大了，还发胖，只好退役。

进体操队那天，那个人就让她趴在棕垫上，拿尺子仔细量过了。那个人说："可惜了，你会长得很高挑。"其实那时她还是矮小的，甚至比同龄人都矮小几分，但她四肢修长，趴在棕垫上张开双臂，双臂的长度超过了身高，那个人就是据此发出感叹的。也就是说，那个人其实一开始就已经看清她身材的特点了，很清楚她虽有禀赋，其实根本不适合在体操这条道上往下练，却还是让她练了三年多。如果不是发生那件事，她肯定还会练更久的时间，一直练下去。

她不想说这个话题，但她得回答柳静的问题。她说："我不懂篮球。"

柳静应该听出她声调的变化，比刚才晦涩了很多，便不再说话了。两人安静走着，走到楼道口，柳静把手里的购物袋交还余致素时，突然说："你也挺辛苦的。"又说："你们家确实挺特别的。"

余致素愣一下。她买这么多菜是因为恰好周丹来了，周丹不住她家，但早上来晚上走，像上班一样，而她作为女主人，得为之备出午晚两顿饭菜。薛定兵不可能对外人说出周丹的真实身份，余致素也没说，那么柳静究竟是随口说的还是已经猜出来了？余致素对这事暗暗琢磨了一阵，有时会站在阳台上往旁边的另一个阳台上打量。很少见柳静出现在那里，但挂在阳台上的衣服每天都有变化，内衣、短裤、胸罩、棉毛衫、牛仔裤、运动衣等等，不见多么华丽奢侈，却是每一件都挂得工工整整，绝不苟且。

柳静是市一中的语文老师兼班主任。市一中是重点校，柳静每天早出晚归，她的作息时间与余致素不太一致。是不是很多时候柳静也从自家阳台往这边眺望过？

后来甜汁上中学时，进的就是市一中，恰好分在柳静班上，不过那时他们都已经离开那套砖混结构的小单元房，搬进办公厅集资房了。唐必仁那时仍是科级，仅拿到一套九十平方米的房子，跟余致素不再是邻居，不过都在一个大院里。甜汁读到高一下半学期时，余致素在院子门外碰到柳静。甜汁聪明，但心思没有花在学习上，对名牌的追逐占去了她太多的时间与精力。余致素没有办法,或者说她所有的办法都已经夭折了,不再起任何作用。她相信柳静也很无奈,无奈之余柳静在心底应该还有几分轻蔑与不屑。柳静的老公唐必仁一直蔫蔫的无光无彩,可他们的女儿锦衣小学五年级起,就已经有作文刊登到晚报上了,而风光无限的薛定兵,他的女儿却饭桶至斯。所以,甜汁成为柳静学生后,余致素反而不愿与柳静打照面了,能避开的都有意避开。那天避不开,一个往里走,一个往外走,走到传达室窄窄的过道上,一抬头,四目相对,只好停下来。

"柳老师,我女儿最近学习好一点吗?"真是废话,但余致素一下子找不出别的话题。

"没有。"柳静的回答短促简洁。

"那……还得麻烦你多督促她,这样下去,怕是连三本都上不了。"

"几本跟她什么关系?她又不在国内参加高考。"

"为什么?"轮到余致素惊讶了,她是脱口而出的。甜汁当然要参加高考,无论哪所大学,好歹得考进去再说。许多日子后,余致素一想起那天的情形,心里就不禁闪过一阵锐痛,像有人拿一把锯,用上所有的劲,在那里猛地划过。如果不是柳静说出来,余致素根本不知道甜汁将要出国。出国的所有手续是薛定兵与甜汁联手办妥的,但他们都不是真正主谋,真正主谋是周丹,是周丹为甜汁打通了一切通道。而甜汁要去的地方,就是墨尔本。

余致素从来没有在甜汁面前说过周丹任何不是,也从来没有当着甜汁面跟薛定兵有争端。一代人有一代人自己的是非,不要把无辜者卷进来。但聪明如甜汁,她看不出哪怕一点点端倪吗?她一声声甜蜜地喊周丹姑妈,可是某一瞬不是也会一怔,然后偷偷用一种狐疑的眼神打量过去?又或者薛定兵长久住单位,偶尔回来也仅是独自睡书房,那么早熟的甜汁,怎么可能一点没有窥见父母间的缝隙?想想就不寒而栗,整个办出国留学的过程,甜汁竟那么不动声色,对其他事,她不是同样也可以了然于胸却只言不露?

一直把她当孩子,其实她已经成年。

这件事太严重了,如果它可以像地震一样测出级别的话,其震级至少在七级以上。相比较而言,薛定兵提出离婚,最多不过四五级。余致素那天往家里走时,腿是软的,眼前冒起金星。这一生竟然这么失败,一个薛定兵,一个周丹,她的生活中已经有两座遮天蔽日的巨型大山,本来甜汁是唯一的安慰,甜汁漂亮,妩媚,夏荷一般清秀可人,跟余致素也一直黏糊亲密。仿佛真的是一件贴心贴肺的小棉袄哩,余致素以为自己是从容在握的,握紧甜汁这张牌,她是她的女儿,从小一把屎一把尿宠大的女儿。不料眨眼间,这个女儿却已经转过身,与薛定兵、周丹成为一个整体。他们协手同心,就在余致素眼皮底下,完成了这么重要的一次打击。

余致素以为自己会流泪,但那天她站在甜汁面前时,眼睛是干的,眨都不眨一下,一直那么瞪着。最后是甜汁哭了。甜汁所有的解释都浓缩在一个事实上:如果我早说,你肯定不同意。是的,余致素肯定不同意,她不会同意。即使一定要把甜汁往异国送,也绝不应该是澳洲,不该是墨尔本。

甜汁动身那天,薛定兵叫了一辆小车送往机场。余致素没有去,她一大早就悄然出门了,去上班。甜汁给她电话,她不接,连手机也关上。晚上回家,薛定兵已经先回来了,黑着脸坐在沙发上,灯也不开。薛定兵说:“哪有你这样当母亲的,甜汁今天多伤心啊,一直到进安检门,还在不断回头,她多么希望你会突然出现,送一送她。她有什么错?这一代孩子多少都出去了,甜汁当然也想去。她想去,你不同意她去,这不有矛盾吗?是我吩咐她保密的。她去其他地方我不放心,在墨尔本,丹丹一定会当自己的孩子一样周到照顾,这不很好?”

余致素也坐下,坐到薛定兵对面,身子挺得笔直,看上去她的整个姿态都像在专注聆听教诲。眼前这位先生,真把她当傻瓜了吗?他以这样的手段,如同地下党似的,隐秘完成一切程序,将她的女儿送到他前妻那里,难道她还得欢欣鼓舞感恩戴德大唱赞歌?

他不觉得这么做不仅将她的人格一脚踩到地上,也侮辱她的智商了吗?

余致素站起来,进了卧室,把门重重关上了。

挺困的，铺天盖地的困，上下眼皮像抹了胶，眨动间不时粘到一起。

关灯躺下时，她打开手机，立即就调成静音。片刻，短信果然就进来了。甜汁在机场时给她发的，说了三句话：妈妈对不起。妈妈别生气。妈妈我爱你。

余致素泪终于下来。她一把扯过被子将头蒙住。

八

周丹给余致素打来电话，周丹终于出马了。

从婚礼那天晚上起，余致素就开始等待这一刻，她知道这一刻必定要发生的，只是没有料到会挨得这么久，挨到甜汁都已经飞赴墨尔本了，周丹才出手。

周丹先是说甜汁。她已经替甜汁联系好一家私立中学了，国内的高一学生，一般相当于澳洲这里的十一年级，不过甜汁基础不好，可能要多读一年。学校条件很好的，你放心。

又说，甜汁挺乖的，适应能力很强。我带她看Como古屋，看皇家植物园，看菲力普岛上的小企鹅，她每天都开开心心的，非常喜欢。送她出来真的很对啊。

余致素没有答。她知道周丹已经联系好学校，也知道甜汁在那边每天随着周丹到处周游很愉快。甜汁抵达墨尔本后，国内手机号并没扔掉，改成国际漫游了，由薛定兵在这边往里充钱，让她尽情与原先的同学朋友发短信联系，聊以解闷。甜汁也跟余致素联系，今天吃了什么好东西，明天又看到什么好风景，后天再有什么新鲜事，真是高潮迭起。她过得很好，先前皇帝往往爱屋才会及乌，母可以凭子贵，子更可能因母而得宠。甜汁是余致素所生，却被薛定兵断然分割成两个世界的人类。薛定兵百般迁就溺爱着甜汁，却忽略了追根溯源，忘了甜汁出自哪一个子宫。

来自甜汁的短信余致素一般不回复，就是回复了，也就是好、知道了、要注意安全之类的闲话。除此以外，她不知还能再说什么，她不想说。

其实已经不再对甜汁耿耿于怀了。所有的母亲都一样，就是被自己的孩子得罪一千遍，转身还是会一次次遗忘。只是甜汁就在周丹身边，一切受惠于周丹，这就叫余致素怎么也没法忘得踪迹全无，时不时地心里还是会痛一下，又一下。

周丹说："喂，致素，你在听吗？"

余致素说："在听。"

周丹说："哈，在听就好。你当然早知道，我不是阿兵的姐姐。对，我是他前妻。我都能当他前妻，为什么你不肯当呢致素？"

话题转得有点快，余致素抿一下嘴，仿佛周丹就站在跟前，她下意识地觉得需要调整一下呼吸。"你认为我必须肯吗？"她反问了。

"唉！"周丹口气没有变，仍然很亲切，"算啦，阿兵要离就他让离吧。我当年也不愿离哩，可是，最后我还是同意了。强扭的瓜不甜，这又不是什么高深的道理。"

余致素脑中嗡嗡响了一阵。她有点意外，以前她明明听说是前妻要出国所以把薛定兵抛了，为什么该前妻说出的却是相反的？嘴唇动了动，她本来要问出这个问题的，最后却忍住了。另一个问题她认为应该更有必要立即弄清："是薛定兵让你来说服我的吗？"

周丹马上说："不是。不过我知道，他一直想离，你一直不愿离。何必哩，结婚这么多年，你们像夫妻吗？薛定兵说你差不多就是在守活寡，那么你有没这个丈夫还不一样？"

电话静下来，电流声隐约地响。这么遥远的越洋电话，话质其实还相当好，微微有点回声，并没有太多影响。

"怎么能一样呢？"余致素把腔调一下子拖长，拖出妩媚的味道。刚才她可能还有点恍惚，心是乱的，这会突然定下来，一切都盎然就绪了。守活寡？薛定兵对外费力粉饰着好形象，将任何生活的破绽都仔细掩饰，除非特殊的亲密之人，他绝不可能吐半字。他对别人不吐，但对周丹吐了，连这个都对周丹吐！余致素脸上有了笑，仿佛周丹就站在跟前，她整个人都抖擞起来，有一股要往前冲的劲头。"姐，"她叫道，"姐你别听薛定兵瞎嚷嚷，他其实对我挺好的，还非得在外人面前扮出苦大仇深的样子。”她终于开始咯咯咯笑着，把“外人”两个字咬得很重。她说：“他这人就是这样子的，你又不是不知道。”

不待周丹再开口，余致素马上又说：“姐，你别替他操心了，不值得。哈，这个白眼狼，那天还说你就是太爱管事了，所以老得那么快，脸上都皱成一团了。姐，我们自己要快快乐乐的，吃好穿好。那些臭男人爱干吗干吗去，别理他！”

说到这里，余致素蓦然笑起来，笑得没心没肺而且脆亮剔透。那一刻她其实很想看到电话那头周丹的表情。那个叫周丹的女人，她的前任，应该没有料到余致素竟是这个反应，蓦然之间必定也被噎住了，怔在那里。从第一次见面起，余致素奉献给周丹的都是一副温婉可人的面目，柔得像水。她不认为周丹会轻信。水是无形的，可以随时聚集起攻无不克的力量，这一点周丹必定很清楚。一直以来周丹也稳扎稳打，进退的分寸都精妙准确。但最终周丹还是大意了。再好的马也会有失蹄的时候哩。

主要是她并不真正了解余致素。

而且与薛定兵一样，周丹也低估了余致素。

余致素挺快乐的。一场大战役的失败者，能够在局部的小打小闹中捞取一点战利品，好歹也能聊以自慰。有时候她觉得自己就像一只躲在暗洞里的孤独老鼠，被开水烫过，被鼠夹伤过，一身疤痕，灰头土脸，却仍然保持一颗敏锐的心，两眼骨碌碌转动，瞅准机会，猛地反击一下，有一下是一下。从十一岁那年起，她紧巴着身子，惊恐行走，小心躲闪，直到二十八岁时遇到薛定兵，以为寻到停泊的岸，可岸边却站着周丹。薛定兵是因为旧情犹存，试图复婚，所以才要她余致素离婚的吗？这个思路的确太通俗了，只要一想，就想到这上面去了。不能怪余致素缺乏想象力，眼前的一切让她只能这么想，她想了许多年之后，才渐渐觉得不太像了，究竟哪儿不像说不太清，似乎另有玄机，却又面目模糊。

“是不是我占下别人的地了？”余致素其实问过薛定兵。

当时薛定兵摇摇头，手又很随意地甩一下。这个动作还是让余致素想起那个人,真的很像。摇头甩手的时候,薛定兵脸上隐约有无奈抹过,稍纵即逝,但余致素还是看到了。为什么呢?他有什么难言之隐,总不至于是被周丹所迫吧?

余致素注意过周丹投来的眼神,那里头没有酸气,周丹并不吃醋,但周丹的眼珠却始终左右闪动,有着莫名的幽深,滋味庞杂。有时候余致素会做个假设,恍惚自己成了周丹,而周丹则变成了自己。她眨动的是周丹的眼睛,用这双眼睛打量对方,像一个演员进入特定的角色,甜酸苦辣都试图替对方体味一遍,但最后却仍然一无所获。生活出现了一个奇怪的三角形,他们三个人暧昧地站在各自的边线上。如果三个人距离是均等的,余致素可以不计较,也可以不在乎,但看来不是,绝对不是。周丹与薛定兵间的联络从来没有少过,夜深人静,独留办公室,与澳大利亚仅有两个小时的时差,他们可以绵久地、滔滔不绝地说尽无数话题。连守活寡之类都可以端给对方,还有什么不可以说不能够谈?一个早已离异的妻子,在精神上却是相通相守的,他们联结一起,究竟要抵达哪种目的?

没有人回答余致素。

这通电话之后的第二天，薛定兵再次说起离婚，是在中午的时候说的,中午薛定兵回家整行李,他要去北京出差几天。临出门时,他一手提箱子一手抓住门把,扭过身子看着余致素。余致素正陷在沙发上,手握电视遥控器,这个台那个台无意识地压来压去。薛定兵说:“我希望从北京回来后,能把离婚手续办了。”

然后他站着,等着回答。

余致素挑起眉毛斜斜看他。余致素说:“北京风光不错,好好散散心。一路平安噢。”

薛定兵撇撇嘴,好像想发火,最后却忍下了。他是个有涵养的人,涵养越来越好,城府也因此越来越深,发火干吗?难道有用吗?他知道没用,所以忍下了。但他不甘心,他说:“这把年纪了,不要再绑在一起互相伤害。一生眨眼也就消耗光了,没必要啊。”

余致素心里紧了一下,“伤害” 这个词像锤子一样砸过来。她伸个懒腰，有一股火辣辣的气从胃里往上顶，顶到胸腔，顶到咽喉，顶到舌尖。这是个转折的关头，也该轮到我发一次火了，她这么想。

但就在此时，一个恶作剧念头跳上来，她嘴一咧，反而笑了。她仰起头望过去，说：“如果离了后，你能跟周丹复婚，我就同意。”

薛定兵嘴唇动了动，显然很意外，一时都回不过神来的样子，嘴抿起。

余致素说：“不能搞欺骗，你要写字据。你只要白纸黑字保证跟周丹复婚，我就可以离。马上去离。”这么说着，她就站起身，拿起一张纸一支笔走过来，走到他跟前，头微斜着看他，一副静等好戏开演的贤淑模样。“写吧，”她说，“写了你就脱离苦海了。如果写了，最后你却不跟周丹复婚，我其实也没什么办法，最多复印一些，到各个单位贴一贴。你以前练过书法，字真的很漂亮，市委大院里的人很多都认得你笔迹。写吧，快写吧。”

薛定兵盯着她，抓住门把的那只手松了，又把旅行箱放下，接过纸，一下一下地对折起来，折成越来越小的方块。然后他把手一甩，纸团飞起来，飞往窗外。

余致素突然想，这一串折纸、甩纸的动作确实很耐看，简直称得上潇洒。哪一天，如果他把离婚协议书拿来，放到她眼皮底下，逼着她签，她怎么办呢？她应该学着将这一系列动作重复一遍，并且一定要做得比他更流畅，而且更优美。

九

六年前，估计就是在甜汁着手准备去墨尔本之时，薛定兵悄然买下了锦绣小区的这套房子。

那时购房热还没兴起，如果不是另有企图，薛定兵根本不可能在这上面动心思。他是有仕途企图的人，仕途的冉冉升腾必定带来房子的一次次更新与扩大，这种事根本不需要他亲自费心。但这一次，他费心了，购房的一切手续都由他一手办妥。

只是他买得太匆忙，也很随意，证据之一就是他根本没有想到，房子的隔壁会是一套只有三十四平方米的小单元房，那房子的业主并不打算自己住，而是用来出租的，出租的对象，后来竟是鸡，就是妓女。因为楼房是点状的结构，为了省工省料以及省空间，很多设计都乏善可陈，比如两套房子间的隔墙太薄，隔音效果不好，阳台还并列悬空，中间仅有五六十公分的距离，站在阳台上两套房就像一家人般接近。薛定兵有很多特点，心思缜密可能是最突出的一个，否则他不可能在市委办公厅待得那么如鱼得水。市委书记副书记走马灯地轮换，书记与书记间又有那么多微妙的复杂，他却可以以不变应万变，令历任领导都将他当成心腹，又能够在各书记大人间流畅穿梭，这样的本事，没有眼观六路耳听八方，绝对无法做到。但是，锦绣小区楼房的这么多不足，他却忽略不计了，这只能说明一个问题，那就是他本来根本没打算住进来。一套新房子，一百三十多平方米，在市中心，有电梯，按说价码也不低了，而且果真也装修了，装修得很像样，地板铺黄檀木、厨卫用具用TOTO，单这两样基本上就可以说明装修的标准了。

十三年前，省妇联那个培训班的主题是“女人怎样做好自己”，除了有一天是领导出来讲政策性大话外，其余的八天都专门请来美容、化妆、家政等方面的专家讲课，教怎么穿着最得体，怎么化妆最到位，家中怎么装饰最有品位，诸如此类。目的是什么呢？目的是让妇联干部换换脑筋，跟上时代步伐，带领全省妇女同志做个从里到外都焕然一新的新女性。

如果不是那天她从省城一回来，薛定兵恰巧就第一次提出离婚，余致素不会把那些听来的知识太当一回事。她所在的杂志社，是市妇联办的，刊名叫《天下姐妹》，定位的读者是女性，所以吃喝玩乐、时尚摩登之类的内容从来不缺。作为美编，她介入所有栏目，每篇文章发排前至少瞄上几眼，以便考虑版面的风格、插图的位置等等，这样，她就一直被吃喝玩乐的种种新招熏陶着。但是，如同很多善于在台上讲大道理的领导干部一样，懂是一回事，真正实践又是一回事。

她曾经并不在意外表，外表这东西不过是一张皮而已。男女之间的种种曲折微妙，渐渐领悟渐渐开窍，才能如树的生长、花的开放一样，慢慢将优美姿态和浓郁芬芳呈现出来,她却不是。十一岁那年,因为那个人,一切突如其来,没有丝毫过渡与预热,她就垂直坠落了。她先是恐惧,然后恶心,恶心的感觉最直接地反应到皮肤上,她觉得自己皮是紧缩的,像通着电,一触碰就是怵心的痛。这样的一张皮外面,她根本没有装饰点缀的兴趣,或者以前,也不具备这样的可能性。整个少年时期,她所有衣服都是哥哥姐姐褪下来的,父母哪里舍得为她耗费宝贵的布票与金钱。就是在美专那样的地方,仍穿打了补丁裤子的女生,全校也仅她一个。没有什么,她习惯了,粗布陋衣,能遮体便行。直到嫁给薛定兵,直到在婚礼上与周丹短兵相接。周丹那天衣着优雅,抹了淡妆,带着被洋风熏陶过的富贵气徐徐出现,人人都真把她当成薛定兵的姐姐,只有余致素心知肚明。余致素比她年轻,比她漂亮,但余致素知道自己的暗伤在哪里。那天对余致素而言是个里程碑式的日子,她结婚了,进入薛定兵的生活,也因此顺便进入薛定兵前妻的生活。前妻像影子一样左右随行,须臾不离,前妻是一面尖锐的镜子,余致素在里头看到自己的简衣陋裳,她觉得刺眼。她的外表就是从那以后开始改变的,但也只变给周丹看。在周丹出现的日子里,她马上一激灵,浑身像通上电,抖擞地裹上新衣新裙,它们已经不是一般的衣裙了,而是她的盔甲。一旦周丹离开,就如同跑道上少了对手,哪还能再提起竞赛的兴致?她浑身一松,马上斗志全无。

现在看来,真是错了。"女人怎样做好自己?"这个问题其实在她还年幼时,那个人就一遍遍灌输给她了,那个人让她把脖子挺直拔长,把腰身练柔软,甚至把脚弓也要尽可能练得高耸起来,那个人要求她以及她的伙伴们注意印象分,所谓印象分说白了也就是取悦别人。十一岁时她性别意识还迷糊不清,就已经被那个人抢先确认了。她那时只是孩子,却被当成了女人。她肯定在那时就已经有了摇曳生姿的苗头,然后,因为那件事,一切毁于一旦。

这么说来,这么多年,她一直在暴殄天物?

取悦薛定兵就免了,跟周丹争奇斗艳也枉费气力,还是为自己吧,自己再不疼自己,还剩谁可以呵护自己了?

那是一个新开端，从那天开始，她向主编提出要兼做时尚版编辑。她要投入到第一线，穿越脂粉海洋，追逐最前沿的时尚，重新做人，做自己。一个人体内藏有多么深不可测的密码啊！原来她对服装，对化妆品，对香车美酒以及家具装潢真的有天赋啊，犹如当年对体操动作的超常悟性，连自己都不时倒吸一口气，暗暗惊诧。她想起那个人说过："你只要能刻苦，就可以创造很多意想不到的奇迹。"这话除了褒，其实也有贬，他对她的懒惰一直非常不满。不能怪她，她的痛感神经太发达了，压腿拉韧带或者被高低杠平衡木或横马的铁腿一磕一碰，马上眼泪就下来，然后抱住伤口歇着，半天不肯动一下。这时候那个人总是皱起眉头，他会把手掌往前一伸，伸到余致素的眼皮底下。那个掌，不是一般的掌，它又厚又大，除了掌心中央，整个手掌都浮着一层杏黄色的茧子，一粒一粒隆起，连成一片，上面有着很深的纹路。它们不是天生长在那里，而是在器械上磨出来的。他练过十二年体操，又当过近二十年体操教练，带她们训练的间隙，他还会不时手脚痒痒，从这里到那里，常常不是用腿走，而是倒立着双手撑地快速行走，或者一个踺子后手翻——空间够的话，再加个空翻，总之人眨眼间就这一头到了那一头。如果空闲下来，他还会跑到男队那边，套上皮掌，在单杠上转几圈，在吊环上翻几下。心情特别好时，他还会玩起跳马，稍稍一助跑，在弓形助跳板上一蹬，翻上横马，收紧身子，绷直脚尖，在空中直体转一两圈，落到另一端垫子上。他手上的皮一层层脱掉，又一层层长起，那是他自己乐意的，余致素不觉得自己也该这样。

那天在平衡木上练空中技巧串时她摔下来，其实没太大问题，那个人就站在一旁保护，她一坠落，小小的身体就被他托住了，只是因为惯性，腿甩到木头边沿上，红肿起一块。体操馆里到处是大小不一的棕垫，最大的那块练自由体操的垫子有十二平方米，就搁在馆的中央，余致素一屁股坐到上面，抱着腿哭，哭了很久。

他因此去了她家，对她父亲说，这是我见过的最聪明的孩子，悟性太高了，但聪明也会被聪明误，她对自己没有要求，太娇气了。父亲点着头，又兴奋又恼火的样子。她能被县少体校体操队招去，是父亲千辛万苦托关系的结果。文艺体育,都曾是那个时代出人头地的两条大道,而那个人,本来是上海体育学院的老师,结果却下放来青山县城,他一来,就把县少体校的体操队弄得名声大振,市里省里都开始拿好名次,所以他已经不像教练,而像一个可以铺前程铺未来的行家里手。父亲从他嘴里听到女儿的优点,又听到女儿的缺点,心情复杂,喜忧参半。余致素看到,在那个人面前,父亲那天甚至表现出浓厚的恭谦与歉意,不断敬烟倒茶,点头应承,并且马上加入声讨的行列,把她在家中怎么怎么娇气的事实添油加醋逐一列举,大有越说越起劲的势头。最终还是那个人瞥一眼站在一旁羞赧不已的她,突然动了怜悯之心,摆摆手,笑起来说:"没那么严重啦,你有这样一个女儿其实非常幸运啊,真的很幸运!她……"说到这里,那个人顿一下,转过头定定看着余致素。

一直到现在余致素都记得那天接下来他说的一句话,他将手提起来,巴掌松松地挂在腕上,很随意地甩了甩,似在字斟句酌,然后很缓慢地说:"她很特别哩,太特别了!"

父亲被这句话逗笑了,笑出了声,嘴咧得很大,有近二十颗牙齿赫然外露。父亲个子本来就小,而那个人肩、臂、胸有一块块肌肉坚硬地隆起,隆到腰那儿又蓦然一窄,小腰小臀使他看上去像一个夸张的倒三角。父亲被他一反衬,越发瘦小了,整个人黯淡退缩,仅剩下两排牙白花花地闪烁。如果父亲能够预测到后来发生的事,当时会不会举起斧头一把将那个人劈了?

那天从她家离去时,那个人瞥了她一眼,突然喃喃道:亭亭玉立。

父亲没听清,问他说什么?

他笑了笑,欲言又止的样子,但最后他还是说了,他说:"她这样的女孩子,以后无论如何都应该过上锦衣玉食的生活啊。"然后,他就匆匆往门外走去,步态昂扬而跳跃,弹性十足。那年他多大了,四十还是四十一岁?那年还只有十一岁的余致素其实离亭亭玉立还有十万八千里,但是他却大胆进行了预测。

而他所预测的锦衣玉食生活又在哪里?

房子有了，锦绣小区这套房户主是她，社会地位也有了，她是这座城市大名鼎鼎的薛定兵的老婆。可是，她又什么都没有。薛定兵给房子装修时没有马虎应付，所有施工材料也没有以次充好，他花钱找了一个熟悉的人当监理，一切任其全权代管。按他的如意算盘，把房子买了，然后奢侈装修好了，余致素就是有再大的胃口，就是再恋栈，也该吃饱喝足上岸走人了。

没想到最终余致素搬家时，连薛定兵也不得不一起搬来了。

十

锦绣小区的新房子装修刚收工，恰好在一个饭局上碰到柳静的丈夫唐必仁。那时唐必仁已经从市委办公厅提拔到市体育局当副局长了。体育局不是权力单位，很轻闲优哉，却因为要跟各路人马打交道，也就听得到各种消息。

就是在那天饭局上，唐必仁突然问："薛主任，你也要把那套房卖掉吗？"

唐必仁用"也"，是因为市委分的那套福利房，早已归个人所有，办了证，有了产权，可以自由买卖，而唐必仁当年分到手的房子太小，仅有九十平方米，前几年就已经卖掉，另外在外面买了一套新房。

薛定兵仰头哈哈一笑。意外只是瞬间，他以退为进，大声问："你怎么知道啊？"

唐必仁从公文包里掏出当天的晚报，翻到一家房产中介登的那版广告，递过来，手指头戳着其中一套房源的简介。"你看你看，这不是你家？"

薛定兵很镇静地扫一眼，心里就有数了。眼疾脑快，这是在领导身边待的人所必备的素质。每天穿行在如山的文件材料与批示中，稍一迟钝，可能就会作出错误的判断与反应，讲出不合适的话，差之毫厘，那就可能失之千里了，其前途其命运都会霎时改变。没有错，报纸上所登的那套房源，从地点到楼层到面积，都与他家吻合。他没有说什么，满脸是笑地举起酒杯,说:“哈,为房子干杯!”接下去他照样谈笑风生,一点没有走样。他酒量很好,这也是这些年练出来的,只要没有比他大的官在场,即使是公务场合,他也可以成为主角,迅速把酒桌调控得风起云涌,他有这个本事。

那天余致素也在场。

秘书帮,这是早年外人对市委市府秘书小圈子的通俗叫法。不是什么秘密,逢周末或节假日,他们几个跟在领导屁股后面的大奴仆,常有小聚一下的习惯,轮流做东,单反正早有哪个老板私底下很踊跃地帮着买好了。圈子不大,能进入其中的人,身份至少是五套班子成员的秘书,带上夫人,加入亲情。女人凑在一起,更成为很好的黏合剂。圈子的人员并不是一成不变的,不断更换不断刷新,到新岗位会有新的圈子,新圈子会有新的人员加入,流水不腐,户枢不蠹。不同的圈子都愿意邀薛定兵成为其中一员,进这个圈出那个圈,圈圈相扣如同一条长链,这样的社交盛况,把薛定兵每一天的日子都弄得花团锦簇。有些应酬是单身奔赴的,应酬完栖身那里自由自在;有些应酬则需要带家属,别人带,薛定兵也带,甚至别人不带,他也经常带。他会给余致素发条短信,时间地点之外不着一个字,余致素也就明白了,无须再询问。晚上时间一到,她会准确出现在那个场合,与薛定兵联手演戏,该说该笑都流畅自然,没有破绽可以让别人看出。由此分析,薛定兵在外面也不可能跟人提与她之间的问题,他一定更守口如瓶。

对薛定兵而言,这是必要的。

余致素也有必要,至少那时她认为有必要。

那晚余致素笑眯眯地坐在那里,看着一桌的人,也看唐必仁递过来的报纸,还欠欠身子,似乎有好奇,却并不过火,点到为止,涟漪般漾一下。饭局结束,她与薛定兵一起坐车回家,下了车,跟司机招手道别,两人再和谐上楼。

关上门,薛定兵才问,话不多,仅一句:“中介是你找的?”

余致素半秒都没犹豫,她睁大眼,一脸无辜而喜庆。她说:“是的,我找的!”

这是那晚他们最后的对话，接下去屋里比外面的夜更静。

薛定兵悄然买下锦绣小区，甜汁走后又进行了装修。他以为可以靠一套房，将余致素打发掉，但是他还是失算了。他没有把放在抽屉里的身份证、户口簿以及房产证收起藏好，这个小小的大意成了他的滑铁卢。余致素拿着它，以户主妻子的身份，与中介公司签了一份协议，委托他们卖掉旧的这套房子。

这场搏杀以余致素取胜而告终。

薛定兵有权有势，他在这座城市已经熬到可以呼风唤雨的地步。但是，要害也在于他的有权有势，他如果是普通人，一百个余致素都不是对手，但他一步一步在仕途上行进，也就一步一步在与余致素的交手中处于劣势。中介公司在报纸上刊登出广告的时机竟然那么及时，就是在那期间，薛定兵成为副市长的候选人之一。他在市委办公厅主任那个位置上，可以比别人抢先听到风声。一个非常时期即将到来，他必须以一贯的好形象应对领导的观察、组织的考核和群众的评头论足。而这一切，余致素当时其实都不知道。只能说她运气好，关键时刻，机缘巧合，竟然是组织在无意中站到她这个阵营，助她制胜。

从十一岁到二十八岁，她走得沉默而努力。有一阵，她以为自己已经很成熟，对一切似乎洞若观火，认识薛定兵后才发现原来是井底之蛙。薛定兵比她大五岁，仅仅五岁，就有那么高深莫测的段位。他成为她的榜样，他的坐立行止犹如涓涓细流，已经一点点渗入她的眼中，使她像株被施足肥的植物，一天天成长起来，渐渐枝繁叶茂。而薛定兵则太忙，心思都花到对付领导、同事与政务上了，却忽略了她的变化。直到十三年前，他提出离婚，他以为不难，以为可以手到擒来，所以连语气都是居高临下的，结果却被有力狙击，而且这么多年下来，他都丝毫没有取胜的迹象。

以前有个善于攻破官场拿下高官的商人说过一句名言：就怕领导没爱好。换句话说，就是千锤百炼的官员，一有爱好，就有了软肋，有了七寸。这么多年余致素能立于不败之地，没别的秘诀，要说，她也不过把那个商人说过的话实践了一遍。

第一爱女儿,第二爱官位,薛定兵的两个软肋一目了然。

余致素愿意与他协力,将那个软肋妥帖保护。一直以来,她确实从未对任何人说过与薛定兵之间的问题,包括父母、兄姐,她都守口如瓶,半句埋怨都不曾有过。

父母在三十多公里之外的一座小县城,与这座城有隶属关系,也就是说薛定兵的权力之旗恰好可以招展到父母兄姐们的上空。余致素能够想象得到,父亲在他那些老同事老朋友面前反复说起薛定兵时的得意之情,他会陷在“我女婿……”这样的句式中乐而忘返,甚至渐渐将自己与“我女婿”重叠一起,仿佛自己也位高权重了。这是不是另一种形式的意淫呢?

当年余致素考上工艺美专,从家里走出来,孤身在外,除了定期拿到非常有限的一点生活费外,来自亲人的温情缥缈如天上的云。直到她身份前缀上薛定兵的妻子,才重新成为余家的一个宝。这么多年她很少回去,或者说几乎不回,但兄姐们可以往城里跑,并且现在通讯发达了,兄姐们还可以打电话,工商税务方面、子女上学就业方面等等,都是诸如此类的问题,有问题了,就让余致素找薛定兵,薛定兵再跟县里的头头说说,即使不说,人家不看僧面看佛面,早早就网开一面,谁也不想惹个不是。当年没有想到会有这一天,余致素自己也没有想到。父亲在电话里一开口,她马上声调就高了,她说不管不管,没办法!但后来她还是动手去做了,一做才知道自己很有办法。她是薛定兵老婆,这个标签非常管用,够了,她甚至可以不必麻烦薛定兵而直接出击。这个过程当然颇费智力,分寸怎么拿捏、话语怎么表达、手段怎么跟进等等,曲折复杂,让一个笨人来做,犹如上刑,余致素却从中品出万千趣味,娱乐性甚多。

父亲要办的事,常常不是父亲自己的事,而是他老同事老朋友老同学以及他们子女的种种需求。父亲一遍遍吹嘘“我女婿”,就把别人的欲望很自然地吊起来了。父亲大嘴吹痛快了,人家一提要求,他悬在半空,没有了退路,只好打电话让余致素去办。其实就是有退路,父亲仍然很乐意要余致素办。不是图利,如果花钱可以,父亲甚至愿意暗掏腰包为天下人办事,办成了,他马上在巨大的成就感中陶醉得快晕死过去。

父亲说:“素啊,尽可能帮帮人家吧。你想想看,以前人家是怎么帮我们的!”

余致素想了想,但没想起人家怎么帮过。十一岁那年,她那么幼小,那件事就山一样压下来,却不记得可曾有父亲周围的人伸过手来,他们反而全部兴致盎然地加入到看客队伍中,嘴巴从来没有闭拢过。整个小县城那时都疯了, 那件事确实比银幕上反复上映的样板戏都更有娱乐性和传奇性,父亲的同事、朋友、同学以及熟人们哪个会想到,有一天,那个干瘦单薄貌不惊人的小体操队员,会摇身一变成为官太太?这些父亲都忘了,余致素却没忘,正是因为没忘,她愿意和父亲站在一起。她不是以善事来办的,而是当成一块块补丁。十一岁那年发生的事,已经把她整个人撕扯成一块千疮百孔的破布,她要逐一细针密线地修补起来,让那些还存有记忆的人,看到焕然一新的余致素、扬眉吐气的余致素、风光无限的余致素。富贵不归故乡,如衣锦夜行,谁知之?项羽的这个心思并不难理解,人之常情。谁知之?不知就犹如万千珠宝都掩藏深渊,无法散发一星半点的光亮。但偏偏她又不想踏上故土, 那块土地储存着太多往日的疼痛, 仅仅一遥想,都令她后背冰凉。怎么办呢?既然父亲那么亢奋地要为东家西家谋幸福,以获得虚荣感,那好吧,那就满足他的胃口,也使自己曲线衣锦归乡。

父亲再打电话来说谁谁谁托她做什么事时,余致素总是慵懒地答,让他自己来说!自己来说的人,话是恭谦的,是唯唯诺诺低三下四的,这样的表达方式余致素喜欢。也有办不成的,办不成余致素就话锋一转,抱怨对方说得太迟了,误过时机,或者条件差太远,丧失了可操作性。她真是百炼成精了,长袖舞得行云流水,连抱怨都听不出怨,仅剩下嗔,句句都像灌了蜜,入耳甜丝丝的。十一岁那年哪怕有半丝今日的功力,也不会慌张无措到几乎窒息,几乎没顶,几乎没法存活下去。

十一

父亲对余致素是满意的,越来越满意,三天两头他就会打个电话来,电话简直成了他一日中的第四餐，都成习惯了，不打估计他都没法睡安稳。如果不是发生那件事，父亲确实是最疼她的，她是老幺嘛。然后嫁给薛定兵，并且随着薛定兵仕途上的节节高升，从办公厅副主任到主任，再到副市长，她似乎也再次升腾为家中最受宠的人。父亲老了，八十多岁，余致素想，自己爱他吗？谈不上，但无论如何他是父亲。子女爱父母是宣扬了几千年的概念，是的，对她而言确实不过是一个概念，而人依概念行事，则是惯性。

逢节假日时，父亲会在电话里说："素啊，跟定兵一起回家走走吧。"

余致素听到那个苍老的声音里几乎有哀求的意思，但是她没有回，更不会带薛定兵一起回。这事她其实也做不了主，就是她愿意，薛定兵也不愿意。有几次父亲在电话里露出要同母亲一起来住几天的意思，余致素脱口道："别别别，我这里挤，我太忙了，真的忙，不要来！"她早已经学会曲径通幽地表达，很少说这么直白的话，那一下也是急了，才有点失态。事实上话可能还真需要这么往外说，遮遮掩掩地闪烁其词，他们不懂或故意装不懂，果然来了，只会有更大的麻烦。她听到父亲在电话那一头悠悠长叹一声，声音浑浊苍凉，失望是肯定的。幸好父亲并不沉溺在这种情绪里，转个身他又亢奋了，细细询问起薛定兵近来的情况：开什么会，去哪里出差，见到什么领导，市里有哪些人事变动，等等。薛定兵不可能回家跟她说这些，薛定兵早就很少跟她有对话，越来越少，但这难不倒她，她可以从当地报纸电视上了解到很多，然后演绎给父亲听，如数家珍，说的时候，她眼前总有干咸带鱼晃动，她忆起当年父亲把干瘦的身子压在窗子木框上，听隔壁邻居家电视新闻联播的情形。很荒谬，荒谬的事情背后总是潜伏着更多一言难尽的不堪。

总有一天，纸终于包不住火，父亲一旦终于还是知道了真相，知道薛定兵提出离婚，不是提一次，一年又一年已经提了二十五次，他该有怎样的反应？算啦，别去想以后，先不说吧，说有何益？女人或许都肤浅，通常藏不住事，绿豆芝麻都忍不住找人倾诉，但她不是这种类型的，从十一岁那年起，就不是了。雷电交加的日子，她的脸上也仍然有笑，她笑得很媚，每一根线条都是风情，眼是半月嘴是半月，像一片片花瓣飘落。

父亲其实也直接找薛定兵办事，这是余致素后来才知道的。

任何事做多做久，都会渐渐成精。余致素能量大，薛定兵能量更大，父亲像一位身经百战的将军，他会把别人托办的事精心掂一掂，然后根据难度决定分配给余致素还是薛定兵完成，他要保证成功率。有一阵父亲给余致素的电话锐减，余致素以为他终于甘心安享晚年了，松了一口气，又不免有几分失落。她给父亲电话，问他身体怎样。父亲铿锵地答："非常好！"八十多岁的老人，走过近一个世纪，还能对身体这么自信，余致素相信，这其中有一大半是她的功劳。她如果嫁的是一介农夫，父亲根本不可能每天活得那么滋味横生。她借用了薛定兵的权力，父亲再从她这里沾去一些，权力像高浓度的营养液，一次次注入父亲这棵老树，令其容光焕发，枯枝发新芽。

两个哥哥都买了小车，一个奥迪一个别克君威，姐夫更早买了，除了两辆运货的皮卡，还有一辆皇冠。从县城到这座城里也就半个多小时的车程，他们常来城里，但不常到锦绣小区找余致素，余致素说不必来，不要来。她只想在电话里跟他们做兄弟姐妹，面对面时，她马上会从那几张熟悉的脸上看到过去。过去他们脸上不会有这么慈善的笑意，说话不会这么恭谦友爱。余致素说："不要到我家，我不在家！"

她其实在家，在家想着一个奇怪的问题：他们哪来这么多钱买车？是的，哪来的钱？开酒楼开汽车修配店或者贩运水产，生意都不大，眨眼间却都锦衣玉食起来。问过他们，回答很一致：贷款。比赛似的贷款，又比赛似的买房买车，他们哪一根筋抽了？父亲有一次打电话来时，余致素说了这个疑问。父亲很不以为然，鼻腔里嗤了一声说："唉，不就是房子、汽车吗？现在跟以前不同了，现在他们都过得很幸福。素啊，你也要跟定兵过得好好的，我们全靠你了，你幸福，大家都幸福。"

那一刻，余致素心里绞了一下。"幸福"这个词太刺耳了，很嘲讽。父亲打死都不会想到，她与薛定兵已经离所谓的幸福有多遥远。

当上副市长后，除了出差，薛定兵已经很少在外住宿了。办公厅主任要服务领导,有理由住办公室,副市长被人服务,再住办公室,就肯定让人生疑。市委市政府在江边为五套班子成员建有住宅楼,每套两百二十平方米,因为外墙是统一的鼠灰色PVC挂板,所以被戏称为“灰楼”。薛定兵有资格住灰楼,但他没住。其他市级领导也有个别拒绝搬去,理由不一,或者年纪大不愿移动,或者原先住房已经达标没必要改变。锦绣小区房子既没达标,薛定兵岁数也不大,但他找了另外的理由,他说在这边住惯了,反正女儿在国外,一百多平方米已经够了。这件事他没跟余致素商量,但一定跟周丹商量了。他跟周丹说过,所以甜汁也知道了。甜汁在墨尔本先读了一年语言,然后插入十一年级,重新读高中,读了三年后进入墨尔本大学学市场营销。似乎有了点经济头脑,她便在电话里抱怨不该把灰楼放弃掉。

余致素这才知道,原来放弃了。薛定兵要放弃的不是房子,而是她。他不愿把她带入那个领导人云集的住所中去,带去了,风吹草动都在那些级别的人眼皮底下。他仍然要离婚,她仍然不离。如果她离了,转个身,他肯定愿意马上打起包裹入住灰楼。

薛定兵拒绝房子的理由还有另外一个,就是钱。灰楼面积超标了,得象征性地把那部分钱补上,也不多,十来万吧,薛定兵说他没钱,他的钱拿去供女儿留学了。没有人相信他的鬼话,余致素也不信。甜汁花钱确实不少,学费每年就要十四五万元人民币,还有名牌包包、衣服、鞋子和化妆品。这些开销甜汁不需要忧愁,源源不断的银子会从国内送去,送去的人都是薛定兵。

余致素的工资一向只用来养自己,而甜汁的吃饱穿暖,都必须由薛定兵用工资全额支付,原因很简单,因为甜汁姓薛。

但薛定兵缺这个钱吗?

余致素隐约觉得,除了甜汁和甜汁那个同父异母的姐姐娅妞,薛定兵还必须抚养另一个人,就是周丹。以前家中的存折是由薛定兵掌管的,余致素不管仅仅是一种姿态:这个结婚前因为一个电话,就蓦然褪去激情的男人,她的丈夫,如果将全家的经济尽情控制,是否可以因此愉快起来?有点像盲人摸象，如同上帝没有给盲人视力，薛定兵也没有说出自己对这桩婚姻失望的理由，理由都不肯给，她只能徒然乱摸，摸至少体现她的诚意，她必须不遗余力地留在这场婚姻中。但是有一天，薛定兵还是开口要离婚，她就住手了，或者说是出手了。她要薛定兵把存折交给她。为什么？薛定兵问。余致素答得非常有弹性，她说，你不是要净身出户吗？这话给了薛定兵一个错误的信号，薛定兵以为她答应了，可以离婚，心一喜，果真把存折拱手献出。

余致素对这些存折是这样处理的：到银行新开了一个折，把所有钱都归到一起，户名是她，密码是新设的。做这一切时，她也没有跟薛定兵商量，没什么可说的。

柳静有一天曾问过她最喜欢哪个词语。这是柳静自己的爱好，柳静不见得逼每个人都跟她一样爱好词语，但那天是一个常规性应酬，市委办公厅的一拨老同事都在，都带了家属，唐必仁就把柳静也带上了。酒桌上男人说官场上的是非曲直津津有味，一旁的女人却开始疲倦，所以柳静拿出词语来问。别人怎么答余致素想不起来了，她挑选的则是"锦衣夜行"——虽然答得随意，话说出口后，她自己还是一怔。她用错词了，她把锦衣和夜行任意拆开理解，她喜欢的其实只是锦衣的繁华和夜行的神秘。这是两个概念，它们都潜伏在她内心深处最熨帖的地方，令她着迷。就好比将猎人的诱饵一口吞下，却没有上钩被毙，她拿到存折了，婚却没有离，还是不离。

这件事似乎有一点幽默，她偷笑了好几次。

如果以此为开端，踏上屡屡将薛定兵钱财成功掠到手之途，在她也不是太难的事。常有人找上门来，都没有空着手，一盒茶、一瓶酒、一条烟，烟酒茶里往往有信封，信封里往往有钱。钱是送给薛定兵的，薛定兵常常不在家，家里只有余致素，她本来可以从容笑纳。但她不这么做，她问过对方的姓名与身份后，把人往外一挡，她说，麻烦你直接交给他。她又说，我记性不好，转身就忘了是谁送来的。说的时候，她眼妩媚地眯着，嘴角向天上翘，看上去无辜得像个孩子。但来人听懂她的话，关键是后面那句，忘了是谁送的,那不等于没送?人家就从了,提着东西转身就走。

以前没手机,后来有了,那些人一走,她会写个短信,发给薛定兵,告诉他谁来过了,提来什么礼物,但她没接过礼物,而是让对方自行提走。没其他意思,她只是表示自己知道有人找他了,她也知道那不是一般的找,就像一个肉包,里头有馅,而她袖起手,她的手与所有的馅都无关。

钱是好东西,这个世界能够给余致素安全感的,只剩下钱了,除了它们,谁还能给她一份安稳的生活?但钱又是最危险的东西,他们不是一对亲密无间的夫妻,他们两人站在沟壑的两端,沟壑那么宽那么深,里头不知纵横着怎样的险峻,只是下意识的,她有恐惧感,不得不防。

以前为了养甜汁,薛定兵老老实实把工资交来;甜汁出国后,薛定兵仍然收不回工资卡,因为余致素不愿意。关于这个问题,他们没有当面交流,其实几乎所有的问题他们现在都缄默了。感谢现代通讯业的蓬勃兴旺,一个家里,各自在不同的房间,如果有不得不说的话,他们也不需要直接开口,在这个房间发一条短信,听到隔壁嘀嘀嘀声响起,要说的内容,都会在对方手机屏幕上显示出来,准确清楚,一目了然。轮到工资卡,余致素也给薛定兵发去一条条短信,就是让他别生出将旧卡挂失,然后再重办一张新卡归自己所有的企图。她得提醒他:天下人都可以叫穷,独独你薛定兵没权利叫,工资卡继续留在这,工资就够了,其余的不要。

薛定兵从副主任到主任又到副市长,他工资卡里的钱一直水涨船高。很好,谢谢。本来夫妻恩爱苦也甜,住寒窑都无怨无悔,可是在踏进婚姻之前,因为一通突如其来的电话,这恩这爱就缥缈了,然后又再而三试图离婚。天下事哪能都可以这么随心所欲的?你就是皇帝也还需注重民意,提防天怒人怨啊。余致素没有公开怒或怨,官员常常就是演员,人群中薛定兵煞有介事地说东道西,完全与她亲密无间,几乎看不出破绽,而她配合演出,将可掬的笑容和洋溢的媚态连绵献给公众,没有功劳也有苦劳,军功章上至少有她一半,花点他的钱算什么?

即使她是最卑贱的雇员,也得开些工资来的啊。

这一点,她觉得天经地义。

十二

薛定兵的钱,有一部分来自贺俭光,没有什么证据,余致素只是猜测。

当年市委办一同大学毕业分配来的两个年轻人,木讷的唐必仁一点都没有向薛定兵示好的欲望和举止,而机灵的贺俭光却能三天两头找机会向薛定兵靠拢,但贺俭光最终却没有从薛定兵手中得到什么好处,贺俭光眼盯着副主任的位置,口水流了好多年,以为势在必得,薛定兵似乎也做出要力荐他的样子,但薛定兵真正下力气推波助澜的,却是自己的一个党校同学。

这种事在机关并不算奇怪,跟人品都没法挂得上钩,可贺俭光却没沉住气,仿佛受了多大耻辱,一气之下辞职走人。走掉好啦,连余致素都觉得好笑,这种涵养都没有,还怎么在官场混出名堂?其实在人事问题上,尤其是处一级,那时还只是主任的薛定兵并没有多少左右的权力,但贺俭光还是认为被薛定兵糊弄了,是因为薛定兵阴一手阳一手,才导致他的失利。很明显,薛定兵把贺俭光得罪下了。不想贺俭光下海几年,先是打工后开木材公司,接着再弄起房地产,眨眼间跟薛定兵已经又称兄道弟了。

男人的游戏从来没什么逻辑可言,今天还飞机大炮轰隆隆地你死我活,明天可能又变成同志加兄弟了。余致素跟贺俭光很熟,但贺俭光已经不是以前那个贺俭光了,以前三天两头往这里跑,现在却不常来,来了也大多只是等在楼下,一个电话上来,薛定兵就下去了。

薛定兵下楼时,余致素有时会站在窗台后,撩起窗帘一角往下看,看到一个微微发福又微微秃顶的男人松松垮垮走出电梯口。楼道外有辆黑色奥迪静静停在那里了,贺俭光远远见了他,就打开了车门,恭谦候着。薛定兵走近了,薛定兵钻进车内了,贺俭光跟着也钻进去。隔一会,有时薛定兵又跨出车厢,有时被车带走。走时,车后面那两盏猩红的灯木木地亮着,像一对醉汉的眼。

毫无疑问贺俭光发达了。他在十几公里外一个叫白溪村的地方,先是把一所废弃的小学校园买下当木材加工厂,木材没挣到钱,转身开发房地产,将小学前后荒地也一起圈起来,母鸡变凤凰,一幢幢联排别墅拔地而起。有山有水,一条高速公路绕村而过,正是城里人时髦追逐的绿色居住地,又恰逢全城房价疯涨,一下子他就挣得钵满盆满。

很像一个奇迹,奇迹很多时候是运气所致,但人的因素不能忽略。尽管他们避开余致素的所有视线,但余致素相信贺俭光的运气并没有好到可以翻手为云覆手为雨的地步,是一根权力的杠杆助贺俭光撬动这一切的,杠杆在薛定兵手中。

余致素心里紧了一下。之前她从未对此担过丝毫的心,没必要,轮不到她担心。岁月真的不饶人,曾经在仕途上高旗呐喊的薛副市长,眨眼间也年近六十岁了,秋风瑟瑟秋雨连绵,眼见着人生大幕再过几年就该拉上,舞台拱手让人,而这时候往往是最危险的时候。一只威风渐失濒于死亡的老虎,别人下起手来,也往往稳准狠。

有意味的是,在第二十五次说出离婚之后,薛定兵突然关掉开关,这个问题他已经很久不再提起。不是他忘了,也不是他打算歇下,余致素很清楚,他只是在等待时机,某一天某个时刻,他突然嘴一启,仍然会把这个问题丢出来。初升副市长时,他内心明显还有很大企图,比如市长或者副书记的位置,再不济弄个市委常委也还是可能的,大概正是为了这些,他按下了离婚的念头。不是不想离,他太想了,但余致素知道,他还是不敢来硬的,他仍在指望由她提出,然后他能够以一个受伤者的形象,完美脱离这个婚姻,如同上次,上次他前妻出国,将他抛下。

但未遂,余致素不让他遂。二十多年都过下来了,该熬该忍的她都一口吞下了,熬到现在,熬到薛定兵有权有势,她为什么要撒手让他如愿得逞?

周末余致素回了一趟青山县城,她自己开车去。

县城热闹了很多,临街的房子都比赛似的翻新过,贴上马赛克或者嵌了玻璃,路口上也挂了红绿灯,俨然有了城市状,乍一看似乎焕然一新,细瞧又是眼熟的,骨子里还是原先那个浮躁土气的老县城。

余致素把车停在街心公园，这里是县城中心，有一片绿地和一汪池水,水明显缺乏流动,呈一股有气无力的疲沓状,因而显出了重量,沉沉地伏在那里,量也不多,快要见底了,像一摊陈年老墨,墨之上拱桥和亭子仍然伫立。余致素眼在亭子旁那排甲羊蹄莲上扫过，甲羊蹄莲有两三人高了,刚刚开春,就已经满树是花,白的粉的挤挤挨挨,像几个急不可耐的村姑。它们中的哪一棵曾由她亲手种下的呢？种它们时她还在读高中,学校派工出活,活并不重,又可以离开无趣的教室到校园外嬉笑玩耍,男男女女都很兴奋，只有余致素阴着脸。她不明白修一个公园对县城有什么意义,又为什么要摊给各个单位义务出工出力?

重要的是,公园的位置居然在那里!

十一岁那年，在那件事发生之后，她已经远远逃开或者绕开这个地方。当然那次,在义务种植甲羊蹄莲的间隙,她还是装出很随意的样子,走上拱桥。从桥顶往北面看,可以看到一座三层高的青砖楼房,人字形的屋顶,外面一圈脱漆的铁栏杆,大门是弧形的,门旁挂一块白底黑字大木牌,上面粗粗写着:青山县少体校。

就是在这里,余致素度过三年多的体操生涯。每天清晨出操,傍晚又在棕垫上、在高低杠平衡木以及横马上翻滚。她的生活就是在这里滚入了深渊。现在她重新走上拱桥,还是站到桥顶上北望。不知道它现在还是不是整个县城唯一的公园,反正这里人不多,三三两两地在聊天或者打拳,他们没有一个认出余致素。

余致素看到那幢房子了,已经不是青砖楼,也不是仅三层,而是有七八层高,体阔了很多,形状也不一样了,外墙贴着白色的瓷砖。看来是推倒重建过了。但那一道铁栏杆还在,只是上面的漆是新刷过的,很黑,黑得很假,像照相馆里的布景。门也不再是弧形的,改方了,改大了,有棱有角,门旁的牌子是烤漆的,黑底金字,还是那六个字:青山县少体校。

少体校的左面,是一片簇新的居民小区,楼不高,每幢十三四层,按当地规定,九层以上房子都得安装电梯。父亲曾在电话里兴奋地说,这是我们县城第一批有电梯的房子啊!父亲前年买下新房子,他说房子地段怎么好，结构又怎么好，朝向还怎么好。父亲说了很多好，他搬进去时要余致素回来看看，但余致素没有回。她本来就没有回的欲望，父亲的新房子在这个地方，她怎么可能回？

现在要回来也没有太清晰的理由，她只是突然觉得有必要。

她掏出电话，拨打出去。她只知道父亲房子的大致位置，却不知是哪幢几号。父亲肯定告诉过她，但她没听进去，就是听进去了，也忘了。

电话是父亲接起的，一听说她回来了，像中了大奖，马上问薛定兵有没有一起回来。余致素说没有。父亲顿一下，想必是略略有点失望，旋即又高声叫起来，是叫她的母亲。父亲说："素啊你就站在那里，我叫你妈去接你。"余致素马上阻止他这样，她不习惯享受来自他们的这种待遇，或者是她拒绝享受。

她说："你告诉我具体的楼号，我自己走。"

父亲犹豫了一下，没有再坚持。父亲说："八号楼八〇八。"

余致素往八号楼走去时，一直在按市场行情推算这个小区的楼价。然后进了门，她还是吃了一惊。面积很大，比她锦绣小区那套房还大，应该不下一百五十平方米。装修也高档，黑檀木地板、黄花梨木仿古家具，而餐桌，甚至是酱油色的酸枝木，又大又沉，闪出油光。有意味的是，黄花梨木博古架上，居然摆放着一张薛定兵的大照片，嵌在镏着金边的艺术镜框里。左右看看，家里再没有任何其他人的照片了，姓余的家里，姓薛的副市长独自一人在架子上亲切微笑，西装领带工工整整，手里夹着烟。显然是哪个摄影家精心拍下的，可是这张照片余致素之前并没见到，见到她其实也不会喜欢的。除非被抓拍，男人在镜头前抽烟与女人在镜头前抱宠物一样，都有几分装腔作势之嫌，有一丝虚弱隐约流露。余致素坐到沙发上，并不理会母亲递过来的糖果或者瓜子。"这套房很多人来看过吧？"她问。

父亲说："不多不多。"

母亲大声嚷起来："还不多？刚搬来时，半个县城的人差不多都被他叫来参观了。牛哄哄的，害我那一阵每天做卫生都做到要吐血。"

父亲有点不高兴，孩子气地白了妻子一眼，"牛又怎么了？"他说，"别人想牛还没条件哩！”

母亲息事宁人地点点头说：“好好好，你牛你牛，继续牛。”

余致素想天下夫妻真是千差万别，眼前的这一对，恩爱谈不上，缠绵更没有，毛毛躁躁地生活了几十年，竟也有一种莫名其妙的和谐，至少父亲咸鱼干似的趴在窗子前听邻居家电视新闻联播时，母亲是支持的，母亲没有觉得自己男人的猥琐与可笑。这一点很重要，夫妻间的失衡很多就是从反感开始的，反感说明双方的价值观出现了分歧，那是分道扬镳的开端。余致素吁一口气，退到局外，仅仅以一个女人的眼光看另一个女人，她对母亲是不屑的。看看那身打扮，从衣到裙到鞋都不便宜，却是每一样都游离与排斥，无法相映成趣互为缤纷，它们组合在一起，有效地共同构成一个字，就是“俗”。但换一个角度，至少作为妻子这个角色，她跟母亲又不可比了。母亲跟在父亲身后，虽然有很多不满，却只是对世界和别人不满，而父亲，他没有体恤怜爱之心，没有缠绵悱恻，但他对这样的妻子是接受的，至少没有提过离婚，一次都没有。

每一个人生都有各自的亮点与盲区，仰视或俯视都在微妙之间。

余致素转动头，将屋里上下打量一遍。“这套房很贵吧？”她问。

母亲马上说：“不贵，我们花钱买怎么可能贵？你哥他们也都买了一套，都不贵。”

“大哥二哥也买了？”余致素很意外。

“买了，但他们到现在都没装修，空在那里。你看，房价涨得多可怕啊，你知道这里一平方米现在多少钱啊？八千块！”

“你们当时一平方米多少钱买的？”

母亲转过头瞄一眼父亲。父亲举起手捋了捋头上稀疏的白发，余致素看出来了，父亲在掩饰什么。父亲说：“素啊，房子我们肯定是花了钱的，但也肯定比别人便宜很多。能一样吗？这地是定兵帮忙批的，别人有这个条件吗？”

母亲点点头，母亲说：“我们一平方米还要八九百块钱哩，换了别人，就是白送！那个贺总，抠死了。”

"哪个贺总?贺俭光?"余致素脑门嗡的一下,她的担心居然是对的。但她没有想到,这个楼盘的开发者也是贺俭光。

十三

起风了,一连燥热了几天,然后终于下起雨,雨不大,小心翼翼地飘着,时断时续。

余致素趴在阳台的栏杆上往下望,这是她经常做的一个动作,楼前的那棵榕树就是她独享的风景,总是那么绿,总是茂盛与昂扬,一年四季都没有倦怠的时候。雨打在榕树上,叶片全都亮亮的,像抹着一层油。

这是棵颇有历史的榕,查过了,种植的时间在清光绪年间。余致素为此翻过许多本市的文史资料,她想进一步往下查,如果能查出栽种该树的那个人究竟是谁,那就有意思了,如果是名人,甚至是女名人,就更有意思。可惜没有。她终于气馁的时候,对本市那些搞地方文史的人便生出很多看法,多半是意见。真是档次很低,道听途说一些,东抄西抄一些,然后再把胡乱拼凑起来的东西弄成资料汇编,大概一生也就这么打发掉了。当然,那些人其实很多是半路出家的,也没有什么严格尺寸限制着他们,所以收集资料随意一点,马虎一点,也不算太离谱。况且,光绪年间到现在,也有一百来年了,就是一个人活这么久,都不太让人在乎了,何况一棵树。

余致素有时想,自己会不会是世界上最在乎这棵榕树的人呢?

它枝丫散得那么庞大,又那么葱茏,一百多年过去了竟还能有如此的霸气,连秋天拿它都一点办法没有,秋天里它是不掉叶的,像一个性情倔强的老人,硬是那么绿乎乎地伫立在那里,绿成墨色,绿得纵横交错飞扬跋扈,然后直到春天来了,淡黄色的新叶次第长出,长得一簇一簇地耀眼了,老叶们才终于松下那口气,慢悠悠往下落,缓缓地落,飘逸而且充满尊严。

枝干上没有褐色根须垂下,所以可以断定它是棵母树,与她性别相同。余致素将手抚上脸颊,心里就黯淡了。她现在多么在意自己的脸,每天精心耗费国际一线品牌的化妆品,层层抹了又抹,但一张脸还是像搭上高速列车,按着自己的轨道往一个方向飞奔,那个方向与余致素所希望的完全背道而驰。现在她每天站在镜子前的时间比以前都多出一倍。“八”这个数字通常被看成是吉祥的,放在脸上,却是噩耗。从内眼角斜出一个八字,那是眼袋浮肿的标志;鼻翼处伸出一个八字,那是腮帮下垂的标志;嘴角再拉出一个八字,则是整张脸松弛的标志。树的枝丫也呈八字,但那是倒过来的,一对对蓬勃向上张开,仍是一副青春年少的饱满滋润。

第二天余致素约了李荔枝吃饭, 一见面她就说起自家阳台前的那棵老榕树,她说:“女人最怕有参照物,没有对比,都不知道人活着有多不幸啊。”

李荔枝打断她,说:“一棵树你就叹息了,那我怎么活呢?整天接生,似乎昨天才刚刚从娘胎里屙出来的,呱呱的哭声还在耳边,眨眼就也成孕妇了,又来生孩子。一代一代太快了,我这职业比你们残酷多了,所以也比你们老得快。”

余致素看一眼李荔枝,她想这话说得真是一点没错。李荔枝天生黑皮黑肉,年轻时脂肪丰盈,脂肪闪出油光,搭上一对深目、高颧骨和厚嘴唇,一眼望去宛若热带女子,倒别有味道。现在呢,现在骨与皮之间脂肪已经大举消退,皮失去了支撑,就好像气球泄去气,黯淡、晦涩、疲沓、干瘪。

这个女人从来不是她的密友,就是早些年前,因为甜汁先是在肚子里捣鼓,后来又三天两头生病,李荔枝主动贴过来,细心呵护关照,她有感激,但没有亲近感。人与人间真的存在天生的隐秘关联,有些即使相隔千里,乍一见面马上就能凹凸相扣,有些却咫尺天涯,千辛万苦试图靠拢最终仍是未遂。余致素反省过自己,太苛刻了?太挑剔了?答案都不能说服自己。之前,在她们所有的交往史上,余致素从来没有主动过,因为各自丈夫的身份,余致素一直是处于可以俯视的地位,连电话都不曾主动给李荔枝打过。但俯在阳台上看雨中的榕树,看着看着,她却拿起了电话,她说:“荔枝啊,好久没见了,出来吃个便饭吧。”李荔枝马上就答:“好啊好啊,我请客。”

客当然没必要让李荔枝请,余致素在一家私房菜馆订下一个小单间。这不难,做了这么多年《天下姐妹》时尚版编辑,她已经是这座城市所有吃穿行的活地图,人家也都很乐意迎合她,都知道她那个刊物发行量不小,又是以有钱有闲的富婆为主要读者,只要手一松,弄出个免费软广告,哪个商家不喜滋滋地感恩戴德?何况,她的背后还站着薛定兵,肯登门来,就是给出大面子了,吃一点喝一点算什么?都恨不得她走时再顺手带点什么,好将自己这家店名牢牢记住。

余致素比李荔枝先到,坐定后她对脸上流蜜的店长做了吩咐,让他尽管忙去,她约朋友谈事不愿被打扰。不愿被打扰的其实是她的心情,这事一言难尽,她还有点恍惚,拿不准自己究竟要干吗,更不知这样做的意义与价值。

但她就是要往下做。

李荔枝迟到了三分钟,这三分钟很漫长。余致素望着窗外来往的车,有一种不真实感,像电影里的某个画面。李荔枝终于出现时,一直道歉。刚做了一台手术,本来早就结束了,产妇家属纠缠,拖了些时间。一出手术室就飞奔来了,还是迟了点,对不起对不起。余致素笑起,下意识地瞥了一眼李荔枝的手,仿佛要看看上面是否还沾着胎血胎毛。做医生的时间无法完全自主,这一点余致素知道,没关系的,不会介意。待李荔枝坐定,余致素就说起榕树。这一场见面她没打算花时过多,要尽快切入主题,她要借榕树慨叹人生,她的人生中山一样横亘着薛定兵,而李荔枝则曾经横亘过贺俭光。

两年前贺俭光就已经与李荔枝离婚了,据说几乎没波折,仅仅微澜了一下,李荔枝很快就打开绿灯,慷慨放行了。当时余致素心里咯噔了一下,坦白说她很意外。这两人的婚姻大幕是在她眼皮底下徐徐拉开的,起初多么波澜壮阔,一股欲与海比宽广与石头比坚硬的气势,最后还是碎了。婚姻的脆弱从这对男女身上可以得出有力的证明。贺俭光有钱了,有钱就变坏的逻辑很通俗也很实际,四处上演这样的情节,但余致素相信这不是唯一原因,甚至不是原因。所有的故事,外人看到的往往都仅是一个似是而非的外壳，而生活的潜流都在厚厚的壳之下汹涌激荡。就她而言，她不觉得这一对分开有什么不妥，天下分道扬镳的夫妻已经多如牛毛了，再多一对又何妨。但他们分得那么顺，李荔枝放手得那么流畅，就多少显出不妥了，因为只要一横比，就将余致素比成一块又臭又硬的顽石了。按现代的眼光，死活赖住男人，不肯将脸一昂、鼻孔一嗤掉头而去的女人，往往很难赢得人们的敬意，自尊的分量立减几成。但这似乎也与余致素无关，余致素的婚姻跟李荔枝不一样，跟所有人都不一样，它内里已经是斑驳的破絮，就是长满了虱子与蛆虫，从外面却仍然只看到绸缎的华丽质地，明真相的人有限，除了两个当事人，余下的无非一个周丹吧。

余致素好奇的是，贺俭光究竟知道多少薛定兵的底细？不会全知，也不会不知。贺俭光办木材加工厂时还是潦倒的，经营房地产后才一跃致富，他腰包渐鼓的过程始终与薛定兵紧密相扣。两人走得很近，比余致素想象的更近，余致素看过父母家的房子后，背上渗出一层汗。她不能再一无所知下去，得着手了解，了解的第一步就从李荔枝开始。

“最近跟贺俭光有联系吗？”说过榕树，余致素觉得可以说贺俭光了。

李荔枝还是一愣。她可能还陷在手术室的氛围里没出来。

余致素看着她。坐在对面的是这座城市最著名的妇产科大夫，有着交口称赞的敬业精神与精湛医术，造福过无数家庭，拯救过无数生命。余致素有点恍惚，时光一点点往后倒退，退到孕期反应、阵痛开始、甜汁幼小……如果能回到从前，她还会再选择另一条路走吗？没有答案。

“贺俭光现在很风光啊，楼盘开发那么多。”余致素继续顺着这个话题往下走，她必须这么走，可能唯有李荔枝才是接近谜底的捷径。

李荔枝摊摊手，说：“我跟他没任何联系了。”

场面静了一会。“没有联系？没有任何联系？”从李荔枝脸上没有看出有假，那么之前呢，在他们离婚之前？余致素说：“贺俭光很厉害啊，他又不是学经济出身的，怎么会想到从木材公司一下子转到房地产上的？”

李荔枝还是摇头，她说：“不怕你笑话，我太失败了，对他的一切一无所知，开工厂办公司他从来不让我过问。”

“你还爱他吗？”余致素觉得这个问题很重要。

李荔枝愣一下，摇头，说：“爱这东西会生也会死，死了就成了一具腐尸。”

“你们以前……”

李荔枝眼皮下垂，表情涩了。她说：“以前你也见过，好成那样，是不是？但他那年因为没当上办公厅副主任，一气之下辞职走了，这一走一切都变了，再回来就更陌生了。他既然有自己的生活，我就放手了。都形同陌路了，再死死绑在一起有什么意思？”

余致素注意到说最后一句时，李荔枝眼皮一抬，瞥了她一眼。这一眼是针对她而言的？她笑了笑，抿起嘴。她想起柳静，今天差点也把柳静一起约来，犹豫了一下，放弃了。柳静跟李荔枝是中学同学，是多年老友，在余致素看来似两棵相邻的树、两条交融的河，一直互为彼此。柳静不常见到，偶尔碰面也最多点点头，没有多少话可说。这么多年过去，柳静白净的肉依旧白净，虽也细纹密布，毕竟质地还在。女人皮肤如同服装，质地好，三分优势就已经抢占了去。如果柳静来了，这场见面似乎会更自然些，现在就没意思了，李荔枝说她不知道，什么都不知道。原来两场婚姻竟有许多相似之处啊，余致素想，作为妻子或者作为曾经的妻子，她们对家里的那个男人都所知有限，不同的只是他们那对曾经是恩爱的，而她和薛定兵，也有爱，但爱的浓度不在一个档次，差很多，太多了。正是因为爱过，李荔枝轻易就放手了，而她余致素，原只是带着更多功利之心要踏进婚姻，刚走到门槛上，里头却突然塌陷了，所以她不甘，心在屈辱与恼怒中一天天锈了硬了麻木了，所以她不肯放手，放手就意味着全盘皆输，意味着成全一场阴谋。

可是现在，她其实很想告诉李荔枝，她此时正站在一条摇摇晃晃的边际线上，眼前白茫茫的一片。当了这么多年妻子，薛定兵没有让她同享够福，而祸哩，她担心有一天必须由她同担。她担不起。

“哎，”李荔枝突然俯身过来，悄声问，“听说薛市长不姓薛，是真的吗？”

“不姓薛？”余致素整个人往上一挺，“谁说的？”

李荔枝说：“柳静说的。薛市长以前在柳静那所中学读过书，后来突然不见了。几个老教师从电视上都认出他了，这是他们以前的学生，成绩很出色，所以都记得。可是那个学生以前不姓薛，明明姓童，是本市人，他们都看着长大的。薛市长为什么改了姓，又变成江西人了？”

余致素怔怔地坐着。她不知道，一点都不知道。

十四

几天后余致素给薛定兵发去一条短信，只有四个字：同意离婚。

这几天的时间里她从未见过薛定兵，连本地的电视新闻上都不曾见到。出差了？不知道，薛定兵没有回复她。她突然心有点慌起来。她给父亲打去电话，她说：“爸，你这一阵跟定兵有联系吗？”

父亲很慌，连声说：“没有没有，我没有跟他联系。”电话猛地扣下了。过一会又打过来，小声问：“素，你是在家里？”

余致素说：“是。”

父亲问：“你没事吧？”

余致素说：“我有什么事？”

父亲说：“你也要小心一点。”

余致素说：“我小心什么？”

父亲便把电话重新放下。

一会手机短信响起，拿起一看，是大哥发来的：定兵出事了。

好一阵余致素脑子是空白的。她慢慢在沙发上坐下，外面还是雨，细密的雨柔软地打在榕树上，所有的叶子都滋润饱满得如同一个浴中的少女。《天下姐妹》杂志社不要求坐班，稿子可以通过网络传来传去，她几乎一星期都不会去一趟。不去单位，她要去的只是那些购衣购鞋以及各种包的奢华场所，不见得都要买，但必须看一看它们，它们从来都那么流光溢彩，那么无尽的妩媚，彬彬有礼得如同另一个世界的植物，她流连其间，没有社交,没有朋友。薛定兵出事了,被纪委“双规”,连远在青山县城的父亲他们都知道了,她却不知道。

生活真有幽默感,薛定兵用了十三年的时间要求离婚,她不愿意,等到她愿意时,却已经迟了。

不过也难说,两年前薛定兵就曾被检察院叫去过,但很快就出来了。没事,我哪有什么事?他曾乐呵呵地跟别人说起。这一次呢?也许仍然没事,没事就离婚。

但是这一次不一样了,事态非常恶劣,薛定兵确实跟贺俭光搅在一起,贺俭光成了他的钱包,作为代价他得在贺俭光遇山时去开路,遇水时去搭桥,现在路崩了桥塌了,他们一起坠下深渊。检察院的人到家里两次,该找该查都翻过一遍,包括那个写有很多“正”字的笔记本。检察院的人问这是什么?余致素答:薛定兵提出离婚的次数。那几个人交换了一下眼神,没有再说什么。

一连几天余致素都没怎么睡好,但每次出门,她还是都化了淡妆。人在某种惯性里待久了,就是自己也无法接受另一种面目,十几年来她天天都有精致的妆容,没有化妆,她已经无法跨出家门一步。而且,别人的眼光这些日子总要在她脸上多停留几秒钟,她不愿让人看到萎败的眉眼。外面消息很多,仿佛全市人民都被娱乐了,很兴奋,飞短流长,奔走相告。糟糕的是,她的父亲以及哥哥姐姐们都逐一卷进旋涡,没有一个逃脱干系。她在薛定兵的旗下,但没有轻举妄动,而他们在她的旗下,却越过她,一次次擅自伸长手。居然一个个胃口都那么大!而薛定兵,与她隔山隔水,却与她的娘家人一次次利益与共,她的父亲,她的哥哥,竟踊跃成为薛定兵掠财的秘密中转站之一。

她没有想到居然这样!

几天后她和李荔枝又坐进那家私房菜馆里,这一次是李荔枝约她。李荔枝说:“我也刚知道。”余致素点点头,她跟李荔枝的身份还是有差别的,李荔枝只是贺俭光的前妻,而她,无论怎么撇,都无法撇得清关系了。

李荔枝叹口气。“没想到数目那么大,”她说,“这两个人真是疯了。”

余致素还是点头。确实疯了,一个人哪需要那么多钱?就是当饭吃也吃撑了啊。

“还是柳静最好,”李荔枝说,“柳静老老实实在中学当老师,唐必仁不跟她离婚,也平平安安不出事,这么大年纪了,居然还能提拔,你听说了吗?”

余致素摇头。她跟李荔枝不一样,李荔枝在医院里可以听到各路消息,她却不能。

李荔枝说:“唐必仁提到市工商局当局长哩。你看看,从体育局到工商局,从副局长变局长,跨度有多大!都已经公示了。”

余致素没有应。各自有命吧,二十多年前她和李荔枝、柳静有着多么迥异的生活状态,斗转星移后,谁料到现在竟与李荔枝相似,甚至不如,而柳静,则仿佛被人托起来,已经高高居于安逸宁静富贵华丽的生活之上了。

李荔枝看看左右,把一封信扣在手掌里悄然塞过来。“中午刚收到的,”她说,“加急信,撕开来里头还套有一个信封,是给你的。有一张纸条给我。是周丹的,说她不是姐姐,是前妻。——喂,是真的吗?这么奇怪,简直难以相信!”

余致素要撕开信封,被李荔枝拦住了。李荔枝说:“周丹交代,要你私下看。她说怕信直接寄给你中途会被……拦截,你收不到,所以寄我转。她真的是薛定兵的……前妻?”

余致素还是点头。这事到现在已经没有再瞒谁的必要了。

李荔枝噢了一声,她说:“大家都在传,薛市长钱都是贪给前妻的呀,就是她?”顿一下,她似稍有犹豫,打量着余致素,发现余致素也看着她,急着要往下听。“噢,现在各种说法很乱,不知真假。都说这个前妻是他们家的恩人。薛市长以前名字叫童军,确实是本市的人,十七岁那年被他父亲接到江西去了。他父亲不在江西工作,到江西周丹家所在的那个村子只是要自杀,结果被周丹父母救下了,之后一直住在周家,这就欠下周家的情。后来薛市长要跟周丹离婚,两人订了协议,就是以后薛市长必须保证周丹过一辈子好生活,衣食无忧,尽情享受。你不知道?”

余致素喉咙里咕噜着,却说不出话来。多么可怕,她确实不知道。如果所说不虚,周丹在薛定兵面前的所有霸道便都可以理解了。一方有恩情,一方有亏欠,这两个人其实是因为这样的原因勉强成为夫妻的,却又无法永远勉强下去。然后一方离去,离去就欠下更多的愧疚。

余致素站起来,她现在急着想知道周丹在给她的信中都说了什么。马上就撕开来看也不是不可以,但她心里隐隐有了预感,她相信一定还有隐情,所以她也想避开李荔枝。

李荔枝跟着往外走。

她们点的菜还没上来,余致素匆匆对站在柜台后面的店长扬扬手说:“先走了。”

走到门外,李荔枝拉了拉她袖子说:“听说薛市长的父亲这几天天天去检察院闹,一直把事情往自己身上揽,说都是他害的,要判罪就判他……唉,有空你劝劝老人,我觉得这么做没用的,根本救不了谁,反而影响更坏。你说呢?”

“我没见过他父亲。”余致素说了一句实话。

李荔枝显然没有料到,很吃惊,眼眶撑得很大,直愣愣地看过来。余致素没打算解释,她上了自己的车,发动了,急急往家里开去。裤袋那里烫得针刺般疼,周丹的信就放在裤袋里。纵然余致素对周丹有过一万次想象,她都没有想到“恩人”这个层面上。是的,周丹在信里说自己父母确实救过薛定兵的父亲,然后还一直照顾他们父子,供薛定兵读书上学。信很长,密密麻麻写了七页纸。周丹急着为自己开脱,说薛定兵一直没告诉她钱是怎么来的,她以为是正当赚来的,所以花得理所当然,并且越花手脚越大,控制不住,也一直不觉得需要控制,没想到竟是薛定兵源源不断受贿所得。

周丹不是向余致素忏悔,她的字里行间其实都是埋怨:这么多年余致素不该拖着不离婚,结果害了薛定兵。如果能早离,薛定兵就可以早点和自己父亲生活在一起,而他父亲肯定可以在一旁不断提醒他规劝他阻止他,一有苗头就能让事情立即得到扼制与扭转,不至于往深渊里滑这么深这么惨。

“你们当年根本就不该结婚，”周丹说，“阿兵的父亲一看到你的照片和名字，就让我打电话阻拦，阿兵那时要听我们的话就没事了，可他瞻前顾后，觉得婚礼请柬已经发出，担心有坏影响，结果影响更坏，坏了自己的一生。你知道他父亲的名字吗？叫童世林。”

余致素觉得后脑勺那里被人狠狠猛击一下，腿一软，差点跌倒在地。

十五

十一岁那年，她迎来了第一次赴省里参加全省青少年体操比赛的机会。

那个人从上海体育学院下放到青山县后，县少体校体操队凡参加省市比赛，都不再空手而归了，团体和个人名次都一次比一次靠前。县里领导因此拨了款，重新为男女队员置办运动服。女队每个人发了三套服装，一套比赛用，两套训练用。比赛用服很大众化，几乎所有队都一样，针织面料，连身套头，上面长袖下面三角裤，酒红色的，黄色装饰性滚边，胸前印着青山县少体校的字样。而训练服则是那个人自己设计的，上下身分开，上面是蓝色针织短袖，下面是银杏灰咔叽短裤，裤管很大，偏大了，但是所有的队员刚开始都没有发现这个问题。即将到来的比赛令她们兴奋，可以因此出门，去一趟城里，见很多高楼和汽车。

事情在临赴赛的前十天爆发了。

比赛分甲乙丙丁组，少年甲组年龄规定在十一岁至十二岁之间，包括她在内，甲组有队员七人，却只能有五人上场参加团体赛。肯定有人技术与经验在她之上，毕竟她练的时间最短，但那个人还是把她列入团体名单中了，理由不多，晨训时他傲慢地站在队伍的前面，脸绷着，下巴昂起，手抬起，手掌仿佛只是挂在胳膊间的一只瓜，就那么连着摆动几下。“你们谁的动作能比她做得更优美更有味道？呃，谁？”不知是他的动作还是语气，总之他伤到人了。第三天就有一封匿名信寄到了少体校领导手中，内容直指她，说她训练时不穿内裤。

确实没有穿，少体校领导一把她叫去问，她就承认了。为什么不穿？是那个人叮嘱她不要穿的。她以为他叮嘱了每一个人，如同她曾听到男队教练让每个男队员无论训练还是比赛，都必须穿起一条特制的窄得几乎没有任何空隙的布质小三角裤一样——当时并不知原因，后来才明白是为了防要害处受伤。

“真的没穿？”这句话好像是校长问出来的。

当时她是从体操馆里直接被叫到校长办公室的，正穿着那条挺括的裤管大大的咔叽训练裤。

校长旁边的一个人就说：“你们每天是不是经常要做燕式平衡啊？”

她点头。燕式平衡是自由体操的规定动作，那个人说过，平衡感是体操的基本功之一。

校长扬扬手说：“来，你做一个。”

她没有生疑，以为是校领导要检测她的水平与能力，以便最后确定是否入选团体赛。她把双臂张开，头上仰，身子前俯，左腿撑地，右腿后扬，扬得很高。动作很规范，也肯定很优美。她钉在那里，像一只真正展翅高飞的燕子。

在场的人有四五个吧，全是男的，他们一下子都从眼前消失了，转到她后面，站到燕子张开的翅膀和高翘的尾巴后面。没有声响，静了很久，然后才有一阵强忍住的笑断断续续传来。她有点慌，不知自己这个动作哪里做得不好。那个人确实常要她做这个动作，其实全队的人都在做，反复做。大家站成一排，往同一方向俯下身子跷起腿，而他也总是站在后面，久久站着，手里抓着软底体操鞋督促着。

校长问：“你不知道这样会被人看到什么？”

她摇头。“看到什么？”她呆呆地问。

没有人答。他们脸上都起了一层古怪的神情，看着她，又互相看。

校长说：“好了，你可以走了——噢，以后训练时，记住里头要穿上三角裤，否则……会被看到的。明白了吗？”

她其实一点都不明白，但她懵懂地点点头，然后如释重负地往外走。刚走出门，里面就一阵大笑，是那种憋坏了后一下子往外喷涌的笑。笑让她心更慌了。他们究竟看到了什么？是什么？

她从校长办公室回来不久，就看到那个人也被校长叫去了。然后整座少体校、整个县城就成了一锅沸水，她被放入锅里，上下翻滚着。"流氓"这个词的意思她终于知道了，而这个词竟影子似的跟她紧密相连，只是她的前面加上个"被"字。而很多人都觉得，没有这个"被"，趣味肯定就减了，淡了，所以她不能不被再而三地提起。她一下子挂到差不多整个县城人的嘴上，被他们咀来咀去，咀得千疮百孔。

那个人那天随着校长离开后，就消失了，没有人知道他的去向。

其实他早已结婚，妻子在城里，育有一男一女。有消息说，妻子很快跟他离婚，然后妻子带着女儿消失了。而他，很快也不见踪影，传说到国外生活了，儿子判给他，跟着他一起离去了。原来到国外的不是他和儿子，是他的妻子和女儿，而他只是远走江西一个偏僻小村庄，原为了自杀，未遂，就留在那里，改了名换了姓。余致素忘记他了吗？一天都没有。这么多年过去，那个人鬼影般一直嵌在她的生活里，她已经记不清他的眉眼了，但记得他说过的很多话，以及他的体格、他的动作、他的某个神情。

她也记得他的名字。他就叫童世林。

周丹在信里说："阿兵父子在我们家住几年，彼此比真正的亲人还亲，这种感情你根本无法理解。结婚是两家大人的意思，阿兵却不能接受我成为妻子，在床上老是觉得是跟自己姐姐做爱，十次有九次是失败的，所以只好离婚。可是他为什么偏偏找上你？想想看，你这样的儿媳妇老人怎么接受？他不让阿兵跟你结婚，婚还是结了，然后他催阿兵跟你离婚，可是阿兵怕甜汁出事一直优柔寡断。十三年前，老人大病过一场，病之后就被阿兵从江西接回来了。阿兵那时下决心跟你离婚，是为了把父亲接进家门，可是接得进去吗？你不离去，老人怎么能进？以前的老房子早就卖掉了，他跟你们在同一座城市，却只能另购一套小房子独居。他妻子不原谅他，离婚后就出国，出国第二年就病死了，所以他的女儿就更不原谅他，认为母亲是被活活气死的。他只剩薛定兵一个儿子，可这个儿子却被你死死占住。知道吗，你拖苦了每一个人。”

周丹这时候的形象非常奇怪，竟像个道德审判者，可是她哪里有这个资格？她不过是一个前妻，一个特殊的前妻而已。

电话响了，是李荔枝打来的。李荔枝说：“柳静让我转告你，有什么需要就告诉我们。没关系的，只要我们能做到的。”

余致素伸出舌头舔了舔唇，轻声说：“谢谢。”

“没事吧，那封信？”

“没事。”

“都说什么了？”

“说了……一件往事……”

放下电话时余致素眼前还是虚的，整个世界似乎都蒙上一层玻璃纸。她把信折起，举到胸前，慢慢地一点一点地往下撕，然后再对折，再撕。那些纸越过重洋，从南半球浩瀚海水环绕的澳洲千里迢迢抵达她手中，在薛定兵的前妻与现妻之间完成了自己一生的使命。真相能够安慰人吗？不能。况且她也清楚，被薛定兵放纵喂养得已经习惯养尊处优的周丹，也根本没打算安抚她。周丹肯定会继续对甜汁好，这一点无须怀疑，仅仅因为甜汁是薛定兵的女儿。周家与薛家奇怪的关系还会一直往下延续，但这都与余致素无关。这封信周丹本来完全可以不写，但在信末，周丹做了说明，是薛定兵特地交代过的，说自己哪天要是出事了，无论如何都必须把事情原委说出来，让余致素知道所有的一切背后隐藏着什么，知道他也是无奈的，不是故意要那样做。他确实不爱她了，但始终没有蓄意害她，真的没有。

可是这些知道了又有什么用呢？希望她不要加入揭发他的行列中去？希望她原谅？

她不会有任何揭发行径，事实上她也没什么可揭可发，因为她不懂。

她也不原谅。不原谅那个人。不原谅校长室里的那些人。不原谅薛定兵。

事实上就是她愿意原谅,一切也都无济于事了。

这个城市显然已经不再属于薛定兵,判决还没出来,但无论如何,短期内他都不会再有在这块土地上自由行走的机会了,而贺俭光也不会有好日子过。薛定兵收的其实不仅是贺俭光的钱,他收上瘾了,或者只是有了惯性,多方来朝他都统统笑纳。他们间的种种纠葛都缺乏新意,到处都在重复类似的情节。余致素叹口气,她甚至连打听一下的兴趣都没有。偶尔报纸或者电视上会出现有关市工商局局长唐必仁的报道,他也开始入暮了,头发稀疏,眼袋浮肿,肚腩渐鼓。

时光带走了一切,一切都不可能再重来。

那个阴郁的周末余致素向城北一个小区走去。倒春寒,天很冷,她穿得很多,厚厚的羽绒衣将她团团包裹住,连帽子也紧紧扣上了,从头顶到脖子根,一条大围巾再从脸上搭过,整个人就只剩一双眼睛黑黢黢地裸露在外。离开家之前,她站在全身镜前,张开双臂,身子前俯,头仰起,左腿撑地,右腿后扬。燕式平衡,这个动作已经有整整四十年没有做过了,重新再做,已经没法做好,腿和腰都僵硬了,但姿势不难看,仍然漾出特殊的韵味,像一束干掉的花朵,虽艰涩,却依然有余韵袅袅弥散。十一岁以前,她的脖子、腰身、脚弓,她的举手投足都被细细锤打过,锤打了三年多。他说过,女人只要练了体操,注定就不一样了,骨骼和肌肉一辈子都会替你说话。肢体也有自己的语言。

城北芙蓉小区七号楼一〇五,这是周丹留在那封信上的一个地址。

没别的意思,余致素只是想去看看,看看那个人,那个童世林,是不是真的如周丹所说,独自住在那里,老了,快走不动了,满头白发,一口假牙。

第四部

雅鲁藏布江

一

唐必仁看到柳静脖子上已经有三根皱纹了，最上面那根微微向上弯出弧形，下面两根气呼呼地用力横过，合起来就是一个躺下去的“川”字造型。

他想起四十年前听到的一句话：“脖子是女人另一张无法掩盖的脸。”

他还想起一个人：卓玛杜芳菲。

四十年前，他是县一中青涩的高中生，身子尚未完全展开，只一味向上生长着，拔节太快，周身的肉却来不及跟上，便呈现一副树枝般嶙峋的模样，衣服宽宽垮垮地挂着，骨头在下面不时顶出大小不一的包块，像隐藏着一只只好动的小老鼠。

但绝不羸弱。举一个例子：他可以抓住杜芳菲的腿，像一面旗子似的托举到半空。十六岁的男孩举起一个十四岁的女孩，本来也算不上什么大本事，但因为需要和着音乐的节拍悬空地举，身子间又必须小心保持至少半尺的距离，就得多耗上一倍的劲，羸弱之徒哪堪胜任？

那时唐必仁瘦，杜芳菲更瘦，整个宣传队都没有一个脂肪多余的人。

宣传队是什么东西呢？现在连正读研的女儿唐锦衣都一脑袋糨糊了，必须换种说法，告诉她是跳舞的，就明白了。明白了却仍然奇怪，锦衣上下打量他,嘴一撇,问:“你是在开玩笑吧,老唐?”唐必仁就有点悻悻了。开玩笑?当然不是,但他一下子也放下了再细说一遍的兴致。

总共才多少年,宣传队这个词居然就已经成古董,它的全称其实有点长:毛泽东思想文艺宣传队。四下无人时,唐必仁偶尔会在镜子前定定站着,眯起眼望着里头那个肥肉渐多的人,自己也不免恍惚:这个人跳过炊事班长?

宣传队排过很多舞,唐必仁跳过很多角色,班长只是其中一个,但近些日子,那首舒缓柔软的歌曲像被捆上了牛皮筋,一直在胸腔、腹底、脑门上下缠绕蹦跶,起起落落,断断续续,意犹未尽。雅鲁藏布江水清又清,做完了早饭洗呀洗军衣……勤快的炊事班长就是唱着这一句欢天喜地地上场的,右手扶着搁在肩上的脸盆,左臂伸出,在前方英武地划过。他上场不是跳,不是走或者跨,而是脚尖相对一下、脚后跟相对一下,快速地一前一后对来对去,就把自己挪到舞台中央去了。无非抽空为战友洗点衣服,根本不算什么大事,结果当地七个来江边背水的漂亮卓玛却欢天喜地抢下衣服,以柔美的、欢快的、抒情的、仪态万方的舞姿,帮着把军衣逐一洗掉。

唐必仁那天突然很想跟锦衣说的就是这个。只要一闭上眼,那七个花一样的卓玛这一阵总是在他跟前晃来晃去,她们箍着花头套,穿皂色背心长裙、粉红衣衫,系五彩围裙,纤瘦的背上象征性地背着用硬纸板糊起来的小“水桶”,在春天的雅鲁藏布江边,深情地自问自答:

> 呃——是谁帮咱们收青稞呃,阿拉黑司!
> 是谁帮咱们盖新房呃,阿拉黑司!
> 是亲人解放军,是救星共产党。呷拉羊卓若若尼,格桑梅朵桑呃……

柳静以前看过这个舞蹈。《洗衣歌》?知道。柳静知道是正常的,那个年代,这个舞蹈像蒲公英般到处传播,从中央顶级歌舞团到地方中小学宣传队,好歹都兴致勃勃依样画葫芦地排练了,跳了,演了。

但柳静接着却问道:“你……跳过?”

唐必仁想,看来柳静也不相信。与柳静结婚这么久,之前他一次都不曾说起过这件往事。问题是柳静一点都不曾怀疑过吗?刚认识柳静时,他大学毕业进市委办公厅还不久,才二十来岁,瘦削,高挑,腰身挺拔,双腿修长,戳在那里也有着小树般的蓬勃感。练过舞蹈的女人,只要练过了,一辈子举手投足都不免带着那股难以言喻的印记,在不经意间,韵律感就汩汩流淌出来了,而男人却没有吗?他跳了,在小学中学时一次又一次在舞台上跳了这个又跳了那个,算得上繁花似锦过,肢体却没有残留一丝曾经被千锤百炼过的旧痕吗?

为什么没有?

答案似乎无关紧要,或者在外人看来已经完全无关紧要,从前唐必仁其实也不认为是必要的,现在却不一样了。人就是这样,此一时彼一时,转换几乎没有过渡,突然之间他心底就浮起了粗粗的问号,那么固执地窜来窜去,钩得他五脏六腑都生生发疼。如今他腰有三尺六,那时却只有二尺四;如今他体重一百六十三,那时却只有一百斤出头;如今他腿脚僵硬行走渐笨,那时却自如地劈腿、蹦跳、旋转、托举。

在欢快飞扬的歌曲中,他次第跳过去天安门见毛主席的草原红卫兵,跳过夸大寨亚克西的新疆老汉,跳过被红太阳普照得喜气洋洋的延边青年,跳过与村村寨寨一起唱新歌的阿佤小伙子……还有那个到雅鲁藏布江边洗衣衫的炊事班长。

某个瞬间他差点就腰身一挺,举个手、亮个相,旋转几圈,然后告诉柳静和唐锦衣,他真的跳过舞,并且是县一中文艺宣传队不二的男一号啊。

男一号的生涯在小学五年级就开始了。小学是他老家唐家厝的小学。唐家厝离县城十几公里,得走近一天山路,再渡一条大河才能抵达。那么偏远的地方,如同后宫里最矮小丑陋的老女人,无论抓革命还是促生产,都无法吸引全县的目光,但有一天却突然爆冷,爆冷是因为唐必仁。

“漫天风雪,一片白啊,躲债七天,回家来……”这个可怜的杨白劳,是白毛女喜儿的爹,他在除夕寒冷的夜里,揣着一根红头绳欢欢喜喜给女儿扎起来——这个扎红头绳的穷老头就是唐必仁。他那时还只有十四岁，本来腮帮子鼓鼓的，一脸都是稚气，但眼角用棕色油彩画了皱纹，人中画了胡子，下巴还粘上一撮棉花充当胡子之后，整个人横溢出滑稽的苍老感，一上场下面就哄的一声全笑了。别人笑唐必仁不笑，他皱着眉，伛着背，脚步踉踉跄跄地回家，看到惊喜扑来的喜儿马上就强颜装笑，然后苦中作乐地自嘲："人家的闺女有花戴，你爹我钱少不能买。扯上了二尺红头绳，我给我喜儿扎起来，哎嗨哎嗨扎起来！"

十四岁的唐必仁非常投入，仿佛身背巨债的人就是自己，仿佛给女儿买不起花朵戴的凄凉正由心而生，仿佛帮女儿扎上红头绳的欣慰之情正不可扼制。煞有介事常常不免有滑稽感，一个不谙世事的小孩煞有介事成苦大仇深的老人更有滑稽感，所以全场都笑翻了，而台上的杨白劳却跟所有人拧上了，你们越笑得欢，他越演得悲苦，于是惹起的笑声就越汹涌，几乎浪一般一波波腾空而起，恨不得掀翻屋顶。

那时每年文艺会演是全县、全公社的大事，唐家厝小学请从城里到村中插队的知青帮忙排的《扎红头绳》是芭蕾舞剧《白毛女》的片断，先是在公社电影院里演，接着上县里和其他公社演，一场场演下来，十四岁的小老头唐必仁差不多就全县妇孺皆知了。

明星一说是后来才盛行的，但那时唐必仁真的就是县里不折不扣的明星，也正因此，他升中学时才被县一中招去，成为县一中文艺宣传队的男一号，后来又成为《洗衣歌》里的炊事班长。

跳《洗衣歌》那年他十六岁，如今整整四十年已经过去了。

四十年前，他除了是舞台上的炊事班长，还是旧日舞女徐盎然的独生子。城里最著名的歌厅"春江好"曾是多少达官贵人记忆里的一场繁华梦，而其中最著名的舞女徐盎然，就是他的母亲。

四十年后，作为市体委副主任，他本来一直在这座城市政治漩涡之外，忽然之间却被拱到波涛上——以五十六岁的"高龄"，他居然坐上那把被无数人眼热的市工商局局长位子，哗然是难免的，震动也是难免的。连他自己其实都有几分梦幻感，小心翼翼慎言寡语。事实上，他本来就是一个更愿意把话烂在腹底深处的人。当装聪明的遍地行走时，他却一直喜欢装愚笨，所以就是报纸已经公示，他也仍然闭口不谈，连柳静都一无所知。

守口如瓶其实是一种境界。

二

那天刊登有公示名单的报纸唐必仁特地留起一份。全市共有七个拟提拔对象，把简介逐一看过，没有一个人年纪比唐必仁大，最小的一位是70后，相差近二十岁。他把报纸折好收起时，深吸一口气，仰起脸，闭起眼，然后把那口气缓缓吐了出去。很多人来祝贺，说恭喜恭喜，然后又总是大同小异地抱怨一句：怎么之前一点都不知道啊？

唐必仁笑笑，很无辜地摊摊手答道："我也没想到！"

这话没人信，他知道没人信，但还是要反复说。除了这一句，他也就不再多做解释。

从懂事起母亲就不让他多嘴，但母亲对自己的历史却并不隐瞒，母亲强调："你记住了，我是舞女，但不是妓女。"小时候唐必仁并不能弄清这二者的区别，但他没问。母亲不说的，他都不问。

母亲是那样一种女人：衣裤已经打了一层层补丁，头发故意不加修饰，任其纵横零乱，脸上也是一层没来由的污垢，可是站在那里，还是一眼让人看出是外来人。

母亲是1955年从城里到唐家厝的。

唐家厝一个从小失去双亲的男人，三十六岁了，斗大的字一个都不认识，还结巴，还斗鸡眼，还喜欢随地解开裤门掏出东西小便，上无片瓦，下无寸土，只窝在生产队废弃的破牛棚里度春秋。母亲徐盎然从城里来，就是为了嫁给他。他叫唐大弟，就是唐必仁的父亲。

唐必仁没见过唐大弟，他出生前唐大弟就死了，是替生产队放牛时遇暴雨，轰隆隆的雷当空劈下，牛惊得狂奔，奔到悬崖边，唐大弟用上吃奶劲试图勒住，却被恼火的牛轻轻一甩，甩下深谷，死了。算是天灾吧？但母亲不屈不挠，腆着大肚子一次次找生产队长和公社革委会主任，最后确认是为保卫集体财产因公牺牲，从死得比鸿毛还轻一下子跳到比泰山还重，好歹成为烈士。

许多年以后唐必仁才明白母亲的良苦用心，母亲是为了他。他一出生就是烈属。顶着这个光环，唐必仁受用了几年，母亲也一样，头总是故意仰得高高的。逢年过节，生产队给军烈属发慰问品和贴红对联，一年一年虽都漏掉他们，母亲却不以为然，自己买了红纸，自己写上“烈属光荣”四个大字，赫然贴到门楣外。

屋已经盖起来了，是唐大弟在世时就开始动手盖的，屋还未建好，唐大弟死了，母亲接着往下盖。没有钱买砖，只是以三合土垒筑，整整齐齐的三间，覆上瓦片，倒也结实可靠。唐必仁在这样的房子里出生、长大，长到十来岁，既能唱也能跳。根本没有人教他，他跟人到镇上电影院里看两次，又跟到城里电影院看两次，白花花的幕布上几千人一起唱着跳着《东方红》——原来有一个东西名字叫“音乐舞蹈史诗”，然后唐必仁也会唱了，也能跳了。

终于村里知青帮小学排那时刚时髦的《白毛女》，那个欠地主黄世仁债又被黄世仁派来的狗腿子打死的可怜的杨白劳，让唐必仁一夜之间红透。

母亲原先不肯唐必仁唱与跳，一听到一看到就举起手中正拿着的任何东西砸过来，声色俱厉，气急败坏。但后来见去参军的是公社宣传队的谁，被招工的又是公社宣传队的谁，才发现原来那是一条很宽广的大道，可以抵达明媚的前方。紧接着唐必仁小学还未毕业，县一中派人来唐家厝了，要招唐必仁入学。这都是铁证，太让人信服了。从村越过镇，直接抵达县城，母亲顿时欣喜，眼里放出亮晶晶的光。

其实那时母亲已经不再是烈属了，连门楣上写着“烈属光荣”的大红纸都不许贴。已经躲到唐家厝这么偏僻的地方，母亲当过舞女的身份还是被红卫兵挖出来，进一步再挖，原来她不是一般的舞女，她在“春江好”时与国民党警察局长好过，人家本来要带她去台湾的，她也裹好细软，收拾好行装，踮起脚尖伸长脖子眼巴巴地等着，那个局长却已经急匆匆登上飞机独自先走了。在村里人看来，舞女等于破鞋，国民党警察局长的相好等于反革命分子。难说不是故意潜伏下来的吧？那就再罪加一等：女特务。顶着这么多罪名，唐必仁看到母亲胸挂大牌子、头戴纸糊的高帽子或者被批斗，或者被游街、被劳改，谁都可以用石头或者瓦片砸她，追着她骂不要脸。按说这样一个女人的儿子，是不可能进宣传队的，不过宣传毛泽东思想也非常重要，无论唐家厝小学还是县一中，舞蹈队的女孩子都可以轻而易举挑选到，而男孩，尤其是能够撑台子的男孩，却一直奇缺，再三再四找，也没找到一个能及唐必仁一二的。感谢文艺，那个时代最繁花似锦的东西，居然悄然把这个天赋降临到唐必仁的身上，他于是多了一个头衔："可以教育好的子女"。

红小兵他不能入，红卫兵也无法参加，但他可以上场跳工农兵学商，跳各族人民。音乐托载着他，一上场他就不是平日里那个羞涩的、沉默的、没有笑颜的人。旋转、蹦跳、融化、升腾，四肢像安上了马达，那么欢快且如鱼得水，几乎要飞起来。掌声接踵而至，还有潮水般的赞许。

这个瞬间，他总是会猛地想起母亲。到县一中后他就住校了，一般一学期才回去一次。母亲让他别回，不用回。母亲在有意识地强调他与她的疏远，越疏远才越显示他是"可以教育好的"。他不回，母亲就得常来，背来米，弄些自己腌制的咸菜，还有有限的一些钱。通常母亲悄然来又悄然回，并未与他见上面，那些东西她包好，捆扎好，写上"杜三晖老师收"，然后放在校门口的传达室。

母亲从来没见过杜三晖老师，她甚至不知道是男还是女，她也不想知道。母亲说："你找个可靠的人，最好是老师，我把东西交给老师，老师再转交你。"于是唐必仁就说了杜三晖的名字，宣传队教他们舞蹈的老师，杜芳菲的母亲，四十来岁，总是胃疼，所以皮包骨头，但永远微昂着头，尖下巴上翘，脖子又长又细，背挺得直直的。就是从她嘴里，唐必仁听到"脖子是女人第二张脸"这句话。

那期间不时有文艺会演，全县各中小学的好节目都汇聚县城，连演几天，再挑出最好的节目全县巡演。县一中只要有唐必仁参加的节目，没有不被选上的。从这个公社到那个公社，不用上课，三顿都管够，不必自己花一分钱，这样的日子几乎每个人都是欢喜的。那天巡演到唐家厝所在的公社，唐必仁发现母亲也缩在角落里，虽被一条幽暗的粗布围巾从头顶罩过大半张脸，但他还是一下子发现了。最初他不是看到，是感觉到，像有一道隐约的光，正炽热地灼到他身上，他眼光寻去，就寻到了。

那晚他跳得特别出彩，流畅极了，胳膊大腿都轻盈得如同鸟儿的翅膀。但轻盈不是男舞蹈演员的核心精华，一棵树靠枝丫表述的只是一种假象，而支撑着纵横交错枝丫的则是树干蓬勃向上的刚劲与坚定，弥漫着不可遏制也不容置疑的力量感，肌肉似铁，骨骼似钢，却没有一丝一毫的僵硬与艰涩。

他发现缩在角落的母亲，眼睛如同舞台上的追光灯一般死死盯住他，须臾不肯离开。他想看吧看吧看吧，他就是要跳给母亲看的啊。

但是母亲并没有喜悦。母亲后来皱着眉对他说："你这样下去不行，会被毁掉的！"

母亲又说："聚光灯下的风光永远都不可能长久。"

学校里虽忙着学工学农学军，又批林批孔或者学习张铁生，考试都改成开卷式的，彼此抄来抄去的，就是监考老师也只睁一眼闭一眼，没人过问。但课毕竟还是有一搭没一搭地上着，每一节也终究有四十五分钟的时间，而宣传队的人却在这一切之外，只要排练需要，就可以既不上课，也不必考试。母亲的不满就集中在这一点上，母亲说："知识再无用，你也必须学习！"母亲的意思是，虽然"学好数理化，走遍天下也不怕"已经被批判，虽然"不学ABC，照样干革命"已经反复说了又说，虽然张铁生那样交白卷的人正红得发紫，但唐必仁却不能。不是有课本吗？即使不去上课，即使必须全县巡演，也可以自己读，反复读，不信记不住、弄不懂。母亲甚至下了通牒：如果不愿学，就退出宣传队。

唐必仁后来才明白母亲的见识有多远。几年后高考恢复，正是凭着比别人多读一点书，他考上了农林大学农经系。那是他生活的最大转折点，大学生啊，梦一样的日子。他因此离开唐家厝，离开县城，到了这座城市，毕业后又进入市委办公厅，从小科员慢慢起步，五十六岁了，原本该退二线向退休过渡，却突然被提拔，从体委副主任的虚职上，一下子升为市工商局局长，位置举足轻重。

三

要说运气唐必仁其实私底下觉得自己并不算差，大学毕业时，同学各自早早找了门路有了去向，他没人帮，无处找，恰巧市委组织部开始尝试推行选调生制度，就是在全市大学中挑选二十名品学兼优的毕业生，短期培训考查一下，输送到市直机关各单位中去。他反正闲着，就报了。条件当然也具备，一是学习成绩在班上四年都第一，还兼个学习委员，品学都够格了，但无背景，唯一的背景是躲在唐家厝与世无争的旧日舞女徐盎然。没想到，最终竟被挑上了。三个月的短期培训考查之后，直接进了市委办公厅。

按世俗标准，这真不是坏事，母亲脸却一下子黑了，厉声说："不行，别去！"

唐必仁没有料到会这样。都说大学毕业分配是第二次投胎，所有同学拖着七大姑八大姨挽起袖子上阵，忙乎得像炸了窝的蜜蜂。他没有人帮，靠自己拼到这一步，母亲却突然劈头盖脸拦在路口。若要生气，他觉得自己也是有理由的，但他忍着。发脾气这件事在家里一直是单向性的，母亲可以，他却不可以。忍是可以成为习惯的，后来在单位对上对下，甚至在家里对柳静和锦衣，他之所以都能够平和宽广地接受她们不可理喻的一切，多半是由于从小练就的童子功。

他跟母亲说起就业的艰难，张三李四王五，周围一个个同学的辛酸苦痛经历都被放大了摆出来，比一个小贩推销土特产还急切。下意识地，他觉得这应该是一个最有效的自救法子。无论如何，母亲都不希望他颠沛流离，而除了进办公厅，他找不到其他体面工作。

母亲低头想了一阵,叹口气。“那就去吧,聊充小办事员即可,但不能当官——任何一官半职都不能要,你能答应我吗?”

“为什么?”这个唐必仁不明白。

母亲眉皱起来,眼凝在前方某处,像在自言自语:“那地方能有馅饼轻易往头上丢吗?一旦去争去抢,就必须龇起牙张大嘴,丑态百出。后退一步,不争寸土,安分守己才能洁身自好啊,你能做到吗?”

唐必仁不假思索马上点点头。

所谓的官职,从来就没有出现在他的梦里,那不是他仰望的。在舞台上跳炊事班长或者夸大寨亚克西的新疆老头时,他奔放热情得能融化任何人,但那都是扮演的角色,卸了妆后他马上沉默安静得判若两人。从小这个世界就没有给过他安全感,只有缩到角落默默面对自己,才能减几分恐惧与不安。何况,即使他流着口水仰望,所有官职对他而言也都在远山远水的缥缈中,遥不可及。

去市委办公厅报到的前一夜,母亲又与他进行了一次长谈,话题归结起来,都落实到欲望上。母亲说这个世界不好,症结在于哪里都不清心寡欲了。寡欲是向善的起点,而各种欲望中,最丑恶的就是权力欲——无论哪朝哪代,权力欲太盛的人,往往人品都偏低。母亲的意思是,既然唐必仁一定要去那地方,只好随他,但不要混同他人,要站着,不要跪着。母亲说,即使委到泥里,膝盖也仍是尊贵的,别活到对不起膝盖的份上。

他嗯嗯应承着,他想母亲说的其实就是她自己。这几十年,从城里到唐家厝,从“春江好”头牌舞女到唐大弟的妻子,母亲有无数的苦,却把所有的苦都结结实实地垒在心里,垒得像座山,一点一点把自己支撑了起来。

在个人档案里,他一直填写着为保护集体财产而献身的唐大弟,所以他自我定位仍是烈属。但心是虚的,仿佛终日足踏薄冰。与他同一天去市委办公厅报到的是师大毕业的贺俭光,分在同一科室,住同一套单元房子,一切看似类似,却是天壤之别的。贺俭光是本市人,有时周末会邀他去家中吃饭,他拒绝了,总是拒绝。为什么?贺俭光一次次问理由,唐必仁一次次不给出理由。

有一句话他始终没说出口过，他不喜欢贺俭光。同住的那套房子不大,五十平方米左右,两房一小厅一小卫一小厨,门一关,一起卸下外壳,袒胳膊露腿,听得到彼此的呼噜与小便声,跟一家人似的,唐必仁却一直相信他们是两类不同的人。贺俭光的父亲是南下干部,省报副总,母亲是妇幼保健院护士长,好歹都算得上知识分子了,唐必仁那时想不通的就是这一点,生长于那种家庭的贺俭光,已经丰衣足食,原该傲骨纵横,对权力竟渴望至满地流哈喇子,每一个细胞都憋足了劲要往上钻营。"这辈子没当到正厅都他妈的冤啊!"这是贺俭光一次陪上面来人喝醉酒,回房间大吐一场后说的。厅级!这座城市的书记、市长也不过这个级别,唐必仁至今犹记得自己当时的吃惊,他那时连科级都未丝毫指望,贺俭光却已经眺望到厅级了。即使没有母亲徐盎然的告诫,唐必仁也对这类人退避三舍。但很奇怪,贺俭光却始终友善待他,结婚时强行拉他当伴郎,之后又把柳静介绍给他。

柳静是新娘李荔枝的中学同学,在贺俭光婚礼上一打照面,唐必仁心里就猛地咯噔一下。娴静,这是他对柳静的第一印象;然后是洁净、矜持。女人要静起来并不太难,但后面两条却似两座高山,几分天性之下,更要靠骨子里日积月累的高傲,这一点正合唐必仁的胃口。婚礼后贺俭光要拉他相亲,他没有犹豫,心跳如鼓地去了,然后就成了。

其实是李荔枝当的红娘,但第一次见面那天,贺俭光也到场了,跑前跑后地张罗营造气氛。"哈,整个办公厅我们小唐最老实了!"他是这么向柳静介绍的。这话也对也不对,但贺俭光是以褒义来说的。唐必仁与柳静成了,李荔枝很开心,贺俭光看上去同样高兴,夫妻俩搂成一团以高调打情骂俏共祝初当媒人就马到成功。夜深人静时唐必仁曾有几分内疚,觉得愧对贺俭光,但重新面对时,对其仍不改暗暗排斥。

没想到最终贺俭光竟从仕途上半路退去,而他却走到了今天。

那年因为没有顺利升为办公厅副主任,贺俭光一气之下辞职离去,若不走,会不会真的已经居高位掌大权了呢?很难说。不一定。贺俭光有官场欲望,却未必真有官场智慧,他太喜欢冒头了,恨不得被聚光灯每时每刻追着打,这其实就是大忌。从小日子过得太顺的人,头顶有大伞撑着,没有风袭没有雨淋,壮大起来的往往都只是脾气,身子却脆似玻璃,被外力一击,便迅速碎成一地。从这一点上看,唐必仁觉得,贺俭光跟自己也是陌路人。

进市委办公厅不到三个月,贺俭光就成了厅团支部宣传委员。国庆节机关办联欢,由贺俭光组织节目,在贺俭光就是第一场硬仗,起劲地动员这个唱歌那个奏乐,还有人跳,六个年轻女干部的舞蹈《吐鲁番的葡萄熟了》。某个中午她们在会议室排练时,唐必仁路过,犹豫了一下,拐进去坐到角落。当时贺俭光也在,挺起劲地招呼女干部一遍遍练习,额上一层油亮的汗。见唐必仁进来了,忙得顾不过来,草草点个头算礼貌性招呼过了。

唐必仁坐下不到半分钟, 肚皮里那群器官就开始一耸一耸地扭成一团。六个女干部有瘦有较瘦,都不难看,皮肤像所有年轻女子一样光滑红润,放在平时,她们的青春与柔美使僵硬的办公室顿时温润有光,可这会在三拍子快节奏的音乐背景下,她们的手脚、腰肢、眉眼竟比赛似的与办公室气氛高度协调一致起来,一旋转,一个个都笨拙得像个孕妇。另外,哪一个新疆舞蹈避得开扭脖子呢? 双肩端平了,左一下右一下搬动脑袋,身子却与之完全脱节似的僵持不动——就是这个动作,她们全部缴械了,仅草率地以象征性摇头顶替。

贺俭光在女干部歇息的间隙走到唐必仁边上坐下,几分气恼之下,却有更多的兴奋与得意交相辉映, 从他脸上可以判断出此时他根本不知道唐必仁是怎么想的,或者他也没在乎唐必仁怎么想。“怎么样?”他问。唐必仁微微一笑,唇动了动。他知道贺俭光其实并非真需要一个评价,而只是想勾来一个赞美。如果是现在,他肯定可以把违心话说得比唱还好听,可是那时他还嫩,一口气硬是鼓鼓地堵在那里,他由衷觉得贺俭光应该撤掉这个节目,唱一唱奏一奏就行了,别贪大,别不切实际。当然,机关自娱自乐的联欢会倒也没必要强求, 一点舞蹈基础都没有的女干部敢挺身出来跳舞,这在市委机关已经是开天辟地的壮举了,但你贺俭光是当成政绩来高标准严要求的,在台上出洋相闹笑话不是初衷。唐必仁突然心里热了一下,他想要是自己来排这个节目呢?是的,他来排。旋转时只要以前脚掌支撑地面,控制好重心,身子就轻盈自如了;而扭脖子也不是特别难,以前杜芳菲她们一个个被杜三晖夹到门板后,一人帮着用门板夹紧身子,一人用手抱住脑袋搬左边再搬右边……还有个更简易的方法:双手高举夹紧,平移脑袋,以两耳触碰两臂,随时可练,即练即见效。

他进一步往下想,若是他成了那个遥远雪山哨卡上的塔里木呢?边种葡萄边想念情郎的果园姑娘阿娜尔罕本来只有一个，贺俭光却叫来六个女干部一起跳,那么参军去边塞的塔里木也完全能够以情、以韵、以形隔空起舞,舞蹈语言本来就可以如此宣情达欢的啊。

但他最终忍住了。他想了,但没说。

安静地坐在角落里，他的每个脚指头其实早已随着音乐节拍蹦跳不止,所有毛孔都像被甩上岸的鱼,急切地张大嘴一呼一吸,恨不得猛地潜入水中酣畅旋转遨游。

但他仍然忍住了。

贺俭光一到机关就能说会道招惹眼球，迅速被委以团支部宣传委员之任,翻江倒海筹备起国庆联欢会试图技惊全机关,可是贺俭光其实除了一张嘴,并无任何文艺特长,无一样乐器可上手,简谱也不会,更遑论唱与跳了。唐必仁从未对此羡慕或嫉妒过,但心事隐动了一下又一下。他一直等着,等着有人来招呼他,独舞都不是问题,就是混在这几个僵硬的女干部丛中,当个不起眼的陪衬也不嫌弃,可是,始终没有。他相信不是故意的,贺俭光也不是。一个终日沉默寡言、木讷迟钝、暮气四溢的人,是与生机勃勃打着聚光灯的舞台相去甚远的,没有人会把二者联系到一起去。

有一些沮丧,但转念又平静了。他想起母亲的话,母亲让他别与其他人一样。那就不一样吧,别人珍惜每个出头露脸的机会,机会属于别人,与他无关。

这只是个开始,仿佛他周身细胞在一夜间也与同事眼光达成一致,沉默,越来越沉默,每一个可能稍微闪光一下亮相一下的机会,他都后退三步或者四步，缩紧身子躲到角落，用阴影小心遮盖住。这样过去了一年，又一年，然后是十几二十年。一个个日子像一滴滴水珠被汇集成一片汪洋，无边无际地幽深涌动，黏成一团，不辨彼此。他因此被看成一个不折腾的人，甚至极缺上进心，无欲无求，却也尽职守则，踏实可靠。大致上他对自己是满意的，母亲徐盎然也满意，与柳静交往结婚后柳静更满意。中学语文老师柳静和她的同学李荔枝截然不同，妇产科大夫李荔枝有着难以置信的仕途激情，是贺俭光背后最好的推助器，而柳静不是。柳静说："多少能力办多少事吧，上蹿下跳最可耻了！"这话与母亲说过的意思很接近。唐必仁问："你会嫌我没出息吗？"柳静斜着眼看他，撇了撇嘴说："你认为官位与出息画得上等号吗？"

顿一下，柳静又说："你以为你有出息的可能吗？"

唐必仁记得当时自己长嘘一口气，但马上心里又重重地咚了一声。你以为你有出息的可能吗？这句话无论如何都无法让人舒服，后来就越来越不舒服，时不时会像胃酸似的泛起来。

四

现在他要说说李军了。

常务副市长李军是四年前从省城提拔来的，北方人，大高个，肚腩已经顶出几寸，腮帮黝黑布着浓密的须根，但五官很好，有褶子很深的欧化双眼皮，鼻梁高挺，嘴唇丰厚。他父亲曾任过省委组织部部长，后来是从省委副书记任上退下的，人脉盘根错节，关系密布，这当然让李军多少受益。刚从省城来时李军还不是"常务"，但因为同时还兼着宣传部长、常委，文化口这一块都掌控手中，无数人的命运也就盈盈一握了。

市委市府两办往来密切，文件雪片般相互飞，逢元旦或者国庆节，还有些文体联欢，比如篮球乒乓球羽毛球对抗赛。初入市委办公厅时，文艺联欢没人找唐必仁上场，久了不找就成为习惯，各种体育比赛也没人找到他。他也不觉得需要找，慢慢连探头打量一下的兴趣都丧失了，别人的热闹与欢腾隔在别处,仿佛另一星球上发生的故事。但有一天他还是去了,是无意中被人喊去,给市直机关乒乓球赛当看客。决赛在两个处长之间进行,水平接近,打得难解难分,围观者的情绪也调动起来了,起哄声山呼海啸。那天最精彩的不是冠亚军的决赛,而是之后。之后看得手痒的人都忍不住上了场,不重胜负,重在嬉闹。平时上班都有板有眼不苟言笑,好不容易释放一次竟也活色生香。唐必仁也去了,以往即使看了,见别人一阵阵起哄了,他的双脚都岿然不动,但那天他的脚竟鬼使神差地动了,不知不觉就站到了乒乓桌前。别人的拍子,还穿着皮鞋,但一发球一推挡一搓球一起板,马上赢来比刚才冠亚决赛更激烈的惊呼。有人怂恿新科冠亚军上去交手,先是亚军,后是冠军,结果非常一致,那两人都稀里哗啦败下了阵。

那一天是市直机关的节日,也是唐必仁人生的一个转折点。打过少体校吧?几乎所有人都向他发问。他摇头,心里有几分后悔,又有抑制不住的丝丝欣喜。

县一中文艺宣传队排练厅里有一张墨绿色的乒乓球桌，平日里老师要上课学生要上课,宣传队的人却可以免上课免考试,进了校门就直接拐去排练厅,排练前排练后总有一大段时间可以自由支配,唐必仁都把它们支配到乒乓球上了。直板,右手握拍,一面反胶一面正胶,快攻加弧圈,扣杀力沉,发球旋转,步法灵活——这些特点叠加到一起,球艺就差不了。县一中没有乒乓球队,县中学生运动会时,拉出去的男女两队,竟全部由宣传队的人组成,包括唐必仁,也包括杜芳菲。不常大获全胜,但也从来没有溃不成军,一次又一次。

农林大学是理科学校,农经系那时招的却是文科生。理科生丛林中的文科生,就如同被万绿团团烘托的红花,生气勃勃自不在话下。但进入大学后唐必仁就埋头读书了,文艺体育都不沾,连球拍都不知去向。只是童子功这东西真是顽强,当年打下了结实的基础,就像一座山似的健壮恒久地立在那里,不进可能则退,但再退也比那些没有根基的人强上几分。

正是因为乒乓球,唐必仁接近了李军。

不定期举办的市委市府乒乓球对抗赛因为副市长李军的出现而提高了档次。抽签结果，李军交手对象恰好是唐必仁。那次既然已经把冠亚军都打得没还手之力，唐必仁就再也推脱不掉了，所有人都认为他必须上场。但是二比三，他输了。正常的结果应该相反，是唐必仁放了几个球，别人未必看得出来，但李军自己肯定很清楚，结果唐必仁就被记住了。之后李军隔三岔五练球时秘书一个电话就打给唐必仁，再之后，唐必仁去了市体育局当上了副局长。

他频频无法按时回家吃饭睡觉时，柳静曾说过很刺耳的一个成语：飞蛾扑火。

这算不算一句诅咒？做妻子的如此信口开河，大概也只有柳静会这样了。

他没有恼，或者也无法恼。最初他是看中柳静身上与贺俭光妻子李荔枝完全不一样的清淡无欲，才与之交往结婚的，而他交给柳静的也是一个清心寡欲洁身自好的男子，没太多浊气，也没太多豪气。柳静从来不指望他有出息，他本来也没试图出息，但是，"身不由己"这个词还是降临了。说到底人心的脆弱远远超出想象，改变总是在瞬息之间，抑或之前对仕途的淡漠仅是一种未被挖掘的假象，只是未逢季节，暂且冬眠着。可是他身处那样一个场所，贺俭光式的人物上下翻飞，他们的呼吸吐纳风一样渗进他毛孔，雨一般淋透他全身。他真的没有出息的可能吗？真的永远只能被人漠视、忽略、无足轻重？

其实那次给李军让个球也只是下意识的，没有预谋，没有规划，没有步步为营，没有良苦用心。一个副市长，长相不错，性格活跃，关键是肯与民同乐上场打球，并且放下身段为每个好球烂球叫好骂娘，这无疑都令人亲近，难免也有些可敬可爱，让几个球使其胜了，高兴了，兴奋了，无疑也是对这些正面行为的一个鼓励。谁能想到还有后续呢？在市委办公厅每天抬头低头都要与那几个书记副书记打交道，见本市这些最高长官根本不是稀罕事，但他从来低眉顺眼谨小慎微，没有越雷池半步，人家也没允许他越。这个李军却不一样，居然主动喊他一起打球。球场与办公室气场迥异，大呼小叫，不拘小节，胡言乱语，这些都可以此起彼伏，挺畅快的，让人身心释放。

他不认为这就是一场火。或者即使是火，顺势一扑又有何妨？

和李军打过第一场球的三个月后，他成为市体育局第一副局长，局长是宣传部一位副部长兼着，挂个空名而已，等于无，一切归唐必仁左右。体委不是肥缺，但级别上来了，这很重要。

那时他仍然言语不多，在家在单位都一样。这个世界已经太嘈杂，一个人真不需要有那么多的语言来对付生活。直觉告诉他，李军对他的偏爱有很大程度可能正来自于他的性格。

有一次打球的间隙李军很随意地问起他的年纪："多大了？"

他老老实实答了。

李军说："噢，不小了嘛，怎么还没提？"

他笑笑，支吾一下，才答："水平不够吧。"这个自嘲他后来很满意，分寸是对的，以退为进。

李军边擦汗，边一仰头猛地大笑起来，看上去有几分意外，又似乎觉得有趣。关于职务一事，这是他们唯一的对话，到此为止，没有再往下说，之后李军也没有再给过他任何明示或暗示。以为升迁之路都必须用钱才可以铺出，那只是外行人幼稚的猜想，盲人摸象罢了，哪一个居于高位的人不需要一些可靠的、使唤顺手的亲信？就如同三餐未必都充满鱼肉，搭上青菜水果同样是必须的。走狗屎运了，他居然成了青菜或者水果之一，几乎没有征兆就被李军突然端上了餐桌。

讲义气、有气魄、雷厉风行、敢作敢当，李军的这些口碑看来不是虚假的。

体育局算业务单位，任职者之前习惯性选运动员或教练员出身的人，并且是在大赛上获过牌的，有成绩有名气摆在那里，下面的人不服不行。唐必仁有吗？他没有。虽说会打球，却仅是在业余中稍见成色，总之是牵强的。乒乓球这个技艺，整个中国到处藏龙卧虎，就是这座小城，水平远远在他之上的又何止成百上千。要说特长，他舞蹈远比打球强，到文化局肯定更胜任，但李军并不知道他曾是宣传队的男一号，这座城没有人知道，即使知道了，文化局职位已有人填着，而体育局恰好空出来了，这就是机遇。

在李军也许不过举手之劳，在唐必仁却分明跨过了万水千山。得到消息那天他从单位出来后没有直接回家，而是骑着车一口气到了江边，那里还没开发，正长着一片茂盛的荒草，终日不见人迹，在风中胡乱摇摆着，很尽兴，又有几分难以言说的寂寥。按规定副处级以上单位都配小车，所以这应该是他最后一次骑自行车上下班了。他骑得很快，上身前俯着，下巴几乎磕到车把子上。然后他丢下自行车，仰起头大口大口地呼出吸进。他觉得胸口那里储满一汪水似的哗啦啦淌个不停，快把他整个人淹没了。他开始喊，没有具体内容，就是长一声短一声啊啊啊，声音有点沙哑，像块布被猛地撕裂开来。

他觉得风都被他的声音撕成一条一条的。

他自己也被吓了一跳，根本没有料到会这样啊，竟激动至此。那一刻他终于明白，原来之前那个清心寡欲的自己是多么不真实，他把自己都骗得太久也太辛苦了。

正是枯水季节，江面窄窄的，似一个饥肠辘辘的暮气老人，水流极缓，犹如风前残烛。如果溯江而上，在一个不为人知的偏僻处上岸，就能抵达他的老家唐家厝。他不爱那个地方，但仍然不得不常常挂念它。母亲，他的母亲徐盎然还留在那里。无法让风捎去消息，母亲不需要这消息，柳静和女儿锦衣也不需要。他其实多么孤独，既无人喝彩，也缺乏后援。

如果唐大弟还活着呢？也许只剩下一生都被人任意踩踏蹂躏的唐大弟愿意与他一起欣喜若狂。

几天后他回了趟唐家厝，是母亲一个电话把他召回的。母亲徐盎然仍然独自一人住在唐家厝，满头白发，牙齿七零八落，手脚却仍自如。让她到城里，她不来。城里的灯火属于她年轻的日子，她不肯重返。他早就给老家安了电话，也给母亲买了手机，但平日里如果他不拨打过去，母亲从来不会主动打来，似乎不认识他，更无须惦记。终于打了一次电话，让他回家一趟，他哪里敢怠慢，立即叫上司机小陈动身了。

“升了？”母亲劈头就问。

他点头。

“怎么升的？”

他抿了抿唇，终于明白母亲召他回家的用意。他提拔了，却让母亲放心不下。唐必仁字斟句酌地把自己的新级别新职位大致说了一遍，他所有的着力点都放在“副”这个字眼上，副局长而已，很虚的职，没有权力，无利可图。母亲噢了一声，便沉默了，过了半晌，才问：“你忘了当初是怎么答应我的？”

这个问题果然提出来了，唐必仁额上冒出一层汗。他局促地笑起，进一步强调体育局的无足轻重。母亲问：“费了很大劲？”唐必仁马上说：“没有！真的没有！很正常，轮也轮到了。”

他说的未必不是实话，张三李四王五，市委办公厅起点高，宰相门下三品官嘛，跨上科级，再提成副处级，无论如何还是机会多多的，却也未必都是实话。靠近领导，伴君也可能成为伴虎，被烦被厌或许也就在旦夕之间。机关里很多人提上去了，更多人却终老那里，然后黯淡退场。他本来也可能是这群小人物中的一员，眨眼间已经五十出头，五十是个不小的坎，很惊险，他竟然峰回路转一脚跨了过去。

这一切竟然是拜乒乓球所赐，类似于中美外交，小球推动了大球。

扪心自问，他费劲巴结李军了吗？没有——无一厘金半两银进贡过，打打乒乓球而已，偶尔不露痕迹让让球而已，这些能费什么劲呢？他没对母亲说谎，至那时确实没有。要说他从来不是个有脾气的人，这一次也不禁越想越恼火几分。已经五十多岁，这把年纪了，仍不过一个副处而已，却连母亲都不免把他资历、能力一概撇清，只一味地疑神疑鬼。其实他是想发火的，但他扭头往外面看了看。黑色的小车正停在院子里，司机小陈坐在驾驶座上等着他。那一刻，他适时笑起，摊了下手。母亲认为做人比做官重要，这不是多高深的道理，但活着的品质，往往还取决于官位的高低，却是母亲不甚了解的。

其实他自己以前也不是太了解,或者说不太在乎。

五

母亲出生不详,从她三言两语偶尔透出来的叙述中,可以拼接出这样的脉络:养母从孤儿院领回她,养了几年又腻了,将她重新推到门外,不再往来。养母是小学教员,独身未嫁,体弱多病,性情古怪,应该不算恶人,是微薄的收入将其压垮了。在"春江好"红起来后,母亲曾怀揣着一沓钱回去找养母,却已经人去楼空,是死是活都无人知晓。这座城把母亲伤过了,但无论如何,她在这里生长,天空土地都再熟悉不过了,一呼一吸也凹凸契合,可是她却不肯返回。

1949年,那个仓促逃往海峡对岸的警察局长把母亲撇下了。母亲孤身离开城,避到唐家厝,嫁给唐大弟。她所做的无非是要把自己当成一粒尘土,割断一切,湮没得悄无声息。未遂,往事还是被挖出来,母亲在自己的心底其实也从未埋葬住。唐家厝不临海,但处于风口上,风向一变,上空常常有白色气球刺眼地掠过。山陡,树狰狞,气球不时突然撞在山头,钩在树梢,然后便会落下面粉、罐头、布匹、糖,以及传单之类。高音喇叭反复喊着,告诉大家这些东西有毒,必须全部上缴,否则将怎样怎样,嗓门又大又粗糙。但没有人理,也没有人信,反而天天盼着东南风,一旦风来,方圆几个村的人都齐刷刷仰头望天,暗自期待气球当空降下,然后食物藏起,传单撕掉,又慌张又喜悦,如同一次偷情。

只有母亲例外。天气一变母亲就不出门了,连窗子也一起闭紧。有次唐必仁从县一中回来,过山坳时正逢一群人围住一堆白色大篷布俯身急速抢着。他凑上前时,仅抓到一盒压缩饼干。推开家门时他忙不迭从怀里掏出饼干,正满心窃喜,以为能博母亲一笑,哪知母亲却猛地脸色大变,一把夺过饼干就往地上摔去,然后脚再一踩。窸窸窣窣响过之后,地上已经狼藉。"不要,我们不要!"这话母亲不是说出来的,而是喊——嗓子不是放纵敞亮的,而是梗着脖子喊,嗓音却压得很低,脸乌黑。

好吧,那就不要了吧。惊恐之下的唐必仁把这一切都归咎于那个旧警察局长,他猜测母亲是恨那个狗东西的。几年后,他上了大学,暑期返家时却意外在母亲枕头下看到一封古怪的信,信封是白色的,边沿是红蓝相间的细斜纹,写着繁体字:徐盎然小姐亲启。

小姐,母亲居然被人称为小姐!

信来自香港,抽出来看,套有另一个小信封,然后才是一张纸。展开来看,是竖写的字:"小然……"

唐必仁记得当时自己立即脑后嗡的一声闷响,如果前面有镜子,他相信可以看到自己的头发已经一根根直愣愣地竖起。

母亲恰好下地去了,回家后先匆匆进了卧室,再出来时脸涩涩的,低头无语。唐必仁相信母亲发现那封信被他动过了。他也缄默着,不问。

信是那个旧警察局长写来的, 以大量篇幅解释那天是如何无奈登机离去的, 然后这么多年又是如何辗转托无数人寻找她的下落。很多是虚话, 半文半白地抒着陈旧的情, 但信中有几句话唐必仁却结结实实记住了:一、他在台湾已经娶妻生子;二、这辈子唯剩余一个心愿,就是与她重逢,所以哪天他一定要来找她。

翻到落款处,唐必仁看到这个男人姓郑。母亲恨这个叫她"小然"的郑姓男人吗?她的青春美貌以及流光溢彩的生活都浓缩在"小然"之中,伤痛血泪与不甘也由"小然"生发繁衍。纵使已经被岁月侵蚀得千疮百孔,那个"小然",曾经的"小然",都是母亲挥之不去的前身。

那天晚上唐必仁差不多一夜未眠。之后他开始听海峡之声广播电台,那时一个对台寻亲节目正火,声波越过禁锢的海岸线。好几次他都不免有写封信去的冲动,已经铺开了纸,但最终还是按捺下自己。那个旧警察局长的名字他记住了,却无法确定那算不算亲人,甚至也无法判断是否被母亲视为亲人。当年逃出城时,母亲还是青春美貌的"小然",后来是唐大弟的妻子,再后来不过是唐必仁的母亲,而唐必仁与"春江好"没有任何关联。

不知道之后那个旧警察局长是否还来过信,又说了什么。说什么其实都无益了,时光逝去,该带走的都不返,淹没在远处,渐渐就淡了。母亲也该遗忘,遗忘的最佳途径是离开唐家厝,回到城里。当年大学一毕业,唐必仁曾问过母亲是否一起来。母亲摇头。

唐必仁没有坚持。一套小单元里还住着贺俭光哩,两人虽各有一个单间,唐必仁可以在屋子里搭两张床与母亲一起住,但客厅厨房卫生间却是共用的,他担心贺俭光反感。

贺俭光那时很快就开始与市妇幼保健院的大夫李荔枝来往。住在对门的办公厅主任薛定兵的妻子余致素怀孕了,贺俭光主动提出带她去保健院,他母亲是产科护士长,可以帮点忙。对上殷勤在贺俭光只是一种习惯,回报除了被领导青睐,竟还有额外的一笔。就是这一去,贺俭光认识了李荔枝,立即电光石火,一见钟情上了。

那不是个漂亮的女人,五官各自独立起来都平平,但组合到一起就特别了,很特别,几乎过目不忘,细看之下,原来是因为皮肤极黑,闪着瓷质的釉光,而且眼梢上吊,大而且亮,有着热带阳光充足照耀的饱满,让唐必仁不由得想起越南女民兵。那一阵李荔枝常来,背着大大的包,包里装听诊器、胎音器之类,进了门转一圈,马上就与贺俭光一起去敲对面薛定兵家的门了,在那边一待一两小时,然后李荔枝就走了。很长时间后唐必仁才知道李荔枝不是来串门,而是为薛定兵老婆余致素进行孕期检查。有一次贺俭光说漏嘴了,道出余致素胎位反了的秘密,李荔枝三天两头前来,正竭力帮着纠正——用心用情真可谓良苦啊。成效当然也大,作为市委书记的红人,薛定兵在办公厅里有着和珅般的掌握能力,上天入地呼风唤雨,他暂时需要贺俭光,而贺俭光抓住机会带着女朋友李荔枝一起迎了上去,展示了比翼双飞的英勇姿势。能如此一致协同作战的一对男女,相亲相爱是肯定的,携手走进洞房自然也指日可待。

唐必仁暗地里也盼着贺俭光好事快来。贺俭光是本市人,家里有幢祖上留下的老房子,阔大宽敞前后几进,一旦结婚,必定要搬回去住,那么腾出来的空间就可以给母亲了。他因此多出一些心眼,不时悄然打量贺俭光和李荔枝。很甜蜜,但也有波折。贺俭光母亲不喜欢与自己同在妇幼保健院妇产科的同事李荔枝,她让贺俭光散掉,贺俭光坚持着。终于结婚时,日子已经挨过一年多了,而薛定兵的女儿甜汁早已平安生出,整天在对门哇哇地哭闹。

贺俭光根本无法一结婚就搬回家住,他回不去。这个婚姻不被父母接纳,反而是李荔枝又住进来了。李荔枝把柳静介绍给唐必仁,然后柳静也住了进来。五十多平方米的小单元房,住着两对夫妻四个人,挤得几乎转不过身子。

直至李荔枝生下儿子贺丰年。

看在这个孙子的分上,贺俭光父母才自己去住外面买的新房子,旧房子终于腾给了儿子。贺俭光搬走了,空出来的房间都归唐必仁。唐必仁问柳静,让我妈来住行吗?柳静没有应。唐必仁知道不应就已经表明一种态度,他在乎柳静的态度,但不能无原则迁就她的态度。他独自回了趟唐家厝,他要把母亲接去。母亲却把唐必仁整理好的东西重新解开,母亲说,那里已经不属于我了。

母亲二十八岁才从这座城里离去,这里的一切与她原是凹凸相嵌的,她的青春与美丽流淌在每一次灯红与每一场酒绿之间,但世事突然像一把锋利的刀切下,或者像一道幕景急骤转暗,生活把她猛地推向另一个空间,她一天天忍受着,终于忍成习惯。无论是唐必仁的女儿锦衣出生了,还是买了新房,有了大空间,她都始终拒绝前来。那就随她吧。唐必仁后来也不再强求。母亲不是个可以被强求的人,何况他的心思渐渐也淡了。

可是唐必仁到体育局上任不久,母亲却突然来了,不请自到,而且不是空着手,她带了行李,一副打算长住的模样。唐必仁有点吃惊,也不免无措。现在不是往昔,他已经像一只飞速旋转的陀螺,鞭子不知来自何方,又狠又猛,他便越来越忙。人的忙常常与欲望成正比,他曾经有过对任何官职都懒得打量一眼的日子,但既然已经当到副处,正处自然而然也就出现在视野里了。岁数不饶人了,他加紧了脚步,不知不觉往那个方向鞭打自己。这时候他哪还有闲暇对付母亲?

那天柳静也很意外,瞥他一眼,嘴动了动,似想问什么,终究什么都没问。看不出她高兴还是不高兴,一直都是这样,两个女人始终很少交往,偶尔唐必仁带柳静去一趟唐家厝,能当天就回城的,绝不会拖到第二天。母亲不是好相处的人,或者说不是话太多的人,柳静竟比她更甚。吃饭吧。嗯。回了?嗯。走好。嗯。有时候唐必仁会把母亲不肯来城里同住的原因归结为柳静太冷淡,回头再一想又放弃了。母亲从未抱怨过柳静,反而数次提醒唐必仁要好好待柳静,"这个女人不错!"母亲的原话是这样。

柳静也赞叹过:"你妈很硬气。"

也许不算互相欣赏,但至少彼此没有反感。女人与女人间没有反感就已经为友谊夯下厚实的基础了,再渗进几丝亲情与几分必备的礼数,其热乎劲往往如同见了风的火势,霎时就漫天呼呼刮开了,即使再短暂,也会浮着一层浓烈的甜腻。

母亲和柳静之间却没有。以前分在两处,距离可以隔断诸多是非。现在母亲却突然来了,唐必仁还来不及喜悦,一股不安马上就淹上来。母亲为什么突然来?母亲和柳静能平和相处吗?以前他从未对此忧虑过。万事起势很重要,新婚时如果母亲在这个家中,那么柳静就是外来者。二十来年过去,天下已定,母亲已经把自己弄成了外来者。

另外,还有锦衣。

锦衣从小学习就好,尤其语文,高中时就在报纸上发文章,作文比赛也总能拿奖,这应该是柳静的遗传。作为语文老师,柳静把好语感传给女儿;作为母亲,她把坏脾气也一并遗传了。倒不是大吼大叫砸东西摔家伙,没有,锦衣一向比她妈还冷静,斜着眼静静看着,然后嘴一张,话就箭一般射出去了,直抵对方要害处。聪明人刻薄与凌厉起来,总是更有杀伤力。柳静对这个女儿从未满意过,唐必仁也不觉得十分可心,但他不愿再火上浇油。每次总是这样,在柳静与锦衣之间,他一直辛苦熄火,这个哄一下那个抚一下。他心里比谁都清楚,女儿其实就是柳静的翻版,许多与生俱来的性情是融在骨子里的。

锦衣在师大读研,平时住校,周末才回家。她回来前,唐必仁先给她打了电话。"锦衣,奶奶到我们家住了。"

锦衣马上答:"好吧。"

唐必仁咳一声，把早已斟酌过的句子重新咀嚼了一遍才说:“她年纪大了,可能会有些毛病……你要忍一忍,毕竟……”

锦衣打断他:“知道了,你的意思就是,家里除了你,除了我妈,再加一个奶奶,三个人是三座大山,我必须低眉顺眼,学林妹妹,不敢多走半步路,不能多说半句话——这样行了吗？”

唐必仁说:“不是这样的,锦衣。”

锦衣说:“别假了,老唐,不是这样你就不必打这个电话告诫我。”

唐必仁暗叹一口气,“锦衣……”

锦衣笑起来,“老唐,你这个人挺没意思的,家里来的是你妈,又不是你小蜜,你居然小心成这样。行了,放心吧,反正已经有两座大山了,再加一座,我无所谓。”

唐必仁知道话说到这里就够了,锦衣从不食言,这是她最大的好,这一点也与柳静相似。小时候她要什么东西或者想去哪里玩,唐必仁可以拒绝,但不能敷衍,若是顺口答可以,最后却没兑现,她就一定会闹个天翻地覆仍不罢休。她让放心,唐必仁真的就松了口气。反过身,他还必须找柳静。不想多费神,他把对锦衣说的话重复一遍:“我妈年纪大了,可能会有些你看不顺眼的毛病……你要忍一忍,毕竟……”

柳静正在备课,已经当了一辈子老师了,随便上去都能不费吹灰之力就轻松对付下四十五分钟,备课这一环节却如同一道精密的齿轮,少了它每天的日子都转不下去似的。“你妈毛病有你多吗？”说这话时她眼皮都没有抬,唇也几乎不动,话就从齿缝间挤出来了。

唐必仁一下子就被噎住了。没关系，他已经动不动就被噎了二十多年,凡事习惯了就好。可是他习惯,母亲却未必习惯,他担心的正是这一点,毕竟柳静下了课一般都待在家里,与母亲相处的时间要比锦衣多得多。

“柳静,”他叫,“我妈这辈子挺苦的,我不希望她有生之年再有痛苦。”

柳静抬起头,定定地看着他。“谁打算让她再受苦了——我还是你？”

唐必仁连忙说:“噢,可能是我多虑了。”

柳静马上接口道:“是多虑了！”

顿一下她又说:“她会在这里住多久其实你心里并没数。她打算一直住下去?”

唐必仁答不上。凭直觉他相信母亲此次到来必定与他升迁有关,外人可以理解成是因为替儿子高兴,于是来享福,但事实上他知道根本不是。自己的母亲他还能不了解?只是他不敢问母亲会住多久,更不敢问究竟是因了什么才突然来的。他爱母亲,更多的却是惧。这么多年母亲从来都把自己内心遮蔽得严丝合缝，极少渗出来，他甚至不曾见到母亲的一滴眼泪。母亲内心一寸一寸布满了细细的纹路,只是她不肯敞开自己。包括这一次,他依然只能靠猜。既然来了,就不再走了吧?毕竟老了,已进入暮年,纵然再倔强再要强,也敌不过岁月的无情。

但他猜错了,还是错了。仅仅几个月,母亲就如同当初突然到来一样,又突然回唐家厝了。母亲不说理由,她只是说:“这里我不习惯。”

唐必仁有点慌,试图挽留,但没有留住。

六

那天母亲从唐家厝突然来唐必仁家时,带来一张纸条,上面是一个电话号码。母亲说:“杜芳菲,你还记得她吗?你们以前一起跳舞。她去唐家厝找过你,说有急事。”

高中毕业离开县一中,然后考上大学又离开县里,这么多年唐必仁都没有再见过杜芳菲,也从未有任何联系。谁也没拦过他,是他自己一下子把过去砍断的,说不出理由,或许根本也找不到理由,他只是不想回望。但他忘记这个叫杜芳菲的人了吗?没有。虽不常想起,那名字却是清晰的,像一块石块上的刀刻。有事?有急事?

第二天唐必仁就拨了那个电话。铃声只响一声，一个女声就马上传来,仿佛对方正抱住手机,恰好要拨过来。“喂,哪位啊?”声音高亢粗壮。

唐必仁触电般把话筒从耳旁猛地拿开,举到眼皮底下,看了看。已经想不起杜芳菲从前的声音了,但肯定不是这个样子,不会如此尖厉。宣传队除了有舞蹈队,逢重大节日还会临时排些《东方红》、《长征组歌》之类的大合唱。二者相比较,舞蹈队一直更得宠,能唱的人未必能跳,而能跳的,只要不是太离谱，都常被杜芳菲的母亲杜三晖拉进大合唱队伍中滥竽充数。唐必仁鼻炎多年,嗓音有点瓮,却仍去唱过几回,而杜芳菲,似乎从未缺席过。

唐必仁说:“你好,我是唐必仁。”

对方静止了片刻,“唐必仁？噢——你好啊唐必仁，哎呀我是杜芳菲啊！”

果真是杜芳菲。唐必仁脑子里腾起一层雾,不免几分恍惚。

“唐必仁,喂,喂,你真是唐必仁吗？”

唐必仁说:“是。”

“你在市体育局？”

唐必仁说:“是。”

“哎呀！真的在体育局啊……看来真是一当官架子就大了。”

唐必仁嘴张了张,忽然间觉得没必要辩解,就又闭拢了。

“唐必仁,找你找得我头都大了。你消失多少年了？呃,你自己说说看有多少年没露个面了？一直躲着我们升官发财啊,你！喂,我们那个年段同学你还记得几个啊？都不记得了吧？告诉你嘛,这个星期天上午要搞个同学会哩,你要来啊！以前搞过好多次了,都通知不到你,这次你可一定要来啊。刚从报纸上知道你升官了,怎么去了体育局啊？真奇怪,你搞过宣传队,没见你以前搞过运动队啊。田径？没有吧;篮球？没有吧……哦,乒乓球不错,但那算什么呀,明明是在宣传队里瞎打的嘛……”

办公室主任拿着一份文件进来。唐必仁觉得这通电话终于有了结束的理由了，但也就是在那个瞬间，他决定参加同学会。他问:“地点在哪啊？”

杜芳菲高兴起来,嗓音提得更高:“你能来啊？真的来啊？太好了,看来你没什么官架子。好,太好了。就在母校里啊,一中现在和以前不一样了,扩大了好几倍,你来看看就知道了。那个……”

唐必仁打断她:“抱歉,有人找我了——那就周末见吧,我会去的。”

放下电话,签了文件,办公室主任退去,唐必仁把身子往椅子靠背上重重一躺。很滑稽,刚才在文件上签自己名字时,竟差点写成“杜芳菲”了。办公室主任在,他抿紧了唇,这会一想,不禁还是咧嘴一笑。已经退在时光深处的杜芳菲,那个曾经柔美羞涩的卓玛,竟这样忽现了,她居然还像以前一样,总是连名带姓地喊他,唐必仁!二十多年不见,她变成什么模样了?他忽然觉得,那么爽快要赴同学会,其实正是冲着这个悬念去的。搞,他注意到她动不动就使用起这个动词了。搞,她竟然爱说“搞”!

她以前似乎也不是如此爱说话的啊。

星期天柳静给学生补课,一大早就走了,锦衣学校有活动不回来,家里只剩下母亲了。唐必仁告诉她自己要去县城,他的意思是反正有小车,可以把她捎上。唐家厝去县城已经不必再乘船,桥修起来了,路也宽了,半小时不到就可以开车抵达,可是他从县一中毕业后,母亲就再也没去过县城,母亲甚至缩在唐家厝,哪里都不肯去。去故地看看,这是唐必仁的意思,母亲却摆摆手。母亲问:“自己开车去吗?”

唐必仁脱口答道:“有司机啊。”

副局长,主持工作,有专车当然配了司机。唐必仁正奇怪母亲为什么问这个,却见母亲已经沉下脸。母亲说:“你要好自为之。”

心情一下子就败坏掉了。但他仍然坐了小车去县城,司机小陈早早就来了,在楼下候着。之前在市委办公厅纵然他从不曾羡慕上下班有车接送的主,轮到自己也有这一天,那种被服侍被仰望的感觉还是非常受用的。他没必要众人皆醉我独醒,出行用个车而已,天经地义,非要强行扭一下,反而显得造作了。

这个道理他觉得三言两语未必说得清。他其实也没觉得有必要说。

七

车往县城开去时,唐必仁脸即使是端端正正朝前的,眼珠子也转到窗子外面去了。在中学教语文的柳静,喜欢动不动嘴里就蹦出成语。“成语最高浓度概括了千言万语”,这是她的理论。唐必仁却持相反看法,柳静不知道,很多时候,机关里写材料反而会刻意避开成语。为什么避?在洪流般滔滔汹涌的宏大语句反衬下,成语不免显出几分酸腐无力。这个看法机关里下意识达成了共识,唐必仁也认同。柳静嘴里蹦出成语时,他心里哧的一声会有嘲笑,但这会他脑中却清晰浮起一个词:沧海桑田。周末车不多,司机小车油门踩得很欢,速度应该达到八十迈以上了。窗外山川万木呼啸而过,都变了,但偶尔有一条未枯透的小河、已经瘦小狭窄的小桥以及不曾改变的地名扑进眼眶,它们身上都储存着万千密码,在一瞬间,狂乱起舞。

他有一种奇怪的感觉,仿佛车正往光阴深处开去,开向已经逝去的当年。

那天的同学会有近百人参加。一个年段八个班,每班五十来人,加起来有四百多人,来了四分之一,不算少了。杜芳菲没有说错,县城变化确实很大,一中变化更大,都找不到校门了,原先的砖楼也拆得差不多了,全换成钢筋水泥的新楼,甚至安了电梯,气派不逊城里的中学。校门口挂着气球以及横幅大标语,欢迎校友回来检查指导工作云云,动静不小。后来唐必仁才知道,原来他那一年段出了个在深圳做建筑的大款,给一中捐过几次钱,顿时备受尊重,学校说是欢迎校友,其实是冲着这个建筑商的。

近百人都集中在校会议室里,唐必仁走进去时,马上听到有人喊起来:“唐……必仁啊,那不是跳舞的唐必仁吗?”

所有的人眼睛都瞧过来了。唐必仁微笑,摆了摆手,左右转头看着,这一系列动作流畅而有节奏,不知不觉,他腰挺直了,脖子梗起来了,挺胸收腹。“跳舞的唐必仁”,即使不是被提醒,一跨进县一中,一置身于这群同学之中,他的肢体就自然而然被唤醒。当年,整个初中、高中阶段,他就是以这样的姿态穿行于他们的目光下的。

“哎呀,你终于来了!”话音未落,一只手已经重重拍打到唐必仁背上。唐必仁回过头,是一位清瘦的女人,眉骨微凸,眼凹进半寸,薄薄的唇上抹着偏艳的红。他保持着微笑,手也仍竖起,继续摆了摆,脑中突然嗡了一下,脱口叫道:“杜芳菲!”

果然是杜芳菲。她兴致很高,咯咯咯笑着在前面领路,逐一介绍这个那个,语气松弛,不时开个玩笑,亲密中透着随意,仿佛那些人全是她的家人。握手、问好、微笑,不断重复这几个动作时,唐必仁其实也不忘拿眼角打量着杜芳菲。除了母亲之外,这曾是一具他最熟悉的女性身体,那上面所散发出的芬芳,穿透他整个懵懂的少年时期。那时候,这具身体多么饱满而紧致,水汪汪地漾着青春的光泽,如今却已经干透,枯树般艰涩。三十多年,时光是最狠毒的魔鬼,把一切曾经赐予的,又变本加厉都掠夺了回去。但他刚才还是一下子认出她来了,为什么?他在心里悄然给自己一个回答:笑起来的样子。

雅鲁藏布江边,聪明的卓玛故意装出扭了脚,哎哟哎哟地叫喊要找阿妈。憨厚的炊事班长上当了,扶着她离去,于是留在河边的姑娘如同捡到一脸盆金银,欢天喜地洗起衣服。转瞬醒悟过来的班长急急返回江边,想抢回衣服,卓玛眼疾手快端起脸盆就跑,而其他的姑娘则斜列两排,一手叉腰,一手做泼水状,背微俯,踢着脚划着臂交错向前,把试图抢回脸盆的班长拦住,掩护杜芳菲把盆里的军衣洗掉了。

“出打出打,觉过出打,咳——勒司……”这句歌词唱的是什么呢?唐必仁以前问过,杜三晖不知道。那时没有人觉得有必要知道。居然把脸盆扛上舞台跳来跳去,现在怎么看都是古怪而不妥的,当年却不觉得。几件衣服浓缩了世道人心,你帮我们收青稞盖新房,所以我帮你洗衣衫,彼此都掏心掏肺。那时每次演出前,杜三晖都不忘了叮嘱:“要开心,要笑,发自内心地笑。对,亲人解放军,你们好不容易终于为亲人洗一次衣衫,亲人啊!”

哎哟喊痛要找阿妈的杜芳菲笑得最得意最开心,舞一场场跳,她一次次笑,嘴角半月般上翘着,两排细贝似的牙齿赫然展露。

上苍其实还是对杜芳菲有所青睐的,牙黄了,不似从前那么晶亮细白,却也不曾残缺损坏,仍整齐地站在原地,从薄薄的嘴唇中夺目而出。她爱说“搞”,甚至跟人说着说着,嘻嘻哈哈间还会把中指往前一捅,猛挥几下。动作是粗俗的，但她却并不以为然，在她，估计只是把中指当语气词使用吧。况且，挥动中指时，那腰身，那姿态，依旧有着舞蹈的韵律，如同她整个人，穿着普通，一身衣裳从款式到花纹、色彩都是街头大路货，却分明穿出庸常妇女不曾有的风情。

置身于那些已经臃肿变形的女同学中，她依旧有着独特的芳菲，虽不似从前那么鹤立鸡群，终究还是让人高看几眼，像浮在水中的莲、挂在枝头的果。

午饭时唐必仁恰好坐在杜芳菲边上，敬酒的环节开始时，几乎每个人都要把话题引到同一内容上：喂，你们当年怎么没有成为一对？太可惜了！你们当年不是怎么怎么……

当年怎么了吗？没有。虽然唐必仁内心确实怎么了，但他没有说，没有表露。家庭的悬殊明显摆在那里，他不相信有奇迹，也没有那个胆。忍着，像用一根绳子把咽喉紧紧勒住，再蓬勃的生命，也很快窒息消亡。的确不长，仿佛只是一场梦，然后他醒过来了，没事了。恢复高考时，他考上了，杜芳菲落榜。他一点都不觉得意外。宣传队的人，几年下来都不用上课不用考试，他如果不是被母亲死活逼着，也早把书本丢到九霄云外去了，不识ABC，连正负数都可能模糊不清。杜芳菲的母亲杜三晖就是一中老师，却不认为读书有必要。杜芳菲一门心思跳着舞，怎么可能考上？

喧闹的空隙，唐必仁转过头问："杜老师现在怎样？"

杜芳菲脸上黯了一下，说："你是说我妈？死了，前年脑中风，躺了大半年，死了。"

唐必仁心里咚的一声。教舞蹈的杜老师，因为胃疼瘦得皮包骨头的杜老师，天鹅般把脖子拔得长长的杜老师，强调脖子是女人第二张脸的杜老师，每次把母亲放在传达室的米、咸菜、钱转给他的杜老师，这么多年他居然一次都没去看过她，而她已经死了。

"不像你妈，你妈还多结实啊，看上去真年轻！"杜芳菲的情绪很快又转过来了，"哎，听说你妈以前是……"说到这里，她舌头一伸，唇就抿住了，几丝女儿态竟冒出来。

唐必仁知道她没问出来的话是什么,笑了笑。

顿了很久,敬酒的人来了几拨又走了几拨,唐必仁觉得还是要把一个问题弄清楚。不见便罢了,既然见了,就多少有了好奇。“你在哪儿工作?”

杜芳菲嘴一嘟,说:“没工作啊。我没工作。”

“一直没有?”唐必仁不太相信。

有人过来问杜芳菲什么事,杜芳菲站起答了,指指点点的颇有点像个指挥若定的官员。唐必仁已经看出来了,杜芳菲是这场同学会的组织者,至少是之一,那样一副从容控制场面的欲望与能力,怎么看都不像家庭妇女所为。“真的没工作?”杜芳菲重新坐下时,唐必仁追问了一句。

杜芳菲晃了晃脑袋,端起酒杯,先是敬同桌的,然后扭身敬向别桌,笑声像水花一样哗哗四溅。

她没听到唐必仁的问话?

肯定听到了。肯定不想回答。

坐在唐必仁另一边的也是女同学,唐必仁始终没记起她的名字,也想不起她当年的模样。但她说唐必仁一点没变,无非胖一点而已。“那时全校谁不认识你啊!”她以这句话表示自己没有瞎说,全校人都知道唐必仁,都见过唐必仁跳舞,把那时的唐必仁和现在一比,桌上的人也都附和说:“真他妈的没太大变化啊。”

女同学就很有成就感地笑起,然后伸过头,趴到唐必仁耳边说起杜芳菲。

杜芳菲高考失败后招工进了县纺织厂,跳舞的长处发挥了作用,曾经很红过,当到厂工会主席,本来有希望当副厂长,还没当上,厂子却倒闭了;结过婚,有个女儿,没几年做生意的丈夫却带着小三跑得不见踪影。

“她最怕人家问工作的事了,你偏问!”女同学似嗔似怨。

唐必仁扭头寻找杜芳菲,见她正被几个男同学围住,敬酒劝酒,已经面红耳赤,一杯一杯却喝得仍很干脆,笑声朗朗。有人起哄让杜芳菲再跳个舞，"跳《洗衣歌》，就跳《洗衣歌》，今天解放军班长也来了——唐必仁，来一个！"

杜芳菲大声说："不行不行，人家班长已经变局长了，官升好几级，是个老爷了，已经不会洗衣服。"

有人问："那他的衣服谁洗啊？"

杜芳菲把酒杯高高一举，喊道："小蜜洗！"话音未落，放声大笑，咯咯咯地飙出尖脆的声响。

这种声音是唐必仁陌生的。这样的杜芳菲也是他陌生的。隔着二十多年的距离，物非人非了。他觉得胸口那里有点堵。

午饭后大部分人留下来K歌，个别有事的先走了。

唐必仁没事，但他也走。现场让他觉得无趣，他要走。

杜芳菲一路小跑着追出来送他，俨然一副主人的姿态。唐必仁意识到她肯定有事，心里有好奇，但他没有问。不必问，她想必是要开口的。果然，走到小车旁时，她终于说了："没想到体育局的局长就是你……我去唐家厝找你，才听你妈说的。这么巧，太巧了啊唐必仁……"

唐必仁警觉地看着她。到底巧的是什么？

杜芳菲手在他胳膊上一拍，说："看来是天意了，现在你得帮个忙。"

唐必仁还是不开口，他甚至微微锁起眉头。这个姿态他是下意识摆出来的——万一是件棘手的事呢？

杜芳菲似乎有点失望，咂咂嘴，顿了一下才往下说，话一句一句都很结实："我女儿是你部下，在市少体校当老师，已经去两三年了，却一直没听她说过你就是局长。她真是笨死了！哎，以后靠你关照了！记住了吗？呃，你可一定要给我记住了，我的女儿你肯定不会不管的吧！"

唐必仁嗯了一声，确实有点意外。

"嗯什么啊？"杜芳菲伸手在他胳膊上一拍，"别跟我打官腔耍滑头啊，我一听说你是局长，就知道我女儿有靠山了。以后就靠你了，听到没！"

唐必仁点点头，问："她叫什么名字？"

杜芳菲说："连丰灵，她是教健美操的。"

八

从县一中回来的路上接到贺俭光的电话，问在哪里，晚上吃饭。

唐必仁犹豫了一下，问还有谁？贺俭光就呵呵呵地骂过来了："妈的别给我摆架子啊，都是你认识的。来！"

饭局安排在"海阔天空"，新开张的五星级大酒店，极致的富丽豪华之下，饭菜却是极致的昂贵与难吃。酒上的是1982年的拉菲，已经早早就开了三瓶，灌在一长溜工整排开的肥硕矮壮的醒酒杯里，荡出幽暗的红，像一串夸张的项链。席间有薛定兵，这不意外。当年薛定兵再三允诺贺俭光会推荐他当办公厅副主任，私底下却费力保荐了自己党校的同学，贺俭光愤然离职，多少因为咽不下这口气。但时过境迁，两人早已又续上了蜜月，贺俭光在财源滚滚的前方奋战，其背后靠的就是薛定兵这棵大树。唐必仁只是没有想到李军居然也来了，坐在主宾位上，旁边是贺俭光，而贺俭光的另一侧就是薛定兵。市里关于李、薛二人不和的传闻一直不断，但是坐在一起时，你来我往此起彼伏敬着酒，荡着亲兄难弟的甜蜜。桌上还有公安、税务、城建等局的局长，数过去没有一个不是这座城市的头面人物。贺俭光说得没错，都是熟人。

唐必仁有点后悔。他似乎不该来。

贺俭光当初离职出走时，其妻李荔枝差点崩溃，柳静出面安抚，唐必仁也跟着揪心。那时的同情是有俯视感的。贺俭光发迹这几年，就很少与唐必仁有往来了，没有交恶，但还是远了。那年贺俭光一赌气离职南下，之后又回转，先是办木材厂，接着开发楼盘，已经浑身淌着油光。在暴发户的眼中，没有油水的体育局副局长是毫无价值的。满桌热腾腾地说说笑笑时，唐必仁却不太开口，他意识到这样不好，嘴微微笑着，仍然不说什么。

其实也没什么资格说，全桌除了贺俭光，他行政职务最低，手中权力也最小——一开始他真的以为自己不逊于贺俭光，看到贺俭光坐在两位副市长之间他也仍觉得理所当然，主人嘛！但是后来渐渐发现不对了，大错特错。贺俭光敬李军酒，李军只喝半杯，杯子还未放下，就被贺俭光一把揪住，马上又塞回唇边，死活让李军喝光。“干了，不要耍赖皮啊！”

唐必仁注意到，贺俭光一手往李军嘴里倒酒，另一只手居然压住李军的脖子。他心里咯噔了一下。陪李军打了这么多场球，似乎很熟络了，可哪一次他敢如此放肆？

“这个家伙啊，”贺俭光手指过来，“我告诉你，他可是我的兄弟，你得好好重用他！”

这话贺俭光是对李军说的。

李军点点头答：“呃，必仁不错。”

唐必仁应声站起，端着酒杯走过去，先敬了李军，想接着敬贺俭光时，发现薛定兵正拉着贺俭光的胳膊，头靠在一起，手捂住嘴，悄声说着话。

就是在这个瞬间，唐必仁脑中蹿起一个问题：权有用还是钱有用？

曾经的办公厅主任薛定兵是市委书记从江西带来的心腹，一直红得耀眼，如今不过是副市长，贺俭光那年如果不离职走，职位不一定能在其之上，那么，也无非是哪个局的主官，正处级，比唐必仁也强不到哪里去，哪里能像现在这般，可以把市里的一线领导任意呼唤到酒桌上，杯来盏去，称兄道弟？

有钱可以靠拢权，有权则能够转化为钱。而他既没钱，实质上也没有权。

他确实不该来。

一个晚上他都在捉摸贺俭光摆饭局以及喊上他的目的，是否有实质性的项目要通力合作、协手上阵、相互配合？没有，不过是他们常规性的一个小聚会，估计一个月定期重复几次。饭桌上各种话题迭起，鸡零狗碎，呼啸而过，骂骂咧咧。这会的面目是与主席台上迥然不同的，不道貌，不岸然，无拘地吃吃好菜，喝喝好酒，又造出一派和气增进了小团体的黏合，利人利己。

唯一例外的是，今晚贺俭光把他随机带进来了。

喉咙那里接连泛起几股酸水，唐必仁嘘口气，把它们一一咽下了。他有种忽然置身高山密林的感觉，满目是一棵棵高大挺拔的大树，它们根深叶茂，彼此亲密，相互呼应，而他不过是一朵刚从地皮上愣生生探出头的小菌菇，渺小，卑微，异类，无法相融。

整晚唯一与他有关的话题是市电视台刚举办的“我动我秀”节目，就是健美操的选秀大赛，老套路，专家现场打分，观众短信参与，一星期一轮，持续三个月后刚刚终结。除了唐必仁，全桌的人居然都看了，很投入，谈起来津津有味，乐趣横生，包括李军，包括薛定兵。唐必仁倒吸一口气，自己确实与这个圈子无法相融。柳静每天上课备课改作业，很少有时间打开电视机。他呢，即使正点下班到家，也只是看看新闻，仅此而已。

这时李军拿起酒杯在玻璃转盘上叩两下，说：“来，我们敬体育局的老唐一杯！”

“为什么呀？”唐必仁已经提起酒杯了，但仍懵懂着问。

贺俭光插话了：“你傻呀，冠军是你们少体校的老师啊，体育局出人才嘛，该敬该敬。”

李军说：“那个人叫什么名字来着……噢，那个冠军……”

几个人同时说：“叫连丰灵。”

李军酒杯连叩几下说：“对，连丰灵！决赛时电视台还请我去现场颁奖。必仁呀，你他妈的有本事。你们少体校的健美操水平，我看比北京的都不差。”

唐必仁笑起，这时候他唯有笑才能起掩饰作用。原来是少体校的。原来是连丰灵。原来是杜芳菲的女儿。

第二天，唐必仁就在市少体校见到了连丰灵。

体育局办公楼不在市政府大院内，没有经济效益，又从未出过奥运冠军，因此在机关版图里一向被视为偏僻边疆，而无法立即争金夺牌的少体校则是体育局的边疆。其实少体校就在体育局隔壁，大门并排，但之前唐必仁却很少跨进旁边的那扇门。这次他到里头转了一圈，煞有介事地听听汇报，这就差不多了，离去前他突然问满脸是笑陪在一边的少体校校长：“你们这里有个叫连丰灵的老师？”校长马上答：“有有有。”

连丰灵是从练功房里被叫来的,周身有一圈热气正向外蒸腾,脸色绯红,额头汗津津的一层,孔雀蓝的低领紧身衣令她细长嫩白的脖子藕一般艳美,微喇叭练功裤又使整个人越发修长挺拔了,笑着,两排洁净晶亮的小牙泛出珠宝的光泽。她迎面走来时,仿佛时光倒退了,唐必仁看到的是当年的杜芳菲。

"和你妈长得真像啊!"他说了实话。

连丰灵抿嘴笑笑,算认可了。其实细看之下,唐必仁觉得她个子应该比杜芳菲高几公分,腿更长,腰更细,气质更都市化。第一印象不错,待人接物分寸感很好,不卑不亢,落落大方。一个二十多岁的小教师,只要不违法乱纪,在少体校这样的地方,怎么混都不至于落魄,哪需要靠山?美艳,唐必仁脑中蹦出这个词,紧接着又有一个词:单纯。

美艳与单纯是多么相斥的两种东西,竟堆砌于一身,便如同悬崖边生长着花朵、剑锋上栖歇着鹂鸟。

握个手,寒暄几句,这就算认识了。校长脸上泛起了油光,大声说:"唐局长,她刚刚在电视台'我动我秀'节目里得了冠军哩,现在成了明星,走到哪里都有粉丝!"

唐必仁点点头,说:"知道,我也看过那个节目。"

连丰灵头微歪着,捋了一下垂下的头发,笑了。

周末再陪李军打球时,唐必仁贴近李军小声说:"李市长,少体校那个健美老师连丰灵是我中学同学的女儿哩。"

李军眉毛一扬,"同学的女儿?看看,你生什么样的女儿,人家生什么样的女儿!必仁,你应该好好请她吃一顿饭。人才啊,这座小城有这样的人才不容易,应该爱惜啊!"

李军说话的过程,唐必仁一直看他,头不住地点着,看上去非常专注,脑子里却有一个钻头般的东西急速转动。什么意思?有什么深意?他试探地问:"可以啊,应该请!到时候如果市长有空,能不能赏个面一起来啊?"

李军挥了一下手说:"行啊,就明晚吧。"

唐必仁一连说了几个好,心里已经明白了。他没有连丰灵电话号码,问一问手下当然很容易,但他想都没想就放弃这个选择。他拨了杜芳菲的手机。

杜芳菲很高兴:“咦,看来你是真关心她了。她说见过你了,不错吧,我那女儿?”

唐必仁本来想顺势说“你的女儿当然不至于太差”,话已经挤到舌尖上了,又猛地收住。事情开始复杂化了,他还是少说为妙。他只是要连丰灵的手机号,他说:“局里有个活动,想让你女儿参加,你把她的手机号发个短信来吧。”

这事就这样解决了,放下电话时他叹了口气。杜芳菲欢喜踊跃的程度超出他的想象,一时之间他还弄不清为什么她会这样。走仕途对哪个女人而言都不是上策,不走仕途又何必对上司这么在意?不过母亲有兴趣,女儿却未必吧?独生子女这一代,与上一辈人已经观念迥异了,锦衣就一直执意游离政治之外,中学时连团都不肯入。

他拨了连丰灵的手机,一说自己是谁,有什么事,对方就一口答应了,语气竟和她母亲非常相似。

唐必仁松一口气——松一下,立即又紧起来。

晚宴安排在市政府附近的鸿儒私房菜馆,地点很隐秘,对外也没有挂大招牌。不用挂,市直机关里的人一般都知道它的存在,换句话说,那里的生意主要是冲着市委大院的人做的,往来无白丁。唐必仁让司机小陈下班,他自己开车走。要不要顺便把连丰灵一起带上呢?这个念头只一闪,马上就打消了。没必要,连丰灵可以自己打的去。也没什么清晰的理由,下意识的,他觉得必须谨慎。

私房菜馆是由两幢相连的老房子改造的,已经有些年头了,被下过狠功翻修过,雕梁画栋的富丽和青砖小瓦的雅致透出旧日的气息,里头的装潢更是华丽,全中式的,桌椅摆件或金丝楠木,或酸枝木、花梨木,屋中央则吊着暧昧的羊皮灯,光朦胧。

唐必仁最先抵达,然后是李军,接着才是连丰灵。只有三个人,两男一女。菜是唐必仁点的,其实也没细点,他要了合菜,每人一千元的标准,只吩咐一句:“挑美容和养生的上!”

美容养生都不是他平时感兴趣的,也无暇。精细的生活,需要有更精细的情调垫底，腰包厚实都不足以将其托举，必须有更富足的时间与心情。而他的老婆柳静每天从学校回来都已经是一脸倦容,把背回的一大包作业扔下后拐进厨房，能把饭菜煮熟端上来，他就不敢再生出半丝意见了。老话说缺什么渴望什么,那么也可以很阿Q地这么认为:他和柳静都未老,容貌尚可,身体还强壮。

而这一晚,来吃饭的女人年轻男人体壮,他还是特地点了那些菜。

他是在取悦他们吗?这么一问他也不免暗暗一惊。李军重用了他,虽不是位重权倾的要职,毕竟可算滴水之恩,而他涌不出什么泉相报,顺便善待人家,令对方愉悦几下,又有何不可?至于这个连丰灵……他突然喉咙处紧了紧,瞥一眼化了淡妆,衣服也刻意修饰一番的连丰灵,她正笑吟吟地端坐着,嘴轻抿,齿慢咀,优雅备至。通常是李军问,她答,话不多,但问多了也就不少了。原来她和锦衣是校友,师大体育系毕业,在校期间就在省市健美操比赛中获过奖,还曾录制过一个教健美操的电视节目,现在周末会去健身馆当教练挣点外快，偶尔也被一些单位的工会妇联请去上上课……

这些内容对唐必仁也是新鲜的,按理说作为杜芳菲的老同学,他比副市长李军更有资格听一听,但是他越来越如坐针毡。他想自己是不是错了呢?也许点过菜之后他就应该找借口一走了之,可是他却稀里糊涂地坐下了,以为他们都需要他作陪,结果他很快就陪成多余的人。

他站起来去了趟卫生间,出来时一只手很随意地插在裤袋里。他有两部手机,一部联通一部移动,移动是公开的,联通只有家人知道。刚才他并无尿意,在卫生间里只是在一部手机上输入另一部手机的号码,然后手指虚捏在通话键上,重新坐下来后才把键按下。另一部手机响了,他掏出来接起,煞有介事地喂两声后站起,往外走。过一会再进来时,搓着手很抱歉地说:“对不起对不起,我妈摔了一跤,得马上送医院。噢,我得先走一步……”

连丰灵马上问:“要紧吗？要不要我一起去？”

唐必仁摆手说不必不必，心里却在揣测这丫头究竟是真单纯还是假单纯。他相信李军是心知肚明的,但李军说:“噢,那算了,我也不想吃了,就散了吧。”

唐必仁摆手制止:“不行不行,你们继续吃。哪能都跟着饿肚子哩。我去看看,如果没大碍,马上就过来。”他看着李军说,话却是让连丰灵听的。

李军似犹豫了一下,说:“那好吧,你先看看去。应该不会有事的,一会再回来啊,我们等着。”

唐必仁诺诺应着,但走出菜馆前就拐到总台把单给签了,又吩咐道:“他们还需要什么,尽管上。”总台小姐肯定明白他的意思,每月体育局办公室主任会来结个账,不是问题。

把车开出停车场时,他猛踩油门,车速很快。其实可以出戏了,但一股惯性却推着他继续往下演。开出几百米,那股劲才突然泄了,一下子腿脚无力,脑中蒙上雾,迷迷糊糊起来。

他把方向盘往里打,刹车,拉手刹,熄火,停在路边。

什么都没想,也没什么好想的。

公鸡声嘶力竭地鸣叫,他吓一跳,转头四顾,声音居然是从裆间传出的。原来是手机铃声。他接起,是杜芳菲。“什么事？”他问。

杜芳菲说:“你怎么啦？”

唐必仁说:“我什么怎么啦？”

杜芳菲说:“口气这么难听呀,唐必仁你在搞什么啊,真的没事？”

唐必仁一愣,原来刚才自己口气有问题。他嘘一口气,咳一声,才说:“没事没事,酒喝得有点多了。找我干吗呢？”

杜芳菲说:“是你找我的啊。”

唐必仁吃了一惊:“我刚才拨你电话了？”

杜芳菲说:“是啊,你拨了！手机响了几声,我还没接起就断了。我就想你这当官的怎么回事哩。喝多了？那丰灵呢？还有那个市长呢？是不是也醉了？”

唐必仁把注意力都往脑子里聚,一激灵,起了一层鸡皮疙瘩。手机原本放裤袋里的,刚才他拿出来,找到杜芳菲的号码,拨过去,又放弃了,然后手一垂,手机就落在裤裆上……这个过程是在不知不觉间完成的?下意识给杜芳菲拨了电话,又下意识掐断电话?

他不知道自己究竟要干什么。

九

局里的公车任何人不能开回家过夜,这个规定是唐必仁自己定下的,所以他必须带头遵守。鸿儒私房菜馆离家不远,但那天他还是先把小车开回单位,又进了办公室,打开电脑,先看会新闻,又与网友下两盘围棋,等到打车回家,已过了半夜十二点。

推开门,客厅没有开灯,但他猛然还是觉得有道光迎面扑来。打开灯,母亲正端坐在沙发上,衣裳、头发都工工整整,眼也睁着,直视过来。

"妈!"唐必仁吓一跳。卧室的门都关着,柳静应该睡下了。

母亲让唐必仁也坐下,然后从一个电话说起。母亲提到了杜芳菲。年轻时母亲就认识杜芳菲,她从舞台下的黝黑处眺望台上千姿百态的杜芳菲,又一次次托杜芳菲的母亲杜三晖把东西转给唐必仁。前些天杜芳菲为一场同学会,专程找到唐家厝,跟母亲终于面对面见上了,留下自己的手机号让转给唐必仁,同时也要走了母亲的手机号。母亲的手机已经配很多年,是唐必仁专门为她买的。有个环节他忽略了:关于提前离席而去,他找什么样的借口李军都无所谓,但连丰灵却节外生枝了,连丰灵背后还有一个杜芳菲。杜芳菲知道今晚连丰灵跟谁一起吃饭,刚才两人通电话时,杜芳菲还不知他提前离去,也不知离去的原因,是后来连丰灵告诉了她,于是她就给据说摔倒的老太太打来电话。大约杜芳菲是要表示关心,也想借机报答一下唐必仁居然让她女儿见到副市长,所以她对母亲说:"你住哪家医院,明天我去城里看看你。"

母亲便把这个看成大事,母亲说:"你究竟在做什么?"

主卧室里有点响声，唐必仁马上直起身子扭头看，他担心柳静醒来。门仍是紧闭着，静默。唐必仁喘口气，轻声说："妈，是这样，我饭吃到一半，头开始疼。找不到其他借口，只好……嘿嘿！"

"吃饭？吃什么饭？"母亲似乎疑虑加深了。

唐必仁笑笑，心里一下子有了底。原来杜芳菲并没把什么底都透出来，他差点低估了当年的那个卓玛。"我们体育系统今天有会，晚上就一起吃饭，也就是一个普通工作餐，一大堆人哩。杜芳菲的女儿是少体校老师，所以也在场。饭桌上总是太闹了，那些人体力好，一身的劲没处发泄，就喊呀叫呀，受不了，所以我……嘿嘿，我就找个借口回办公室处理文件了。我……真不是故意咒你，这你知道的。唉，幸亏你好好的，什么事都没有。去睡吧。"说这些话时，他明显比刚才从容了。

母亲还想说什么，唐必仁已经站起，过去拉了拉她。"妈，先去睡吧，你看这么迟了！我明天还得上班哩。柳静也要上课，别把她也吵醒了。"

母亲像跟谁赌气，低下头继续坐着不动，突然站起，快步进了自己的房间，反身关上门，虽悄无声息，动作却有棱有角。唐必仁无声叹口气，匆匆洗漱后进了卧室。他做好柳静醒着的准备。还好，柳静一动不动，呼吸均匀。

第二天他醒来时，柳静已经走了。学校每天七点早读课，一三五英语，二四语文，其实一周柳静只需赶早去两次，她却一直风雨无阻天天赶去，守在自己班上。她是班主任。

唐必仁走出卧室时，母亲已经在客厅里等着了，还是坐在昨晚那个位置上。

"醒了？"

"嗯。妈你也起来了？"

"快吃早饭。"

"嗯。妈你也吃吧。"

唐必仁吃早饭时，母亲也坐到餐桌旁，双手交叉握住，搁在桌上。"你……可好？"她问得语焉不详。

唐必仁笑起来,笑是这时候最安全的选择。

母亲说:“活着永远是险象环生的,任何时候都可能突然间就站到悬崖边了,此刻还浮于云端,下一刻却忽然就是万丈深渊、万劫不复……”

唐必仁说:“我懂。”

母亲并不罢休:“懂是一层,做又是另一层。我年轻时多轻狂,从骨子里傲视万物……”说到这里母亲突然闭拢嘴,垂下眼睑,十指相互揉着,骨节咯咯响。

场面有点僵。碗已经见底了,唐必仁放下筷子站起。他说:“妈,我上班去了。”

他确实必须走了,昨晚经历的那件事不算大,但对他而言也不能算小,以至于夜里躺下后梦一个追一个,人物众多并且杂乱,脸不清晰,都在奔跑,总体的情节是战乱时的流离,而情绪则是惊慌恐惧。

鸿儒私房菜馆给他制造了一个巨大的悬念,有点突然,他脑子竟蒙了。其实放在几十年官场所见,已经毫无新意,只是原先都在远处,与他无关,这一次却在眼皮底下,并且把他也一同嵌了进去。

也许好,也许不好。

去办公室路上,司机小陈递过一把大钥匙。小陈说:“唐局,你昨天钥匙插在车上没拔走哩。”

唐必仁一惊。小车平时小陈开,但他自己也同时掌管一把钥匙,昨晚他把车开回办公楼下,停好后居然忘了拔出钥匙!单位门外有保安,固然车不至于丢,但这样的疏忽大意肯定不该是在市委办公厅待过二十多年的人所为,也远不是他的风格。

太不应该了!他暗暗谴责了自己。在机关泡过的人都知道,能否正确对待桃色悬念,是一个人成熟与否的最好证明。李军不是因为他而认识连丰灵的,他无非听命安排个饭局罢了——就是他不出面安排,李军也可以有一千个机会请出连丰灵吃饭。那是一个已经心智成熟的女子,不是未成年人,没有人可以诓她。何况,即使她单纯不知世事险恶,还有杜芳菲哩。杜芳菲都那么兴高采烈,他凭什么要不安?

可是他还是不安。

不过他已经知道自己该怎么做了。之前那个悬念还像一只小老鼠般在心里窜来窜去,他甚至匆匆往单位赶,急着想获取答案。

他差点做了傻事。

李军桃色传闻一直甚多,官员有桃色便有了破绽,有了随时可能决堤的险情。唐必仁知道自己永远都只能是岸边一棵静默的树,可远观而不可亵玩焉。在情色之河里沆瀣一气的男女,欢愉独吞,快意独享,一旦鱼死网破,则会把旁边的人一同带向深渊。

政治智慧,这个词忽然在心里冒上来。

他有连丰灵的电话,但不会再主动拨打过去了。李军仍时有来往,但他也不问,不能问。

他和李军的往来,在他到体育局后就成了正常的业务关系了:李军打乒乓球,他安排,然后陪打;乒乓球玩腻后突然改打高尔夫球,他仍然安排,然后勉强陪打。他不喜欢这玩意,太扯了,占着那么大一个优质草地装腔作势,那么小的球,那么贵的杆,那么稀疏的洞,却必须那么在意姿势造型。教练员已经反复示范怎么握杆,帮他把右手小指头塞进左手食指和中指之间的夹缝里、左手大拇指藏到右掌拇指下的掌窝里,可他杆一举,就又乱了章法。

李军却不一样,从新手到老手之间几乎没有过渡就已经跃过去了。只要愿意,天下万物似乎都没有李军玩不转的,酒桌上千杯不醉,拿起麦克风马上有专业嗓音,口才滔滔,精力充沛……放在其他行业,都可算优点,但置身官场,又成为局限了。"潇洒"是一说,"玩物丧志"又是一说。在这座城市,李军一直是醒目的,据说书记市长都曾受惠于他父亲,所以虽不是第一把手,第一第二把手却常常要对他纵容礼让迁就几分。

有时候,李军去高尔夫球场时,身边会多出一名女子,来了,该吃该玩该住,怎么吩咐唐必仁怎么让手下照办。至于来者是谁、什么身份,唐必仁从不过问。领导的隐私是他无权干涉的,只是这时候他总是不由自主想到了连丰灵:有一天连丰灵也会出现吧?

连丰灵果然来了。见了面并没有想象的羞涩窘迫感,很自然,从容得仿佛是来看唐必仁热闹的。"你好,唐必仁!"她叫。

唐必仁心里咚的一声,但脸上是笑着的,也很自然从容。

李军是怎么称呼他的呢?他在脑中飞速搜索着。必仁,对,即使在一些很正式的场合,李军也一直只称呼他名,而连丰灵却如同她母亲一样,连姓也一起喊出来了。"你好,唐必仁!"语气是柔软的,带着几分嗲,听起来很顺耳,几乎沁人心脾,但问题是她只是他的手下,少体校名不见经传的小教员,却一把撇开"唐局长"、"唐副局长",而直呼其名了,这里头的意味,自然不言自明。其实她至少应该叫他叔叔或者舅舅哩,他和她母亲一起年轻过,一起跳过这个民族那个民族的舞,被舞台的聚光灯一起反复打在身上,怎么说她也是小一辈。

但现在这个小一辈的女孩没心没肺,根本无所谓这些。他当然也只好无所谓。

挥杆、击球,连丰灵的笑声在杆起杆落间脆亮地响着。她拿一把三号木杆练发球,显然还是新手,还不得要领,但站立、挥杆、扭身、展臂,无一不款款流淌着特殊的韵味。在舞台上千姿百态的杜芳菲,把所有长处都遗传给女儿了,甚至被发挥,连丰灵身材比她母亲修长结实,脸蛋也更精致时尚。杜芳菲没考上大学,而连丰灵却受过严格的专业训练。

唐必仁记起柳静对锦衣的种种不满,柳静一直埋怨锦衣没有被优生,腿太短,腰太长,个子偏矮。柳静曾无数次说到想再生一个女儿,取名"玉食",这个玉食身子细长挺拔,腿直而长,肩窄窄的,脸蛋柔和,五官精致——会不会恰似连丰灵这样的呢?

"唐必仁,来,你也来!"连丰灵喊起。

唐必仁笑笑,摆了摆手。李军一到高尔夫球场就径自去了果岭,他今天主要练习推球入洞。球童替他往草地上倒一桶球,他一杆杆耐心练习往洞里推,仿佛凡事皆忘,仿佛连丰灵和唐必仁都是路人甲路人乙。

放在这座只有一百多万人的小城,大开大阖的李军是举足轻重的。一个从小在省委大院里长大的人,等于从小在大江大河上练过身手了,气度与做派肯定比常人高出一筹。那些在主席台或者电视上汪洋着庄严状的头面人物，转过身面对摇曳而来的女人时，可能马上就不禁哈喇子横流——李军却没有，至少唐必仁没有见过。该拿起该放下，李军游刃有余。然后吃晚饭时，其他人都辞退了，仅仅李军、连丰灵、唐必仁留下；再然后留宿球场旁的酒店时，仍然仅他们仨人。三个人开三个房间，但唐必仁知道，这个夜晚的大部分时间里，最终住人的肯定仅两个房间。

十

母亲开始收拾行李回唐家厝时，唐必仁悄悄问柳静是否知道原因。柳静不直接答，斜着眼反问道："那是你妈哩，怎么问我？"

唐必仁脸灰了一下，他有点不快。

柳静又说："前两天有人打了她手机，之后，她就说要回去。"

"谁的电话？"

柳静没有答，又斜起眼。"那是你妈哩，怎么问我？"这句话又缓缓吐出。谁的电话？母亲手机一直是安静的，这一个月却不时掏出来看，还动不动就找插座充电——这个细节他是刚刚想起的，当时却没有在意。在意也是一件有惯性的东西，自从去县一中上学，他就再没有这么长时间与母亲住在一起过，母亲的一举一动也早已被他忽略。这么多年母亲不肯来城里，突然来了，难道揣着什么秘密？

母亲要走，他其实暗嘘一口气，顿时心里一松。

国庆长假就要来了，而他恰好这期间得随团出访埃及南非，一走十几天。天底下没有几个婆婆与儿媳不是天敌，缺个男人在中间润滑周转，其间的尴尬与别扭总是浪一样涌起。柳静或许是天底下最善于删繁就简的人，厌恶一切累赘，所有多余的东西，一件衣服、一个碗、一样摆设，她都不肯囤积，不需要了随手就丢，甚至不管贵贱。母亲则相反，柳静丢到楼道垃圾桶里的东西，转身被母亲捡回，她所住的那间客卧，很快就成了仓库。唐必仁明白母亲缺的不是钱，他每年春节前后都固定给母亲一万元，足够她开销了,但从那个年代过来的母亲心理上有恐慌。他所做的就是试图说服柳静接受。柳静不接受,但谢天谢地,一切都还在她容忍的范畴内,不反感便也没有排斥。婆媳相处持续着往昔的风格,不咸不淡,不温不火,宛若一棵树上两粒相邻的果,挂在同一枝丫上,却又保持各自姿态,互不侵扰。母亲来,柳静不反对;母亲要离去,柳静也无所谓。

唐必仁本来让小陈送母亲,转念一想他还是自己去借了辆车。囤积卧室里的东西母亲要全部带回唐家厝,装了三大编织袋。

一路上两人都没太多话,母亲坐在后排偶尔会叹口气,声音很轻,气流却直扑唐必仁的脖子上,有点痒,有点针刺般的疼。

前几年一条国道从村子旁修过,路宽阔了,通了车,村子的模样顿时大变,不再是当年需跋山涉水才能颠簸出去的小山村。起了很多新楼,贴了瓷砖、嵌着玻璃,阳光在上面镀一层富丽的光泽,貌似簇新了,却反而透出朽败气味,分明衰老了,零乱而涣散。一切都与外面越来越接近,却也越来越陌生,到哪里都不免一恍惚,以为走错了。故乡似他乡。

家里空置了几个月,到处蒙着一层灰,有若干动物含义不明的体味幽幽盘旋。唐必仁提来水,他已经很久没动手做过家务了,但也并不生疏,很快就把里外擦拭了一遍。母亲先是进到自己屋里,闭上门,过一会才出来,坐着不动,静静看着他做。终于收拾好了,洗净手,正欲离去,母亲才说:"你坐下,我们谈一谈。"

唐必仁心里咯噔一下。他顺从地拖过椅子,把自己整个人端正摆放在母亲对面。他们很少有这样的时刻,应该还从来没有过。母亲是沉默的,沉默了这么多年,突然煞有介事地要"谈一谈",谈什么呢?

"我当过舞女,这你知道。"语句很陡峭。没有想到,母亲居然说的是这个。唐必仁身子不免有点僵硬。这不是秘密,母亲提起许多次,但从未深入过。这么多年,母亲织了一层层茧把自己密密包住,终于要撕开来袒露给他?

他看着母亲。母亲端庄而沉静。

"那样的地方,整天被灯红酒绿笼罩,要说双脚不往泥坑里踩去确实挺难的,或者被动或者主动或许迷糊之间,总之一步就是深渊。但是不是一定无一幸免呢?未必。爱惜自己,就会拼死护住自己。我又要说到欲望上了——不就少买一件衣服、一个首饰、一罐化妆品吗?不择手段装扮自己为了有尊严让别人看得起,可是尊严这东西真是又娇贵又无情,如果不是从内里一点点如履薄冰谨慎善待,再厚的脂粉也抹不出一个人样啊。”说到这里母亲舔舔嘴唇,似乎打算把这个话题往深处讲去,却突然话锋一转,她说:“你听懂我的话了吗?”

唐必仁敷衍地点下了头。他有点紧张。

母亲说:“那时全城人都知道‘春江好’是一塘臭水,前脚跨进那个大门,后脚即使立即退出来,整个人也已经腥臭几里地了。但是,我告诉你这不是事实,至少不是事实的全部。无论别人怎么看,我从来没有解释过,不必解释,却仍然按自己的心意过简单的日子。那不过是一份职业,应对一切该应对的,承受一切该承受的,然后守住自己,过自己需要的日子……”

唐必仁深吸一口气,然后悄然吐掉。母亲谈的是舞女生涯,却分明已经宕开一笔,句句都另有深意了。这可能只是序曲吧,接下去该引入正题,开始滔滔教导他如何在官场上洁身自好?不料母亲却突然在这层意思上打住了。

母亲说:“我就是在那里遇上那个人的……郑先生, 那个警察局长——他出现在‘春江好’是公务,公务而已。”说到这里母亲忽然眯起眼,脸上竟浮起一层羞涩。

她把头低下,手指头搁在膝上重重地互相揉搓,局促而无措。原来即使再坚硬的女人,内心深处也仍潜藏一腔少女情怀。这样的母亲是唐必仁陌生的,他不适应,眼珠子连忙闪到一旁。屋里安静下来,静了很久。起风了,风从敞开的房门灌入,将枯黄的树叶带进几片,满地打着滚。门微微晃动,咿呀响着,像一把矜持的大扇子。这一霎太眼熟了,年少时它曾无数次在眼皮底下上演过。村子老了,风却依旧年轻。

这时母亲从口袋里掏出一样东西,是一封信,信封上的字唐必仁以前见过。

母亲并没有把信递过来，而是平展着，双手托住。上面的字硕大而且几分歪斜，笔画仿佛虚影了，每一道都拖着锯齿边，已明显不如从前遒劲有力。原来字也是会衰老的。母亲说："郑先生以前常说，洁身自好这个词看似简单，轻若一根稻草，却是一生永无尽头的沉甸甸背负，稍有不慎，就前功尽弃。"

唐必仁眼仍盯着母亲手中的信。他现在开始相信，母亲这次突然返城，又蓦地回到唐家厝，应该与这封信有关系。

那个郑姓旧警察局长的信。

"他血压高，妻子一直不肯他回来。血压当然只是他妻子的借口，他可以去香港。以前他一直让我去趟香港，在那里见一见。我不去。他是从这里走掉的，他得回来。"说到这里，母亲顿一下，然后把信抽出来，展开，看一遍，又收起。整个过程舒缓而静谧，几乎接近某种宗教仪式。然后她轻轻说："年轻时我傻，一直不觉得商女一定要知亡国恨。政治这东西太巨大了，一般女人尚且承担不起，何况商女？但其实万物生灵都无一不被丝丝缕缕笼罩其中，烽火连天时，就是一只小蝼蚁，命运也会瞬间被改变。"

母亲咽下口水，抿了抿嘴，似有犹豫。唐必仁看着母亲，他隐约觉得接下去母亲会说出什么至关重要的话。

母亲把信捏着，微微扬了扬，果然说了："他要回来了。他说要回来一趟。是他女儿说服了他妻子……他女儿陪着一起回来，回到城里……你知道'春江好'以前在哪里吗？"

唐必仁摇头。

母亲说："在你们市政府附近，我那天去找过，变了，都变了，原先临街，后面靠河，车来船也可往，可如今路被房占了，河也不见了踪影，但房子的外壳还留着，成了一家私房菜馆……"

"鸿儒私房菜馆？"唐必仁脱口问出。

母亲抬头看了他一眼，怔怔的，似乎没有回过神来。"那里，就是那里……他在信里说让我等着电话，他一回到城里，便打电话，我们在曾经的'春江好'前见个面……"

“然后呢?”唐必仁注意到母亲语调已经下沉了,他在心里迅速推测了一下结果,他相信结果已经摆在那里了。“然后他没打来电话?”

母亲微微晃了下头。“他咽喉癌,动过手术,已经失去说话能力……是让他女儿陪着一起回来。他女儿要走了我的电话……整整一个月,电话没有响……”

一颗泪像一只从夹缝里蹦跳出来的球,突如其来地从母亲鼻翼旁滚下,母亲连忙低下头。她的头发剪到齐耳,已经白透,一根根却有尼龙丝般挺括的质感,泛着微约的银光。有一缕白发垂下,把左眼遮去大半,唐必仁伸过手,把它们捋到母亲的耳后。他以前从没做过这个动作,懂事起母亲就退到远处了,很少对他有肌肤之亲。反之,他也没有,彼此都不习惯。他注意到自己手伸过去时,母亲下意识地把头往旁闪了闪。

母亲说:“你回吧,你自己回,我留在家里……呃,他不是个言而无信的人。这次为什么呢?我等一等……好歹得有封信啊,你说是吧?”

唐必仁半晌不语,不知道说什么,也没什么可说的。

过一会他站起,跟母亲道过别,出了门,上了车,发动,踩油门,往城里去。这一段行程,像是行驶在梦里。

十一

几天后他出国,先到南非再到埃及。同行的大都是市里宣传口几个局的头目,神色不宁,一路上都忧心忡忡。此次出行时间原本定在六月,各种手续翻来覆去折腾,就拖到了秋天。这个季节往往是市里人事重新洗牌的敏感期,谁谁谁可能调哪里,谁谁谁又可能升哪里,小道消息一路跟随。

其中也有关于李军和薛定兵的,说二者必有一人升为市长,前者胜算多些,但后者似乎更迫切,迫切就是动力。

李军当初一来这座城,就被纷纷认为是市长接班人,说得有鼻子有眼。可几年过去,仍只是常务副市长。这事李军自己从不抱怨,有次酒喝高了,点名道姓说省里的一位副书记曾与他父亲结怨,他父亲退了,那人正当红,他就成了牺牲品。叙述时他也没生气,反而像中了大奖,哈哈长笑。现在呢,现在那个副书记终于心慈手软了?唐必仁掏出手机,想拨过去问问李军。

但最终他把手机又放回口袋。

算了,不问也罢。李军能升他当然高兴,至少于他无害,但能有什么益处吗?不知道,很难说。出访的这个团里,他是年纪最大的一个,年纪的残酷性这时候甚于一生中任何时候,佳肴众多,却都是别人碗里的菜,他咬不动了,没机会咬。

如此一想情绪不免就黯淡了。

第一次踏上非洲大陆,处处新奇又时时有挥之不去的悬空感,站到好望角灯塔瞭望台上时,这种感觉涌到顶峰,抬起头,柱子上有指向世界各处的众多小木牌子,他找到"BEIJING",是12933KM。离北京仅一万多公里吗?这个数字比想象的要短很多,他怎么却仿佛已经站在地球的边沿,脚一滑就可能坠入未知的苍茫里去?

预感不是太好,心里一直咯噔咯噔地响。

果然一回来,第一天上班,手机就响了,接起,是杜芳菲。"唐必仁,"她还是连名带姓地喊,"我女儿怀孕了!"

唐必仁心里咚的一声,但他牙根一紧,迅速就把持住了自己,脸上甚至挂出笑。舞台上那个卓玛,轻松撒个谎就可以把憨厚的炊事班长给骗了,唐必仁不憨厚,至少现在不了。何况,即使真怀孕了,也不是他干的。

那么会是谁呢?

他知道是谁,还能是谁?他说:"哦,是吗?太好啦……"边说边起身过去掩上门。他正在办公室,隔墙有耳。重新坐下时,他仍然压低了声音,他说:"芳菲,最近好吗?"

杜芳菲喊起:"唐必仁你怎么装傻了!都是你……喂,你们当官的很无耻啊!"

唐必仁咳几声,捏紧手机等着杜芳菲往下说。其实不说也罢,最好别说,秘密总是带着锋利的刃,寒光照铁衣,可是杜芳菲既然已经急匆匆打电话来了,便已是一场洪涝,与其她把秘密倾泻给别人,不如干脆由他承担起来吧。他没多想,仅是本能。好多年前他问过柳静为什么肯嫁他,柳静回答很简单:“你心地不坏。”他确实不坏,不太坏,这一刻当有恩于他的李军遇麻烦时,他脑子里什么弯都来不及打,就决定迎上前去,能挡一刀是一刀。

但他马上意识到不对头,这是用手机通话哩,危机四伏,弄不好非但挡不了刀,反倒会狠狠补上致命的一刀。他说:“芳菲你在城里?”

杜芳菲说:“没有,在家里。哎,居然说怀孕就怀孕了,怎么回事啊?唐必仁你在外面是不是也有小蜜啊?也有私生子?有几个?”

“芳菲!”唐必仁话硬起来,“我马上要开会,对不起,先这样!”说到这里,他猛地把手机结束键摁掉了。然后看手表,已经下午四点半。他做了一道数学题:四十五加二十五等于七十。从城里开车去县城四十五分钟肯定可以抵达,但他没有把握是否可以在二十五分钟内熨平杜芳菲。

来不及多想,他让司机小陈马上走。

他不是个扛不起事的人,但这个事无疑太特殊了。要不要先去跟李军通个气呢?这个念头闪过,又立即放下了。飞身扑到李军跟前是不明智的,他还是应该以己之力先把杜芳菲那一头按下去——按得下去,他就功记一次。“我女儿怀孕了!”现在想起来,从手机接通的那一瞬起,杜芳菲的嗓音其实都是高扬的,像被气球牵着腾空起来,分明铺张着丝丝抑制不住的欢喜。为什么?是啊,为什么?或许这正是最麻烦之处。

车近县城时,天已经微暗下来了。天气是变了,往年这时节都凉飕飕了,这会却满街可见穿短袖的男女,不过白天倒是明显缩短了,毕竟透着几许半老头的暮气。他拿出手机,拨打了杜芳菲手机。没有接起,他再拨,仍然没接。继续拨。既然已经专程从城里下来了,他不能白走这一趟。终于通了,杜芳菲在那一头气喘吁吁,夸张地大声喊:“喂!喂!喂!”

唐必仁愣了片刻。杜芳菲在干什么?他说:“芳菲,我在县城。你家住哪,这会有空吗?”

杜芳菲说:“我在中心广场跳舞啊,你过来过来!”

唐必仁合上手机时暗笑了一声。刚才听到急急喘息声，他承认自己想歪了，原来不过在跳舞。

所谓中心广场其实不过四五百平方米，零乱种些草和树，中间用石头铺出篮球场大小的空地。车驶近时，远远就听到音乐传来，一团人影隐约舞动的手，像被风刮动的树枝。唐必仁让小陈把车停在旁边，他独自走过去。渐渐近了，猛然又停住。

有微约的光，光从四周高楼上射出。空地边沿有台小音响，黑黝黝地缩在那里，看上去瘦弱而无辜，嗓子却粗大嘹亮。之前音乐响的是《天路》。一曲终了，人群松了一下，马上歌声又响了，前奏一起，唐必仁就浑身一震。

竟然是《洗衣歌》。

呃——是谁帮咱们收青稞呃，阿拉黑司！

是谁帮咱们盖新房呃，阿拉黑司！

是亲人解放军，是救星共产党。呷拉羊卓若若尼，格桑梅朵桑呃……

有二三十人在跳，都是上了年纪的妇女，胖的，还是胖的，一个个都已失去腰肢和柔软的关节。她们列成三队，手脚舞得僵硬而磕绊，而杜芳菲，她正单独站在队伍的前面，她跳着，投入地、倾情地、多姿地舞动手脚。

"松弛，松弛！"唐必仁记起当年杜三晖老师在排练场上反复说的这句话。不得要领的人听起来以为是把整个身体松垮掉，其实错了。藏族舞懒洋洋中透出的柔媚，是把激情揉碎后渗进每一寸骨骼后的绽放，臂虽如柳枝等闲拂动，腰虽似行云恣意飘荡，一招一式却又有丝丝入扣的精致与华丽。杜三晖老师说："必须跳出那股味道，跳出来！"

当年，舞台追光灯下的杜芳菲整个人都被那股味道浸透，从头到脚，一举一动，都徐徐往外吐出芬芳。这么多年过去，杜芳菲身份已经平庸，生活已经残缺，肢体却依旧摇曳生辉，在众人中夺目而出。那些动作，每一个动作，都像游动在乐曲里的蝌蚪。

他的手脚也动了——在意念里动。“雅鲁藏布江水清又清，做完了早饭洗呀洗军衣。”炊事班长上场了，脚尖脚后跟并过来并过去，左手扶脸盆，右臂前伸，划过胸前……这么多年，他以为自己早忘了那些动作，却竟然没有！它们仿佛一直被紧紧锁在音乐的缝隙里，曲子一起，就蓦然张大翅膀，欢腾地流畅地涌出来。甚至藏族女孩的动作他也会，当年反复看，看多了，一招一式都再熟悉不过。

杜芳菲终于发现他了，停下舞步，向他走来。音乐仍响着，其他人继续跳着，她似乎也延续着刚才的惯性，走得幅度很大，两手夸张地摆着，脚掌一跳一跳的。站到唐必仁前面时，一股热乎乎的气流迎面扑来。

“什么事？”她问，一边用手背擦了擦额头。

唐必仁呆立着，脑中嗡嗡嗡嗡响。

那边音乐停了，顿时静下来，人群耸动着，都往这边看。杜芳菲扭头看了看，有点不耐烦，她问：“喂，你没事吧？没事我就回那边了……”

唐必仁连忙说：“有事！芳菲我们到旁边聊个事。”

杜芳菲犹豫了一下，说：“你等等。”就过去拿了衣服，再过来时，有个女人追过来喊道：“杜姐杜姐，钱你忘记带走了。”

杜芳菲嗯嗯几声，侧过身子，挡开唐必仁。唐必仁还是看见那个女人把一团钱塞给杜芳菲。那个女人离去了，杜芳菲仍那样背对着唐必仁定定站住，半晌才慢慢转过来，边转边把捏钱的手塞进裤袋，然后笑笑，脸是僵硬的，与刚才判若两人。

“走吧。”最后还是她说。

唐必仁跟在她背后，一路走得静默。那团钱怎么回事？答案他不好问，不能问——意识到不能问的时候，他其实已经明白过来了。

广场边上有座木质凉亭，亮着灯，摆着石凳石桌。杜芳菲让唐必仁坐下，她的神色已经恢复，竟有几分女主人的气度。“唐必仁，转眼我这就要当外婆了，想想真可怕。我怎么一恍惚还老觉得自己很年轻，还在一中宣传队里，整天跳这个舞跳那个舞，到这里演出到那里演出。可是……老了！”

唐必仁笑起。他其实时差还没完全倒过来，脑子仍涨涨的发闷，迷迷糊糊的，却专程赶到县城，这时候了晚饭都未吃，这么辛苦是为了什么？竟差点给忘了，他悄然骂了自己一句。他说：“瞎说什么呀，你简直比刘晓庆还逆生长，当什么外婆！”

杜芳菲下巴一扬，“真的是外婆了啊！丰灵既然已经怀上了，那还是生下吧。”

唐必仁小声问：“是丰灵想生？”

杜芳菲说：“她哪里想生？还没结婚哩，又害怕身材变形，哭哭啼啼要去流掉。但我不肯，一条人命啊，而且这条命……唐必仁，怎么能不生呢，你说是不是？”

唐必仁重重捋了捋头发。脑子还是不好用，想得很费力。但他必须想。连丰灵不想生，杜芳菲想生，那么李军呢，李军……

手机响了，一看显示，吓了一跳，边接起，边起身往旁边走去。“李市长，您好！”

李军问：“回国了吧？呃，又跑哪儿去了？”还是老腔调，几分笑意，几分油滑，若无其事，举重若轻。

“我在……”唐必仁一下子有点语塞，心跳很快，仿佛自己被人抓了现行。

“在泡妞？”李军哈哈打趣，“悠着点啊，我警告你！”

唐必仁嗯嗯几声，脑筋一根根蜷曲起来，互相缠绕着，扯来扯去。万幸，他还是回过神来，然后就猛地后背起了一层汗。他说：“李市长，我今天在县里出差啊，对，旗山县，这会还在县城里，和我同学在一起，连丰灵的妈妈，恰巧碰到她了，她找我谈个事，还一定要留我吃饭——饭后就返城。您有事吗？”

李军高声笑起，说：“没事没事，你好好喝好好玩，该谈就得谈。哎，明天吧，明天你来我办公室一趟。全省体育工作会议不是就要在我们市召开吗？会议筹备情况明天你来谈一谈。”

唐必仁连连应着,心里不免慨叹一声:老江湖啊!一说就明一点就通,和聪明人打交道自己也不免聪明起来。他已经听出来,李军知道他要做什么了,并且怂恿他去做。做好做坏先不论,至少有这个垫底,他就吃了定心丸。

是不是李军的?李军想不想生?电话响起前,这两个疑问其实曾一闪而过。现在唐必仁终于踏实了:第一个肯定,第二个否定。他抽抽鼻鼻,不免为自己今天的冲动后悔。至少应该先摸摸底再往县城冲啊, 万一弄岔了、弄拧了呢?按说他实在不该再犯这样的错误,他也从来不热衷于学雷锋当好汉,这次真是急了。时差混乱时,原来智力会如此受损。

眼下怎么办?连丰灵怀孕了,怀的是李军的孩子,李军不愿生,那就一定不能让其生下来!唐必仁叹了口气,收起手机。是他主动把自己推到前沿的,那就没有退路了,他必须说服杜芳菲。

正要返回凉亭,忽觉得后背一紧,转过身,杜芳菲已经站在那里。她是什么时候跟过来的?竟毫无觉察。今天破绽太多了,唐必仁又暗暗骂了自己一句。"芳菲,有件事你应该听我的……"

"什么事?"杜芳菲歪着头,肢体貌似柔软,口气却是挑衅的。

唐必仁说:"未婚先育可不是小事,对她不好……"

"那倒不一定!"杜芳菲铿锵地打断道,"自古不是就有母凭子贵一说吗?"

"你知道这孩子是谁的?"

杜芳菲耸耸肩,鼻孔轻轻哼了一声:"怎么能不知道?不知道怎么行?我告诉你唐必仁,那个……男的没有诚意,一听说丰灵怀孕就屁滚尿流逼着去流产。流掉就没证据了?就万事大吉了?有这么便宜吗?我打算去开个微博了,哼,要是把他也弄出来炒一炒,那才热闹哩!"

唐必仁静默片刻,突然想到一个问题,他问:"你最近手头是不是有点紧?"

"不是!"杜芳菲嚷起,腔调却明显虚弱了,"我从来都没缺过钱!"

唐必仁笑了笑,记起刚才那个女人抓一团钱塞到杜芳菲手里的情形。

他忽然觉得必须狠一次，这或许是唯一可行的。“到这里教跳舞，你一晚上能挣多少钱？”他说得很慢，几乎是漫不经心的，话一出口，就见杜芳菲整个人一矮，身子顿时松垮了。很好，这是他要的效果，所以他继续往下说：“那些女人……唉，教那些女人太委屈你了！那是跳舞吗？螃蟹似的七手八脚瞎划拉，你说说看，挣再多的钱又有什么意思？”

远处音乐仍响着，那些女人仍起劲跳着，幽暗中依然是满目的参差杂乱。

杜芳菲看着他，有一瞬的愣神，很快竟也笑起来。

十二

那晚从县城离去时，唐必仁觉得像刚被人劈头盖脸烂打过一场，沮丧，累，窝火，憋屈。“肚子又不是你搞大的，你着什么急？”这么突兀的一句话，后来被杜芳菲黏到嘴唇上，无论唐必仁说什么，她翻来覆去都以此作答。

这一趟是失败的，他高估了自己，更低估了杜芳菲。不过也不是全无收获，至少已把底牌摸了个大概。李军阅女无数，连丰灵不过是密密森林中一小棵，出意外了，有麻烦了，麻烦是李军忌讳的，自然想脱身。单单一个连丰灵估计平安无事，但连丰灵背后还有一个杜芳菲，事情就有点糟了。

到家时柳静正在备课。教了一辈子书，已经滚瓜烂熟的那些课文，为什么却要不厌其烦地反复琢磨，这是唐必仁一直无法理解的。柳静从来不需要别人理解，她也从不努力去理解别人。能够活在自己的小世界里悠然自足，其实也算一种福气。唐必仁不去打扰，忽然就累了，他先独自去睡。

第二天一大早电话就响了，是李军，让他去一趟。

市政府办公厅他不陌生，这次来心境却与往日不太一样。李军的秘书小王已经等着他，那一脸殷勤的笑可证明唐必仁是常来这里的，也证明来这里是受欢迎的。推开门，李军正站在一张大桌前挥舞毛笔，扭头一见到他，马上朗声道："你坐，先坐，我这就好！"

唐必仁没有坐，领导还站着他哪里能坐？规矩他懂。他也懂得在写点字这方面，如今的领导大都已经被重重马屁精吹捧迷糊了，以为会当官必定就是全才，书法这东西反正是用笔写出来的，一撇一捺赶赶王羲之似乎也不是太难。其实哪有那么巧，又不是科举年代从小靠墨水泡出来的，越大的官也可能写越烂的字。

唐必仁歪着头，手下意识地压到毛毡上，看上去像个尽职的书童。等到李军收笔时，他适时感叹了一句："太棒了！"不是奉承，字确实相当漂亮，既不失颜体的雄健宽博，笔锋又处处荡着米芾的迅疾劲健。小时候母亲逼唐必仁练过字，练到去县一中离开家才戛然而止，算起来前后也有十余年的童子功，所以看李军的字，他心里有数，确实是好字。

李军挺高兴的。所有领导被赞字好时，都共同省略谦虚，一致高兴。

然后两人坐定，谈的还是字。主要李军谈，又读了哪本字帖，哪一笔哪一画又有了什么新理解，等等。唐必仁嗯嗯应着，心却一直没法放到实处。一大早就把他喊来谈字吗？那就谈吧谈吧，海枯石烂都奉陪。

中途秘书小王进来几次，送来什么文件或者悄声询问某人在外面要不要见。李军似乎很恼火兴致被打断，手一挥，文件不看人不见。

两人隔一张小茶几端坐沙发上，唐必仁身子微微侧倾，一只手肘靠住扶手，另一只手垂在大腿上，这样，手指头就触碰到左边裤袋里那个方形黑绒布小盒子，那是他从家里带来的——严格地说应该是从南非带来的。他刚去了趟非洲，南非盛产钻石众人皆知，他给女儿锦衣带一颗，给锦衣男友也带了一颗，剩下的就是李军了。李军没让他带，是他主动的，主动挑了最贵最大的一颗，1.5克拉，VVS1级的。锦衣和男友的都不过0.5克拉，这一颗却翻了两倍。两倍有两倍的必要性，他当时没有半丝犹豫就买下了，这会却不免又有几分踟蹰。

按预设钻石是给连丰灵的，不是唐必仁给，而是经过李军的手。如果李军给的是别人，唐必仁也默认事实，他只负责送出，余下全无关系。现在的问题是连丰灵怀孕了，这消息杜芳菲告诉了他，他便成了秘密的拥有者。昨天他第一个反应是必须两肋插刀，李军给他官职，无论他是否稀罕，都是好几滴水之恩，不报猪狗不如。结果却报得并不顺利，他本来是犯难的，有几分愧疚，这会听李军说着说着书法，忽然心又一点点松弛了，甚至微微有窃喜。

正滔滔说书法的这个人，其实百般焦虑，眉眼间的神采虽银光熠熠，却是草草镀上去的，再逼真，其成色仍是虚浮的。外人未必看得出来，唐必仁如果大学毕业不是进了市委办公厅，并且在这一行一待这么多年，也可能一知半解，现在却了然。何况李军于他，已是这般熟悉，他突然心生一念，决定主动一次。

当然有点险，很险，但也未必没有胜算。

他说："李市长，我……呵呵，不好意思，您觉得我换个单位合适吗？"

李军问："换单位？为什么？"

唐必仁有一瞬脑子是空白的。他没想到李军会装傻问为什么。这得怪他自己，原来他并不认命，原来他心还是躁动的，原来他仍然有念想……一个人对自己的判断多么容易出错，但这有什么奇怪的？他只剩这一搏，这一批不上，便不再有任何可能。话既然已经捅破，就索性捅到底。他笑两声，在笑声中迅速重新调整了一下气息，他说："体育局嘛，呃，这个担子似乎应该让更年轻有活力的人来挑，我年纪不小了，不太合适。再说体力也成问题了……出了次国，累得剩半条命回来，昨天是硬撑着去了次旗山县……这事太头疼了，连丰灵妈妈说，连丰灵怀孕了……就是我们少体校的那个小连……"

场面静了片刻，然后李军说："噢。"

唐必仁说："唉，小连还未婚哩，影响不太好……"

李军说："噢。"

唐必仁说："现在的麻烦是小连的妈妈……唉，她妈妈竟然说一定要生下这孩子，态度很坚决，劝不住……"

李军说："噢。"

唐必仁不免有点急了。无论如何都不该是这个反应啊，与他所预期的距离偏大了,他以为至少会有惊慌,有烦恼,可是李军的脸上连刚才那一丝虚浮神色都已经褪去,一直似是而非地侧脸往这边看,嘴角微微上翘,仿佛在聆听一个与己无关的街坊轶事。反而是唐必仁心扑扑扑跳得凶,正琢磨着该怎么往下讲,李军却开口了。

李军说:"老唐,来,我们还是谈正事吧。"

唐必仁心里咯噔一下。正事?刚才所言都不是正事吗?何况,他觉得那原来该是个漫长而繁杂的话题,一切都才刚开了个头,他有点刹不住车的感觉,意犹未尽,内心滔滔。他说:"李市长,小连的妈妈说要开微博把事弄大……"

李军愣了一下,继而含义不明地笑起,食指竖起来,轻轻摇了摇。"网络这东西啊也挺好玩的,动不动就捧红一个人,比我们树先进容易多了。"

顿一下,又说:"明年你们体育口事真多,市运会是一项,还有全国篮球赛、中韩围棋赛,你看光大赛就有三项了,担子不轻啊。过些天全省体育工作会议你先好好对付吧,然后,你如果想换个岗位,我看也不是不可以,恰好我也有这个想法,已经提上去……"

唐必仁身子往上一挺,脱口问:"哪个岗位?"话音一落他就在肚子里抽了自己一嘴巴。太急了,完全应该沉住气,像刚才李军一样,以一个"噢"不变应万变。很微妙的,这种场合的较力,胜负往往只系于不经意的一瞬间。他一急,李军就不急了。

"必仁啊,回去该干吗干吗,把事情办好了,不愁去不了好地方。组织上还能委屈你?"李军说着已经站起,走到大办公桌前,随手翻着摊在那里的一沓文件,摆出的分明是一副送客的架势。唐必仁也只好站起,常识提醒他该告辞了,但他真的想再问一问。

最终他没有问,他走了。走之前,他把口袋里那个小方盒掏出来,放到大办公桌前,他说:"一个小玩意,非洲带回来的。"

李军笑笑,眼都没往上面瞥,从办公桌后绕过来,直接向门的方向走去。开了门,秘书小王就疾步过来了。小王替李军把唐必仁送到楼梯口。唐必仁很高兴的样子,挥挥手道再见,心里却似有千万辆车子辗来辗去。

突如其来的消息，即使再好，也让人无法安宁啊。换个岗位？已经提上去了？升还是降？

出了市府办公厅的大楼，他就开始拨电话。所有的秘密如今都并非绝对秘密，而他已经在这个大院待了几十年，人脉怎么都不会缺。

但没有谁知道底牌，不过市里高层正汹涌酝酿人事问题却是无疑的，排兵布阵的刀光剑影时而泄出点滴，揭晓还待时日。

唐必仁站在原地愣了许久。已近中午，这个季节南方的阳光仍是尖利而汹涌的，挟着一股余勇，漫天挣扎。司机小陈已经把车开过来了，正停在五步之外。他走过去，却并没有拉开车门上去，而是站到驾驶室门外，小声说："你先回去吧。"

小陈有点意外："您呢？"

唐必仁没有答，又掏出了手机，通了，他问："在单位吗？"

连丰灵说："在啊。"

一抬眼，看到小陈开着车已经驶出大门。唐必仁说："你自己开车来红菜鸟茶室一趟……噢，马上。"

连丰灵问："什么事啊？"

唐必仁说："见面说。"话音一落他摁掉了手机，然后大步向外走，拦下一辆的士。

如果说昨天往县城跑还有几分下意识的冲动，现在唐必仁已经非常清楚自己接下去该干什么。一个女人怀孕了，怀孕本来与他无关，如今却密切相关了。"把事情办好了，不愁去不了好地方"，再傻的人这话也不难听懂啊。他双掌捂住脸往下重重一抹，仰起脸，长吁一口气。

他必须搞定连丰灵。

十三

在埃及时，导游曾把整团的人带进一家香精店，大家都出手买了，唐必仁也买。全球顶级香水，CD、CK、香奈儿等等，据说其原料大都来自于天干物燥的埃及。连丰灵不至于缺香水,却未必有"沙漠的秘密"。

"沙漠的秘密"是香精,也叫"埃及伟哥",导游说女人闻了它,在床上狂野得像野兽。当时大家都笑了,唐必仁也笑,然后脑中闪过的第一个女人不是柳静,而是连丰灵。没有犹豫,他买了,打算送给连丰灵。

一个蛇皮纹的方形盒子里,安静地躺着六瓶琥珀色的香精,回国途中,他猥琐地盘算了一路:这六瓶能让李军享受多长日子?

但现在他不会送出去了,他不能送。

红菜鸟茶室离少体校不太远,是他熟悉的一个小兄弟开的,隐秘而安全。必须谨慎,这时候节外生枝等于自掘坟墓。

"你怀孕了?"他不打算绕弯子,直接就奔要害去了。

连丰灵嘴猛地一张,很意外,半晌才问:"你……怎么知道?"

唐必仁手掌竖起来晃了一下,他不想再跟这个头脑简单的女孩多费时间。对方腹中那个小胚胎每一秒都见长,现在不是请客吃饭,不是绘画绣花,不能那样雅致,那样从容不迫文质彬彬,速战速决既是他对自己的要求,也是李军所需要的。他说:"未婚先孕?不像话吧!"

连丰灵脸一下子红了:"唐必……"

唐必仁打断她:"叫局长!"口气很硬,从未这么硬过。

"唐……局长……"连丰灵还没回过神来,捋捋头发,眼神仍是慌的。

唐必仁说:"马上流掉,你还年轻,别害人害己!"

连丰灵手支住脸,头低下。

唐必仁钩起手指头,用指节敲敲桌子,不太重,但也不轻。一直到此时,所有动作和语言都是来茶室路上演练的,就算是按部就班吧,他反正得往下进行。"马上流掉!"他重复一句。

连丰灵头还是低着,头发从顶部兵分两路下滑,像两把大排刷幽幽晃着,灯光打在上面,有一种上好的釉质感。还是年轻啊,哪里担得起江湖的险恶。唐必仁悄然叹了口气,又用手指节敲敲桌子。"流吧,还是流吧,对你来说未来还有很长的路要走哩!"

连丰灵抬头瞄了他一眼,唇动了动。唐必仁马上明白了她的意思。他端起茶杯缓缓喝一口,正山小种有股沁人的桂圆干芬芳,暖融融的从舌尖直抵胃的深处,胆顿时也渐渐肥硕了起来。“这也是他的意思!”他说得短促而坚定,“明白吗?如果你以后还想留在他身边,必须马上、立即、迅速流掉!”

说完他恨不得甩自己一耳光。他知道不会有“以后”了,但连丰灵不知道。

“那我妈……”

唐必仁打断她:“我是你妈同学,这事我帮你做主。不用再和你妈商量,你妈在乡下,根本不懂这些,只会添麻烦。万一把……他惹恼了,他就不可能再见你!”

连丰灵头重新垂下,双掌托住腮,半晌才喃喃道:“可是,我一个人……不敢去。”

唐必仁脱口道:“我陪你去!”

连丰灵很意外,瞪大眼睛看着他。

唐必仁吸吸鼻子,他自己更意外。因为转机是突然出现的,他怕连丰灵反悔,几乎慌不择路。可是他陪去?这成什么体统了?只是他已经没有退路了,他点点头,瞥了一眼连丰灵放在桌上的坤包,包旁有一把大钥匙。“你车停哪里?”他问。

连丰灵怔怔的。

唐必仁已经站起来,他说:“走吧,现在就去。”

“现在?”连丰灵仍没回过神。

唐必仁一把提起她的包,顺便把车钥匙也抓手里。“去市立医院如何?”话是询问式的,却已经不容置疑了。按说市妇幼保健院更专业,但那里根本不能去,那里有熟人,李荔枝,柳静的中学同学,万一碰上了,他没法解释。

出了茶室他让连丰灵等着,自己去地下停车场。连丰灵开的是一辆蓝色标致,上个月才买的。抵达车库之前,他已经拨通了锦衣手机。锦衣常常不接电话,但谢天谢地,这次倒是很快接起了,正在师大,没课,闲着。“你马上打车到市立医院！”然后他说了连丰灵的情况，没全说，也没如实说：从小是父母双亡的孤儿，被强奸怀孕。“锦衣，你得帮一帮这个女孩的忙！”

锦衣脱口答：“行。”

唐必仁嘘一口气。说到底自己还是了解女儿的。他说：“你一个人来就行。”

锦衣说：“行。”

师大离市立医院比茶室这里更近，唐必仁车开到时，锦衣已经在那里了。

一路上连丰灵都想给杜芳菲打个电话，“不说我妈会气死的。”这电话当然不能打，唐必仁不让她打，打了就前功尽弃。当务之急是尽快把她送进手术室，弄掉孽种，一切清零。唐必仁没想到，锦衣把男友陈格也带来了。毕竟她也是第一次，她还是个孩子啊。

锦衣去挂号、缴费、联系医生，手脚利索，一脸庄严感。唐必仁看着她，有一瞬鼻头猛一酸。这个女儿在种种叛逆、不羁的背后，却有一个干净的灵魂，至少她对于世界是无害的，无害的个体如今已经越来越稀少，快濒于绝种了，遗世一枚，竟幸存于他家中，柳静如果看到这一幕，大约也会欣慰一下。

想到柳静，他心里怔了怔。这幕怎么能让柳静看到？锦衣信以为真，行善的热情立即四溢，柳静却肯定一眼看穿奥妙。一个男人带一个年轻女子来医院流产啊，其中的意味也只有锦衣才懵懂迷糊。

坐在手术室外椅子上的都是那些流产女人的家属，连丰灵进手术室后，锦衣让他也坐下。他没坐，转身出了医院，到车上等着。他陪柳静到这种地方来过吗？没有，从来没有。柳静生下锦衣后，一直叨叨想再生一个叫“玉食”的女儿，但没有机会，计划生育是国策，预防措施很到家，根本没再怀过孕，而他也不是拈得起花惹得起草的李军，不料最终却得为李军这样的人收拾风流债。

坐进车内，他给李军发了一条短信：“很顺利，请放心。”

十分钟后他又发了一条：“谢谢李市长的关心帮助和支持！”

仿佛南辕北辙风马牛不相及，但够了，李军肯定懂。然后他握着手机，半躺到座位上，闭紧双眼。手机短信铃终于响起时，他已经睡着了，慌忙起身一看，是锦衣的。刚才出来前他吩咐过锦衣，连丰灵出手术室时，必须给他短信，他就可以发动车，直接开到门口接上。

锦衣说："好了！"这是锦衣说话的风格，言语不多，但从来表述准确简练。

他按动手指头，把这条短信转发给李军，然后深吸一口气，又长长地吐掉，差点要笑一声。好了，很好！

第二天一走进办公室他就见到杜芳菲，杜芳菲疾步走进来，什么都没说，抓起桌上的一沓文件重重一砸。"猪狗不如！"她骂。

"你这样子不得好死！"她又骂。

他坐着一动不动，头仰着，手支住下巴，笑眯眯的，像欣赏一出小品。办公室主任听到动静在门外探头，他摆了摆手，仍是笑着。主任懂事地退去，顺手带上门。他这才慢慢站起，倒一杯茶递过去，一只手顺势压到她肩膀上。"我这么大年纪了不得好死怕什么？来来来，坐下歇歇！"

杜芳菲扭着身子，眼珠子外凸。"他妈的唐必仁，要你管吗？你是什么东西啊！"

唐必仁笑眯眯地看着她，轻声说："我不是东西。"

杜芳菲胳膊一舞，把唐必仁的手甩掉，然后一只手臂伸直，手指头戳过来："这事我跟你没完！×，我跟那个男的也没完！流掉就万事大吉了？没那么便宜！我跟你说，唐必仁……"

唐必仁把手重新压到她肩膀上，点了点头，说："行，你说你说。你说的不就是生孩子吗？然后就绑定人家，一辈子衣食无忧了。唉，太傻了！你绑得住吗？闹就有用？本来好好的，好歹一场情分在那里，怎么也亏待不了。闹大，就算把人家搞倒，那你女儿呢？"

他明显感觉到那个肩膀的干枯、坚硬与冰凉。当年，舞跳着跳着，总是动不动就彼此触及身体，滋润、柔软、芬芳立即潮水般涌到手尖，又蔓延全身。"芳菲啊！"他叫道，"她才二十几岁，事情要是闹大了，剩下的几十年都毁了,怎么做人?弄不好就一脚踏进绝路了,你真想害她?”

他的手掌还没有离开那个瘦削的肩膀,能清晰感觉它微微一颤之后开始变化,软一点,又软一点。“哪有你这么当妈的!”

杜芳菲眼珠子已经木木地定在那里。

唐必仁收回手,伸出舌尖舔了舔唇。他心里清楚,这事其实已经妥了。外强中干,这个女人也不过这个水平。

几天后他听到一个单位名称:市工商局。

有一点小意外。一个业务完全陌生的地方,但岗位诱人,工商税务公安城建,这四大金刚从来很热门,多少人趋之若鹜——而且是局长,升了。以他这个年纪,居然能升,没有李军这个推手,一切都不可能。但功劳并非全归李军,还有他,他自己点点滴滴的不懈与努力,步步为营,稳扎稳打。权力这东西上下几千年纵横数万里,从来就是好东西,而他年轻时竟傻乎乎地寡淡了那么多年,生生把自己给浪费了,后悔有点迟,但还好,最终仍然揪住一条小尾巴。

掏出手机,他重新调看了锦衣的那条短信:好了!

十四

贺俭光突然约唐必仁喝咖啡。说“突然”是因为这么多年两人从未单独坐到餐桌上,没有第三人。凡事一反常规,就必定有反常规的理由。贺俭光很干脆,虚浮寒暄几句后,就提出两条请求,两条都与一个人有关,就是李军,两条的性质又是一致的,就是说一说好话。

唐必仁一怔。让他出面不算突兀,他和李军走得近,他要被提拔证明不仅仅走得近还关系不错,这都不是秘密,问题是为什么要让他向李军说说薛定兵的好话?再说说贺俭光的好话?薛定兵是副市长,理论上与李军平级,而贺俭光这几年腰包暴鼓,已经是这座城市地产界举足轻重的人物了,宛若庞然大物,唐必仁与之相比不过是大山脚下一株刚发芽的小草,被俯视不是一时半时,忽然之间却郑重求上门,托他去美言。

他心里猛地咚咚几声。出什么事了?

贺俭光已经站起,提着包从对面位子上转到唐必仁旁边,坐下,一手从包里掏出用报纸裹住的方形东西,一手拉开唐必仁的包,放入,拉上链子。整个动作流畅迅捷,有着熟练工的从容干练,然后笑笑,站起,摆了摆手,走了。唐必仁坐在那里愣着,猛地跳起,抓起包追出去。是钱!贺俭光塞给他一大沓钱!太突如其来了,他还从没有过收别人这么多钱的经历,更没有收过贺俭光的。财源滚滚的贺俭光挥金如土,之前却从来只挥到要害人物身上,怎么也轮到他了?他不要,不能要!

两人就站在酒吧外推过来推过去。"不行,这个不行!"他说得非常坚决,但贺俭光更坚决。报纸哗哗地响,已经磨破一个角,露出里头的粉红纸质。贺俭光说:"这样子很难看啊。你就别见外了!"

唐必仁左右看看,周围确实有不少行人,他手一松,那一包东西已经重新装入他包里。贺俭光爬上车,发动。唐必仁的车也停在那里,待贺俭光车远去了,他才开了车门,上车,掏出那包东西,打开报纸,果然是钱。一二三四五六七八九十,共十捆,十万?心跳很快,这么多钱,这么多!

到底出什么事了?

他先去了办公室,把钱锁进柜子。回到家,一推开门,柳静已经黑着脸站到他面前了。柳静不是美人,但皮肤细白,年轻时动不动皮下的红血丝就浮起来,猛一看宛若害羞,倒也别有韵致。只是越细致的东西总是越不结实,五十岁一过,那张皮像扑通落下石块的水面,一下子荡出一层密密的细纹,说话间聚起,松开,再聚起,再松开。

柳静说的事与连丰灵有关,更与李军有关。唐必仁头皮麻起一层,她居然知道!"太恶心了!"她说。

"要是你自己动了真情,掏心掏肺去爱,倒可圈可点,可是你不是!你怎么能这么龌龊?呕心沥血把同学的女儿献上,换一个自己升迁的台阶,脏不脏?你真是太过分了,唐必仁!"她又说。

唐必仁长长吸一口气,轻笑一下。宁可丈夫有外遇,也不愿丈夫帮着别人外遇,是这个逻辑吗?柳静的逻辑。他不打算辩解,所以抿紧了嘴,定定地看着柳静——看她的脖子,那里一层层褶子,皮比脸上粗,也松,三道大纹路横出一个醒目的"川"字。老了,柳静果然老了。

"都流过产了,然后呢?然后你们打算怎么办?"

连流产都知道了?怎么知道的?唐必仁咳两声,捋捋头发,笑起:"唉,都什么跟什么啊。别乱说!"

铃声响,他吓一跳,拿出手机,接起,一听就把手机一丢,急急发动了车。

母亲跌进河里了,被人救起,送进医院,已经断气。

他在南非时给母亲打过一个电话,草草说几句就收了线。然后回了国,为李军为连丰灵为自己一直奔走,他真的很忙,但怎么忙也不该一个电话都不再给母亲打去,更没回老家看一看她。远方的母亲似乎已经作为一个概念存在,像一棵年久的树,可以万古长青,不再需要浇水灌溉修枝剪叶,可是忽然之间却倒下了。

他重重踩下油门,车子像一枚大弹丸向唐家厝射去。前方模糊了,他下意识地打开雨刷,却发现其实是自己的泪,一串串的泪倾泻而出。母亲,断气了!

按村里人的叙述,早晨母亲提一塑料桶去河边洗衣服,步履轻盈,眉眼舒展,一路上和碰到的每一个人有说有笑。河瘦了,不似以前那么丰腴,但仍是清澈的,日日缓缓流淌,薄雾萦绕着它,鸟鸣虫吟笼罩着它,蹲在它旁边,母亲端庄而从容,突然间却往前一栽,静静落入其中,静得几乎没有任何声响。是意外吗?不知道。

后事办完后,柳静锦衣先回城,唐必仁独自留下,他要住两日。家中一切井然有序,显然都刻意清理过。母亲暗示了什么吗?翻动抽屉又翻动柜子,柜子里有一沓信。拿起来稍有犹豫,但还是看了——现在可以看,母亲想必也是特意留给他的,按时间顺序把每一封都摞得整整齐齐。迫不得已走了,情有可原娶妻了,如何疚痛,如何思恋,如何千辛万苦寻觅,如何身不由己迟迟无法成行,一字一字都辛酸浮于纸上。"容当拼尽余生全力,飞渡海峡,皓首重聚,深谢罪孽,纵使碎骨粉身,终能心安!"这是郑姓警察局长写的最后一封信，再翻下一封，字迹变了，开头的称呼也变了，变成"徐妈妈"。是警察局长女儿写的，她说父亲本来要回来，到"春江好"前相聚，临动身前一天晚上却心脏病发作，没抢救过来，走了。信中夹有一沓照片，灵堂、遗照、墓碑。

他走了，这个旧警察局长，他最终也没有再与母亲见上一面。微胖，皮肤细白，眼袋浮肿，满头白发，遗照上的这个老人如果街头相逢，最多以为是普通大学教授，有几分庸常小才和许多世俗心机，终日沦陷于油米酱醋间，心如止水，胸无沟壑，其实却有那么山高水深的岁月。

唐必仁捧着信正呆坐，手机突然响了，是杜芳菲。

"喂，喂！"

对方却沉默，只有电流声呼呼响着。唐必仁以为她只是不慎触碰了电话，正要摁掉手机，话音却传来了："你妈真死了？"

唐必仁没有答。

"跟我没关系吧？"

"为什么？"唐必仁后背上一股冷气蹿起。

杜芳菲似在犹豫，半晌才说："我被你害得几天睡不着，真是越想越气，气得没办法了，只好打电话给你妈。天地良心，一句假话都没有，说的都是事实。你妈当时也没生气，一点都没有。你看，她不是心脏病高血压死的，可见跟我没关系，你说是吧？"

唐必仁重重吸口气，鼻翼翕动，发出悠长的哧哧声。他在等着杜芳菲往下说。

"她当时真的还笑哩，然后就跟我聊起以前了。她问我跳卓玛——就是《洗衣歌》里的卓玛时，是不是真心要帮解放军班长洗衣服？唐必仁，你说这有什么好问的？那是跳舞，真心不真心反正都是假的……"

唐必仁打断她："你怎么答？"

杜芳菲说："我说早忘了！是忘了，那么久的事，谁还能记得？而且还是跳舞，跟我什么关系。唐必仁啊，刚才我才听说她死了。太可怕了，人怎么这么脆弱啊！"

唐必仁叹口气,说:“好了,就这样吧。”就关了手机。没什么可以说的,母亲已经死了,化成灰了,这是唯一无法更改的事实。

开车回城里时,一路手机短信铃都响个不停。他没有看,浑身乏力。车是公车,他放了小陈的假,让他歇着,车则留在唐家厝几天,现在回到城里,应该先还上车。刚进办公楼,办公室主任就迎上来了,微弓着身子忧心忡忡地打量着他。“唐局,多保重啊……”

唐必仁点点头,轻声道了谢。办公室主任不是个机敏的人,但很实诚,前几天带单位几个人去唐家厝帮忙办丧事,也受累了。“唐局,你一定要多保重啊……”

唐必仁停下来,扭头看他。话里似乎有话,怎么了?

主任怔怔看了他片刻,小心揪了揪他袖子,侧身进了办公室。

原来出事了,就是在这几天。市长位子空出,李军有兴趣,薛定兵也有兴趣,一山二虎,李军一记重拳出击,薛定兵被一把打入深渊。证据很多,都是钱财方面,一二三四五,竟绝大多数都与贺俭光有涉。胃口竟那么大!数额竟那么多!

“两个人都进去了!”办公室主任俯身过来说,“前两天听到议论还不敢相信,今天有确切消息了,有好几条短信,看来薛市长真的被双规了……”

唐必仁重重吸口气,又慢慢吐掉。走进自己的办公室时,他才掏出手机看。果然他也收到类似的短信,都是市直机关几个要害部门的好友发来的,语言节制而暧昧,又多少四溅着兴奋。原来那天贺俭光单独请他喝咖啡真的不是无缘无故啊!他把钱收下了,一分钱没花,也一句美言还来不及说,结局已经匆匆出现了。

他猛地记起什么,疾步走到柜子前,打开锁,取出一包东西。贺俭光的钱,十万!这是一个炸弹,他必须马上处理。他叫来办公室主任,他把钱交到他手里。他说:“贺俭光给我母亲的丧礼送的,我不要,刚从老家带来,你先保管着。”

办公室主任呆呆地站着,唇动了动,最后什么也没说,捧着钱退出去。

唐必仁抹了抹额头,上面一层薄薄的汗。他闭上眼,大口喘着气,脑中白花花的。过一阵,才继续看手机。十几条未读短信中包括一条李军的:"节哀！保重！有空来我办公室一下！"看时间,是两个小时之前,正是他从唐家厝往城里来的路上。

他把手机往桌上一扔,一屁股坐到椅子上。但两秒钟后又抓起手机往外走。去吧,去见一见准市长。

李军头发有点乱,脸色也有几分晦暗,这是之前从未见过的,和唐必仁路上想象的大相径庭。胜了,将要升了,多么春风得意的时光里,却忽然萎靡了,为什么?

"必仁啊,这几天真是替你伤感。前年我母亲也去世了,整整一年我都没缓过来。人生最痛莫过于丧母啊！"

唐必仁心里狐疑地绕着弯。这几年他一步步走出几分小模样,每一步固然都倒映着李市长大人的恩惠, 可何至于如此贴心贴肺? 几乎有惊悚感,太不敢当了!但他又必须应承下来。他欠欠屁股,连声说:"谢谢谢谢!"

顿一下,他觉得还是不该忘了最重要的,他说:"李市长,祝贺您啊！"

李军把捏在手里的笔倒过来,在桌上叩几下,眼睑下垂,好像不明白唐必仁所祝是何。唐必仁想,装吧,你就装吧。这时李军长叹了一声:"哈,步步惊心《甄嬛传》,必仁啊,最近你看电视剧吗? 人生苦短啊,与天斗与地斗与人斗有什么意思? 可是连电视里都整天斗个没完, 看得我头皮都麻了！你要好自为之啊,别乱祝贺！"

唐必仁笑笑。听起来话很摇曳,似在穿越密林,但路径还是隐约可见的。在一场奋力厮杀之后,纵是胜者,也精疲力竭,于是忽然顿悟了? 这确实有几分令他意外。

李军站起,倒了一杯茶递过来。重新回到自己座位上时,突然说:"马上要离开体育局了,报纸上还在公示,这时可别出乱子啊。人心太复杂了,这时候多少人盼着你乱啊！一乱就你哭豺狼笑了。现实就是这样啊老唐。还是中央说得好:稳定压倒一切！"

唐必仁点点头,心想终于说出要点了。"放心,李市长,我知道！"

他已经站起来了，打算去一趟县城。那个瞬间他发现自己腿一下子沉了。

十五

连丰灵流产后一直在她母亲那里休养。肯定养胖了吧？唐必仁路上时这么想，不料见了面，吓一跳，居然瘦骨嶙峋。第一眼他以为是屋子光线的缘故，后来到屋外，站在阳光下，连丰灵脸色仍是枯焦的，没一点光泽，仿佛被谁架到火上连烤了几天。

杜芳菲的住址不难查，少体校人事档案里有，让办公室主任去翻一翻，就找到了。开门的是杜芳菲，显然很意外，嘴大张，脸一下拉长了。她手搭在门沿，并没打算松开，也就等于没打算让唐必仁进屋。“什么事？”语调很阴冷。唐必仁愣了片刻，然后伸出手，一把推开门，径自往里走。屋子共两间，收拾很整洁，但就是再一尘不染，也难掩触目的寒酸破败。这是一幢二十世纪六七十年代建的红砖小平房，低矮，幽暗，上覆粗糙的瓦片，门已经歪斜，门外到处污水，垫着几块砖勉强走路。在四处高楼和建高楼的今天，居然还有这样的房子残存。

“丰灵，连丰灵！”唐必仁边走边喊。

里屋的门吱地开了，连丰灵穿着睡衣，头发乱蓬蓬地探出脑袋，惺忪着眼眨几下，终于回过神，猛地尖叫一声缩回去。几分钟后她重新开门出来，已经换上牛仔裤和长袖T恤，束起头发，不好意思地挠着头。“唐必……噢，唐局长，你怎么突然来了？”

唐必仁说：“来看看你。”

“看什么看！”杜芳菲抢白一句，“你们这些畜生，贪污腐败欺压百姓，一个个都不得好死！”

连丰灵连忙制止：“妈，你怎么这样说话！”

杜芳菲像是一肚子的汽油被点着了，地上一张凳子被她踢飞。“妈的，搞得老子恨不得跟你们鱼死网破！无法无天啊，真没人治得了你们吗？”

唐必仁正头疼着该怎么应对,他不是怕,法子也不是没有,但此时另一个他在不断提醒他冷静。好士兵绝不会轻易引爆地雷。他笑起,说:“芳菲何必哩……”话刚出口,眼前黑了一下,是扫把飞过来了。他头一闪,待直起身子时,胳膊已经被连丰灵拉住了。

连丰灵把他拉出门,拉进一家咖啡店。

红砖小平房外一两百米就是商业区,一应俱全,说是曼哈顿、银座的粗糙简陋版也未尝不可。咖啡店的装饰很到位,暖色调、金属感、幽光,置身柔软的沙发上,恍惚间都忘了这里不过是一个小县城。

连丰灵只要了一杯鲜榨橙汁, 服务生送来时, 她头一低侧脸看着杯子,捋了捋头发。这个细节让唐必仁悄悄笑起,一下子松了口气。连玻璃杯都能当镜子,女人还爱美,就说明尚未对世界绝望。不绝望就不会走极端,这一点很重要。

“都好吧?”这是虚话。人生需要很多过渡性的虚话。

连丰灵低头抿着果汁,半天不接茬。待抬起脸时,眼居然是湿的。“别怪我妈,她这些年过得都不顺心。我家已经好多年没有客人了,我妈不让人来。你看那房子,是纺织厂以前的宿舍,一直说要拆迁,又一直拖着。别人都搬走了,然后把这里的房子出租给民工。我妈心气那么高,她哪里肯和民工做邻居?其实没关系,我一直跟她说没关系,但她不听。”

唐必仁喉咙那里堵着,他轻轻咳了一下,问:“下岗后一直没工作?”

连丰灵说:“在私立幼儿园当过几年阿姨。幼儿园不景气,又把她辞掉了。”

唐必仁想起那天晚上在中心广场见到的, 问:“教人跳舞能挣点钱吧?”

连丰灵笑了笑,“跳舞是我动员她去的。她以前从公园旁走过,哼着鼻子,根本看不起。人家确实不是艺术,只是为了锻炼身体嘛。有天被我拉去,我只想让她也锻炼锻炼,这几年她身体越来越差了,要是病倒,也没什么医保。那次我陪她一起跳,哈,我们一跳,别人都不敢跳了,围着看,鼓掌什么的,后来又让我们教一教。我妈这人性格你也知道,她太爱面子了,以前她那么风光,这么多年都憋屈着抬不起头,突然跳舞却可以,她就迷上了。没听说教跳舞有钱挣,我这几年收入也不错了,每个月都给她钱,生活没问题。会不会人家看她下岗,每晚自动凑些钱给她,算辛苦费?呵,也许吧。"

连丰灵说话时一直用小拇指上的长指甲在桌上画来画去,声音很轻,缓缓的,眼睛里的水分已经收敛住了。唐必仁透过窗玻璃往店外看了片刻,然后站起,他说:"我去去就回。"

咖啡店外挂着很多小霓虹灯,向往来的人一闪一闪地献媚。出了大门向右拐,走上十来米,有一架ATM机,这是唐必仁刚才路过时看到的,当时他没反应过来,不觉得需要它,这会却仿佛背后有人重重推着,把他推到ATM机前。

他身上有张工资卡,每天取款上限是两万元,另有一张信用卡,是去非洲前柳静给他办的副卡。他先把工资卡上的两万元取出,再用信用卡取了一万元。他想,明天要记住把信用卡的钱还上,主卡是柳静,这一万块不能让柳静出。柳静不在乎钱,但与钱有关的是非她不会放过。当然如果只跟她说杜芳菲的艰辛,她即使不痛快一下,也仅是一下而已,这是柳静的好。说到底他还是幸运的,娶到这个妻子。这个妻子从来没逼他升多大的官、获多大的利,反而是他自己不知不觉往下滑,咬了这一口又想咬那一口。

现在当务之急是必须把马上到口的工商局职位咬紧咬住,这肯定是他这一生吃到的最大肥肉了,不能让它落到别人嘴里。

重新走进店里时,他径自到吧台要了一份旧报纸,然后把钱裹住,递给连丰灵。

他说:"是……他让我给你的。"

连丰灵身子往上一挺,很吃惊,木木地接过钱,随手就放到边上。"真的?"她显然不信。

唐必仁没有答,只是微微点了点头。

连丰灵指甲又开始在桌面上漫无目的地画来画去,"为什么这么多天他都不来看一看我？连电话也没有……”

唐必仁说：“他忙。”

连丰灵说：“我给他电话，他不接；发短信，也不回。他……”

唐必仁又说：“他忙。”

连丰灵眼看向外面，一眨一眨的，又有点潮了。“其实我不是为了钱的，”她说，“我妈觉得钱很重要，我不认为重要。我妈让我把……裤头留下，我没留。我妈让我偷拍几张照片，我没拍。他那么有魅力，我是真心喜欢的。他明明也喜欢嘛，不喜欢他怎么会给我买车？”

唐必仁咽了一下口水。不过是一辆十几万的车，对于李军而言真是小意思，何况，有几样东西是需要李军自掏腰包的？这个傻姑娘，真不懂这些。

他身子往前俯了俯，他必须切入正题了。“丰灵啊，”他说，“你也知道他平时有多忙，是不是？我看算啦，咱们年轻漂亮，天底下有的是好男人，随便找一个结婚生子，都比他强。”

连丰灵警觉地睁大眼，急促问：“是他的意思？”

“不是，”唐必仁摇了摇头说，“是我的建议。我是你妈妈的老同学，是为了你好……”

连丰灵说：“不是他的意思我就不管了。”

“那……如果是他的意思呢？”唐必仁知道已经到关口上了，必须进一步探出虚实。

连丰灵抿了抿嘴，说：“他的意思我也不管！”

唐必仁一只胳膊支着下巴，叹了口气。“你打算怎样？”他决定以退为进了。

连丰灵脖子往后一缩，支吾着。她还是无措的，无措就好。他说：“他不可能离婚的，他要离婚我都会坚决反对！男人和女人不一样的，说来话长，简单地说不过如此，你要现实点！”

连丰灵下巴一扬说：“我又没说他必须离婚。”

“那你妈怎么想？”他觉得大约仅剩下这个问题了。

连丰灵咬着唇沉吟了一会，似乎不太想说，最后还是开口了："我妈觉得好不容易碰到这么大的官，是个机会，一直让我主动点，抓牢了，死活不能松手。这把我当什么了？我只是爱他，不爱就是再大的官又怎么样？跟我有什么关系？"

"那就好。"唐必仁点点头，忽然胸口那里绞动了一下。那就好？有什么好？他拿起杯子重重喝了一口，他必须把一个念头尽快压下去：刚才他觉得自己恶心。

但他继续往下说："现在他忙，除了工作，其他顾不过来。"

"那以后呢？"

"以后，呵呵，以后没问题啦。"胸口那里又绞了一下。以后真没问题？当然是瞎话，但能拖一时是一时。过了这一阵，李军顺利当上市长，他顺利当上工商局局长，然后再过一阵，山转水转，他反正离退休也没几年了。

天已经暗下来了，他站起，他要回去了。他一站起连丰灵也站起，转身就要去吧台。唐必仁坐着不动，他知道她是空手出来的。果然才走几步，连丰灵又红着脸回来，喃喃道："不好意思，我没带钱。"

唐必仁去付了账，回来时连丰灵已经走了，那一包钱却留在桌上。她是故意的吧？她不打算要这钱。唐必仁抓起钱，出了咖啡店后有一阵迷糊。灯火起来时，县城与白天完全两样，他定了定神才记起那座小平房的方位。

路上他拨了柳静的电话。"喂，我不回去吃饭，不用等我。"

柳静说："好。"

要摁掉手机时，他突然又问："在干吗？"

柳静沉默了片刻，才说："改作业。"

"噢，好。"他把电话挂了，嘴角扯了扯。柳静肯定有点意外吧，三百六十五天他绝大部分时间不回家吃晚饭，回去吃才是意外，不回去彼此都习惯了，哪次需要事先打电话？更没有打听她在做什么的先例。周而复始，柳静忙的永远不外乎上课、备课、改作业。他忽然有点羡慕起柳静，不是谁都能拥有一份单纯平静的生活啊。

小平房里灯亮着,杜芳菲却不在。连丰灵说:“我妈去跳舞了。”

唐必仁把钱放桌子上,想了想,说:“你应该劝劝你妈,她情绪不好。别惹事,对谁都不好。鸡蛋就是鸡蛋,撞什么都不值得。”

连丰灵马上又把钱递过来:“钱真的不能要!我妈其实也就嘴坏,嚷一嚷就是了,哪里敢做什么出格的事?她不是坏人,你知道的。”

唐必仁心里重重地咚了一声。“你知道的”,他确实知道,四十多年前,在县一中,他们几乎每天在排练厅或舞台上蹦跳旋转,彼此熟悉得如同自己的另一个肢体,而他母亲把米、菜、钱托她母亲转到他手中,她和她母亲都不是坏人。

车子停在小平房外的空地上,今天小陈没来,他自己开的车。县城主干道扩了几次,比过去宽了,却还是比过去挤了。四十多年前那个青涩少年背着寒碜的行李,从唐家厝走进县城时,绝不会想到有一天自己会开车返回这里。

也不会想到,返回这里是为了处理这样一件事。

车子已经开出县城了,最后还是停下来。他先是熄了火,漫无目的地打开车内灯,调了调后视镜。坐直了,把背使劲往上拔。他从镜子中看到自己的脖子了,上面竟有比柳静更深的皱纹,一道一道被下垂的肉生生压成粗粗的沟壑。脖子其实也是男人另一张无法掩盖的脸,老了啊。不忍再看,他关掉灯,打开天窗,仰头靠在座椅靠背上。没有月亮,也没星光,天幽暗而清凉,云层层叠叠压得很低,仿佛伸手可触。太阳穴那里有点痒,似有一只虫缓缓爬过。用手一抹,是湿的。

他想到母亲了。母亲落水而死,看上去是不慎,其实他心里很清楚是蓄意而为的。他一直让自己相信是因为那个旧警察局长逝去的缘故,但另一个问号却始终浮在那里:还有没有其他原因?

杜芳菲给母亲打过电话,杜芳菲控诉他如何给李军当帮凶欺侮她女儿,杜芳菲不会不知道他帮李军的目的是为了在仕途有所斩获。

这一切正是母亲所厌恶的。

但连丰灵说得没错,杜芳菲不是坏人。

重新发动汽车后,他猛地调转了车头。一会又回到县城,他把车停在中心广场旁,然后下车。“是谁帮咱们架桥梁呃,阿拉黑司!是谁帮咱们修公路呃,阿拉黑司!”一开车门,就听到歌声了。他慢慢向前走,一边走,一边觉得身体里有无数的水草开始逐一醒来,缓缓扭动,柔软地扭动,把他的脚指头、四肢、腰肢都牵拉着,越来越使劲。

他站在那些人的背后看一会,没有人发现他,他只是阴影的一部分。杜芳菲跳得真好,还是那么好,微含着胸,肢体与每一个音节款款契合,柔媚如水,如云,如柳枝。

他也开始跳了,不知不觉手脚就动了起来。

呃——是谁帮咱们收青稞呃,阿拉黑司!

是谁帮咱们盖新房呃,阿拉黑司!

是亲人解放军,是救星共产党。呷拉羊卓若若尼,格桑梅朵桑呃……

他都会,每一个音符仿佛都是一扇门,门逐一开了,一个个动作就逐一跑出来,它们不需要谁的召唤,自己就霎时有了生命。什么都放下,什么都忘了,这一刻他只是炊事班长,正与那群善良的藏族姑娘置身雅鲁藏布江边,欢快,明亮,单纯,温暖,彼此都恨不得掏心掏肺地帮助对方。

他跳得应该还好,动作很流畅,越来越流畅,整个人渐渐轻盈得如同一张凌空飞起来的纸片。

后记:世界是扇形的

这部小说最初并没打算写长，它本来只是关于一个叫柳静的女人的故事。

当世界偏于肮脏时,有精神洁癖的人总是活得局促,许多隐秘的疼痛起伏于世俗的庸常间,如果不握手言和,就必定格格不入。这就是柳静的命运。我对她感兴趣,是因为她宁可老公真心出轨,去干净地爱一个人,也不该为了往上爬而把美女部下当成礼物献给上司。作为一名普通的中学语文老师,她对错别字的不容忍,扩大到对一个人应该活得干净的渴望。她错了吗？每一个个体其实都担负着社会职责，如同一棵棵树都健康蓬勃,一整座森林才能显现美好。我很喜欢这个叫柳静的女人,她别[illegible]人内心搅动不安。活了几十年,她始终娴静淡然,从不向世界争半分利,却把内心的城墙垒得坚不可摧;生活中她不具进攻性,骄傲地后撤是她唯一的进攻。她带着我走,把那股绝不屈尊的坚定丝丝缕缕注入文字,我看得见她的容颜以及举手投足,甚至闻得到她淡淡的气息,气味芬芳。这样的写作非常愉快,这就是最初的那个题为《沙漠的秘密》的中篇。后来呢?对,后来呢?生活不可能一夜之间变得干净,如果悲观一点想,只会越来越糟,那么这个多少不合时宜的女人将如何面对？又如何能够从淤泥里宛若一枝荷洁身绽放?

这么一问,我便决定往下写。顺着原先故事的河流继续走,也不是不行,甚至已经写了一部分,但渐渐觉得不对头了。嘈杂之中,仅仅一个人的痛是单调的,我自己都已经生出几分倦意,一倦,文字就开始滞,而滞是暮气的同义词。停顿了一阵,有一天柳静的同学李荔枝的面目越来越清晰,又过了一阵她们共同的熟人余致素也跑到脑子里来了，然后还剩下一个人,就是柳静的丈夫唐必仁——他对自己的所作所为,难道没有一个不容置疑的充分理由吗?《黑皮黑肉》、《燕式平衡》、《雅鲁藏布江》就这样源源不断地来了。

这期间拖得有点漫长，前后有五六年。中间不断穿插着忙其他事情去,写了其他小说,但那些人,柳静他们,却始终亲人般在周围热乎乎地行走,呼吸吐纳都具体可感。某个黄昏某个雨夜,在不经意间就会猛地想象起他们中的某人,正经历着某事,有着怎样的内心涟漪。总之,他们都活着,不肯远去。我几乎相信这就是命定的,他们不离,我就必须不弃。于是在今年春天,在写出《雅鲁藏布江》后,才终于为这本书画下了最后的句号。

严格说来,这或许只是四个中篇小说,都是关于欲望的挣扎、内心的坚守,以及人与人间有意无意的彼此倾轧。如果把他们的故事揉到一起重新编织,形成传统意义上的启承转合,故事还是这些,气质却可能完全不同。我选择现在这种开放式的结构,三个家庭的四个人物都是这部小说的[illegible]公,他们都以自己为中心,背负着各自的过往与隐痛,交错共生,相互进入视野或者携手共同经历,然后所有的故事都终结在同一事件上:市里暴出腐败案,余致素的丈夫等官员出事了。他们从不同方向走来,故事张得再开,却如同一把扇子,最终都归拢到联结着他们的那个点上。这种扇形的展开似乎还蕴藏着很多可能性,小说中的其他人物,比如柳静的女儿锦衣、锦衣的男朋友陈格等等,也都可能在哪天突然复活,成为小说新的起点,由他们的视线出发,世界是另外的样子。

在这篇不长的后记里,我多次使用"世界"一词,它不够好,却是我们唯一的安身之处。立足其中,每个人都有各自的生存逻辑,孤独面对过去与未来,或者远忧或者近虑,却永不放弃对锦衣玉食生活的向往。

林那北

2014 年 7 月 7 日

于杭州满觉陇